Jolina Petersheim

Licht sucht sich seinen Weg

Francke

Über die Autorin:

Jolina Petersheim träumte bereits als kleines Mädchen vom Schreiben. Inzwischen hat sie mehrere sehr erfolgreiche Romane veröffentlicht. »Licht sucht sich seinen Weg« ist ihr erstes Buch in deutscher Übersetzung. Jolina und ihr Mann haben sowohl amische als auch mennonitische Wurzeln und leben mit ihren drei kleinen Töchtern in den Bergen Tennessees.

https://jolinapetersheim.com/

jolinapetersheimauthor

jolinapetersheimauthor

MIX
Papier aus verantwortungsvollen Quellen
FSC® C014138
www.fsc.org

Bibliografische Information der Deutschen Nationalbibliothek
Die Deutsche Nationalbibliothek verzeichnet diese Publikation in der Deutschen Nationalbibliografie; detaillierte bibliografische Daten sind im Internet über http://dnb.dnb.de abrufbar.

ISBN 978-3-96362-309-7

Originally published in English in the U.S.A. under the title:
How the Light Gets In, by Jolina Petersheim

35037 Marburg an der Lahn
Deutsch von Silvia Lutz
Umschlagbilder: © iStockphoto.com / kieferpix; pixdeluxe
Umschlaggestaltung: Francke-Buch GmbH / Marion Schramm
Satz: Francke-Buch GmbH
Printed in Czech Republic

www.francke-buch.de

Dank

Wie alle meine Romane entstand *Licht sucht sich seinen Weg* über mehrere Jahre hinweg. Gedanken sammeln sich in meinem Kopf wie Regentropfen in einem Eimer, bis dieser Eimer schließlich voll ist und die Worte überfließen. Viele Menschen haben mir geholfen, diesen bildlichen Eimer zu füllen. An erster Stelle möchte ich Onkel Ralph Petersheim danken, dass er mir den Zeitungsartikel über den Cranberry-Bauern in Wisconsin gezeigt hat, der seine Felder mit altmodischen Geräten bewirtschaftet. Dieser Artikel legte den Grundstein für Elams Beruf und Leben.

Außerdem möchte ich den unermüdlichen, fleißigen Frauen in Wisconsin danken, die mich in der Zeit, die ich dort verbrachte, so viel gelehrt haben: Tante Sheila Petersheim, Tante Stacy Petersheim, Heather Petersheim, Justine Petersheim, Elisa Shaw, Hannah Petersheim, Marissa Kendhammer, Tamara Rutten, Jessica Rogers und die mittlerweile leider verstorbene Kelly Baird. Durch wertvolle gemeinsame Erlebnisse wie Spaziergänge oder Essenseinladungen, bei denen wir über den Glauben gesprochen haben, nimmt jede von euch einen besonderen Platz in meinem Herzen ein.

Ich möchte Dale und Candy Toltzman danken, die unsere Familie unterstützt haben, während wir in Wisconsin wohnten. Ich werde nie vergessen, wie du, Dale, ins Krankenhaus kamst und stundenlang bei uns gesessen hast, bis Randy aus dem OP-Saal kam, oder wie du uns auf unserem Hof besucht hast, als er wieder zu Hause war. In kurzer Zeit wurdest du vom Pastor zum Freund, und ich werde dir für die wichtige Rolle, die du als Begleiter auf meinem Glaubensweg gespielt hast, immer dankbar sein.

Ich danke meinem Team bei Tyndale für seine grenzenlose

Geduld. Danke, dass ihr bei Tyndale mir geholfen habt, einen Roman zu schaffen, der auf Gottes Wahrheit beruht.

Danke, Wes Yoder, für deine Unterstützung und Freundschaft. Es ist kaum zu glauben, dass sechs Jahre vergangen sind, seit wir uns über Root's Country Market und Streuselkuchen unterhielten.

Danke, Misty Adams, dass du mich ermutigt hast, diese Geschichte in einem Café laut vorzulesen. Du bist immer eine gute Zuhörerin. Dafür liebe ich dich.

Von Herzen dankbar bin ich meinen Eltern, Beverly und Merle Miller, und meinen Schwiegereltern, Betty und Richard Petersheim. Ich schätze und liebe euch immer mehr, je länger ich lebe.

Danke meinen Töchtern, Miss A, Miss M und Miss E, die mich die Schönheit bedingungsloser Liebe lehren und dass gemeinsame Erlebnisse wichtiger sind als ein sauberes Haus.

Ich danke meinem Mann für seine Stärke, Treue und Liebe. Als wir an jenem Spätsommertag unter dem Pavillon standen und uns das Eheversprechen gaben, konnten wir nicht ahnen, wie unsere Lebensgeschichte verlaufen würde. Ich bin für diese Geschichte sehr dankbar. Mit keinem anderen als mit dir würde ich lieber »in guten wie in schlechten Zeiten, in Armut und in Reichtum, in Gesundheit und in Krankheit« leben. Ich liebe dich heute noch mehr als damals und weiß, das liegt zum großen Teil daran, dass wir so vieles gemeinsam durchgemacht haben. Du bist mein bester Freund und die Liebe meines Lebens.

Schließlich möchte ich Jesus danken, dass er mir in diesem Jahr seine Liebe noch deutlicher offenbart hat als in jedem anderen. Ich danke ihm, dass er sich als treu erweist, dass er das in mir heilt, was zerbrochen ist, und dass er mich lehrt, vollkommener zu lieben. Alles, was ich bin, verdanke ich dir, Jesus! Ich liebe dich heute mehr als bei unserer ersten Begegnung, und ich weiß, das liegt zum großen Teil daran, dass auch wir so vieles gemeinsam durchgemacht haben. Danke, dass du nie von meiner Seite weichst!

Teil 1

Kapitel 1

Die Särge waren natürlich geschlossen. Keine Blumen schmückten sie. Nicht einmal in der Kirche gab es Blumen, aber durch die Fenster fiel das kühle Morgenlicht und erwärmte den Holzboden und die Kirchenbänke. Der Mitarbeiter von *Ärzte ohne Grenzen*, der Ruth angerufen hatte, um ihr die Nachricht zu überbringen, hatte beteuert, dass er nicht gelitten hatte. Daraus schloss Ruth, dass von ihrem toten Mann nicht viel übrig geblieben war.

Spätere Zeitungsartikel bestätigten den Bombeneinschlag, der das Krankenhaus zerstört hatte. Frauen und Kinder waren gestorben; unter den getöteten Mitarbeitern waren auch ihr Mann und ihr Schwiegervater gewesen. Ruth hatte danach tagelang im Internet alles über den Anschlag gelesen, bis ihre Mutter erklärt hatte, sie sei von etwas besessen, das sich nicht mehr ändern ließe. Damals hatte Ruth wütend reagiert, aber jetzt erkannte sie, dass die Entscheidung ihrer Mutter, jeden Tag das Internet für zehn Stunden abzuschalten, weise gewesen war, auch wenn sie diese »Weisheit« mit etwas mehr Feingefühl hätte anbringen können.

Jetzt, sieben Wochen später, hatte die zweijährige Vivienne keine Ahnung, dass die sterblichen Überreste ihres Vaters in einer schlichten Kiefernkiste lagen, die vor der Kirche stand. Sie hatte keine Ahnung, dass er überhaupt tot war. Aber ihre sechsjährige Schwester Sofie war alt genug, um es zu verstehen. Als sich Ruth neben ihr in den Sand gesetzt und ihr erklärt hatte, was passiert war, hatte Sofie nicht geweint oder sich auch nur so verhalten, als hätte sie ihre Worte gehört. Sie hatte lediglich ein kleines Stück Treibholz genommen und ins Meer geworfen, woraufhin ihr Hund, Zeus, in die Brandung gelaufen war, um das Holz zu holen. Aber seit jenem Moment hatte Sofie nicht mehr gelacht, gespielt oder etwas anderes als tonlose, einsilbige Antworten von sich gegeben, und diese kreisten alle um die grundlegenden Fragen – »Hast du Hunger? Durst? Willst du dich schlafen legen?« –, die Ruth stellte und auf die Sofie widerstrebend antwortete.

Deshalb war Ruth nicht bereit, Sofie einfach hier sitzen zu lassen und zuzusehen, wie sie ihre Nagelhaut abbiss, während ihre braunen Augen alles verfolgten, als versuche sie zu begreifen, warum die Beerdigung ihres Vaters so viel Ähnlichkeit mit der Bestattung ihres irischen Großvaters hatte: Alle waren schwarz gekleidet und saßen in einer fremden Kirche, in der nur wenige der Anwesenden weinten, aber die meisten aussahen, als wollten sie weinen. Um sie abzulenken, kramte Ruth in der Tasche zwischen den Brezeln, Keksen und Knabbereien, die sie bei ihren stundenlangen Flügen gestern gesammelt hatten. Sie hatte auch Windelhöschen und Wischtücher, ein Malbuch, Buntstifte und Ersatzkleidung eingepackt, falls die kleine Vi bei dem Chaos der letzten Tage (besser gesagt Wochen und Monate) vergessen sollte, dass sie auf die Toilette gehen musste.

Ruth hätte nie damit gerechnet, dass sie bei der Beerdigung ihres Mannes eine Wickeltasche bräuchte, aber in ihren dreißig Lebensjahren hatte sie vieles erlebt, womit sie nie gerechnet hätte.

Ruth zog den Reißverschluss an der Seitentasche auf und holte ihr Smartphone heraus. Sie stellte den Ton ab und tippte auf die YouTube-App, damit sich Sofie eine Folge von *PAW Patrol – Helfer auf vier Pfoten* ansehen konnte. Doch dann fiel ihr ein, dass sie hier kein Netz hatte. In dieser mennonitischen Gemeinde in Wisconsin war das Internet sehr schwach. Es gab kaum fließendes Wasser. Gestern war Ruth spätabends, nachdem sich die Mädchen endlich so weit beruhigt hatten und eingeschlafen waren, unter den verkalkten Duschkopf im Bauernhaus getreten, den Tränen nahe. Die Dusche war der einzige Ort, an dem sie sich so sicher fühlte, dass sie ihre Gefühle zulassen konnte. Dabei hatte sie jedoch entdeckt, dass das Wasser nur lauwarm und spärlich aus dem Duschkopf rieselte. Das Geräusch des Wassers würde ihr Schluchzen nicht übertönen können; deshalb hatte sie ihre Tränen zurückgehalten, bis ihr die Brust wehgetan hatte.

Ruth öffnete die Fotogalerie und reichte Sofie das Handy, damit sie sich die Bilder ansehen konnte, bis die Beerdigung zu Ende war. Mabel warf einen Blick herüber, während der kleine Zeigefinger ihrer Enkelin geschickt über die Bilder wanderte und auf das entsprechende Symbol tippte, um die kurzen Videoclips zu starten, die eingestreut waren. Ruth war sich nicht sicher, ob ihre Schwiegermutter das billigte, aber das war ihr im Moment egal. Ruth wollte ihren Mann nicht in Wisconsin beerdigen. Deshalb hatte sie sowieso eine Abneigung gegen dieses Land und die Verwandtschaft, die so zahlreich war, dass sie nicht das Gefühl hatte, ihre einzelne Stimme hätte irgendein Gewicht. Sie hätte Chandler lieber in Irland begraben, wo ihn die Mädchen und sie jeden Tag besuchen könnten. Aber war das alte Steinhaus ihrer Eltern wirklich ihr Zuhause?

Der überraschend junge Bischof las auf Deutsch aus den Psalmen: »*Der Herr ist meine Stärke und mein Schild; auf ihn hofft mein Herz, und mir ist geholfen.*«

Der Trauergottesdienst wurde auf Deutsch und Englisch gehalten. Ruth vermutete, dass die englische Übersetzung hauptsächlich ihr zuliebe erfolgte, da sie zu den wenigen Nichtmennoniten in der Trauergemeinde gehörte. Aber das wäre nicht nötig gewesen. Ruth konnte die nächsten Stunden – und auch Tage – nur überleben, wenn sie alles aussperrte. Sonst bekäme der Schild, mit dem sie sich abzuschirmen versuchte, Risse, und sie bezweifelte, dass sie sich dann wieder fangen könnte.

Ruth warf einen Blick auf ihr Fitnessarmband und stellte fest, dass zwei Stunden vergangen waren, seit sie mit ihren Kindern in die Kirche gekommen war. Ihre Strumpfhose juckte und ihre Augenlider wurden schwer, was sofort starke Schuldgefühle auslöste.

Wie konnte sie bei der Beerdigung ihres Mannes nur mit dem Schlaf ringen? Aber sie wusste, dass dieser Kampf von akuter Erschöpfung herrührte und davon, dass sie sich im letzten halben

Jahr nur sehr selten erlaubt hatte, ruhig zu sitzen. Ruhe bedeutete, dass etwas nicht erledigt wurde, und die Konzentration auf das, was zu erledigen war, bewahrte sie davor, zu viel Zeit mit Nachdenken zu verbringen.

Plötzlich wurde die monotone Stille unterbrochen und Ruth hörte die Stimme ihres toten Mannes: eine akustische Erscheinung. »Hey, meine zwei Süßen«, sagte er. »Ich hoffe, ihr seid brav und gehorcht eurer Mama. Es ist ein heißer Tag und ...« Ruth war so verblüfft, dass sie einen Moment brauchte, um zu begreifen, dass Chandlers Stimme nicht in ihrem Kopf ertönte, sondern aus ihrem Handy kam. Mit trockenem Mund blickte sie auf den Schoß ihrer Tochter. Auf dem Display schaute ihr Chandlers bekanntes Gesicht entgegen. Ruth wollte das Smartphone nehmen, aber Sofie hob mit funkelnden Augen den Kopf und entriss es ihr wieder. Chandlers einfache Nachricht war weiterhin zu hören, klang aber nun unheimlich, wie aus einer anderen Sphäre: »Ich freue mich darauf, euch wiederzusehen. Es wird nicht mehr lange dauern.«

Endlich gelang es Ruth, Sofie das Handy abzunehmen, und Sofie schrie: *»Nein!«*

Ihre Stimme hallte genauso von den getünchten Kirchenwänden wider wie zuvor – als Ruth und ihre Töchter an den Särgen vorbeigegangen waren – das a cappella gesungene Lied »The City of Light«.

Ruths Wangen brannten vor Beschämung und Trauer.

Chandlers Gesicht starrte ihr von ihrem Handydisplay entgegen: sein dunkler Bart, seine dunkle Haut, seine dunklen Augen. Mit seinem Aussehen hatte er weder aus der kolumbianischen noch aus der afghanischen Kultur herausgestochen. Seinen Teint hatte er definitiv von Mabel geerbt, die eher aussah, als stamme sie von Indianern als von Mennoniten ab, die doch zum größten Teil, wie Ruth wusste, aus Deutschland oder der Schweiz gekommen waren.

Ich vermisse dich, dachte Ruth und diese Erkenntnis überraschte sie genauso sehr wie die Stimme ihres toten Mannes, die aus ihrem Smartphone ertönte.

Wie konnte sie einen Mann vermissen, der so lange von ihr fort gewesen war? Ja, die räumliche Trennung machte das Herz weicher, doch andererseits wurde der Schild des Selbstschutzes nach einer Weile dicker und das Herz gab seine Zuneigung und Liebe auf, um durchzuhalten, um zu überleben. Ruth hatte das Gefühl, dass sie ihren verstorbenen Mann in vier von ihren fünf Ehejahren nicht wirklich vermisst hatte. Manchmal, wenn sie Chandler am meisten vermisst hatte, hatte er sogar im selben Zimmer gesessen.

Sechs Jahre vorher
7. Juni 2012

Lieber Chandler,
heute bekam ich deinen Brief und wollte sofort in ein Flugzeug steigen und Sofie selbst adoptieren, aber meine Eltern behaupten eisern, dass ich weder reif noch finanziell abgesichert genug sei, um so etwas in Erwägung zu ziehen. Bist du irgendwann wieder bei deinen Eltern eingezogen, nachdem du viele Jahre allein (oder wenigstens in einem Studentenwohnheim) gelebt hattest? Es ist nicht leicht, und da ich ihr einziges Kind bin – das sie wie Abraham und Sara bekamen, als sie schon nicht mehr damit rechneten –, stelle ich fest, dass sie mich noch mehr beschützen wollen.
Ich rebelliere schon fast mein ganzes Leben lang gegen diesen Schutz. Das ist einer der Gründe, warum es mich nach dem Studium so sehr zu Children's Haven hingezogen hat. Allein schon bei Bogotás Verbrechensrate sind meine Eltern vor Angst fast erstarrt. Sie erklärten mir gemeinsam: »Ruth! Sei doch nicht so begriffsstutzig! Dort wird man dich binnen weniger Tage ent-

führen!« (Und, ja, meine Eltern, die Professoren für Sprache sind, gebrauchen immer noch Wörter wie begriffsstutzig und binnen.)

Doch dann stellte ich zu meiner Überraschung fest, dass Kolumbien schön ist: das gemäßigte Klima der Berge; die Mädchen in ihren ordentlichen Schuluniformen, wie sie mit Schleifen in den Haaren und weißen Kniestrümpfen zum Faltenrock den sonnenbeschienenen Hof überqueren; das gute Gefühl, das sich regte, als ich begriff, dass ich im Leben von Waisenkindern etwas Positives bewirken kann.

Ich werde nie den Tag vergessen, an dem die Mitarbeiter einen Ausflug nach Guatavita unternahmen und ich plötzlich das rote Seidentuch kaufen wollte, das ich am Verkaufsstand eines Straßenhändlers entdeckt hatte. Ihr anderen seid schon in den Bus gestiegen, aber ich habe mich umgedreht und bin schnell durch die Menge zurückgelaufen, während die Pesos im gestrickten Beutel an meiner Hüfte klimperten, und ahnte nicht, dass du mir gefolgt bist.

Wir müssen einen interessanten Anblick geboten haben, als du dich durch das Gedränge geschoben und so ausgesehen hast, als wärst du einer von ihnen, während ich augenscheinlich nicht zu ihnen gehörte. Ich habe das Tuch von der alten Frau mit dem faltigen Gesicht gekauft und als ich den Blick hob, sah ich dich: Du hattest die Hände auf die Knie gestützt und hast um Luft gerungen. Bitte entschuldige, dass ich einfach so weggelaufen bin, aber es hat sich gelohnt, wenigstens was mich betrifft. Dieses rote Seidentuch liebe ich immer noch.

Liebe Grüße,
Ruth

Elam erwachte vor Sonnenaufgang und verließ sein Haus, um auf die Felder zu gehen. Der Torfgeruch des Cranberryfelds breitete sich um ihn herum aus. Er dachte an die vielen Blätter, die von den Weißbirken gefallen und durch die Sandschichten nach unten gesunken waren. Der sedimentartige Boden erinnerte ihn an die Beerdigung letzte Woche und machte ihm bewusst, dass er nur noch sein halbes Leben zur Verfügung hatte, um Spuren zu hinterlassen, bevor auch er wie ein totes Blatt auf die Erde fiele. Aber Elam war heute nicht melancholisch. Im Gegenteil, er war weit davon entfernt. Er liebte den Beginn der Erntezeit, wenn sein normalerweise vorhersehbares – und, um ehrlich zu sein, ziemlich monotones – Leben sich in einen von Adrenalin getriebenen Wettlauf gegen die Zeit verwandelte.

Der Nebel breitete sich wie ein undurchsichtiger Teppich über dem Land aus. Diese sanfte Verwandlung war Elams Lieblingsmoment an jedem Morgen, wenn alles ruhig war und er nichts sagen oder tun musste. Elam schlenderte am Rand des Feldes entlang und kontrollierte die reifen roten Früchte, die wie ein Schatz unter den Pflanzen verborgen waren. Er kniete nieder und nahm ein paar in die Hand. Der feuchte Tau legte sich in Tropfen auf seinen verstümmelten Finger. Cranberrys, diese winzigen Beeren, hatten den größten Teil seiner 39 Lebensjahre beherrscht.

Wenn er alle trocken ernten würde wie letztes Jahr, müsste er noch mindestens einen Monat warten – und dann mit dem Pflücker durch die Felder gehen und mühsam die vielen Pfund Beeren sammeln, um sie dann an regionale Lebensmittelgeschäfte und Märkte zu verkaufen. Aber der neue Vertrag der *Driftless Valley Farm* mit *Ocean Spray* erlaubte ihm, sie mit Wasser zu ernten. Die Cranberrys mussten nicht perfekt sein, da sie zu Saft, Gelee und Soßen verarbeitet wurden. In zwei Tagen würde Elam Wasser aus dem See und den Kanälen auf die Felder pumpen, bis es 30 cm hoch stand. Sein Vater hatte die Felder so gebaut, dass sie das Wasser aufnahmen, ohne dabei zerstört zu werden, aber bei jeder Ernte staunte Elam aufs Neue, dass die zarten Pflanzen überlebten.

Elam und Tim waren um acht Uhr beim Pumpenhaus verabredet. Elam betrachtete den schmalen Streifen am Horizont und schätzte, dass ihm noch eine Stunde blieb, bis es wirklich hell war. Er marschierte über das Feld zurück, wobei sein viel zu früh ergrautes Haar über seinen Hemdkragen strich. Aus den Küchenfenstern fiel Licht. Mit seiner leeren Kaffeetasse in der Hand ging er darauf zu. Er stieg die Stufen hinauf und sah Ruth am Tisch sitzen und in die morgendliche Dunkelheit hinausstarren.

Mit seinem rechten Stiefel auf der dritten Stufe hielt Elam inne und war sich nicht sicher, ob er einfach draußen bleiben sollte, bis entweder Mabel aufwachte oder es Zeit war, Tim zu treffen. Aber im Licht der Petroleumlampe sah er Ruths müde herabhängende Schultern und die dunklen Ringe unter ihren Augen.

Genauso wenig wie Elam schweigen konnte, auch wenn ihn das Sprechen viel Überwindung kostete, konnte er hier draußen bleiben, während in seiner Küche ein Familienmitglied saß, das so verzweifelt wirkte.

Elams Herz hämmerte und sein Mund wurde trocken, als er in sein eigenes Haus trat. Er fühlte sich so fehl am Platz, seit andere Menschen in seine Privatsphäre eingedrungen waren, und doch war ihm bewusst, dass sich Ruth noch schlechter fühlen musste. Sie blickte nicht auf. Er stand am Eingang, verkrampfte die Hand um seine Kaffeetasse und senkte den Blick auf seine Schuhe, als ihm plötzlich einfiel, dass Ruth den Fußboden gestern Abend nach dem Essen auf Händen und Knien sauber geschrubbt hatte. Schnell stellte er die Tasse auf den Arbeitstisch, um sich dann zu bücken und seine Schnürsenkel zu lösen.

Das Geräusch der Steinguttasse auf dem Metall, das den Tisch überzog – auf dem Elams verstorbene Mutter, Marta, früher ihre Kuchenteige ausgerollt hatte –, schien Ruth aus ihren Gedanken zu reißen.

»Guten Morgen«, sagt sie. Ihre Stimme klang rau.

Elam nickte. »Guten Morgen.«

Er schälte sich aus seinen Stiefeln, nahm seine Tasse und stapfte in Socken durch die Küche. Marta würde sich wahrscheinlich im Grab umdrehen, wenn sie Ruths riesigen weißen Hund sehen könnte, der unter ihrem Tisch schnarchte. Aber Ruths sechsjährige Tochter Sofie hatte das Haus erst betreten, als der Hund mitgekommen war. Dann hatte sie stundenlang den Arm um die zerzauste Mähne des Hundes gelegt und Elam unter ihrem Pony hervor finster angesehen, als sollte er es ja nicht wagen, ihr ihre lebende Schutzdecke wegzunehmen.

Deshalb hatte er aus offensichtlichen Gründen nicht vorgeschlagen, dass der Hund besser in der Scheune bleiben solle.

Während Elam seine Kaffeetasse nachfüllte, warf er einen Blick auf den Herd und sah eine Pfanne mit Bratkartoffeln und Eiern. Die aufgeschlagenen braunen Eierschalen lagen in einem Haufen neben der gusseisernen Pfanne. Die metallenen Salz- und Pfefferstreuer standen daneben; einige Körner waren auf dem Fleischerblock verteilt.

Ruth sagte: »Entschuldige. Ich wollte gerade sauber machen, aber … ich bekam einen Anruf.«

»Kein Problem«, sagte Elam sanft. »Ich … ich bin froh, dass du dich wie zu Hause fühlst.«

»Es ist auch genug für dich da, wenn du möchtest.«

Elam zögerte. »Was ist mit deinen Mädchen?«

Sie lächelte schwach. »Sie mögen keine Eier.«

Er drehte sich zu ihr um. Der Tisch war bis auf ihr Handy leer. Ruth hatte den Kopf vorgebeugt und ihr gewelltes Haar fiel nach vorne, sodass er die Wirbel am Nacken deutlich heraustreten sah. Ruth war zu dünn. »Hast du schon gegessen?«, fragte er.

Ruth schüttelte den Kopf. »Fang ruhig an.«

Elam hielt es jedoch nicht für richtig, einer so traurigen Frau gegenüberzusitzen und alleine das Essen zu verdrücken, das sie zubereitet hatte. Er nahm zwei Teller aus dem Küchenschrank und stellte sie auf die Arbeitsplatte. Mit der Bratschaufel beförderte er auf jeden Teller eine Portion Eier und Kartoffeln. Dann nahm er die Teller mit zum Tisch und rang mit sich, auf welchen Stuhl er sich setzen sollte. Ruth gegenüber Platz zu nehmen, erschien ihm zu persönlich. Sich ans andere Tischende zu setzen, erschien ihm zu distanziert. Die meisten Menschen würden sich über so etwas keine Gedanken machen, aber die meisten Menschen waren nicht wie Elam Albrecht, der bei zwischenmenschlichen Interaktionen alles genau durchdachte. Nach kurzem Überlegen entschied er sich, sich Ruth gegenüber an den Tisch zu setzen, aber einen Stuhl weiter, damit sie ihn nicht direkt mit ihren beunruhigenden Augen ansehen konnte. Sein Fuß streifte den Hund. Nachdem er seinen Stuhl zurückgezogen hatte, schob er Ruth einen der beiden Teller hin.

Ruth blickte zu ihm auf und wirkte überrascht. »Danke«, sagte sie.

Er antwortete nicht, sondern senkte nur kurz den Kopf zum stummen Tischgebet und begann, sein Essen in sich hineinzuschaufeln. Er hatte seinen Kaffee auf der Arbeitsplatte vergessen, wollte ihn aber nicht holen, um seinen kräftigen Körper nicht wieder zwischen dem Tisch und der Wand durchzwängen zu müssen. Er hatte bisher nie auf dieser Tischseite gesessen und deshalb auch nie gemerkt, dass hier nicht viel Platz war.

Der Hund schnarchte. Der Wasserhahn tropfte. Elams Herz hämmerte. Er hatte sein ganzes Leben lang an diesem Tisch gesessen, aber jetzt hatte er keine Ahnung, was er mit seinen Händen tun sollte. Er verkrampfte die Hand um die Gabel. »Du … du …«

Ruth blickte ihn an und schaute dann höflich wieder weg, als sie Elams gerötetes Gesicht bemerkte, während er darauf wartete, dass die Worte kommen würden. Es war kein Stottern, das ihm das Reden schwer machte. Manchmal dachte er, das wäre besser. Denn dann würde derjenige, der ihm zuhörte, wissen, dass noch mehr Worte folgten, und könnte geduldig warten, bis er sie über die Lippen brachte. Aber seine Worte schienen irgendwo zwischen seinem Hirn und seinem Mund stecken zu bleiben. Als er ein Junge gewesen war, hatte Miss Romaine – die ältere Bibliothekarin, die seine heimliche Klavierlehrerin geworden war – gesagt, sein Stimmkasten sei nur zugesperrt und die Musik sei der

Schlüssel, um die Worte herauszubringen. Aber Elam war lange nicht mehr in der Blockhütte gewesen und hatte fast vergessen, durch die glatten schwarzen und weißen Tasten zu sprechen.

»Du hast einen Anruf bekommen?« So. Er hatte es gesagt. Ohne zu stocken.

Aber Ruths Mund verzog sich zu einer schmalen Linie und er befürchtete, er könnte seine Grenzen überschritten haben. Einige Sekunden verstrichen. Sie schüttelte den Kopf und sagte: »Ja. Ich habe einen Anruf bekommen. Meine Mutter hat angerufen.« Sie starrte auf den Teller mit dem Essen, das sie nicht angerührt hatte, und atmete schwer aus. »Sie hat einen Käufer für Greystones.«

Elam kaute zu Ende und hielt seine Gabel über seinem Teller. Als Ruth nicht weitersprach, schluckte er und fragte: »Was ist *Greystones*?«

»Meine Eltern haben ihr Haus nach der Stadt benannt, in der ich aufgewachsen bin. Greystones, weil sie aus grauen Steinen erbaut ist. Wirklich kreativ, nicht wahr?« Sie stocherte mit der Gabel in dem Ei. »Meine Mutter hat mir nicht einmal erzählt, dass sie es zum Verkauf angeboten hat. Ich hätte es aber wissen müssen«, sagte sie. »Sie hat schon bald nach dem Tod meines Vaters seine Sachen eingepackt.«

»Wo wird deine Mutter …?«

»Wohnen? Das weiß ich nicht genau. Wahrscheinlich kauft sie sich ein kleines Haus in der Stadt. Das ist sinnvoll, ich weiß. Sie ist 75, und *Greystones* erfordert viel Arbeit. Aber ich dachte immer, dass ich wieder nach Hause kommen könnte.«

Elam schaute sie über den Tisch hinweg an. Manchmal träumte er davon, aus seinem Elternhaus auszuziehen. Die Vertrautheit hatte Vorteile, das wusste er, und trotzdem ertappte er sich oft dabei, dass er unzufrieden war, weil er nie solche Lebenserfahrungen gemacht hatte oder Risiken eingegangen war wie sein Cousin. Er wollte nicht in demselben Haus sterben, in dem er zur Welt gekommen war. »Könntet ihr, du und die Mädchen, bei deiner Mutter einziehen?«

Ruth lachte. Ihrem Lachen fehlte jedoch jeglicher Humor. »Meine Mutter ist keine typische Oma. Meine Mädchen sind ihr zu viel. Bevor wir hierherkamen, haben wir ein halbes Jahr bei ihr gewohnt. Das lief nicht gut.«

»Aber du willst trotzdem wieder zu ihr ziehen?«

Ruth blickte auf ihre sommersprossigen Hände hinab. Sie drehte den zu weiten Ehering an ihrem Finger und der Smaragd warf quadratische Prismen an die Wand. »Ehrlich gesagt weiß ich nicht, was ich tun werde. Mein Zuhause ist nicht mehr in Irland, und hier war ich auch nie zu Hause.«

Sie wirkte so zerbrechlich, während sie an seinem Tisch saß und das erste Tageslicht durch den vergilbten Vorhang auf ihr Gesicht fiel. Elam schaute sie an und es tat ihm weh, dass sie und ihre Kinder diese tiefe Trauer durchlitten, die er selbst so gut kannte. Letztes Weihnachten hatte er an diesem Küchentisch gesessen und sein Standardessen aus Steak und Eiern gegessen und das Familienbild betrachtet, das Chandler seinem jährlichen Rundbrief beigelegt hatte. Er hatte seinen Cousin um seine schöne Frau und seine Töchter beneidet, da er selbst keine Familie hatte. Jetzt war Chandler tot. Und seine Frau und seine Töchter waren allein und fast mittellos, wenn das, was ihm Mabel anvertraut hatte, stimmte.

Elam stufte sich in vielen Bereichen nicht als gewandt ein, besonders nicht, was Herzensangelegenheiten betraf, aber er wünschte, er könnte mehr sagen. Er *sehnte* sich danach, mehr sagen zu können, etwa dass Chandler Ruth aus tiefstem Herzen geliebt hatte. Aber sie wusste bestimmt, dass Elam und Chandler in den letzten Jahren nicht sehr oft miteinander gesprochen hatten, und er wollte sie nicht mit abgedroschenen Floskeln abspeisen, die sie wahrscheinlich im Überfluss von Leuten hörte, die es zwar gut meinten, aber mit Trauer nicht umgehen konnten. Er selbst hatte Erfahrung mit Trauer und wusste: Trauer ließ sich am besten schweigend ertragen.

Elam stand auf, zwängte sich zwischen dem Tisch, den Stühlen und der Wand durch und nahm eine Tasse aus dem Schrank. Die Kaffeekanne war noch warm. Er brachte Ruth eine Tasse und ging dann zum petroleumbetriebenen Kühlschrank, um einen kleinen Behälter mit halbfetter Vanillesahne zu holen. Er schnupperte daran, um zu kontrollieren, ob sie noch gut war. Seine Schwester Laurie hatte ihm die Sahne vor einiger Zeit gekauft. Vom »männlichen Inhalt« seiner Speisekammer und seines Kühlschranks entsetzt, hatte sie einen Fahrer bestellt und sich in die Stadt fahren lassen, um ihren Bruder mit Dingen auszustatten, die sie als lebensnotwendig erachtete. Er selbst machte sich nichts aus Milch im Kaffee. Er stellte die Sahne vor Ruth ab und holte dann den kleinen Tontopf mit dem Holzlöffel. Er machte sich schon Sorgen, dass er sich wie Laurie benahm, die versuchte, den Schmerz des Lebens mit heißen Getränken und Essen zu lindern. Doch dann hob Ruth den Blick – Tränen glänzten in ihren Augen – und lächelte. »Danke, Elam«, sagte sie. »Du bist sehr nett.«

22. Juni 2012

Liebe Ruth,
entschuldige, dass ich erst jetzt antworte. Children's Haven hat eine neue Fahrt in die Berge unternommen, wo wir drei weitere verlassene Säuglinge entdeckten, die genauso dehydriert und unterernährt waren wie Sofie. Auch wenn ihre Lungen vom Holzrauch und der schlechten Belüftung weniger stark angegriffen sind, arbeite ich buchstäblich rund um die Uhr, damit sie überleben. Inzwischen geht es ihnen besser – das ist natürlich eine große Erleichterung – und so sitze ich hier in meiner Arztkleidung, trinke reinsten kolumbianischen Kaffee und schreibe dir.
Bei der Erinnerung an jenen Tag in Guatavita muss ich immer noch lächeln. Janice hatte mir von Gerüchten berichtet, dass es

Guerrilla-Aktivitäten gibt, und ich hatte Angst, dass du wegen deiner hellen Haut und deines roten Haars gekidnappt werden könntest. Heute weiß ich, dass du dich wacker geschlagen hättest, und ich bin froh, dass du dieses Tuch gekauft hast. Ich habe gesehen, dass du es bei deiner Abschlussfeier getragen hast. Das Risiko hat sich also gelohnt.
Zum Thema »Wohnen bei den Eltern«: Ich habe nicht mehr bei meinen Eltern gewohnt, seit ich mit 18 Jahren zum Studium ausgezogen bin. Nach zehn Jahren kann ich mir nicht vorstellen, wieder bei ihnen einzuziehen. Meine Eltern, Chandler senior und Mabel, sind Mennoniten der neuen Ordnung. Ich bin mir nicht sicher, wie vertraut du mit der Täuferbewegung bist, da es in Irland nicht so viele Gemeinden gibt wie in den Staaten, aber meine Eltern gehören nicht zur alten Ordnung, die mit Pferd und Einspänner fahren. Sie fahren Auto und haben Strom im Haus, aber meine Mutter trägt trotzdem schlichte Kleider und eine Gebetshaube. Ich bin der Einzige in meiner Familie, der nicht nach dem mennonitischen Glauben lebt, aber ich respektiere ihn.
Mein Vater und ich stehen uns sehr nahe. Er ist bereits als Arzt bei Ärzte ohne Grenzen, solange ich denken kann, und er ist der Grund, warum ich beschlossen habe, nach meinem Medizinstudium hierherzukommen. Ich hoffe, dass wir eines Tages Seite an Seite arbeiten können. Aber das ist Zukunftsmusik. Jetzt höre ich, wie die Lehrer die Kinder in den Hof holen. Janice hat mir neulich ein weiteres Gerücht erzählt – das nicht weniger gefährlich ist als die Guerrilla-Aktivitäten: Zum Abendessen soll es wieder Marshmallows und Krautsalat geben. Mir ist aufgefallen, dass du jedes Mal, wenn es das gibt, zum Ende des Tisches blickst, bis ich mir deinen Teller hole und alles aufesse. Koch José ist für dein sensibles Verhalten bestimmt dankbar.
Dein Freund
Chandler

Ruth musste unbedingt wieder laufen. Als die Mädchen klein gewesen waren und es zu gefährlich geworden war, allein auf den Straßen von Bogotá unterwegs zu sein, war sie gezwungen gewesen, das Joggen aufzugeben. Sie erinnerte sich noch gut an die Läufe, die sie früher samstagmorgens mit ihrem Vater unternommen hatte: an ihre rhythmischen Atemzüge, die sich an die Bewegungen des Meeres angeglichen hatten; an den wachsenden Schmerz, der dem Glücksgefühl gefolgt war, wenn sie ihre Belastungsgrenze überschritten hatte; an ihre brennende Lunge und ihre schmerzenden Gelenke, die einer Urkraft nachgaben, die ihren Körper vorantrieb, so schnell er konnte.

In letzter Zeit erlebte sie die gleiche Urkraft, die sie zur Flucht drängte, wenn sie stillstand.

Ruth blickte zu Sofie hinüber, die neben ihr im Bett schlief. Ihr schwarzes Haar war vom Schwitzen gelockt, und sie hatte die Decke abgestrampelt, obwohl es im ersten Stock des zugigen Bauernhauses höchstens 15 Grad hatte. Vi schlief in dem Kinderbett, das Elam für sie aufgestellt hatte. Kinder konnten überall schlafen.

Ruth wünschte, sie könnte ihre Umgebung genauso leicht ausblenden.

Sie schwang die Beine über die Bettkante und trat fast auf Zeus, den großen Pyrenäenberghund, der nach dem Tod ihres Vaters dummerweise Ruth als seine neue Herrin auserkoren hatte. Sie trat um ihn herum und ging zu ihrem Koffer. Mabel hatte gesagt, dass sie sich wie zu Hause fühlen solle, aber aus dem Koffer zu leben war für Ruth genauso normal, wie ihre Kleidung in eine Schublade zu räumen. Sie zog eine Vliesjacke und Nylonshorts über die Thermounterwäsche an, die sie im Bett getragen hatte. Sie fand ihre Sportschuhe und schnürte sie zu. Mit hochgebundenem Haarknoten schlich sie durch den Flur zu Mabels Zimmer. Sie klopfte leise und hörte ein gedämpftes Brummen. Unsicher, ob dies eine Einladung war oder ein dezenter Hinweis, dass sie wieder verschwinden solle, zögerte sie einen Moment. Ruth wollte sich schon umdrehen und wieder gehen, als die Tür aufging. Mabel stand vor ihr. Ihr dichtes schwarzes Haar – ohne eine einzige silberne Strähne – hing über ihr Nachthemd herab.

Mabel zog ihr Nachthemd züchtig um ihren Hals zusammen, obwohl es genauso viel von ihrer Figur verriet wie ein Kartoffelsack. »Ist alles in Ordnung?«, fragte sie. Ihre Zunge war vom Schlafen noch ganz schwer.

»Oh, ja«, antwortete Ruth. »Entschuldige. Ich dachte, du wärst schon auf.«

Mabel winkte ab. »Kein Problem. Ich kann zurzeit nur nicht gut einschlafen.«

»Ich auch nicht.« Ruth schwieg einen Moment. »Macht es dir etwas aus, wenn ich eine Runde laufe? Die Mädchen dürften noch eine Stunde schlafen.«

»Gerne. Das macht mir absolut nichts aus.« Doch dann wanderten Mabels dunkle Augen – die so viel Ähnlichkeit mit Chandlers Augen hatten – über Ruths Kleidung. »Willst du so aus dem Haus gehen?«

Ruth blickte auf ihre Leggings hinab. »Ist das unangebracht?«

Mabel überlege. »Nein«, sagte sie schließlich. »Aber warum willst du *laufen*?«

Ruth verzog die Lippen. »Um Stress abzubauen.«

»Es stresst dich, hier zu sein?«

Ruth senkte den Blick. »Ich wäre überall gestresst.«

»Ich bin trotzdem froh, dass du nicht allein bist.«

Ruth hob wieder den Kopf und die müden Augen der beiden Frauen blickten einander an. Sie waren durch das Gesetz und die Liebe miteinander verbunden, und doch wussten sie so wenig übereinander, dass sie Fremde sein könnten. »Darüber bin ich auch froh«, sagte Ruth. Sie unterließ es jedoch, ihr zu erklären, dass sie sich, obwohl sie hier war, trotzdem allein fühlte.

Kapitel 2

Ruth drückte die Hände flach auf den Boden – das gefrorene Gras war stachelig und glitzerte – und spürte diese neue Welt, die sich um sie drehte. Sie zog ihren rechten Fuß zu ihrer Wirbelsäule hoch und beugte sich vor, um ihre Unterschenkelmuskeln zu dehnen. Dann wiederholte sie das Gleiche mit ihrem linken Bein. Sie streckte die Arme aus und rollte den Hals, um die Verspannungen aus ihrem Körper zu vertreiben. Das Rad der Windmühle knarrte. Die Vögel waren erwacht und zwitscherten einander im Wald zu. Hier draußen war es leichter zu atmen und zu denken.

Es kam ihr vor, als hätte sie seit dem Tod ihres Vaters nicht mehr tief durchgeatmet.

Ruth wusste, dass sie zuerst lieber ein Stück gehen sollte, um ihre untrainierten Muskeln wieder ans Laufen zu gewöhnen, aber ihr Geist verlangte nach mehr Bewegung. Sie lief langsam los. Der kühle Septemberwind, der an ihren Ohren vorbeirauschte, trug den ersten Herbstgeruch in sich und noch einen anderen Geruch, nach Erde und Feuchtigkeit. Der Mond stand noch hoch und rund am Himmel, obwohl sich die Morgendämmerung am östlichen Horizont immer weiter ausbreitete. Aus der Scheune schlich eine Katze. Ruth kniff die Augen zusammen und sah ein neugeborenes Kätzchen aus ihrem Maul baumeln. Das Fell der Mutterkatze war glanzlos, ihre Seiten waren durch Unterernährung ganz eingefallen. Trotzdem setzte sie ihre ganze Energie, mit der sie eigentlich sparsam umgehen sollte, ein, um ihre Jungen an einen geschützteren Ort zu bringen. Um ihre Kleinen zu beschützen. Ruth konnte dieses Bedürfnis sehr gut nachempfinden.

Ruth wusste nicht, wie sie sich und ihre Töchter finanziell versorgen sollte. Sie hatte einen Doppelabschluss in Englisch und

Kunst gemacht, statt nach dem Wunsch ihrer Eltern Lehramt zu studieren, was ihr eine berufliche Zukunft gesichert hätte. Sie war in beiden Fachgebieten aufgeblüht und hatte schon damals, während sie mit ihren Kommilitonen bei einem denkwürdigen Essen in der Cafeteria über neoklassische Literatur diskutiert hatte, gewusst, dass jene Jahre die besten ihres Lebens gewesen waren. Aber was konnte sie aus diesen Jahren vorweisen? Sie schrieb nicht und sie malte nicht. Sich Zeit für sich selbst zu nehmen, erschien ihr angesichts der grenzenlosen Bedürfnisse ihrer Töchter unmöglich, ja, sogar fahrlässig. Die Bedürfnisse der Mädchen waren möglicherweise sogar noch stärker, da Ruth oft gezwungen war, die Rollen beider Elternteile auszufüllen.

Sie lief weiter, vorbei an den dunklen Kanälen, die neben den zahlreichen Cranberryfeldern angelegt waren. Die Sterne verblassten, da der Horizont immer heller wurde. Ohne das Laufen zu unterbrechen, zog sie den Vliespullover über ihren Kopf und band ihn um ihren Bauch. Als sie zum See kam, blieb sie am Ufer stehen und entdeckte, wenn ihre Augen sie nicht täuschten, in der Ferne einen Lichtschein neben einem kleinen Haus.

Ruth warf einen Blick auf ihr Fitnessarmband. Ihr blieb noch eine knappe Stunde, bis ihre Mädchen aufwachten. Sie ging auf den Lichtschein zu und entdeckte eine von Elams *Clydesdales*, den kraftvolles Kaltblutpferden, das an den unteren Ast eines Baumes gebunden war. Ruth blieb stehen, da sie diese Zeit, die sie für sich allein hatte, nicht aufgeben wollte, aber sie fürchtete, Elam habe sie gesehen und würde sich fragen, warum sie sich wieder abwandte.

Sie fand ihn in dem Pumpenhaus, wo er über ein verrostetes Gerät gebeugt war. »Guten Morgen«, sagte sie.

Elam zuckte so heftig zusammen, dass Ruth lächeln musste. »Oh, guten Morgen«, erwiderte er. »Ich habe dich nicht kommen hören.« Er sah sie nicht direkt an, sondern konzentrierte sich weiter auf seine Arbeit. Lag das an ihrer Kleidung oder an seiner Menschenscheu? Chandler hatte sie nie in die vielen Nuancen der mennonitischen Kultur eingewiesen, da er es nie für nötig erachtet hatte, zu seinen Verwandten der alten Ordnung, die in Wisconsin lebten, zurückzukehren, wo die Unterschiede deutlich spürbar waren. Aber seit Ruth hier war, befürchtete sie, sich ständig irgendwie anstößig zu verhalten.

»Ich bin nur laufen gegangen und habe dein Licht gesehen. Ist alles in Ordnung?«

»Ich kriege es wieder hin«, antwortete er. »Ich muss die Pumpe reparieren, bevor wir mit der Ernte beginnen.«

»Wozu benutzt du sie? Zum Fluten der Felder?«

Er nickte. »Ich bin kein Mechaniker, aber ich sehe nicht ein, jemanden kommen zu lassen, nur um ein paar Schrauben anzuziehen.« Er legte seinen Schraubenschlüssel weg und kam zu ihr herüber. »Du bist Läuferin?«

Ruth zog ihren Vliespullover wieder an. Jetzt, da sie sich nicht mehr bewegte und vom Laufen verschwitzt war, begann sie zu frösteln. »Wahrscheinlich bin ich genauso wenig eine Läuferin wie du ein Mechaniker. Chandler ist früher mit mir gelaufen. In Kolumbien, als wir uns kennenlernten. Es machte ihn wahnsinnig, dass ich allein durch die Straßen lief.«

Elam legte den Kopf schief. »Ich hätte Chandler gar nicht als Sportler eingeschätzt.«

»Das ist er nicht«, lachte Ruth und erinnerte sich, wie Chandler das erste Mal in Sportshorts, T-Shirt und Sportschuhen, die alle auffallend neu ausgesehen hatten, in *Bethel House* die Treppe herabgekommen war. Bei dieser Erinnerung wurde ihr warm ums Herz, aber sie wusste, wenn sie diesen Erinnerungen zu viel Raum gäbe – wenn sie begreifen würde, dass sie in der Gegenwartsform an ihren Mann dachte und von ihm sprach –, hätte das eine negative Wirkung. »Ich bin mir nicht sicher, ob ich ihn als sportlich bezeichnen würde. Ich denke, es war eher eine Taktik, um mit mir zusammen zu sein.«

»Ah«, sagte Elam. »Das klingt logisch.«

Elam und Ruth lächelten einander an. Sie wandte sich zum Gehen. »Hey«, sagte er. Sie drehte sich um. »Im Ofen sind Kartoffeln und Eier, wenn du etwas magst.«

Sie nickte, winkte dankend und trat den Heimweg an, der von der aufgehenden Sonne beleuchtet wurde.

15. Juli 2012

Lieber Chandler,
es ist irgendwie seltsam, dass wir fast zwei Jahre als Mitarbeiter im Bethel House verbrachten, wo wir uns manchmal auf der Treppe begegneten oder die Essensreste teilten, die wir im Kühlschrank fanden, doch dann, sobald ich wegging … Nun ja, sagen wir einfach, ich fände es sehr schön, wenn du mich in deinem Urlaub besuchen könntest. Aber ich muss dich warnen (ich wollte dich schon gestern Abend warnen, aber der beste Telefonempfang ist nun mal in der Küche, und meine Mutter räumte übertrieben eifrig ihre Besteckschublade auf, während ich mit dir telefonierte): Wenn du ankommst, wird sich meine Mutter die ersten drei Tage benehmen, als würdest du ihr furchtbare Unannehmlichkeiten bereiten. Sie murrt, weil sie den Tisch für eine Person mehr decken muss; über den vielen Strom, den du verbrauchst (selbst wenn du die ganze Zeit kein einziges Mal einen Schalter betätigst); die zusätzliche Wäsche, die sie waschen und zusammenlegen muss (selbst wenn du die ganze Woche dieselbe Kleidung trägst); dass du vergessen hättest, im Badezimmer das Fenster aufzumachen und sich jetzt im gesamten oberen Stockwerk schwarzer Schimmel ausbreitet. Bitte nimm das nicht persönlich.
Mich hat meine Mutter genauso behandelt, als ich wieder nach Hause zog, was mich – das sagt alles! – motivierte, mir sofort eine Mietwohnung in der Stadt zu suchen. Aber wie du weißt, kann man von ehrenamtlicher Arbeit keine Rechnungen bezahlen, und ich muss mein Studiendarlehen zurückzahlen. Deshalb

habe ich mich damit abgefunden, hier, zu Hause, zu wohnen, bis ich eine bessere Einnahmequelle gefunden habe, als bei Father Tom's zu kellnern. Das Positive ist, dass ich meinem Vater nahe bin, der mir versichert hat, dass ich eine glückliche Kindheit hatte. Er ist jetzt Rentner (genauso wie meine Mutter) und hantiert oft im Garten oder sitzt auf einer der Betonbänke am Ufer, wo er seine Pfeife raucht und mit seinem großen Pyrenäenberghund, Zeus, aufs Meer hinausschaut. Er ist das genaue Gegenteil meiner Mutter, trotzdem kommen sie miteinander aus. Ich möchte gern glauben, dass das Leben nur die Teile abgeschliffen hat, die sie früher kompatibel machten, und dass sie sich deshalb jetzt nicht mehr nahtlos zusammenfügen.

Trotzdem lieben sie sich immer noch. Das habe ich gestern Abend gesehen, bevor ich mit dir telefonierte. Meine Mutter (Cathleen) schrie durchs Fenster hinaus, dass er (Kiffin) nicht so viel Zeit damit vergeuden solle, mit dem Hund Fangen zu spielen, und lieber einen Salat als Beilage zum Abendessen machen solle. Er tat es. Er kam mit einem Korb, in dem er grünen Salat, Karotten in der Größe meiner kleinen Finger und Radieschen hatte. Er hatte alles draußen unter dem Wasserhahn gewaschen und stellte den Korb auf den Tisch. Sie wollte sich gerade beschweren, dass die Tischdecke nass werde, als er seine andere Hand hinter dem Rücken hervorzog und meiner Mutter einen Strauß roter Astern, die er beim Tor gepflückt hatte, hinhielt.

»Für Sie, meine Dame«, sagte er in seinem breiten irischen Akzent.

Meine Mutter trägt nie Make-up oder Schmuck, ihr gelocktes Haar ist immer kurz geschnitten und ihre Standardkleidung sind Kakihosen und Poloshirts. Dass er sie als »Dame« ansprach, würden die meisten deshalb als unpassend bezeichnen. Trotzdem konnte ich sehen, wie sich ihre Wangen röteten und ihre Augen funkelten, als sie die Blumen nahm, ihm einen schnellen Kuss auf die Wange drückte und sagte: »Verschwinde, du alter Kauz.«

Vielleicht hilft dir diese Vorwarnung, dich auf den Aufenthalt bei uns einzustellen. Und ich verspreche, dass ich das Herumnörgeln meiner Mutter wiedergutmachen und mit dir die Straße hinauf nach Bray wandern werde, wo sich das Heidekraut im Wind wiegt, die wilden Pferde auf den Höhen grasen und sich die Seehunde in der Irischen See tummeln, während sich das schäumende Wasser wie eine Rolle aus Spitzenbändern um ihre dunklen Köpfe legt. Und wenn wir in Bray angekommen sind (nach ungefähr 15 Kilometern), können wir die Kalorien, die wir verbrannt haben, mit einem leckeren Eis mit Pfefferminzschokoladenstreusel in der kleinen Eisdiele am Straßenrand wieder auffüllen und es genüsslich essen, während die bunten Flaggen der Stadt in der salzigen Luft flattern. Also komm bitte, Chandler; ich hätte dich gerne hier.
Herzlichst,
Ruth

Es störte Ruth nicht, in ihrer Trauer allein zu sein; das war ihr sogar lieber. Besonders, wenn ihr jemand Gesellschaft leisten wollte, den sie nicht gut kannte. Aber Elams Schwester Laurie war eine gutherzige Seele, die sich nicht so leicht abwimmeln ließ. In der kurzen Zeit, seit Ruth hier war, hatte sie erkannt, dass Laurie es sich zur Aufgabe machte, dafür zu sorgen, dass sich niemand in ihrem Umfeld je einsam fühlte. Das musste der Grund sein, warum sie jetzt die Stufen heraufstürmte – mit Tim junior auf ihrem schwangeren Bauch – und in die Küche platzte. »Guten Morgen!«, flötete sie, als sie Mabel und Ruth am Tisch sitzen sah. »Ich kann nicht lange bleiben – wahrscheinlich zerlegen die Kinder gerade das Haus –, aber ich wollte euch sagen, dass einige Frauen und ich Apfelstrudel machen. Wir fangen um zehn an und danach gibt es ein gemeinsames Mittagessen.«

Mabel schaute Ruth an. »Du solltest hingehen«, schlug sie vor. »Ich bleibe hier und passe auf die Mädchen auf.«

Das Letzte auf der Welt, was Ruth wollte, war der Kontakt zu einer Gruppe neugieriger fremder Frauen. In den letzten zwei Monaten hatte sie gemerkt – oder wenigstens erahnt –, dass die Leute sie ständig beobachteten, als versuchten sie, ihre emotionale Verfassung abzuwägen. Da Ruth von Cathleen Galway aufgezogen worden war, neigte sie dazu, ihre Gefühle genauso zu verstecken wie ihre stoische Mutter. Manchmal versteckte Ruth diese Gefühle sogar vor sich selbst und konnte ihre eigenen Gedanken nur verstehen, wenn sie sich Zeit nahm, sie niederzuschreiben. Nein, das Letzte, was Ruth wollte, war es, eine Fallstudie für eine Schar Frauen zu sein, von denen jede einen Mann hatte, der nachts ihr Bett wärmte. Aber Laurie schaute sie mit so hoffnungsvollen großen Augen an, dass Ruth es nicht übers Herz brachte auszusprechen, was sie fühlte.

»Kann ich etwas mitbringen?«, fragte sie.

»Das ist nicht nötig.« Lauries Lächeln wurde breiter. »Ich freue mich einfach, wenn du kommst.«

Eine Stunde später bog Ruth in ihrem Mietwagen an der Kreuzung nach links ab, wo eine weitere Schotterstraße die lange Schotterstraße kreuzte, die sich an Elams Scheunen und dem See vorbeiwand. Lauries und Tims Haus sah wie eine kleinere Version des Bauernhauses aus, das Elam gehörte. Ruth parkte am Straßenrand, um leichter fortkommen zu können – und schnell, falls dies nötig sein sollte. Im Hof standen offenbar genauso viele Pferde und Einspänner, wie bei der Beerdigung neben dem Friedhof gestanden hatten. Ruth fragte sich, ob im Haus überhaupt genug Platz für die vielen Frauen war, die sich bestimmt darin befanden, da ja schon die Kirche an jenem Tag aus allen Nähten geplatzt war. Sonderbar, dass ihr Verstand beschloss, sich solche unwichtigen Details zu merken, sich aber nicht an die Gesichter der Menschen erinnern konnte, die nach dem Gottesdienst auf sie zugekommen waren, um ihr Kindheitserinnerungen an Chandler zu erzählen: wie er mit den mennonitischen Jungen Dosenkicken gespielt hatte; wie er in einem Winter mit seinen nackten Füßen in Kuhfladen gestiegen war, um sich die Füße zu wärmen; wie er mit Elam ausgeklügelte Tunnel in das Heu auf dem Heuboden gegraben hatte; wie er einem Bauern erzählt hatte, in seinem Stall wäre ein wildes Tier, wo doch bloß eine Kuh mit dem Kopf zwischen den Brettern eines Futtertrogs stecken geblieben war. Diese ganzen Erinnerungen, die Ruth noch nie zuvor gehört hatte, gaben ihr das Gefühl, ihren Mann, der vor ihrer Hochzeit offenbar ein völlig anderes Leben geführt hatte, gar nicht richtig gekannt zu haben.

Ruth stand in Lauries Hof und spielte mit dem Gedanken, wieder zu verschwinden, aber wie sollte sie das Mabel erklären? Neben ihr bewegte sich die Stange der Wasserpumpe über dem Betonsockel auf und nieder, während über ihrem Kopf die rostigen Blätter der Windmühle quietschten. Hühner pickten und scharrten in der aufgewühlten Erde, die die Wagenräder umgeackert hatten. Ein alter Hofhund - ein Beagle - hatte sich vor dem Stall im Sonnenschein ausgestreckt. Das Panorama war so idyllisch, dass Ruth für einen Moment ihre Unsicherheit vergaß und sich diese Szene in Schwarz-Weiß ausmalte.

Als niemand auf ihr Klopfen antwortete, betrat sie den Windfang. Der Boden war von einer bunt zusammengewürfelten Sammlung aus Kinderschuhen und -mänteln übersät. Es gab auch Frauenschuhe; sie waren alle schwarz und sahen fast gleich aus, wodurch Ruths wadenhohe braune Lederstiefel auffällig herausstachen. Sie hoffte, dies sei kein Vorgeschmack darauf, wie sie unter den Frauen, denen diese Schuhe gehörten, herausstechen würde.

Ruth trat in Lauries Küche und atmete den herbstlichen Duft von gekochten Äpfeln, Zimt und Rauch ein. Ein langer Tisch nahm fast den ganzen Raum ein. Der Boden bestand aus lackierten Kieferndielen, und der Bereich, der am stärksten frequentiert wurde, wies Kratzer und Furchen auf. An der hinteren Wand stieg zwischen zwei Fenstern Dampf von Topfdeckeln auf, die auf massiven Kesseln tanzten, die auf dem Holzofen standen. Ein Fließband aus schlicht gekleideten Frauen plauderte angeregt, während sie die Golden- und Red-Delicious-Äpfel in der Spüle wuschen, die Äpfel danach schnitten, das Kerngehäuse entfernten und, falls nötig, faule oder wurmige Stellen ausschnitten. Die nächsten Frauen warfen diese Äpfel in Töpfe und rührten sie mit Metalllöffeln um. Laurie – die Einzige im Raum, die Ruth kannte, obwohl die anderen auch alle bei der Beerdigung gewesen waren – stand am Tisch und rollte Teig aus.

Als Ruth näher trat, blickte Laurie auf und ihr sommersprossiges Gesicht verzog sich zu einem Grinsen. Sie wischte ihre bemehlten Hände an ihrer Schürze ab, kam Ruth entgegen und umarmte sie, als hätten sie sich nicht erst vor wenigen Minuten gesehen. Ohne Ruths Arm loszulassen, fragte Laurie: »Wo möchtest du mitmachen?«

Die Gespräche im Raum waren verstummt. Ruth ließ ihren Blick über die Frauen wandern, die wie ein Küchenbataillon mit Schürzenbändern, die sich auf ihrem Rücken überkreuzten, ihr Geplapper und ihre Arbeit wiederaufnahmen.

Laurie murmelte: »Wenn du willst, kannst du gleich hier bei mir bleiben.« Sie nahm eine Schürze vom Haken neben der Spüle und reichte sie Ruth. Ruth hatte in den letzten Monaten so viel abgenommen, dass sie die Bänder zweimal um ihre Taille wickeln und sie vorne mit einer Schleife zusammenbinden konnte.

Ruth wusch sich in dem winzigen Badezimmer die Hände, dann kam sie zurück und betrachtete den Inhalt der Schüssel. Laurie hatte Ruth keine Anweisungen gegeben und ging offensichtlich davon aus, dass Ruth wisse, wie man Strudelteig machte. Ruth hatte davon aber keine Ahnung. Rosinenbrötchen waren das komplizierteste Gebäck, das sie von Cathleen gelernt hatte. So beobachtete sie, wie Laurie die kalte Butter klein schnitt und in die Mehlmischung gab, bevor sie anfing, den Teig mit den Fingern zu Kugeln zu verarbeiten. Ruth folgte ihrem Beispiel und empfand diese Tätigkeit als angenehm beruhigend. Wie lange war es her, seit sie in der Küche mehr gemacht hatte als nur das Frühstück? Wenn man einen Menschen verlor, schienen alle großen Wert darauf zu legen, dass man genug zu essen bekam.

Laurie riss Ruth aus ihren Gedanken und fragte: »Hat Elam schon zwei Wörter mit dir gesprochen?«

Ruth warf einen Blick auf Laurie, die Mehl auf den Tisch gestreut hatte und anfing, den Teig auszurollen. Also streute Ruth auch Mehl auf den Tisch und begann, ihren Teig ebenfalls auszurollen. »Wir haben uns neulich morgens ein wenig unterhalten. Warum?« Sie richtete ihren Blick wieder auf die Schüssel. »Tut er das sonst nicht?«

»Sonst?«, lachte Laurie. »Nein. Mein großer Bruder ist so ziemlich der scheueste Mann, den man sich vorstellen kann. Aber …« Laurie hielt inne und drehte die Teigrolle. »Auch wenn ich vielleicht ein wenig voreingenommen bin, würde ich sagen, dass er gleichzeitig der freundlichste Mann ist, den es gibt. Fast alle Leute hier in der Gegend arbeiten für die *Driftless Valley Farm*. Inzwischen hat die Gemeinde sogar schon diesen Namen übernommen. Niemand denkt jetzt noch daran, uns *River-Bend-Mennoniten* zu nennen. Aber ich habe selten das Gefühl, dass ihn die ganze Verantwortung stresst. Andererseits zeigt Elam seine Gefühle nicht so offen.«

Ruth kannte Elam und Laurie nicht gut genug, um etwas dazu zu sagen, deshalb konzentrierte sie sich darauf, ihren Teig mit der Teigrolle gleichmäßig auszurollen.

»Was hast du vor, wenn …?« Laurie beendete ihre Frage nicht. Ruth hob den Kopf und sah, dass Lauries Gesicht rot glühte. »Vergib mir«, flüsterte sie. »Manchmal vergesse ich, warum du hier bist.«

Ruth sagte: »Kein Problem.« Aber auch wenn die Frage kein Problem war, war die Situation sehr wohl ein Problem.

Ruth hatte im Grunde keine Ahnung, was sie jetzt tun sollte, da sie nicht mehr kostenlos im *Bethel House* wohnte oder 2.000 Dollar monatlich von *Children's Haven* oder *Ärzte ohne Grenzen* überwiesen bekam, je nachdem, bei welcher gemeinnützigen Organisation ihr Mann gerade angestellt gewesen war. Aufgrund von Chandlers gemeinnützigem Dienst war ihm die Rückzahlung seines Studiendarlehens erlassen worden, was ihnen eine halbe Million Dollar an Schulden bei der medizinischen Fakultät gespart hatte. Aber trotz ihres sparsamen Lebens hatten 24.000 Dollar im Jahr nicht viel Spielraum gelassen, um Ersparnisse anzulegen. Und das, *was* sie gespart hatten, war längst weg.

»Du kannst bestimmt so lange hierbleiben, wie du willst«, sagte Laurie leise, da sie offenbar merkte, dass die anderen Frauen erneut verstummt waren, um ihrem Gespräch folgen zu können.

»Ich kann Elams Gastfreundschaft auf keinen Fall ausnutzen.«

Laurie gab einen abwehrenden Ton von sich. »Unsinn! Du würdest ihm einen Gefallen tun. Zur Erntezeit braucht er immer Leute; er könnte dich bestimmt für ein paar Wochen einstellen.«

»Ich … ich glaube nicht, dass ich so lange bleibe.« Aber Ruths Stimme fehlte die Überzeugung, die sie gehabt hatte, als sie diesen Satz nach der Beerdigung zu Mabel gesagt hatte. Sie blinzelte die Tränen zurück. Jetzt war nicht der richtige Zeitpunkt, um zu weinen. Sie blickte schnell auf den Teig hinab, nahm ein Backblech vom Stapel, strich es mit Butter aus und legte den Teig darauf, um dann die überstehenden Ränder, genauso wie Laurie es machte, mit einem Messer abzuschneiden. Wo war Ruths Platz auf der Welt? Zu welchen Menschen gehörte sie? Sie hatte sich so lange wie eine alleinerziehende Mutter gefühlt, und trotzdem hatte sie keine Ahnung gehabt, wie verwundbar man sich fühlte, wenn man sein Leben tatsächlich ganz allein bestreiten musste.

Der Versicherungsmitarbeiter am Telefon besaß die Frechheit, gelangweilt zu klingen. »Mir ist bewusst, dass Ihr Mann sein Leben für unser Land gegeben hat, Mrs Neufeld, aber diese Versicherungspolice umfasst keine Kriegshandlungen.«

»Er hatte vor, nach Afghanistan zu gehen«, sagte Ruth und drückte ihren Handballen auf ihr Auge, bis sie Sterne sah. »Dieses Risiko wäre er nicht eingegangen.«

Nach einer Weile fragte der Versicherungsvertreter: »Soll ich Ihnen den Vertrag faxen?«

Ruth räusperte sich. Sie konzentrierte sich auf das Quietschen der Windmühle und auf das rhythmische Klappern der Pferdehufe in der Ferne statt darauf, dass die Lebensversicherungspolice ihres Mannes jetzt null und nichtig war. »Wo ich bin, gibt es kein Faxgerät«, sagte sie.

»Soll ich Ihnen dann den Vertrag als E-Mail schicken?«

Ruth hielt ihr Handy von sich ab, um nachzusehen, wie viel Akkuleistung sie noch hatte. Sie hatte es satt, es jede Nacht im Mietwagen aufzuladen, aber blieb ihr eine andere Möglichkeit?

»Hier gibt es auch kein Internet.« Sie wandte den Kopf vom Telefon ab und atmete tief ein. Seit Wochen kämpfte Ruth mit dem Amtsschimmel und jedes Mal hatte sie einen anderen Mitarbeiter am Telefon. Trotzdem wollte sie diesem Mann nicht die Genugtuung geben, sich am anderen Ende der Leitung eine verzweifelte Witwe auszumalen.

Der Versicherungsvertreter schwieg einen Moment. Ruth kannte dieses Schwiegen; sie wusste, dass er versuchte, eine passende Antwort zu formulieren. »Es … es tut mir leid, dass …«, begann er.

Sie fiel ihm ins Wort. »Auf Wiederhören. Ich muss gehen.«

Das war nicht gelogen. Sie *musste* gehen. Sie wusste nur nicht, wohin.

20. August 2012

Liebe Ruth,
mein letzter Brief begann mit einer Entschuldigung, und dieser Brief scheint eine Fortsetzung zu sein. Es tut mir leid, dass ich dir einen Antrag gemacht habe. Besser gesagt ich bereue den Antrag nicht, aber es tut mir leid, dass ich dich damit überrumpelt habe. Vielleicht hilft es dir, wenn ich gestehe, dass ich selbst auch ein wenig überrumpelt bin. Du standst einfach da und die Sonne schien auf dein Haar. Und ich stand neben dir und mir war voll und ganz bewusst, dass wir bald auf verschiedenen Kontinenten sein würden. Du hast mich danach gefragt, wie ich dich lieben könne, obwohl ich dich doch kaum kenne, aber manchmal kann man jemanden lieben, ohne genau zu wissen, wer er ist.
So ging es mir, noch bevor du in Guatavita beinahe entführt worden wärst; es geschah in der ersten Woche, die du im Bethel House warst.
Ich kam gegen Mitternacht aus der Klinik zurück. Ich sperrte die Tür auf und sah, dass die Korblampe über dem Küchentisch eingeschaltet war und ein Flechtmuster an die Wände warf. Ich habe dich erst gesehen, als ich näher trat. Du standst mit dem Rücken zu mir, dein Haar war zu einem zerzausten Knoten gedreht und mit einem Kugelschreiber festgesteckt. Der Tisch war mit Zetteln und gelben Bonbonpapieren bedeckt, aber du hast nur das Gesicht zum Fenster gewandt und stumm dagesessen.
Ich fragte: »Was ist los?«, und du bist vor Schreck fast einen halben Meter in die Höhe gesprungen.
Du hast die Hand auf dein Herz gedrückt, dich umgedreht und mich an der Tür gesehen. Man hatte uns einander schon vorgestellt, aber wir hatten nicht wirklich Gelegenheit gehabt, miteinander zu sprechen. Du sagtest: »Ich kann es nicht ertragen, nicht hinausgehen zu dürfen.«
Jetzt, da ich weiß, wo du aufgewachsen bist, verstehe ich, wa-

rum du bei diesen niedrigen Decken und verdunkelten Straßen Platzangst bekommen hast.
Ich sagte: »Ich könnte eine Lösung haben. Aber vorher muss ich etwas essen.« Ich schaute dich an. »Hast du schon gegessen?«
Du hast den Kopf geschüttelt und gegrinst. »Nur Schokolade.«
Also habe ich in einem Topf übrig gebliebenen Reis und Bohnen aufgewärmt und eine reife Avocado auf die zwei Schüsseln verteilt. Ich bat dich mitzukommen, und obwohl du mich vorsichtig angesehen hast, bist du mir gefolgt, ohne Fragen zu stellen. Du musst wirklich verzweifelt gewesen sein.
Mit unserem Essen in den Händen führte ich dich die dunkle Betontreppe hinauf, an den Frauenunterkünften und dann an den Männerräumen vorbei. Wir schlichen wie Teenager durchs Haus. Vielleicht trug dieses Gefühl, etwas Verbotenes zu tun, dazu bei, dass wir es so genossen. Wir waren von den vielen Erwachsenenaufgaben, die wir ständig jonglierten, müde. Ich führte dich zur Falltür, die zum Dach führte, und reichte dir die dampfenden Teller, bis ich die Tür aufgeschoben und meinen schlaksigen Körper hinausgezwängt hatte. Dann kamst du hinaus und wir setzten uns auf die Decke, die ein anderer Mitarbeiter hier oben vergessen hatte. Wir aßen unser bescheidenes Essen mit den Fingern, weil ich vergessen hatte, Gabeln mitzunehmen. Du hast mir erzählt, dass du Schriftstellerin werden möchtest. Ich erzählte dir, dass ich Arzt werden will, und du hast gelacht, da ich immer noch meine Arztkleidung trug. Doch dann wurde ich ernst und gab zu, dass mich die große Zahl meiner Patienten und der kranken, verwaisten Babys, die ich alle versorgen muss, manchmal fast erdrückt. Ich gestand, dass die Realität viel komplizierter ist als der Traum, und obwohl ich gern Arzt bin, weiß ich nicht, ob ich das Positive bewirke, was ich mir als junger Mensch ausgemalt habe. Du hast meine Hand berührt und sie dann gehalten und ich sah dich an, während irgendwo in der Stadt ein verwirrter Hahn krähte.
Ich kannte dich kaum, Ruth, aber ich wusste, dass ich anfing,

mich in dich zu verlieben. Deshalb hoffe ich, dass du erkennst: Auch wenn mein Heiratsantrag vielleicht plötzlich kommt, ist meine Liebe zu dir echt.
Liebe Grüße,
Chandler

Kapitel 3

Die Stalltüren waren aufgeschoben, da das Licht der Laterne für Elams Arbeit nicht ausreichte. Elam hatte normalerweise keinen Blick dafür, wenn Dinge immer schlechter aussahen – das ging sogar so weit, dass ihn seine Schwester Laurie darauf aufmerksam machen musste, wenn es an der Zeit war, sich neue Kleidung oder Stiefel zu kaufen. Aber bei altmodischen Geräten war das ganz anders. Jahrzehntelange erfolgreiche Ernten hatten der *Driftless Valley Farm* zu einem ständigen Wachstum verholfen, aber die Bedürfnisse der Farm waren mit diesem Erfolg ebenfalls gestiegen. Elam bearbeitete jetzt achtzig Hektar mit denselben Geräten, mit denen sein Großvater zwanzig bearbeitet hatte. Dies als mühsam zu bezeichnen, wäre stark untertrieben. Bis jetzt kamen Elam und seine Männer irgendwie klar, aber mit jedem Jahr und mit jedem zusätzlichen Feld wurde die Herausforderung größer.

»Elam?«

Als Elam seinen Namen hörte, blickte er auf und entdeckte Ruths Silhouette, die von den mondbeschienenen Feldern hinter ihr umrahmt wurde. Sein Atem stockte. Um sich abzustützen, hielt er sich an einem der verrosteten Zinken des Erntegeräts fest. Jedes Mal, wenn er sie sah, wurde er unsicher, und obwohl er oft unsicher wurde, wenn er mit jemandem sprechen musste, der nicht zu seiner direkten Familie gehörte, wusste er, dass seine jetzige Unsicherheit nichts damit zu tun hatte. Manchmal konnte er mit Ruth so ungezwungen sprechen, wie er es außer mit seiner Schwester mit niemandem erlebte, und trotzdem war von dieser Ungezwungenheit nichts zu spüren, wenn sie ihn unvorbereitet erwischte, so wie jetzt.

»Ru…uth?« Er legte seinen öligen Lappen weg und stellte die Laterne auf die Werkbank.

»Entschuldige bitte, ich wollte dich nicht stören«, sagte sie.

»Du … du störst nicht.«

Ruth rieb sich die Arme, als wäre ihr kalt. »Laurie hat mir gesagt, dass du zur Ernte vielleicht noch ein paar zusätzliche Hände brauchen könntest.« Sie schwieg einen Moment. »Stimmt das?«

Elam hob den Lappen auf und begann wieder, die Zinken zu ölen. *Stimmte das?* Laurie wusste, dass er die Cranberryernte schon längst bis ins Detail geplant hatte. Aber er spürte, dass es Ruth viel Überwindung kostete, ihn darauf anzusprechen. Wie könnte er die Witwe seines Cousins abweisen? Er würde einen Weg finden, ihr zu helfen.

»Ja … ja«, sagte er. »Wir sind dieses Jahr knapp besetzt. Meinst du, du könntest helfen?«

Ruth sagte: »Nur wenn du unsere Kost und Logis von meinem Lohn abziehst.«

Als Tante Mabel gefragt hatte, ob sie mit ihrer Schwiegertochter und ihren zwei kleinen Enkelinnen nach der Beerdigung in seinem Haus wohnen könnte, war Elams einziger Einwand gewesen, dass er kein geübter Gastgeber war. Laurie hatte ihn überredet, dass es gut wäre. Sie hatte sein Haus gründlich geputzt und einige Sachen gekauft, um die Räume ein wenig zu verschönern, in denen seit dem Tod ihrer Mutter die Hand einer Frau fehlte.

Doch letztendlich wohnte Laurie ja nicht hier und Elam musste dafür sorgen, dass sich seine Gäste wohlfühlten. Und jetzt wollte ihm sein Gast für seine bescheidene Gastfreundschaft auch noch etwas bezahlen! Oben im Himmel schüttelte seine Mutter bestimmt den Kopf.

»Ruth, du … bist Teil der Familie«, sagte er. »Mein Haus ist dein Haus.«

Ruth senkte den Blick und ihr Haar fiel nach vorne. Er sah, dass die Locken in ihrem Nacken dichter waren. »Dafür bin ich dir sehr dankbar«, sagte sie.

»Gerne.« Er konzentrierte sich darauf, denselben Zinken noch einmal zu ölen. »Die Ernte fängt morgen an und dauert ungefähr

… drei Tage. Ich schaue, ob ich eine wasserdichte Hose und Stiefel finde, die dir passen.«

»Großartig. Ich freue mich darauf.«

Er erwiderte ihr Lächeln und schob die Krempe seines Strohhuts nach oben, während er ihr nachblickte, wie sie den Stall verließ. Am Tor drehte sie sich noch einmal um und er wurde verlegen, doch dann begriff er, dass sie ihn im Dunkeln nicht sehen konnte.

»Ich bin dir für alles, was du für uns tust, sehr dankbar, Elam«, sagte sie.

Er nickte. »Gerne, Ruth.«

Dieses Mal kamen die Worte fließend aus seinem Mund.

27. August 2012

Liebster Chandler,
es gibt keinen Grund, sich zu entschuldigen. Du hast nichts falsch gemacht. Vermutlich habe ich mir einfach immer ausgemalt, mein Leben würde auf eine bestimmte Weise verlaufen, und jetzt sprechen wir plötzlich vom Heiraten, ohne überhaupt zu wissen, ob wir ineinander verliebt sind. Ich weiß, dass du glaubst, du wärst in mich verliebt, aber ich fürchte, du bist vielleicht in die Vorstellung von mir verliebt und nicht in die Frau, die ich tatsächlich bin.
Ich kann gemein sein, Chandler, und egoistisch.
Ich bin ein Einzelkind und auch wenn ich nicht mit materiellen Dingen – oder mit zu viel Aufmerksamkeit – verwöhnt wurde, bin ich es nicht gewohnt, meinen Raum oder meine Zeit mit jemandem zu teilen. Das klingt wahrscheinlich, als wollte ich dich wegschieben, aber das tue ich nicht. Ich nehme die Ehe nur nicht auf die leichte Schulter.
Die Ehe ist keine Entscheidung, die man aus einem Impuls he-

raus trifft oder weil jemand gut aussieht oder einem ein gutes Gefühl vermittelt. Die Ehe verbindet zwei Seelen auf einem sich ständig verändernden Weg. Ich dachte – als Jugendliche, als ich es besser wusste als die Erwachsenen in meinem Leben –, dass sich meine Eltern einfach scheiden lassen sollten. Aber ich begriff damals nicht, dass sie an ihrem Versprechen festhielten, einander zu lieben. Dazu gehörte, die beste und die schlimmste Seite des anderen zu lieben. Wir sind alle Chamäleons, Chandler. Wir verändern uns – zum Guten oder zum Schlechten –, wenn sich unsere Umgebung verändert, und ich will nicht, dass du enttäuscht bist, wenn sich unser Leben verändert und ich mich entsprechend anpasse.

Wenn du dies liest und mich immer noch willst, komme ich zu Children's Haven zurück. Und zu dir. Wenn du dies liest und nichts mehr mit mir zu tun haben willst, kann ich das auch verstehen.

Herzlich,

Ruth

Elam kannte nur einen Menschen, der eine wasserfeste Hose mit Stiefeln in Ruths Größe haben könnte, aber diese Person war seine Schwester Laurie, die zweifellos mehr Fragen stellen würde, als er beantworten wollte. Doch er hatte Ruth versprochen, dass sie bei der Cranberryernte helfen könne. Also schluckte er sein Unbehagen hinunter und klopfte an Lauries Tür.

Sie rief von innen: »Du weißt, dass du nicht klopfen musst!«

Er trat in die Küche und entdeckte Laurie mit seiner zweijährigen Nichte, Sarah, die an ihrer Schürze hing, während auf dem Herd ein Teekessel pfiff und der kleine Tim junior in seinem Hochstuhl saß und sich mit beiden Händen sabbernd Cheerios-Frühstücksflocken in den Mund schob. Elam bückte sich, um seine Stiefel aufzuschnüren.

»Spar dir die Mühe«, sagte Laurie. »Schau dir den Fußboden an!«

Elam besah sich den Küchenboden seiner Schwester und entdeckte die Spuren einer glücklichen Kindheit: ein angebissenes Stück Brot, verstreute Cheerios unter Tim juniors Tischchen, Holzbuchstaben und einen kleinen Spielzeugtraktor: Näher kämen seine Neffen und Nichten nicht an ein Fahrzeug heran, es sei denn, sie verließen die Mennoniten der alten Ordnung. Dieser Gedanke fesselte Elam. Er wusste nicht, wie er beginnen sollte.

»Hast … hast du eine wasserdichte Hose und Stiefel, die ich ausleihen kann?«

Laurie legte eine Hand auf ihren Bauch, zog den Teekessel von der Herdplatte und bückte sich, um ein paar Holzklötze in die Kiste zu werfen. »Ich glaube nicht, dass du und ich die gleiche Größe haben.«

»Die Sachen sind nicht für mich.«

»Für wen dann?« Sie brach ab und ihre sommersprossige Nase kräuselte sich, als sie lächelte. »E-lam«, flötete sie. »Es ist so lieb von dir, Ruth Arbeit anzubieten. Das ist wirklich sehr nett.«

Elam trat unbehaglich von einem Fuß auf den anderen. Er beugte sich nach unten und hob seine Nichte hoch, die einen Kuss auf seine borstige Wange drückte und ihn dann mit den gleichen dunkelgrauen Augen anschaute, die auch Laurie hatte.

Elam sagte: »Ruth wurde offenbar von dir auf diese Idee gebracht.«

Laurie breitete die Finger auf ihrer Brust aus, eine theatralische Schauspielerin in einem schlichten dunkelroten Kleid. »Von *mir*?«

Elam bedachte sie mit dem Blick, mit dem er sie fast ihr ganzes Leben lang ansah. »Stell dich nicht so überrascht. Du weißt, dass in meinem Ernteteam keine Frau mehr war, seit du Tim geheiratet hast.«

»Hm, na ja. Tim gefalle ich in meiner wasserdichten Hose immer noch.«

Elam errötete. Laurie trat näher und berührte ihren Bruder am Arm. Sie waren keine Geschwister, die sich ihre Zuneigung durch körperliche Gesten zeigten; das lag nicht daran, dass Laurie zurückhaltend gewesen wäre, sondern daran, dass Elam oft das Bedürfnis nach viel persönlichem Freiraum ausstrahlte. Laurie versuchte normalerweise, dieses Bedürfnis ihres Bruders zu respektieren, es sei denn, sie musste etwas unterstreichen. Und Laurie musste *immer* etwas unterstreichen. »Elam.« Ihre hohe, beherrschende Stimme senkte sich um drei Oktaven, was bedeutete, dass sie eine ernste Sache ansprechen wollte. »Es gibt nichts, wofür du dich schämen müsstest.«

»Ich ... ich weiß nicht, wovon du sprichst«, sagte er, aber er wusste, dass sie ihn durchschaute. Laurie gehörte zu den wenigen Menschen auf der Welt, die ihn durchschauten.

Elams Nichte zupfte an seinen Hosenträgern. Er blickte nach unten und zupfte sanft an einem ihrer geflochtenen Zöpfe. Sie grinsten. Elam hatte sich immer Kinder gewünscht – er hatte mehr davon geträumt, Vater zu werden, als ein Ehemann –, denn Kinder reagieren mehr auf Taten als auf Worte. Und doch musste man erst heiraten, um Vater zu werden, was ihm unmöglich war, da keine Frau einen Mann wollte, der so wenig zu sagen hatte. Frustriert schloss Elam die Augen und legte das Kinn auf den Kopf seiner Nichte. Sarah schmiegte sich an ihn.

Laurie fragte: »Versprichst du mir etwas?«

Mit einem Seufzen blickte Elam seine Schwester an und sah plötzlich das kleine Mädchen von früher, das immer alle in ihrem Haus hatte glücklich machen wollen: Diese Aufgabe hätte sie sich nie aufbürden sollen, da sie noch ein Kind gewesen war und Elam ein Teenager, als der Arzt die Krankheit ihrer Mutter diagnostiziert hatte.

Er lächelte versöhnlich und nickte, da er wusste, dass es Laurie nur gut meinte, auch wenn er ihre guten Absichten oft als Einmischung empfand. Sie fuhr fort: »Erlaubst du dir, Ruth kennenzulernen?«

Elam schwieg einen Moment und war sich nicht sicher, wie ehrlich er sein wollte. »Ich lerne sie bereits kennen«, sagte er und erinnerte sich an ähnliche Gespräche: Laurie hatte versucht, ihn zu überreden, zum Kirchenchor zu gehen oder zu einer Auktion oder zu einer Hochzeit, zu der er nicht gehen wollte. Er wusste nicht, ob sie das machte, weil sie ihn verheiraten wollte oder weil die Familie ihr Sicherheitsnetz geworden war und sie es durch eine Schwägerin und die Kinder, die sich daraus ergeben würden, erweitern wollte.

Laurie trat zurück und gewährte ihm wieder mehr Freiraum. »Ich finde einfach, dass du in ihrer Nähe deine Mauern nicht hochziehen solltest, wie du es normalerweise tust.«

Elam räusperte sich, um eine gewisse Gereiztheit zu vertreiben. »Ich habe dann den Wunsch, Mauern hochzuziehen«, sagte er, »wenn ich mich von jemandem in die Enge getrieben fühle.«

»Ich will dich nicht in die Enge treiben. Ich will nur, dass du glücklich bist.«

»Ich *bin* glücklich«, beharrte er und legte dann eine Hand auf Sarahs Ohr, als könnte eine Zweijährige verstehen, was er selbst manchmal nicht verstehen konnte. »Wo ist außerdem deine Loyalität gegenüber Chandler?«

»Ich habe Chandler *geliebt*«, sagte Laurie. »Wir alle haben ihn geliebt. Aber …« Sie lächelte wieder zu ihm hinauf und er wusste, dass es kein Zurück gab, wenn seine Schwester einmal einen Entschluss gefasst hatte. »Du stehst mir näher.«

Elams Schwager Tim betätigte die zweite Pumpe, die Wasser in ein Wasserreservoir strömen ließ. Das Wasser konnte dann durch Kanäle auf die Felder geleitet werden. Die Wasserhöhe auf den Feldern wurde ganz einfach durch Holzklappen am Ende der Kanäle geregelt, die entweder eingeschoben oder entfernt wurden. Morgen wären alle Holzklappen in Betrieb und die Überflutung aller Felder könnte beginnen. Elam stand neben seinem Schwager am Ufer und beobachtete, wie das Wasser auf dem ersten Feld langsam anstieg.

»Gut«, meinte Tim. »Es sieht so aus, als würde die Pumpe wieder funktionieren.«

In einiger Entfernung entdeckte Elam Ruth beim Joggen. Zeus sprang neben ihr über den Weg. Das rhythmische Geräusch ihrer Laufschuhe schreckte eine Bisamratte auf, die eilig Zuflucht im Wasser suchte, woraufhin Zeus wie eine Rakete losschoss und die Verfolgung aufnahm. Ruth blieb stehen und pfiff den Hund zurück, und die Bisamratte entwischte.

»Das ist gut«, antwortete Elam Tim.

Dabei dachte er nicht nur an die reparierte Wasserpumpe und die Ernte, sondern auch an die Sonne, die sein Gesicht wärmte, die frische Luft in seiner Lunge und den Anblick vor seinen Augen: die junge Witwe seines Cousins, die für ihren Hund einen Stock in den Kanal warf. Elam wandte den Blick von Ruth ab und beobachtete das Wasser, bis die ersten Cranberrys auf der Oberfläche schwammen. Aber obwohl er versuchte, an etwas anderes zu denken, gingen ihm Lauries Worte nicht aus dem Kopf.

3. September 2012

Liebste Ruth,
ich liebe dich nicht, weil du gut aussiehst oder weil du mir ein gutes Gefühl vermittelst (obwohl beides der Fall ist), sondern weil ich mir dieses sich ständig verändernde, wunderbare Abenteuer mit niemand anderem als mit dir vorstellen kann. Bitte komm zurück. Ich will dich, auch mit allen deinen Fehlern und Schwächen! Der Herr weiß, dass auch ich meine Schwächen habe. Wir können einander motivieren, das Beste aus unse-

rem Leben zu machen, und uns trotzdem bedingungslos lieben, wenn wir das nicht schaffen.

Für immer dein,

Chandler

Mabel Neufeld war in ihren festen Schuhen und in ihrer steifen Schürze in der Küche zugange und bereitete den Teig für die Krapfen zu, die sie seit Jahren nicht mehr gebacken hatte. Seit der anfängliche Schock ein wenig nachgelassen hatte, wurde Mabels Trauer auch von dem Gefühl bestärkt, nicht mehr gebraucht zu werden. Wie konnte eine Frau, die sich immer um andere Menschen gekümmert hatte, seit sie alt genug gewesen war, um den Tisch zu decken oder Geschirr zu spülen, jetzt damit leben, dass die zwei Menschen, um die sie sich den größten Teil ihres Lebens gekümmert hatte, nicht mehr da waren? Das war unbegreiflich, und trotzdem war es eine Wahrheit, die sie jeden Morgen erdrückte, wenn sie die Augen aufschlug.

Aber der heutige Morgen war anders. Mabel hatte wieder Menschen – *ihre* Leute –, um die sie sich kümmern konnte.

Vorsichtig goss sie den Krapfenteig in das gefettete Muffinblech. Dabei kehrten ihre Gedanken zu den ersten zwei Wochen nach dem Bombenanschlag zurück, bevor sie auf Einladung ihrer Nichte nach Wisconsin geflogen war.

Der gleichzeitige plötzliche Tod ihres Mannes und ihres Sohnes hatte sie aus dem Gleichgewicht geworfen. Wie um das zu kompensieren, hatte sich Mabel in dem Bett, das sie früher mit ihrem Mann geteilt hatte, eingeigelt.

Abend für Abend hatte sie überbackene Kräcker gegessen und versucht, mit den Kuschelkrimis aus dem Secondhandshop, in dem sie ehrenamtlich mitarbeitete, der Realität zu entfliehen. Das einsame Leben, das sie gewohnt war, war schlagartig noch einsamer geworden, denn Chandler senior würde nie wieder nach Hause kommen. In der nächsten Woche, der dritten und schwersten Woche, hatte Mabels Nichte, Laurie, geschrieben und gefragt, ob sie für eine Weile nach Wisconsin kommen wolle.

Vergib mir, wenn ich mich einmische, hatte Laurie geschrieben, *aber du könntest Onkel Chandler und Chandler junior auch hier neben Mama beerdigen. Dann wüsstest du, dass sie für immer von der Familie und von Liebe umgeben sind.*

Ein Terroranschlag quälte die Menschen auch noch nach dem Tod: Aufgrund der Ermittlungen in Afghanistan waren die Leichen noch nicht zur Bestattung freigegeben worden. Deshalb hatte sich Mabel noch keine Gedanken gemacht, wo sie beerdigt werden sollten. Sie hatte vermutet, dass Ruth Chandler junior in Irland beerdigen wollte, aber ohne Chandler senior fühlte sie sich in Pennsylvania nicht mehr zu Hause. Es war, als hätte sich ihr Blick über Nacht getrübt und als hätte sich die Landschaft verändert. Diese Kombination hatte sie unfähig gemacht, sich in der Welt, die sie früher so gut gekannt hatte, zurechtzufinden. Das hatte in ihr eine Sehnsucht nach dem Bundesstaat geweckt, in dem sie geboren war, nach dem weiten Land und den niedrigen Felswänden, wo Weißkopfadler über den abgeernteten Maisfeldern schwebten und Windmühlen neben den halb verfallenen Häusern früherer Jahre Wache standen. Mabel hatte schnell gepackt, nachdem sie – eine Mennonitin Mitte sechzig – beschlossen hatte, zum ersten Mal in ihrem Leben zu fliegen.

Chandler senior war in ihrer Ehe derjenige gewesen, der die Abenteuer erlebt hatte. Mabel war immer damit zufrieden gewesen, zu Hause auf seine Heimkehr zu warten und sich auf Fotos zeigen zu lassen, was er gesehen hatte. Die Bilder hatte er zuerst mit einer Sofortbildkamera, dann mit Einwegkameras und in jüngster Zeit mit seinem Smartphone aufgenommen und mit der Technik Schritt gehalten. Aber jetzt musste Mabel Neufeld eine Entscheidung treffen: Wollte sie in ihrem Haus bleiben, weil es ihr vertraut war, oder wollte sie sich davon trennen und einen Neuanfang wagen?

Elam wartete auf Mabel, als sie aus dem Flugzeug stieg. Mit zittriger Hand strich sie ihren Rock glatt. Mabel trug eine Kopfbedeckung, aber kein dunkles einfaches Kleid wie in ihrer Jugend, da sie – als sie Chandler geheiratet hatte – von den Mennoniten der alten Ordnung zu den »Black Bumper«-Mennoniten übergetreten war. Das hatte es ihnen ermöglicht, Strom im Haus und ein Auto in der Garage zu haben (die schwarz gestrichenen Chromstoßstangen der Autos hatten ihrer Richtung innerhalb der mennonitischen Bewegung diesen Spitznamen eingebracht). Außerdem besaßen sie ein Fernsehgerät, das sie jedoch immer in den Schrank stellten, wenn der Bischof zum Essen kam.

Mabel hatte nach ihrer Heirat ihre Familie in Wisconsin öfter besucht, aber Chandler senior hatte sie immer begleitet, und später auch Chandler junior. Die beiden hatten die Befangenheit vertrieben, die sie sonst wegen des »liberalen« Lebensstils, den sie jetzt führte, verunsichert hätte. Aber als Elam nach ihrer modernen Reisetasche griff, war ihr das fast unangenehm. Der einzige Sohn ihrer verstorbenen Schwester hatte nie viel von körperlicher Zuneigung gehalten, deshalb war sie überrascht, als er seinen freien Arm um ihren Rücken legte und sie umarmte. In den Tagen, seit sie die Todesnachricht bekommen hatte, hatten viele Menschen sie umarmt, aber keiner von ihnen war ein Mann gewesen. Und selbst wenn, hätte keiner von ihnen Mabel an ihre beiden Chandlers erinnern können. Doch Elam erinnerte sie an die beiden.

Elam und Chandler junior waren von Geburt an völlig verschieden gewesen: still, laut; introvertiert, extrovertiert; scheu, herzlich; blond, dunkel. Aber Elam erinnerte sie an die vielen Male, die sie die beiden Cousins zusammen gesehen hatte, und das bisschen fester Boden, den sie in den letzten drei Wochen wieder unter ihre Füße bekommen hatte, geriet ins Wanken. Etwas verband Elam und Mabel an jenem Tag miteinander, als sie still auf dem Flughafen standen, während die anderen Passagiere aus dem kleinen Flugzeug stiegen. Die Trauer verband sie, aber vielleicht auch ihre unausgesprochene Einsamkeit. Was auch immer es war, dieses Band ließ sich nicht so leicht zerreißen.

Elam und Mabel unterhielten sich über alles, nur nicht über den Tod, während der Fahrer sie nach Tomah zurückbrachte. Elam erzählte ihr von der Ernte und dem Land, das er seit ihrem letzten Besuch dazugekauft hatte.

Sie fragte: »Du wohnst immer noch auf dem alten Hof deines Vaters?«

Der Mann weniger Worte nickte. »Ich habe mehr Platz als Laurie«, sagte er. »Wenn es dir nichts ausmacht, bei einem bärbeißigen, alten Junggesellen zu wohnen.«

Mabel lachte zum ersten Mal seit Wochen. »Wenn *du* alt bist, was bin dann ich?«

»Gut erhalten«, sagte er und lächelte.

Diese Erinnerung entlockte Mabel jetzt ein Lächeln, während sie den Backofen aufmachte, um nach ihren Krapfen zu sehen. Sie waren goldbraun, butterweich und gingen auf dem Muffinblech gut auf, genau wie sie es sollten. Sie trat in die Speisekammer und holte ein Glas Ahornsirup. Elam und Tim hatten zum Frühlingsanfang den Sirup von den alten Ahornbäumen, die dem Hof Schatten spendeten, gesammelt.

Mabel hatte gerade den Tisch fertig gedeckt, als das Tapsen kleiner Füße auf der Treppe erklang. Die Kinder ihres Sohnes, gleichsam sein Fleisch und Blut, waren ein greifbares Versprechen, ein sichtbares Zeichen, dass das Leben weiterging.

Die Mädchen tapsten in ihren gleichfarbigen Schlafoveralls in die Küche. Selbst Sofie hatte dieses weiche, rosige Strahlen eines Kindes, das aus angenehmen Träumen aufgewacht ist und einen Tag erwartet, der fast genauso idyllisch ist wie seine Träume. Es tat Mabel gut zu sehen, dass das Mädchen aussah, wie ein Kind aussehen sollte.

»Kommt her, meine Lämmchen«, sagte sie und kniete in ihren festen Schuhen und ihrer robusten Schürze nieder.

Ihre Enkelinnen liefen kreischend über den Holzboden. Im

Türrahmen stand Ruth in einem Sweatshirt und Jeans. Die wasserdichte Hose, die ihr Laurie geliehen hatte, hing am Treppengeländer. Ruth lehnte mit einer Hüfte am Türrahmen und schaute zu, wie Sofie und Vi von so viel Liebe eingehüllt wurden. Mabel blickte sie mit dankbaren feuchten Augen an, und die beiden trauernden Witwen lächelten, als wollten sie einander sagen, dass sie viel mehr miteinander verband als das Gesetz.

Kapitel 4

10. Dezember 2012

Liebe Mama und Papa,
ich schreibe euch, um euch mitzuteilen, dass Chandler und ich letzte Woche geheiratet haben. Das erscheint euch vielleicht überraschend und schnell, aber Chandler und ich waren in den letzten drei Monaten, seit ich bei Children's Haven bin, fast ständig zusammen. Die Hochzeit fand deshalb so schnell statt, weil Gerüchte kursierten, dass eine andere Mitarbeiterin des Waisenhauses ebenfalls überlegte, Sofie zu adoptieren, das kleine Mädchen, das ich adoptieren will, wie ich euch vor einiger Zeit erzählt habe.
Aus diesem Grund waren Chandler und ich uns einig, dass eine lange Verlobungszeit ein Luxus ist, den wir uns nicht leisten können. Janice, die Leiterin von Children's Haven, war so freundlich, die Kapelle zu schmücken und unseren Koch José zu bitten, uns einen Kuchen zu backen. Alles in allem war es eine nette Trauung, und ich hätte euch früher geschrieben, aber Chandler und ich waren fest entschlossen zu heiraten und haben befürchtet, wenn wir unserer Familie schreiben, würdet ihr uns die Hochzeit vielleicht ausreden wollen.
Ihr sollt wissen, dass Chandler und ich uns wirklich lieben. Ich glaube, wir beide hätten diese Entscheidung auf jeden Fall getroffen, auch wenn es vielleicht nicht so schnell gegangen wäre. Ich entschuldige mich, dass ich euch damit vor den Kopf stoße, aber ich kann euch versichern, dass ich meine Aufgaben als Mutter und Ehefrau genieße. Sofie (sie ist jetzt neun Monate alt) ist ein liebenswertes kleines Kind. Ihr werdet euer erstes Enkelkind schnell ins Herz schließen.
In Liebe,
Ruth

Die Morgensonne spiegelte sich im Wasser und blendete Ruths Augen. Sie war gezwungen, eine Hand als Schild an ihre Stirn zu halten, während sie zusah, wie Elam seine *Clydesdales* das Ufer hinabführte. Der Atem der Pferde stieg in parallelen Dampfwolken von den feuchten schwarzen Nüstern der Pferde auf und ahmte den Dampf nach, der von der glänzenden Oberfläche des überfluteten Cranberryfeldes aufstieg. Elams Strohhut und Hosenträger sowie die von den Pferden gezogene Erntemaschine ließen ihn wie ein Relikt aus einer anderen Zeit erscheinen. Ruth, mehr Beobachterin als Teilnehmerin, fragte sich, ob es die völlig andere Welt war, in der diese Gemeinschaft lebte, die ihr das Atmen leichter machte.

Hier schaute sie nicht zwanghaft ständig auf ihr Handy, um nachzusehen, ob es irgendwelche weiteren Entwicklungen im Zusammenhang mit dem Bombenanschlag gab. Hier musste sie nicht auf die gut gemeinten, aber lästigen Facebook-Nachrichten ihrer Freundinnen reagieren, die schrieben, wie leid ihnen ihr Verlust tue und dass sie für sie da seien, falls sie etwas – *egal* was! – brauche.

Das konnten sie leicht schreiben, da sie Tausende Kilometer entfernt waren.

Ja, unerreichbar zu sein brachte eine gewisse Freiheit. Nach dem Telefongespräch mit ihrer Mutter und dem unangenehmen Anruf bei Chandlers Lebensversicherungsgesellschaft hatte Ruth beschlossen, ihr Telefon auszuschalten. Gestern hatte sie den Mietwagen zurückgegeben und konnte das Handy jetzt nirgends mehr aufladen. Falls jemand sie tatsächlich unbedingt erreichen musste, könnte er Elams Geschäftstelefon in der Scheune anrufen. Ruth wusste, dass die Wahrscheinlichkeit, dort jemanden zu erwischen, gering war.

Das fand sie gut.

Elam drehte sich auf dem Sitz seiner Erntemaschine um und

winkte Ruth, ins Wasser zu steigen. Erst jetzt bemerkte sie, dass die anderen Männer bereits in ihren Gummihosen in das geflutete Feld wateten und mit ihren Rechen die Cranberrys einsammelten, die von der Erntemaschine auf die Wasseroberfläche befördert wurden.

Ruth stand einen Moment da, schaute den Männern bei der Arbeit zu und überlegte, wie diese Szene auf einer Leinwand aussähe: der Dampf; die angespannten Muskeln der Pferde unter ihrem schweißgetränkten Fell; die einheitlichen Strohhüte und hellen Kragenhemden der Arbeiter. Der Kontrast zwischen dem Wasser und den Beeren verlieh Elams Erntemaschine Ähnlichkeit mit einem Webstuhl, der Stränge rot gefärbter Seide abspulte.

Ruth sehnte sich danach, diesen Moment mit irgendeinem ihr zur Verfügung stehenden Medium einzufangen – durch Worte oder durch einen Farbpinsel. Sie hatte lange nicht mehr den Wunsch, etwas Kreatives zu schaffen, gespürt oder sich ausgemalt, wie sie dabei vorgehen würde, oder lange genug inne gehalten, um dieser Sehnsucht Raum zu geben.

Aber jetzt war dafür nicht der richtige Zeitpunkt. Ruth nahm ihren Rechen und betrat das überschwemmte Feld. Die kalte Temperatur des Wassers spürte sie selbst durch das dicke Material ihrer Hose hindurch. Sie atmete durch die Zähne scharf ein, während sie beobachtete, wie die rostigen gelben Zinken der Erntemaschine das Wasser aufwühlten, die Cranberrysträucher hochzogen und die Beeren von den Pflanzen rüttelten.

Zwei der vier Männer benutzten ihre Rechen, um die schwimmenden Cranberrys in eine Ecke des Feldes zu schieben. Die beiden anderen Männer wickelten ein breites gelbes Absperrband ab, das wie eine Schlange auf der Wasseroberfläche trieb und verhinderte, dass die schwimmenden Cranberrys entkamen. Und dann war da Ruth. Niemand gab ihr Anweisungen. Niemand schaute auch nur in ihre Richtung. Sie war sich nicht sicher, ob das daran lag, dass sie eine *Englische* war, oder daran, dass sie eine Hose trug. Klar war jedoch, dass sie keine konkrete Aufgabe hatte. Ihr Gesicht begann zu glühen, als ihr bewusst wurde, dass Elam sie aus Mitleid helfen ließ und nicht, weil er sie brauchte. Aber Elam kannte Ruths Mutter nicht, die sie gelehrt hatte: Um in einer Männerwelt Erfolg zu haben, muss man härter arbeiten als ein Mann.

Für das erste Feld brauchten sie vier Stunden, und es warteten noch neun weitere Felder. Ruths Beine waren taub, an den Händen hatte sie vom Holzstiel des Rechens, den sie ständig festhielt, Blasen, aber sie ging unbeirrt hinter der Erntemaschine her und war fest entschlossen, keine Schwäche zu zeigen, obwohl ihr Kopf vor Erschöpfung pochte.

Schließlich hörte sie die Triangel auf der Veranda zum Essen läuten. Sie hob den Kopf, schälte eine nasse Haarsträhne, die auf ihrer Wange klebte, ab und schaute Elam an. Er drehte sich auf dem Sitz der Erntemaschine um und rief den Arbeitern etwas zu. Ruth konnte ihn nicht verstehen und watete deshalb näher heran.

»Ihr könnt essen gehen«, sagte er. »Ich fahre noch ein paar Bahnen. Dann können wir nach der Mittagspause auf dem nächsten Feld weitermachen.«

Die anderen Männer, selbst Tim, wateten bereits aus dem Wasser und stiegen die Böschung hinauf. Sie warfen ihre nassen Rechen ins Gras und schälten sich aus ihren Gummihosen. Ruth blickte den Männern nach, die mit steifen Schritten zum Haus stapften.

»Willst *du* nicht mitgehen?« Elam lächelte sie unter seinem Strohhut hervor an und Ruth sah, wie sich die Falten wie Fragezeichen um seinen Mund eingruben. »Sie lassen dir vielleicht nicht viel übrig.«

»Das ist kein Problem«, sagte Ruth. »Ich bleibe. Ich höre nicht gern auf, wenn es noch Arbeit gibt.«

Elam schaute sie wortlos an. Während die Sekunden verstrichen, war sich Ruth nicht mehr sicher, ob Stolz allein der Grund war, warum sie auf dem Feld blieb, denn Elam strahlte etwas aus, das es ihr unmöglich machte zu gehen.

Er räusperte sich. »Ich denke, das ist … okay. Ich will nur nicht, dass … du nichts zu essen bekommst.«

»Das passiert schon nicht«, sagte sie.

Sie schauten sich noch einen Moment lang an, während die Sonne über das Wasser tanzte und sich das Nachmittagslicht in Elams Augen spiegelte. Er wandte sich ab und setzte die Pferde mit einem Zungenschnalzen wieder in Bewegung. Sie stapften weiter und Ruth bewegte sich hinter dem Wagen her und schob die Beeren mit dem Rechen in die Ecke des Feldes.

7. Dezember 2013

Mein lieber Mann,
ich muss bekennen: Ich habe kein Geschenk für dich. Ich bin mir nicht einmal sicher, was ich dir zu unserem ersten Hochzeitstag schenken soll. Spricht man von papierener, hölzerner oder wollener Hochzeit? Ich hoffe, es ist papierene, denn ich habe nur dieses Blatt aus einem Notizblock, das ich in der Mitte gefaltet und daraus ein Herz geschnitten habe, als wäre ich keine 26-jährige Ehefrau und Mutter, sondern ein Kindergartenkind, das auf seine Bastelarbeit stolz ist. Aber ich bin wirklich stolz. Ich bin stolz, dass wir überlebt haben. Die Erinnerung, die dieses Jahr wahrscheinlich am besten zusammenfasst, ist die Nacht, als Sofie stundenlang geweint hat. Du erinnerst dich an diese Nacht, nicht wahr? Wir versuchten es mit Kuscheln, Schaukeln, Wickeln, Tee, einem warmen Bad … aber nichts hat geholfen. Du hast mir gesagt, ich solle sie einfach hinlegen und sie würde irgendwann aufhören. Und ich habe dich – vor Erschöpfung halb durchgedreht – angeschrien, du wärst als Vater völlig ungeeignet, so als hättest du mir gesagt, ich solle sie für immer aussetzen. Also hast du dein Kissen und eine Decke genommen und bist nach unten gegangen. Ich sah dir mit brennenden Augen

nach, blieb auf unserer Bettkante sitzen und hielt diesen Engel mit seinem roten Gesicht, den geballten Fäusten und verkrampft angezogenen Beinen auf dem Schoß. So blieb ich eine weitere Stunde sitzen, bis ich begriff, dass ich auch gehen musste. Schluchzend küsste ich Sofie und legte sie in ihr Kinderbett, da ich glaubte, sie würde sich zum zweiten Mal in ihrem Leben im Stich gelassen fühlen: zuerst von ihren leiblichen Eltern und jetzt von mir. Aber ich ließ sie liegen und ging nach unten. Ich sah dich auf dem Sofa liegen – das Wohnzimmer wurde von dem stumm geschalteten Fernsehgerät in ein blaues Licht getaucht. Du sahst aus, als würdest du schlafen, aber als ich mich auf der anderen Seite des Sofas zusammenrollte, hast du mir dein Kissen und deine Decke gegeben.

»Ich komme klar«, sagte ich. »Ich brauche nichts.«

»Doch«, hast du beharrt. »Du brauchst eine Decke.«

Meine Augen brannten. »Sei nicht nett zu mir nach allem, was ich gesagt habe. Das ist nicht fair.«

Ich hörte dich in dieser blauen Dunkelheit lächeln. »Schatz, Fairness haben wir am Altar abgelegt.«

Also nahm ich dein Kissen und deine Decke. Oben hörten wir unser Baby weinen, und ich wusste, dass die Corrigans sie auch hören mussten. Doch dann war Sofie plötzlich still. Sie hörte so abrupt auf zu weinen, dass ich überzeugt war, sie würde nicht mehr atmen. Ich wollte aufstehen, aber du hast eine Hand auf meinen Fuß gelegt. »Ich gehe nachsehen.« Ich wusste jedoch, dass ich nicht schlafen könnte, solange ich sie nicht auch gesehen habe. Deshalb gingen wir gemeinsam diese Betonstufen hinauf. Wir schlichen in unser Schlafzimmer und beugten uns über das Kinderbett.

Sofie schlief tief und fest, ihre winzigen Ärmchen – mit diesen kleinen rosa Fäustlingen, die ich ihr angezogen hatte, damit sie sich nicht das Gesicht zerkratzen konnte– wie kapitulierend nach oben gestreckt. Und wir sahen einander an und lächelten. Diese furchtbare Nacht gehört jetzt seltsamerweise zu meinen liebsten Erinnerungen. Etwas in mir sehnt sich immer noch danach, mich mit dir aufs Sofa zu kuscheln, wenn du von der Arbeit nach Hause kommst, Pizza zu bestellen und gemütlich einen Film anzusehen. (Einen Film ansehen! Wie konnten wir je so viel Zeit haben?!) Aber ich bin dankbar, dass wir dieses unwirkliche Frischvermählten-Glück gegen dieses anstrengende, schöne kleine Mädchen mit Koliken eingetauscht haben. Damit will ich dir sagen: Ich würde mich immer und immer wieder für dich entscheiden – und für dieses sich ständig verändernde, wunderbare Abenteuer (mit den durchweinten Nächten, Sofies und meinen Tränen und allem anderen).

Aber vor allem danke ich dir, dass du dich für mich entschieden hast.

Deine Frau,
Ruth

Nachdem Mabel das Mittagsgeschirr fertig abgetrocknet hatte, nahm sie drei Blecheimer aus dem Regal in der Speisekammer und führte ihre Enkelinnen die Straße hinab. Die drei hielten sich an den Händen, die Oma in der Mitte, während sich ihre ungleichmäßigen Schatten wie eine Papierpuppenkette über den Schotter spannte. Sie gingen zu einem der Felder, auf denen Elam und seine Leute die Cranberrys trocken ernten würden, um die lokalen Märkte mit den Beeren zu beliefern, die dort als Frischobst verkauft wurden. Anfangs hatten die Mädchen keine Ahnung, was sie tun sollten. Ihre andere Oma hatte im Garten keine Hilfe gewollt und jeden Abend still wie eine Statue zwischen dem Unkraut gestanden. Diese Oma hingegen, Oma Mabel, winkte sie zu sich.

»Hier. Vor uns, meine Lämmchen«, sagte sie, »Gottes Bonbons.«

Das Wort *Bonbon* lockte die Kinder an, bis Vi neben einem

Strauch in die Hocke ging, eine einladende rote Beere pflückte und in ihren Mund steckte. Ihr ganzes Gesicht verzog sich. Ihr zu langer blonder Pony klemmte sich zwischen ihrer Nase und ihren Augen ein. Vi erklärte: »Gott macht keine guten Bonbons.«

Als sie beim Haus zurück waren, setzte sich Sofie – ihre schlaksigen Beine überkreuzt – in den Hof und warf Zeus Cranberrys zu. Einer der Arbeiter hatte den Hund an einen Baum gebunden, da er nicht aufgehört hatte, die Erntemaschine anzubellen, und damit die Pferde scheu gemacht hatte. Obwohl das Sofie überhaupt nicht gefiel, war sie froh, dass Zeus das nicht zu stören schien. Im Haus quoll das Specksteinbecken vor Beeren über. Mabel trug die schlafende, verschwitzte Vi die Treppe hinauf und setzte sich dann in den alten Schaukelstuhl, den ihre Schwester Marta immer benutzt hatte.

Mabel beobachtete, wie sich der pusteblumenzarte Vorhang in dem für diese Jahreszeit ungewöhnlich warmen Wind aufblähte und wieder zurücksank. Vor ihrem inneren Auge tauchten Erinnerungen auf, wie ihre Schwester die in der Sonne getrocknete Wäsche hier im Zimmer in die Kommode räumte und dann zum Kinderbett trat, um Elam herauszuheben. Er hatte seine fleischigen Ärmchen zum Fenster und den wehenden Vorhängen gestreckt und seine grauen Augen hatten vor Entzücken gestrahlt. Marta wäre stolz auf den Mann, zu dem sich ihr kleiner Junge entwickelt hatte. Und doch wusste Mabel auch, dass sich Marta wünschen würde, Elams Kinder lägen in diesem alten Kinderbett und er hätte eine Frau an seiner Seite. Mabel schüttelte den Kopf und drückte einen Kuss auf Vis zerzausten Pony. *Warum bloß war alles so gekommen?* Ein Neffe, der nie die Liebe seines Lebens gefunden hatte; ein Sohn, der nie zu der Liebe, die er gefunden hatte, zurückkehren würde. Mabel blickte auf das Kleinkind hinab, das in ihren Armen schlief – einen klebrigen Daumen im Mund, der von den Cranberrys rot verschmiert war –, und dachte an die verwitwete Mutter der beiden, die im Moment mit Elam auf dem Feld arbeitete. Sie fragte sich, ob Gott trotz allem einen Plan für ihre auseinandergerissene Familie hatte.

ଓଃ

Als Elam und Ruth ins Haus kamen, nachdem sie den ganzen Tag auf dem gefluteten Feld gearbeitet hatten, stellten sie fest, dass das ganze Erdgeschoss wie verwandelt war. Cranberryzweige schmückten das Holzgeländer. Kerzenlicht tauchten das abgewohnte einfache Esszimmer in weiches Licht und im Wohnzimmer knisterte ein Feuer im Kamin. Zeus – der nicht mehr draußen festgebunden war – schnarchte zufrieden vor dem Feuer und eine der gezähmten Stallkatzen kuschelte sich eng an das weiße Fell auf seinem Bauch.

Elam ließ seine Stiefel im Flur stehen und trat in die Küche. Wo war Tante Mabel? Wo waren die Mädchen? Neugierig trat er näher zum Tisch. Er war mit dem Hochzeitsporzellan seiner Mutter gedeckt – für zwei. Elam betrat die Küche, als betrete er den Tatort eines Verbrechens. Sein Blick wanderte zur Spüle und dann zum Herd hinüber. Auf dem Fleischerblock sah er sechs Laibe Cranberrybrot und zwei kleine Bleche mit Cranberrykeksen, die noch warm waren.

Schließlich entdeckte Elam unter dem Sauerteigtontopf die Nachricht: *Laurie hat die Mädchen und mich zum Abendessen eingeladen. Im Ofen steht euer Essen. Im Kühlschrank ist Apfelsoße. Guten Appetit, Tante Mabel*

Elam zog die Backofentür auf und sah ein Hühnchen im Teigmantel. Die Kruste war eingeritzt und mit Luftlöchern übersät, die Mabel mit der Gabel in den Brotteig gestochen hatte. Elams Gesicht glühte, und er brachte noch weniger heraus als sonst, obwohl niemand da war, mit dem er hätte sprechen können, und obwohl er auch nichts zu sagen gehabt hätte.

Neun Stunden lang hatten Ruth und er in einer ungezwungenen, angenehmen Kameradschaft zusammengearbeitet, die jetzt zweifellos wie weggeblasen war, da seine Tante unverhohlen versuchte … Ja, was eigentlich?

Mabel wäre nie so taktlos, ihre verwitwete Schwiegertochter knapp zwei Monate nach dem Tod ihres eigenen Sohnes mit einem anderen Mann verkuppeln zu wollen. Doch das Einzige, was Mabels weiches Herz noch mehr liebte als die Liebe selbst, war es, zwei anderen Menschen zu helfen, die Liebe zu finden.

Ruth trat hinter ihm in die Küche. Elam richtete sich auf und knallte die Ofentür zu, als hätte er etwas zu verbergen. »Wo sind die anderen alle?«, fragte sie.

Elam reichte ihr die Nachricht.

Nach einer Weile sagte Ruth: »Wie nett von Mabel, uns etwas zu essen zu kochen.« Aber in ihrer Stimme schwang ein ominöser Unterton mit. Ohne die Nachricht aus den Augen zu lassen, drehte sich Ruth halb um und warf einen Blick auf den Tisch: zwei Teller, zwei Bestecke, zwei Wassergläser, zwei Stoffservietten, die durch Holzringe gezogen waren. Sie legte die Nachricht unwirsch auf die Arbeitsplatte. »Ich gehe mich waschen.«

Elam blickte ihr nach. Ihr gewohnter eleganter Gang sah nach dem anstrengenden Tag etwas steif aus. Elam hatte keine Ahnung, ob diese Ankündigung bedeutete, dass er auf sie warten sollte, damit sie zusammen essen könnten. Oder ob er einfach anfangen sollte zu essen. Laurie, die einzige Person, die er fragen könnte, hatte sich offenbar mit Mabel verschworen. Er knüllte die Nachricht seiner Tante zusammen und warf sie in den Mülleimer. Eine Weile ging er nervös in der Küche auf und ab, bis der Hund aufstand und ihm auf Schritt und Tritt folgte.

Unruhig trat Elam aus dem Haus und atmete die kühle Herbstluft in vollen Zügen ein.

Unter dem Himmel, der sich in der Abenddämmerung dunkelblau über ihm ausbreitete und an dem die ersten Sterne funkelten, fiel alle Anspannung von ihm ab. Rechts von sich konnte er in der Ferne gerade noch den Stall und das Haus seiner jüngeren Schwester ausmachen. Elam malte sich aus, wie sie alle beim

Abendessen saßen. Er konnte sich auch die verschwörerischen Blicke, die sich Mabel und Laurie zuwarfen, vorstellen.

Waren alle Frauen so oder nur die Frauen in seinem Leben?

Gedankenversunken kraulte Elam Zeus hinter den Ohren, der sich wie ein Pferd dankbar an ihn lehnte. Im Haus gab es nur ein einziges Badezimmer, und es wurde im Moment von Ruth besetzt. Aber für den Fall, dass sie mit ihm zusammen essen *wollte*, konnte er unmöglich völlig verschwitzt beim Abendessen erscheinen.

Seit Ruth duschen gegangen war, war mindestens eine Viertelstunde vergangen. Wie viel Zeit blieb Elam noch, bis sie zurückkäme? Er hatte keine Ahnung, da er sein modernes Badezimmer nie mit einer Frau hatte teilen müssen, bis Tante Mabel bei ihm eingezogen war, und er hatte nie darauf geachtet, wie lange sie zum Duschen brauchte. Dieses »moderne« Badezimmer hatte er, weil sich der neue Bischof Gish, erst vierzig Jahre alt, bereits kurz nach seiner Wahl für ölbetriebene Geräte und Heizungen für warmes Wasser in den Häusern eingesetzt hatte. Diese Veränderungen hatten sich durchgesetzt, aber danach hatten die älteren Diakone und Bezirksbischöfe Bischof Gish den Beinamen »Jung« gegeben, als wollten sie ihn erinnern, dass jugendlicher Enthusiasmus weder Erfahrung noch Alter wettmachen konnte. In den letzten zehn Jahren waren in der Gemeinde keine größeren Veränderungen mehr vorgenommen worden.

Um auf Nummer sicher zu gehen, lief Elam ins Haus, eilte durch den Flur in sein Zimmer, holte sich ein frisches Hemd und kehrte zur Wasserpumpe im Hof zurück. Er zog seine Hosenträger nach unten und sein Hemd aus, hielt den Kopf unters Wasser und bespritzte seinen Oberkörper. Es war so kalt, dass er kaum an etwas anderes als an die Kälte denken konnte. Aber schon vor der Berührung mit dem kalten Wasser hatten Elams kognitive Fähigkeiten ausgesetzt, denn er hatte vergessen, ein Handtuch mitzubringen. Er warf einen Blick hinter sich zur Wäscheleine, aber durch Mabels neu gewonnenen Lebenseifer war die Wäscheleine von jedem einzelnen Handtuch befreit worden, das er hätte benutzen können. Also musste er sich mit seinem schmutzigen Hemd trocken reiben.

Elam wusste, dass er wahrscheinlich nicht viel besser roch als vorher, bevor er sich unter der Pumpe völlig nass gespritzt hatte, aber wenigstens fühlte er sich nun ein wenig frischer. Während er sich abtrocknete, wanderte sein Blick zum Haus und er sah, wie die durch das Kerzenlicht erleuchteten Fenster vom dunklen Hintergrund der Nacht abstachen. Dieser Anblick berührte ihn auf eigenartige Weise, zumal er wusste, dass sich eine nette und hübsche Frau in seinem Haus befand. Er begann, sein frisches Hemd zuzuknöpfen, aber seine Finger zitterten, als ihm bewusst wurde, was ihn an dieser ungewollten Inszenierung seiner Schwester und Tante am meisten beunruhigte: Er würde Ruth tatsächlich gern besser kennenlernen. Das war ein Thema, das ihn immer mehr beschäftigte.

Kapitel 5

Ruth stand am Fenster und schaute Elam zu, wie er sich an der Brunnenpumpe mit eiskaltem Wasser bespritzte. Sie hatte den Glauben verloren, dass Menschen einfach nur gut waren. Menschen waren gut, weil sie Hintergedanken hatten: Da war der Ehrenamtliche beim Friedenscorps, der nur die Rückzahlung seines Studiendarlehens hinausschieben wollte. Oder die Studenten, die zu einem »Outreach« in den Frühjahrsferien nach Bogotá flogen, um das Mädchenstockwerk des Waisenhauses zu streichen und sich stattdessen eine schöne Zeit machten: Sie bildeten Pärchen, rauchten in der Gasse hinter dem Haus, drehten bis in die Nacht hinein die Musik laut auf, bis die kleine Vi weinte. Als ihr Einsatz zu Ende ging, war nur die Hälfte des Stockwerks gestrichen worden, und die Kombination aus alter und neuer Farbe war so abstoßend gewesen, dass Chandler den Rest selbst gestrichen hatte. Das Blümchenrosa schien danach noch für Jahre unter seinen Fingernägeln geklebt zu haben. Und dann war da der junge Arzt, der im Ausland Menschenleben retten wollte, weil das leichter war, als sich dem zu stellen, was in seinem eigenen Leben schieflief. Ja, Ruth hatte die Menschheit schon lange, bevor sie als mittellose Witwe mit zwei kleinen Kindern gestrandet war, mit sehr skeptischen Augen betrachtet.

Als sie vor zwei Wochen hierher in die Gemeinde Driftless Valley gekommen war, war sie zu verstört gewesen, um ihre Schutzmauern aufrechtzuerhalten. Jetzt fragte sie sich jedoch, ob ihre Schwiegermutter deshalb so eindringlich auf die Beerdigung in Wisconsin bestanden hatte, weil sie selbst auch Hintergedanken gehabt hatte.

Ruth kochte innerlich. Wie konnte ihre Schwiegermutter so unsensibel sein? Allerdings … sie sollte ihre Wut nicht an Elam auslassen, denn er hatte ganz offensichtlich mit Mabels Plan nichts zu tun. Das hatte sie deutlich gemerkt, als sie in die Küche gekommen war: Er hatte dort unbeholfen gestanden und wie ein in die Ecke gedrängtes Tier gewirkt. Seine sanften Augen hatten sie unsicher angeblickt, nachdem sie die Nachricht gelesen hatte. Sein Gesicht war rot angelaufen, wodurch sein bereits rötlicher Teint noch mehr betont worden war. Ein Mann, der errötete!

Aus irgendeinem Grund machte seine Unschuld Ruth wütend. Elam war fast zehn Jahre älter als sie, während zwischen Chandler und ihr nur sieben Jahre gelegen hatten, aber Elam wirkte mindestens zehn Jahre jünger. Sie wusste, dass er als Jugendlicher seine Mutter verloren hatte, und er schien ziemlich introvertiert zu sein; das waren jedoch die einzigen Hindernisse, die ihn gebremst hatten, Lebenserfahrungen zu sammeln.

Aber vielleicht waren diese fehlenden Lebenserfahrungen ein weiterer bremsender Faktor.

Chandler wäre davon felsenfest überzeugt gewesen.

Chandler hatte sich nie mit einem normalen Leben zufriedengegeben. Er hatte *Abenteuer* gesucht. Dieses Wort hatte er immer sehr stark betont, und Ruth hatte gewusst, wie wichtig ihm Abenteuer gewesen waren. Aber nachdem sie Sofie adoptiert hatten und Ruth schwanger geworden war, hatte ihre Abenteuerlust nachgelassen. Chandlers Abenteuerlust war jedoch eher gewachsen, je häuslicher Ruth geworden war, und manchmal hatte sie fast damit gerechnet, dass er mit Motorrad und Tattoos im *Bethel House* auftauchen würde: Auswüchse einer frühen Midlife-Crisis, weil er erkannt hatte, dass jedes große Abenteuer mit der Zeit zur Routine wurde.

Ruth zog den Vorhang ein wenig weiter zurück. Das Licht aus dem Fenster im Erdgeschoss fiel auf Elams Oberkörper, als er sich mit dem Gesicht zum Hof abtrocknete. Er war völlig anders gebaut als ihr Mann: breite Schultern, muskulöse Arme und Rücken, wohingegen Chandler schlank wie ein Läufer gewesen war. Dieser Vergleich weckte in Ruth Schuldgefühle, als wäre sie in ihren Gedanken untreu, doch dann erinnerte sie sich, dass ihr Eheversprechen, das sie Chandler gegeben hatte, währte, »bis dass der Tod uns scheidet«.

Diese Erkenntnis brachte jedoch nicht den Trost, den sie sich in den schlimmsten Zeiten ihrer Ehe ausgemalt hatte, als sie glaubte, der einzige Ausweg aus einer so leblosen Ehe wäre der Tod eines Partners.

Wie hatten sie sich von einem Liebespaar zu Rivalen verwandeln können, die – selbst im Bett – weit auseinanderlagen? Wie hatten sie einander und sich selbst in nur wenigen Jahren verloren, während Chandlers und Ruths Eltern über vierzig Jahre verheiratet gewesen waren, bevor die Frauen zu Witwen geworden waren? Ruth bildete sich nicht ein, Antworten darauf zu haben, und so wie die Dinge zwischen Chandler und ihr geendet hatten, würde sie wahrscheinlich auch nie welche bekommen. Ruth ließ den Vorhang wieder sinken. Ihr war nicht einmal bewusst, dass sie weinte, und sie merkte es erst, als sie die Feuchtigkeit auf ihren Wangen berührte. Sie wischte sich das Gesicht an ihrer Bluse ab und ging nach unten.

Elam trat durch die Haustür ein und hielt die Mückengittertür fest, damit sie nicht hinter ihm zuschlagen würde.

Als wollte er sie nicht stören.

»Hi«, sagte sie.

Er sah sie an. Seine silbernen Haare, die im nassen Zustand länger waren, kräuselten sich über seinen Schultern. »Hi.« Sein Lächeln wirkte unsicher, aber andererseits kannte Ruth ihn nicht gut genug, um sein Lächeln deuten zu können. »Sollen wir … essen?«, fragte er.

Ruth nickte und trat vor ihm in die Küche. Die Kerzen waren bereits stark heruntergebrannt und schwammen beinahe in warmen Wachspfützen in ihren Messinghaltern. Elam trat an den Herd und nahm aus der rechten Schublade einen Ofenhandschuh. Er steckte die Hand hinein und öffnete die Backofentür. Ruth war überrascht, dass der Auflauf nicht verbrannt war, da sie so lange zum Duschen gebraucht hatte, aber Elam musste daran gedacht haben, den Ofen auszuschalten.

»Das riecht köstlich«, sagte Ruth.

Elam nickte. »Es wird schwer sein … wieder nur Eier zu essen … wenn Mabel nicht mehr da ist.«

Ruth war für das unverfängliche Thema dankbar. »Ja?« Sie zog die Brauen hoch. »Wird das bald der Fall sein?«

Elam ging auf die andere Seite der Küche, um die Porzellanteller zu holen. Beim Anblick des Teerosenmusters auf den Tellern seiner Mutter stockte sein Atem. Die Teller waren hübsch und zart, genauso wie es seine Mutter gewesen war. Das Porzellanservice war seit ihrem Tod nicht mehr aus dem Küchenschrank geholt worden. Seine Familie gehörte nicht zu den Leuten, die von geblümten Porzellantellern aßen. Das zeigte, wie sehr seine Mutter ihrem rauen und fordernden Leben eine zarte Note verliehen hatte.

»Ich weiß nicht«, sagte Elam, während er ein dampfendes Stück Hähnchenfleisch und Gemüse auf jeden Teller schaufelte. »Tante Mabel hat … noch nichts dazu gesagt.« Stückchen von der Teigkruste fielen von der Servierschaufel und landeten auf der Herdplatte. Auch nach so vielen Jahren, die er allein lebte, fühlte er sich in der Küche immer noch unbeholfen. Aus irgendeinem Grund kam er sich jetzt noch unbeholfener vor, da Ruth auf der anderen Seite des Arbeitstisches stand und ihm mit verschränkten Armen zuschaute, wie er die Hand in einem Ofenhandschuh mit aufgenähten Patchwork-Butterblumen stecken hatte und den Teller und eine Bratschaufel jonglierte. »Reicht das?«, fragte er.

Sie nickte und nahm den Teller. Gemeinsam gingen sie zum Tisch zurück. Er setzte sich schnell und überließ Ruth die Entscheidung, wie nahe sie sich zu ihm setzen wollte. Sie entschied sich für das andere Ende des Tisches. Sie wollte so viel Abstand zu ihm wie möglich. Elam schüttelte seine Serviette aus und breitete sie über seinen Schoß. Er nahm eine Gabel und begann zu essen. Er hatte einen Bärenhunger, doch angesichts des edlen Porzellans und der Kerzenleuchter wollte er das Essen nicht so gierig hineinschaufeln, wie er es sonst machte. Ruth hingegen nahm große Bissen. Zweifellos hatte sie nach der ganzen Arbeit einen genauso großen Hunger wie er. Das Knistern der Kerze füllte das Schweigen. Elam wollte Ruth nicht ansehen, da sie sich auf keinen Fall unwohl fühlen sollte, aber er spürte ihre Anwesenheit so stark, wie er das noch nie bei einem anderen Menschen in seinem Leben erlebt hatte. Feuchtes Haar umrahmte ihr Gesicht. Ihre Haut glänzte und ihre Wimpern waren ohne die Wimperntusche, die sie normalerweise auftrug, fast weiß.

»Danke … für alles … was du heute … getan hast«, brachte er heraus.

Ruth blickte von ihrem Teller auf und eine Haarsträhne fiel über ihr Auge. Sie schob sie zurück und lächelte. »Gern geschehen. Es hat mir Spaß gemacht. Es tut mir gut, mich zu beschäftigen.«

»Dazu bekommst du eine … weitere Gelegenheit. Morgen … fangen wir mit … der Trockenernte an«, sagte er.

»Welche magst du lieber?«

»Die Trockenernte.« Er trank einen Schluck Wasser. »Aber die Nassernte geht … schneller. Wenn die Beeren zu Soßen und Saft verarbeitet werden … ist die Nassernte sinnvoller. Die trockenen Beeren sind … für die lokalen Märkte perfekt.« Er brach ab und deutete mit seiner Gabel auf das Cranberrybrot und die Cranberry-Kekse auf dem Arbeitstisch. »Wie ich sehe, verarbeitet Tante Mabel … die Ernte bereits.«

»Magst du sie?«

»Cranberrybrote?«

Sie lächelte. »Nein, deine Arbeit.«

Er aß einen weiteren Bissen von seinem Hühnchen im Teigmantel. »Größtenteils. Es gibt gute Tage und … schlechte, wie in jedem Beruf.« Er blickte auf. »Als ich die … Pumpe repariert habe, hast du mich an einem … schlechten Tag erwischt.«

»Ich hätte nie gemerkt, dass du einen schlechten Tag hattest.«

Elam spießte eine grüne Bohne auf. »Ich bin nicht sehr gut darin, Gefühle zu zeigen.«

»Ich auch nicht«, gab sie zu. »Die Leute hier fragen sich wahrscheinlich, warum ich dir bei der Cranberryernte helfe, obwohl doch mein Mann erst gestorben ist.«

»Ich glaube nicht, dass … sie sich das fragen«, erwiderte er. »Außerdem …«, er lächelte, »… sind Deutsche eher für ihre … Arbeitsmoral bekannt und weniger dafür, dass sie ihre Gefühle zeigen.«

»Na ja«, entgegnete Ruth. »Wir Iren *sind* dafür bekannt, dass wir unsere Gefühle zeigen, wie du es bezeichnest. Aber irgendwie bin ich wohl eine Ausnahme.« Sie senkte den Blick, runzelte leicht die Stirn und brach ein Stück Teigkruste ab. »Eigentlich stimmt das nicht ganz. Früher habe ich meine Gefühle offen gezeigt, wenn man es so beschreiben will. Meine Mutter hat oft geklagt, dass ich mein Herz auf der Zunge trage. Aber als ich älter wurde, habe ich anscheinend gelernt, sie zu verstecken.«

»Bist du darüber froh?«

Ruth schaute Elam an und er fragte sich, was sie wohl dachte. »Weißt du, ich bin mir nicht sicher, ob mir wirklich gefällt, wie ich im Moment bin.«

Elam blickte wieder auf seinen Teller. »Mir schon«, erwiderte er.

2. Juni 2016

Chandler,
ich weiß, dass du mich heute Nacht nicht gehört hast, als ich dir sagte, wie leer ich mich fühle, es sei denn, du hättest nicht geschlafen. Ich konnte fühlen, wie du mir mit Ablehnung begegnet bist, als ich vor dir stand, die Shampooflasche in der Hand, während mein Pyjamaoberteil sich mit Muttermilch vollsaugte,

weil unser Baby weinte. Du und ich, wir haben uns angeschrien. Aber … ist Schreien das richtige Wort? Ich bin mir nie sicher, wie ich es bezeichnen soll, wenn wir streiten.
Ich bin immer diejenige, die ihre Stimme erhebt, und du ermahnst mich immer mit demselben strengen Tonfall, den du Sofie gegenüber gebrauchst, dass ich nicht schreien soll. Du bist für mich kein sicherer Ort mehr, Chandler. Deswegen ist es wohl aus mir herausgebrochen: »Ich bin noch nicht einmal dreißig, Chandler, und ich fühle mich schon völlig verbraucht und so leer!« So schreibe ich nun meine Gedanken hier auf, weil ich nicht will, dass du sie liest. Du kämst nicht im Traum auf die Idee, mein Tagebuch zu lesen. Ich würde gern glauben, dass du das aus Respekt vor meiner Privatsphäre tust, aber in Wirklichkeit liegt es daran, dass dich meine Gedanken zu wenig interessieren, um dir die Zeit zu nehmen, sie zu lesen.
Wie bin ich so zynisch geworden? So bedürftig? Wie konnten wir uns so schnell auseinanderleben? Begann es schon in den ersten Tagen unserer Ehe, als wir uns bemühten, von einem Tag auf den anderen eine Familie mit Kind zu sein? Es gab Zeiten, in denen ich fühlte, wie diese Mauer zwischen uns wuchs: Jedes scharfe Wort war ein Stein; jedes Mal, wenn wir uns nicht die Zeit nahmen, den anderen zu verstehen, war das der Mörtel, der diese Steine festzementierte. So vergingen die Tage, aber ich wollte abwarten, da ich wusste, dass irgendwann ein Durchbruch käme. Aber jetzt erleben wir immer weniger Durchbrüche und diese Mauer zwischen uns wächst immer höher – Wort für Wort, Stein für Stein.
Wenn ich liebevoller zu dir gewesen wäre – wenn ich dich öfter umarmt hätte, z. B. mein Gesicht an deinen warmen Rücken gedrückt hätte, während du dir über dem Waschbecken die Zähne putzt –, stünden wir dann jetzt anders da? Wenn ich öfter gekocht hätte und du mich dabei gesehen hättest – in meiner Schürze und mit Perlenkette, während deine Kinder sauber glänzen und lächeln, Sofie mit gefalteten Händen am Tisch sitzt –,

würdest du dann öfter nach Hause kommen wollen? Wäre dann dein Zuhause eher deine Zuflucht als diese sterile Klinik mit den vielen Kindern, deren Bedürfnisse auch nie alle gestillt werden können? Wenn ich dich nie abgewiesen hätte, würdest du dann jetzt zu mir zurückkommen? Ich weiß es nicht, und so sitze ich hier in unserem Bett und wünsche, ich könnte noch einmal von vorne anfangen, bin aber zu wütend, um es zu versuchen.

Ich will uns zurückhaben, Chandler. Ich will uns so zurückhaben, wie wir damals waren, aber etwas in mir begreift, dass wir die Zeit nicht zurückdrehen können. Denn das würde bedeuten, dass wir unsere Mädchen und das Leben, das wir uns zusammen aufgebaut haben, aufgeben würden. Also wünsche ich mir vermutlich, ich könnte uns beide zurückhaben, wie wir waren, und gleichzeitig behalten, was wir haben.

Das, was wir haben, ist großartig – das weiß ich tief in meinem Herzen. Ich vermisse dich einfach. Ich vermisse dich und ich vermisse die Liebe, die uns am Anfang miteinander verbunden hat. Ich vermisse dich, obwohl du direkt neben mir schläfst.

Deine Ruth

Ruth saß auf der Veranda vor dem Haus, als Mabel und die Kinder in einem Einspänner zurückkamen. Ruth wartete schon seit über einer Stunde hier draußen, da es ihr in der Küche plötzlich zu eng geworden war, als Elam nach dem Essen angekündigt hatte, dass er das Geschirrspülen übernehme. Also hatte Ruth einen dicken Wollpullover übergezogen, den sie vor Jahren bei einem Straßenhändler in Bogotá gekauft hatte, und sich auf die Veranda gesetzt. Sie kam sich vor wie ein Teenager, während sie mit angezogenen Knien hier auf der Treppe saß und ihr luftgetrocknetes Haar über ihren Schultern lag. Die Nächte wurden mit jedem Tag kälter und der feuchte und hartnäckige Wind erinnerte Ruth an zu Hause. An Irland.

Der Abend mit Elam war angenehm gewesen. Ruth hatte den Abend möglicherweise sogar mehr genossen, als sie zugeben wollte. Deshalb war sie auch unter dem Vorwand, sie würde auf ihre Töchter warten, auf die Veranda geflohen. Doch dann sah sie das Pferd und den Einspänner die Straße heraufkommen – hörte die klappernden Hufe der müden Stute, die aussah, als kenne sie den Weg im Schlaf – und in ihr zog sich etwas zusammen. Sie hatte gar nicht gewusst, dass sich etwas gelöst hatte, das sich zusammenziehen konnte. Das erkannte sie erst, als sich diese unsichtbare Tiefe in ihr anspannte.

Der Einspänner hielt vor dem Haus. Ruth stand auf und ging die paar Schritte auf den Wagen zu. Ihre Töchter spähten aus dem Einspänner heraus und winkten. Sie sahen aus, als hätten sie eine Zeitreise unternommen, da sie nach wie vor ihre gewohnte *englische* Kleidung trugen.

»Mami!«, kreischte Sofie, und wie ein kleiner Papagei ahmte Vi ihre Schwester nach: »Mami!« Beide Mädchen streckten die Arme nach ihr aus und waren von ihrem Abenteuer absolut begeistert. Ruth hob sie aus dem Wagen.

Vi deutete mit großen Augen auf die Straße und sagte atemlos: »Wir sind im Schlitten die ganze Straße entlanggefahren!« Ruth verbesserte sie nicht, sondern beugte sich nur nach unten, um ihr einen Kuss auf den Kopf zu drücken. Es war lange nach der üblichen Schlafenszeit der Kinder. Ruth hatte das Gefühl, dass sie selbst auch schon seit Stunden im Bett liegen sollte, aber sie genoss es, ihre Kinder so glücklich zu sehen, so ausgelassen, fast als hätten sie vergessen, was erst vor zwei Monaten passiert war.

Mabel sagte: »Einspännerfahren ist ganz ähnlich wie Fahrradfahren. Wenn man es einmal kann, verlernt man es nicht mehr.«

Ruth sagte nichts dazu.

»Hast du dir Sorgen gemacht?«, fragte Mabel. »Hast du meine Nachricht gesehen?«

»Ich habe die Nachricht gesehen.« Ruth berührte Mabels Arm. »Wir reden, wenn ich die Kinder zu Bett gebracht habe.«

Eine halbe Stunde später stand Ruth an der Tür von Elams Gästezimmer und betrachtete ihre schlafenden schönen Töchter. Welche Erinnerungen würden sie später mit dem Jahr verbinden, in dem ihr Vater gestorben war? Wären es traurige Erinnerungen oder würden sie sich nur an die köstlichen Familienessen, die Cranberryernte, die Einspännerfahrten im Mondschein mit ihrer mennonitischen Großmutter erinnern?

Im Erdgeschoss saß Mabel auf dem Sofa vor dem Feuer. Zeus hatte sich unter ihren Füßen wie ein ausgestopftes Eisbärenfell ausgebreitet. Mabel trug ein paar gehäkelte Hausschuhe, die aussahen, als würden sie Sofie passen. Mabel sagte: »Hattet du und Elam einen schönen Abend?«

Ihre Frage klang völlig unschuldig, aber ihre dunklen Augen funkelten verschmitzt.

»Ja«, antwortete Ruth vorsichtig. »Genau darüber möchte ich mit dir sprechen.«

Ruth wäre am liebsten stehen geblieben, doch sie setzte sich neben Mabel. Sie atmete tief ein und zählte bis zehn, eine Strategie, die sie sich angewöhnt hatte, wenn sie ein schwieriges Thema bei Chandler hatte ansprechen müssen. Gegen Ende ihrer Ehe war Ruth jedoch nicht einmal mehr bis fünf gekommen, bevor Worte wie Schrapnellkugeln aus ihrem Mund geschossen waren.

Ruth räusperte sich und schaute ihre Schwiegermutter an. »Danke für das Essen«, sagte sie. »Es hat köstlich geschmeckt.« Sie hörte selbst die Anspannung in ihrer Stimme, die ankündigte, dass sie zwar mit einem Kompliment begann, diesen Worten dann aber etwas Negatives folgen würde. »Aber«, schob sie nach, »ich fand es interessant, dass du den Tisch nur für zwei gedeckt hast.«

Mabel blickte sie an. Ihre schmalen Finger verkrampften sich um die Häkelnadel. Sie hatte ganz genau gewusst, was sie tat. »Du und Elam wart die Einzigen, die noch auf dem Feld waren«, sagte Mabel. »Den anderen Arbeitern hatte ich schon zu essen gegeben und sie nach Hause geschickt. Und dann hat Laurie …« Sie brach ab.

»Dann hat Laurie dich und die Mädchen zum Abendessen eingeladen?« Ruth lächelte leicht. »Wie praktisch.«

»Ich wollte dich nicht verärgern.« Mabel legte die Häkelnadel auf ihren Schoß und starrte auf ihre Hände hinab. Im Gegensatz zu Ruth trug sie keinen Ehering mehr, aber Ruth erinnerte sich auch nicht, bei einer der Frauen in Driftless Valley jemals einen Ehering gesehen zu haben, egal ob sie verheiratet waren oder nicht.

Ruth sagte: »Du weißt, wie ich das gedeutet habe, oder?«

Mabel schüttelte den Kopf.

Ruth seufzte, da sie es eigentlich nicht aussprechen wollte. »Elam und ich kamen ins Haus, und auf dem Tisch brannten Kerzen und im Kamin war ein Feuer und der Tisch war gedeckt. Es war wie ein Date.«

»Ich wollte nur nett sein.«

»Du hattest also keine Hintergedanken?«

Mabels zitternde Lippen verrieten sie trotz ihrer stoischen Miene. »Doch. Ich will, dass du und Elam glücklich seid.«

Ruth stöhnte. Zeus hob seinen großen Kopf und drehte die Augen in ihre Richtung. Als er nichts Ungewöhnliches feststellte, legte er sich wieder auf seine Pfoten und schnarchte friedlich weiter.

Ruth sagte: »Mein Glück sollte absolut nichts mit Elams Glück zu tun haben.«

»Das ist ja auch richtig«, erklärte Mabel vehement. »Aber … ich …«, ihre Stimme brach ab und Ruth wurde von Schuldgefühlen überrollt. Das Verhalten ihrer Schwiegermutter war zwar vielleicht übergriffig, aber sie kämpfte auch mit ihrer Trauer. Keine der beiden Frauen konnte klar denken. »Heute war ich oben und habe Vi vor ihrem Mittagsschlaf in den Armen gehalten, und ich blickte mich in Elams großem Haus um, in dem außer ihm niemand wohnt, und ich dachte, dass du und deine Mädchen kein wirkliches Zuhause habt, und da …«, sie gab ihre Abwehrhaltung auf und starrte auf ihren Schoß hinab, »… kam mir einfach diese Idee.«

Ruth mäßigte ihre Stimme. »Du dachtest, da Elam und ich beide einsam sind, sollten wir beieinander Trost finden?«

Mabel nickte, dann hob sie den Blick und flüsterte: »Du bist zu jung, um allein zu bleiben, Ruth. Es bricht mir das Herz, wenn ich mir vorstelle, dass dein Leben endet, obwohl du erst halb so alt bist wie ich.«

Zum zweiten Mal an diesem Abend schossen Ruth Tränen in die Augen. Aber sie weinte nicht aus Trauer, sondern weil sie tief gerührt war, dass ihre Schwiegermutter sie so sehr liebte und bereit war, dafür sogar ihre aufkeimende Beziehung in Gefahr zu bringen. Ruths Leben war von Witwen umgeben: von ihrer Mutter und von ihrer Schwiegermutter. Ruth konnte beobachten, wie völlig unterschiedlich die beiden Frauen mit ihrer Trauer umgingen, und sie erkannte deutlich, welchen Weg sie selbst einschlagen wollte, um Heilung für ihr verwundetes, unruhiges Herz zu finden.

Ruth rutschte auf dem Sofa näher, auf dessen Rückenlehne seit Kurzem Mabels Häkeldeckchen lagen, die wie Löwenzahn im Frühling im ganzen Haus hervorzusprießen schienen. Sie legte einen Arm um die hängenden Schultern ihrer Schwiegermutter. Mabel lächelte und tätschelte Ruths Hand. »Ach, meine Liebe«, sagte sie.

Ruth lachte leise. »Nein, das bin ich nicht. Aber ich danke dir, dass du alles tust, um meiner Familie das Gefühl zu geben, geborgen und geliebt zu sein.«

»Oh, ihr *werdet* geliebt!«, weinte Mabel. »Dich und die Mädchen hier zu haben …« Von ihren Gefühlen überwältigt, konnte sie nicht weitersprechen und drückte die Faust auf ihre Brust. »Das tut meinem Herzen gut.«

»Es tut uns allen gut, hier zu sein. Du bist eine wunderbare Großmutter, Mabel.«

Mabel lehnte den Kopf an die Schulter ihrer Schwiegertochter. »Und du bist eine wunderbare Mama.« Sie schwieg einen Moment. »Ich höre auf, Schicksal zu spielen, und will einfach beten, dass dir Gott einen Mann schickt, der dir ein Ehemann und den Mädchen ein Vater sein kann, wie es mein Sohn war.«

Ruth erwiderte nichts, sondern starrte nur stumm ins Feuer.

Elam lenkte seinen Wagen zwischen die letzte Strauchreihe und die Kanalmauer. Während die hölzernen Räder quietschten, hoben die Frauen, die alle eine Gebetshaube trugen, den Kopf, richteten sich auf, dehnten ihren Rücken und gingen mit ihrem Anteil der trocken geernteten Beeren auf ihn zu. Die gepflückten Cranberrys lagen in Strohkörben, die sich so ähnlich sahen, als hätten sich die Frauen getroffen, um sie gemeinsam zu flechten, genauso wie sie gemeinsam Apfelkuchen backten und Apfelsoße kochten.

Ruth schloss sich den Frauen an, die durch die Reihen schritten. Ihr Rücken schmerzte, ihre Finger waren steif und blutrot gefärbt. Trotzdem: Sie konnte sich nicht erinnern, wann sich ihr Körper das letzte Mal so wunderbar gefühlt hatte – der Kälte, dem Wind, dem blendenden Funkeln der warmen Sonne ausgesetzt, bevor sie hinter einer Wolke untertauchte und die Kälte zurückkehrte. So wie schon viele Generationen vor ihr, die diese Erde bearbeitet und ihren Ertrag geerntet hatten. Sie durfte dankbar sein, weil sie noch lebte. Sie wusste nicht mehr, wann sie das letzte Mal solche Gefühle erlebt hatte, und doch war sie jetzt hier und ging, gestärkt von dem Wissen, dass sie zu dieser Ernte beigetragen hatte, erhobenen Hauptes durch die Strauchreihen.

»Du schaffst das alles?«

Ruth drehte sich um und entdeckte Laurie hinter sich. »Es dauert eine Weile«, erwiderte sie. »Mein Korb ist nicht einmal halb voll.«

»Das kenne ich. Dieser Teil der Ernte macht keinen Spaß, aber heute Abend werden wir viel Spaß haben.«

»Was ist heute Abend?«

Lauries graue Augen funkelten. »Das Erntefest. Elam lädt jedes Jahr in seiner Scheune dazu ein.«

»Dein Bruder ist also doch sehr gesellig, obwohl er behauptet, er wäre ein Einsiedler.«

»Nicht unbedingt.« Laurie verlagerte den Korb auf ihren Armen. »Dieses Fest hat unsere Mutter ins Leben gerufen. Sie wollte für die Arbeiter etwas Besonderes machen. Nach ihrem Tod hat Elam die Tradition weitergeführt.«

»Zweifellos mit ein bisschen Ermutigung durch dich.«

Laurie lachte. »Nur ein bisschen.«

Ruth beobachtete Elam, der den Frauen die Körbe abnahm und sie nebeneinander in den Wagen stellte, damit nichts umkippte. Eine der Frauen, Amy Brunk, hatte eine reizvolle Figur und einladende Grübchen auf den Wangen, und unter ihrer *Kapp* leuchtete ihr glänzendes rabenschwarzes Haar hervor. Ruth fiel nicht zum ersten Mal auf, dass Amy versuchte, mit Elam zu sprechen, aber er nahm nur ihren Korb entgegen und lächelte sie genauso freundlich an wie alle anderen. Ruths spürbare Erleichterung verwirrte sie und sie beobachtete ihn weiter, um den Grund für ihre Reaktion zu verstehen. Elams sonnengebräunte muskulöse Arme ließen die Erinnerung daran wach werden, wie er sich gestern Abend im Hof an der Pumpe gewaschen hatte. Ruths Wangen begannen zu glühen. Sie blickte neben sich und stellte fest, dass Laurie sie immer noch lächelnd beobachtete. Aber hinter ihrem Lächeln steckte mehr als hinter dem freundlichen Lächeln ihres Bruders. Ruth fühlte sich durchschaut und wandte schnell den Blick ab.

Die Trockenernte war genauso wie die Nassernte eine anstrengende Arbeit und ermüdete Körper und Geist gleichermaßen. Bei Einbruch der Dunkelheit stand Ruth allein am Scheunentor. Es stellte sie zufrieden, die Obstkisten auf dem kühlen Betonboden stehen zu sehen, deren Ritzen den Beeren die nötige Ventilation ermöglichten, bevor die Arbeiter am nächsten Morgen wiederkämen, um sie zu sortieren.

Laurie trat zu ihr: »Du solltest lieber nach Hause gehen und dich für das Fest umziehen!«

Ruth drehte sich um. »Was ziehst du heute Abend an?«

»Ein kleines Schwarzes.«

Ruth betrachtete Lauries schlichtes mennonitisches Kleid. Dann fragte sie: »Im Ernst?«

Laurie grinste. »Hast du mich schon einmal ernst erlebt?«

»Das einzige Kleid, das ich eingepackt habe, hatte ich bei der Beerdigung an. Vi hat Soße darauf gekleckert.«

»Zu einem Fest ziehst du kein Beerdigungskleid an. Das bringt Unglück!«

»Mennoniten glauben nicht an Glück und Unglück.«

»Nein«, gab Laurie zu. »Aber wir haben einen gesunden Menschenverstand. Du kannst dir ein Kleid von mir ausleihen. Ich habe noch zwölf andere, die genauso aussehen wie das hier. Alle in den neuesten Farben und Schnitten, geradewegs aus Lancaster, der mennonitischen Modehochburg. Bei einem Kleid sieht man sogar meine Schlüsselbeine.«

»Deine Schlüsselbeine!« Ruth keuchte scherzhaft. »Kein Wunder, dass du und Tim so viele Kinder habt!«

Laurie lachte. »Welche Farbe willst du? Ich habe alles außer Rot, Gelb und Orange. Bei deiner Haarfarbe solltest du aber diese Farben wahrscheinlich sowieso nicht tragen.«

Ruth wusste nicht, was sie antworten sollte. Sie wollte Lauries Gefühle nicht verletzen, da sie sich so viel Mühe gab, damit sich Ruth in der Gemeinde wohlfühlte. Aber trotzdem wollte sie heute Abend nicht hier auftauchen und so aussehen, als versuche sie krampfhaft, sich anzupassen. Oder noch schlimmer, als wolle sie sich über diese Menschen lustig machen. Doch dann überlegte sie, dass es wahrscheinlich besser wäre, in einem Kleid von Laurie auf dem Fest zu erscheinen, als hier in Jeans aufzutauchen. »Ich würde mir sehr gern ein Kleid von dir ausleihen«, sagte Ruth. »Mir ist jede Farbe recht.«

Lauries Lächeln wurde breiter. Sie beugte sich vor und zupfte an dem Stoff von Ruths Sweatshirt, das lose um ihren schmalen Körper hing. »Ich muss es etwas abstecken«, sagte sie. »Aber es wird gehen.«

»Soll ich zu dir kommen?«

»Ich komme zu dir.« Sie zwinkerte. »Dann habe ich einen Grund, ein wenig aus dem Haus zu kommen.«

Ruth folgte Laurie die Stufen des Bauernhauses hinauf in das Zimmer, das in einem früheren Leben Lauries Zimmer gewesen war, aber jetzt von Ruth und ihren Mädchen bewohnt wurde.

Laurie war zehn gewesen, als ihre Mutter so krank geworden war, dass andere Kinder sie überfordert hätten. Ruth war zwölf gewesen, als ihr ihre Mutter verboten hatte, Freunde nach der Schule zu sich einzuladen. Laurie litt ihr ganzes Leben lang darunter, dass sie auf Spielkameraden hatte verzichten müssen, deshalb war sie so dankbar, dass sie ihre Kinder hatte, denn ihr Chaos und Lärm bewahrten sie vor der Einsamkeit, die sie früher als so schmerzlich empfunden hatte. Ruth hingegen hatte diese Einsamkeit anfangs nicht gefühlt. Doch ab der sechsten Klasse hatten die Mädchen in ihrer Klasse aufgehört, sie zu Geburtstagsfeiern und Übernachtungen einzuladen, weil sie dachten, Ruth wollte nichts mit ihnen zu haben. Dabei hatte ihre Mutter dahintergesteckt, der es insgeheim peinlich gewesen war, dass sie und ihr Mann so alt waren wie die Großeltern der meisten anderen Kinder. Doch jetzt liefen Ruth und Laurie ausgelassen die Treppe hinauf, aufgeregte Frauen, die ein wenig nachholten, was ihnen als Kinder verwehrt gewesen war.

Ruth und Laurie traten ins Zimmer. Laurie legte die Kleider aufs Bett und blickte sich um. Sie betrachtete den Trockenblumenstrauß auf der Kommode und den gehäkelten Teppichläufer auf dem Boden, als wäre sie seit Jahren nicht mehr hier oben gewesen. »Elam wollte uns dieses Haus geben, als wir unsere ersten Kinder bekamen.« Sie strich über ihren Bauch. »Er sagte, es sei unlogisch, dass wir in unserem kleinen Haus bleiben, während er hier wohnt.«

»Warum habt ihr sein Angebot nicht angenommen?«

Laurie erschauerte. »Ich weiß nicht, wie Elam das schafft. Es ist, als wären seit Mamas Tod alle guten Erinnerungen, die ich mit diesem Haus verbinde, in ein schwarzes Loch gesogen worden.«

Ruth senkte den Blick und berührte den Saum eines Kleides. »Ich hoffe, meinen Mädchen geht es nicht auch so.«

»Das glaube ich nicht«, beruhigte Laurie sie. »Chandlers Tod war schrecklich, aber es ging schnell. Ich wusste während meiner ganzen Kindheit, dass meine Mutter eines Tages nicht mehr da sein würde. Und eines Tages starb sie dann.« Während Laurie das erzählte, breitete sie die Röcke ihrer Kleider aus, damit Ruth sie mustern konnte. Trotz des ernsten Gesprächsthemas rührte Ruth diese Geste an. Laurie war auf ihre Kreationen augenscheinlich sehr stolz, auch wenn Ruth kaum einen Unterschied in der Stofffarbe erkennen konnte.

Laurie nahm das oben liegende Kleid, das sich wie eine dunkelblaue Meereswelle über die Quiltdecke ergoss, und hob es hoch. Sie hielt den Stoff neben Ruths Gesicht.

»Das bildet einen guten Kontrast zu deinen schönen grünen Augen.«

Ruth hatte nie gelernt, richtig mit Komplimenten umzugehen. Sie fragte: »Ziehst du dich gern schön an?«

»Ich liebe es.« Laurie seufzte. »Wahrscheinlich liebe ich es so sehr, dass es schon eine Sünde sein muss.«

Ruth lachte. Aber ausnahmsweise blieb Lauries temperamentvolles Gesicht ernst.

»In meiner Jugend«, erzählte sie weiter, »war Nähen mein kreatives Ventil. Meine persönliche Rebellion. Wenn ich mit einem zwei Zentimeter kürzeren Saum oder Knöpfen statt Haken und Ösen durchkam, hatte ich das Gefühl, ich könnte die Welt erobern. Oder wenigstens meinen Winkel der Welt selbst bestimmen. Ich träumte *jahre*lang davon, von Wisconsin wegzugehen und an einem Ort wie Paris oder New York Mode zu studieren.«

»Warum hast du es nicht gemacht?«

Lauries Lächeln kehrte zurück. »Warum geben wir unsere Träume auf? Ich lernte Tim kennen und verliebte mich, und plötzlich reizte mich die Großstadt nicht mehr so sehr und ich wollte mir lieber hier ein gemeinsames Leben mit ihm aufbauen.«

Laurie berührte Ruths Schulter und führte sie zum begehbaren Kleiderschrank mit Spiegel. Im ganzen Haus gab es nur sehr wenige Schränke. Elam hatte sie vor Jahren gebaut, um seine Langeweile im Winter zu vertreiben. Ruth trat in den winzigen Raum – der offensichtlich von einem Mann gebaut worden war, der keine Ahnung von der Liebe *englischer* Frauen für Schuhe hatte – und ließ die Tür offen, damit sie im Licht der Laterne auf dem Nachttisch erkennen konnte, wie sie das Kleid über ihren Kopf ziehen musste. Nach einer Weile trat Ruth wieder heraus und berührte unsicher den Wickelrock. »Ich weiß nicht, ob das nicht zu viel von meiner Figur zeigt.«

Laurie sah sie an und lachte, während sie gekonnt ihre Haare verdrehte und sie mit einer Haarklammer hochsteckte. »Komm«, sagte sie, »lass dir helfen.«

Sie trat zu Ruth und half ihr, das Kleid an der Taille und am Rock enger zu stecken. Ruth betrachtete Lauries konzentriertes Profil und suchte nach einer Ähnlichkeit mit ihrem Bruder. Sie hatten die gleichen hohen Wangenknochen, die gleiche gerade Nase und die gleiche Hautfarbe – leicht gerötet von den vielen Sommertagen im Freien.

Ruth fragte: »Hatte *Elam* Träume?«

Laurie runzelte leicht die Stirn und verzog die Lippen, zwischen denen Stecknadeln herausragten. Sie steckte Ruths Kleid fertig fest, dann trat sie zurück, legte eine Hand auf ihren Bauch und musterte ihre Arbeit. »Jetzt brauchst du nur noch eine *Kapp*.«

Ruth dachte schon, Laurie würde ihre Frage nicht beantworten, was in Ordnung war, da sie sich wegen ihrer impulsiven Frage bereits unwohl fühlte. Doch dann sagte Laurie: »Als ich ins Teenageralter kam, war Elam schon erwachsen. Er war schon damals sehr introvertiert. Ich erinnere mich eigentlich gar nicht, ob er oft zu Hause war, da er so viel Zeit in der alten Jagdhütte im Wald verbrachte.«

Ruth fragte: »Warst du auch manchmal dort?«

»Ja«, sagte sie. »Aber Elam hat sie immer abgesperrt.«

»Ein Mann im Mittleren Westen mit Geheimnissen.«

Laurie verdrehte die Augen. »Das kannst du laut sagen. Es ist mir nach wie vor ein Rätsel, warum ihm die Frauen in Scharen nachlaufen, obwohl er kaum den Mund aufmacht.«

»Warum hat er nie eine von ihnen geheiratet? Zum Beispiel diese hübsche Brünette?«

»Amy Brunk?« Laurie lachte. »Sie läuft ihm nach, seit sie Zöpfe trug, aber Elam hat sich nie für sie interessiert.«

»Weil er so scheu ist?«

»Das dachte ich zuerst. Doch als Amy anfing, Elam so deutliche Hinweise zu geben, dass selbst *er* es kapieren musste, ging er trotzdem nie darauf ein. Es war, als warte er auf etwas oder auf *jemanden*.« Laurie schaute Ruth an. Der durchdringende Blick aus ihren aufmerksamen rauchgrauen Augen ließ Ruth erröten und ihre Augen brennen. Elam und Laurie hatten die gleiche Augenfarbe. »Ich weiß, er ist mein Bruder«, sagte Laurie. »Aber er ist wirklich einer der besten Männer, denen ich je begegnet bin.«

Das Kerzenlicht flackerte und warf genauso viel Schatten wie Licht auf die Wände und Dachsparren der alten Scheune in Holzrahmenbauweise, die Elams Bauernhaus am nächsten stand. An den Dachbalken hingen alte Starennester und einige der Vögel flatterten mit ihren dunklen Flügeln unruhig hin und her und versuchten zu fliehen. Aber in ihrer Panik fanden sie keinen Fluchtweg. Mit Essen beladene Tische standen an der linken Seite der Scheune. In ihrer Mitte standen kreisförmig aufgestellt die Bänke, die aus der Kirche geholt worden waren. Ein Stapel abgegriffener Kirchengesangbücher lag auf einer Bank. Der Raum roch nach Holzspänen, Bienenwachs und Brot. Ruth betrat diese Szene und hatte wie so oft, seit sie in der Gemeinde Driftless Valley angekommen war, das Gefühl, die Zeit wäre stehen geblieben. Oder sie wäre sogar in der Zeit zurückgereist. Plötzlich war sie nicht mehr Ruth Neufeld, die mittellose Witwe und Mutter, sondern Ruth Galway, eine idealistische junge Frau, die an Helden und Happy Ends glaubte und daran, dass die ganze Welt mit einer einzigen freundlichen Geste, einem einzigen positiven Gedanken verändert werden könnte.

Ruths jugendlicher Idealismus verflog, als sie die vielen neugierigen Blicke der mennonitischen Frauen und Männer bemerkte, die sie sonst nur in Sweatshirts und Jeans kannten. Durch ihre Kleidung war sie in den letzten zwei Tagen, in denen alle gemeinsam mit angepackt hatten, aufgefallen. Aber noch mehr hatte ihr die Sprache, die hier in der Gemeinde gesprochen wurde – *Pennsylvania Dutch*, ein deutscher Dialekt –, gezeigt, dass sie nicht dazugehörte, während sich alle beim Cranberrypflücken unterhalten und gelacht hatten: Die spürbare Kameradschaft half den Leuten, sich bei der Arbeit die Zeit zu vertreiben.

Die Frauen schlossen Ruth nicht absichtlich aus. Sie wussten nur nicht, wie sie Ruth *einbeziehen* konnten. Und Ruth war nicht der Typ, der sich in ein Gespräch einmischte, und schon gar nicht in ein Gespräch, das in einer Sprache geführt wurde, die sie nicht beherrschte.

Ruth drehte mit dem Daumen den Hochzeitsring an ihrem Finger, eine nervöse Angewohnheit, die sie sich in den letzten fünf Jahren zugelegt hatte. Laurie war nicht da. Nachdem sie

Ruth beim Anziehen geholfen hatte, war sie nach Hause gegangen, um ihren Kindern Essen zu geben. Danach wollten Tim und sie zum Fest kommen, während ihr Ältester – ein stiller, zehnjähriger Junge namens David – auf seine Geschwister aufpasste. Warum nur hatte sich Ruth von Laurie überreden lassen, dieses Kleid anzuziehen? Sie befürchtete, ihr Versuch, sich anzupassen, führte womöglich dazu, dass sie noch mehr herausstach. Ruth wandte sich zur Tür und suchte genauso panisch wie die Stare eine Fluchtmöglichkeit. Doch dann sah sie Elam, der gerade in einem weißen Kragenhemd und schwarzen Hosenträgern im Eingang zur Scheune stand. Sein dichtes silbernes Haar und seine gebräunte Haut glänzten im Licht der Petroleumlampen, die auf den Bänken neben der Tür standen. Aus irgendeinem Grund überraschte es Ruth, ihn zu sehen, obwohl Elam viel mehr hierhergehörte als sie.

Bei einer Umfrage würden viele in dieser Scheune wahrscheinlich sagen, dass es Elam Albrecht vorzog, die großen Ereignisse im Leben von der Seitenlinie aus zu verfolgen: Hochzeiten, Beerdigungen, gemeinsame Bauprojekte, Tischtennisturniere. Egal, was sie machten – oder wie oft sie ihn gut gelaunt aufzogen –, stand er nie in der Mitte des Geschehens. Aber als er jetzt in die Scheune schritt, war das völlig anders. Er blickte sich im Raum um, bis er Ruth entdeckte. Sein Blick blieb an ihr hängen. Ruths Gesicht glühte und sie fragte sich, ob er ihr mennonitisches Kleid als Beleidigung seiner Herkunft betrachtete. Doch dann ging er geradewegs auf sie zu. Er lächelte, als er zu ihr trat. »Du siehst gut aus. Laurie hat dich dazu angestiftet?«

»Woher weißt du das?«

Sein Lächeln wurde breiter. »Ich kenne meine Schwester.«

Unsicher, was sie sagen sollte, richtete Ruth den Blick auf die Tische, auf denen die Frauen Kuchen, Käse, Brot, Brötchen und Hackbraten mit Ananas aufschnitten, Löffel in Schüsseln mit Maisaufläufen, Kartoffelbrei und frisch eingemachten grünen Bohnen steckten, die Deckel von sauer eingelegten Gurken,

Marmeladen, Soßen, mariniertem Gemüse und Chutneys aufschraubten. Alles war mit Cranberrys geschmückt und verziert, um die erfolgreiche Ernte zu feiern. In der Ecke bemerkte Ruth riesige Truthähne, die alle mit Bratensaft begossen waren und knusprig braun glänzten.

»Cranberryeis?«, fragte Ruth und deutete mit dem Kopf zu einem Mann mit Filzhut, der auf einer der Bänke saß und die Kurbel einer altmodischen Eismaschine drehte.

Elam nickte. »Das hast du ganz richtig erkannt.«

Ruth lächelte wieder und stellte fest, dass sie es – genauso wie gestern beim Abendessen – genoss, einfach bei ihm zu sein. Sie ertappte sich bei dem Gedanken, wie sie beide wohl auf die anderen wirkten. Wer nicht wusste, dass schwarze Pumps, Perlenohrringe und Lippenstift bei mennonitischen Frauen unüblich waren, könnte meinen, sie gehöre hierher.

Man könnte sogar meinen, sie gehöre *zu ihm*.

Ruth blickte zur Seite und war plötzlich nicht nur wegen ihrer Kleidung unsicher. Sie trat einen kleinen Schritt weg. Elam, der das nicht zu bemerken schien, klatschte in die Hände. »Wir wollen das Fest mit einem Gebet beginnen«, rief er und jeder Mann und jede Frau verstummte verblüfft. Elam lud sie sonst nie zum Gebet ein. Er sprach grundsätzlich nur sehr selten. Doch dann erholten sie sich von ihrem Schreck und beugten die Köpfe zum stummen Dankgebet, während die Vögel nahezu geräuschlos über ihren Köpfen schwirrten. Ruth blieb neben Elam stehen und hoffte, Chandler könne nicht sehen, dass sie sich zu einem anderen Mann hingezogen fühlte, während sie sich gleichzeitig fragte, warum sie das eigentlich interessierte.

Ruth saß auf einer Kirchenbank in der Scheune und stocherte in dem Essen auf ihrem Teller, als sich Amy Brunk neben sie setzte. Die Frauen gaben sich die Hand und stellten sich vor, obwohl jede längst wusste, wer die andere war. Sie widmeten sich wieder ihren Tellern und taten so, als würden sie essen. Ruth war genauso gekleidet wie Amy, nur dass Amys Kleid moosgrün war. Ruth beobachtete Amy, wie sie Elam beobachtete, und fragte sich, wie oft Amy sie bei der gleichen Tätigkeit ertappt hatte.

Plötzlich drehte sich Amy zu ihr um. »Hast du vor, deine ältere Tochter zur Schule zu schicken?«

Auf diese Frage war Ruth nicht vorbereitet. »Hier? In die Gemeindeschule?«

Amy nickte. »Ich bin Lehrerin der ersten bis achten Klasse. Geht deine Tochter in die erste Klasse?«

»Eigentlich schon, aber unser Leben war so unruhig, dass ich Sofie in letzter Zeit einfach zu Hause unterrichtet habe. Beziehungsweise ... dort, wo wir gerade wohnten.« Ruth umklammerte ihren Teller. »Aber, nein, ich habe nicht vor, Sofie hier zur Schule zu schicken. Wir wohnen nur vorübergehend hier.«

»Dann entschuldige bitte«, sagte Amy. »Ich habe gehört, dass du in unsere Kirche eintreten willst.«

Ruth bemühte sich, unbeschwert zu lachen. »Das Kleid, das ich von Laurie geliehen habe, bringt die Leute vermutlich auf falsche Gedanken.«

Mit einem Lächeln tätschelte Amy ihre Schulter und stand auf. »Falls du es dir doch noch anders überlegst, dann gib mir Bescheid. Es wäre mir eine Freude, dein kleines Mädchen zu unterrichten.«

Ruth blickte Amy nach, die wieder zu den anderen Frauen zurückkehrte. Sie standen im Kreis um eine der jüngeren Frauen herum, die auf einer Bank saß und ein Neugeborenes in den Armen hielt, das zum Schutz vor der kalten Nachtluft so dick eingepackt war, dass es einem verpuppten Schmetterling ähnelte. In Ruths Augen wirkten die Frauen fröhlich und unbeschwert, obwohl ihr natürlich bewusst war, dass sie alle sicher – genauso wie sie selbst auch – schon einiges an Leid in ihrem Leben mitgemacht hatten. Aber der Unterschied war, dass diese Frauen eine Gemeinschaft von Freundinnen hatten, die ihnen halfen, selbst wenn sie nur herzlich eine kalte Hand drückten und murmelten: *»Das habe ich auch durchgemacht.«*

Ruth verließ das Fest sehr früh. Sie hatte ihre Mädchen in den letzten zwei Tagen nicht viel gesehen und war überrascht, wie sehr sie die beiden und ihre Mutterrolle vermisste, die ihr half, die Rolle als Ehefrau, die sie verloren hatte, auszugleichen. Sie fand sie im Badezimmer. Sofie und Vi waren in der Badewanne und füllten Messbecher mit Wasser. Mabel saß auf dem zugeklappten Toilettendeckel, und die *Geschichten von Eloise Wilkin,* die Ruth nach Wisconsin mitgebracht hatte, lagen aufgeschlagen auf der Schürze auf ihrem Schoß.

Ruth blieb an der Tür stehen und hörte zu, wie Mabel las:

»In diesem Haus wohnt noch jemand.
Er ist sehr groß
und er macht lange Schritte.
Morgens geht er zur Arbeit,
und manchmal bringt er Terry ein Geschenk mit,
wenn er abends nach Hause kommt.
Rate mal, wer das ist!«

Sofie hörte auf, mit dem Wasser zu spielen. »Ich mag diese Geschichte nicht.«

Mabel blätterte die Seite um, und Ruth wusste, welche Worte sie dort vorfinden würde: *Es ist Terrys Vater.*

Jahrelang hatte Ruth ihren Kindern gedankenlos klassische Geschichten wie *Rate mal, wer hier wohnt!* und *Wir helfen Mama* vorgelesen. Dieselben Geschichten hatte ihre Mutter ihr vorgelesen. Aber jetzt, wo sie keine »heile« Familie mehr waren, schienen die Geschichten nicht mehr zu passen. Mabel klappte das

Buch zu und legte es auf den Boden. Sie senkte den Kopf, auf dem ihr Scheitel ihre Kopfhaut sauber teilte, während ihre schwarzen Schnürschuhe fest auf dem Kachelboden standen. Ihre Schultern hoben und senkten sich schnell, als ob sie gleich in Tränen ausbrechen würde. Eilig trat Ruth in das schmale, kühle Badezimmer, kniete auf dem alten Handtuch neben der Badewanne nieder und beugte sich vor, um Mabels Knie zu berühren. Mabel zuckte kurz zusammen und drückte dann ihre Finger.

»Es tut mir leid«, murmelte sie. »Ich habe nicht mitgedacht.«

Ruth lächelte und flüsterte tonlos: *»Alles gut.«* Dann drehte sie sich wieder zu Sofie und Vi herum und sagte mit gespielter Fröhlichkeit in der Stimme: »Sind meine beiden Süßen mit dem Baden fertig?«

Aber auch das war gedankenlos, denn *meine Süßen* war der Spitzname, den Chandler, ihr Vater, geprägt hatte. Sofie schaute ihre Mutter an. Ihr schwarzes Haar klebte nass an ihrem Kopf; ihre Ohrenspitzen waren rosa; ihre Fingerspitzen, in denen sie den kleinen Messbecher hielt, waren aufgeweicht. »Mama?«

»Hm?«

»Kommt Papa nie zurück?«

Ruth senkte den Blick auf die Seifenblasen, die auf der Wasseroberfläche schwammen. Sie hatte keine Ahnung, wie sie dieses Thema richtig erklären sollte. Sie hatte keine Ahnung, wie sie diese Frage offen und ehrlich beantworten sollte, ohne oberflächlich zu klingen oder noch mehr Schmerz zu verursachen. Für den Tod gab es keine Gebrauchsanleitung. »Nein, Schatz«, flüsterte sie. »Er kommt nicht zurück.«

In einer einzigen Bewegung glitt Sofie ins Badewasser, bis nur noch ihre Nase und ihr Mund herausragten. Vi rutschte eilig von ihrer Schwester weg zum Wasserhahn und legte die Arme um ihre aufgeschlagenen kleinen Knie. Ruth beugte sich über den Badewannenrand und zog Sofie hoch. Das schwarze Haar des Mädchens war triefend nass. Die Ärmel von Ruths geborgtem Kleid wurden durchnässt. Ruth hielt Sofies kleinen Brustkorb zwischen ihren Händen und fühlte, dass ihr Herz wie ein eingesperrtes, wildes Tier hämmerte. »Sofie, Sofie«, sagte sie. »Es ist gut, mein Liebes. Alles ist gut.« Aber es war nicht gut. Sofie beugte sich vor, lehnte sich an die Hände ihrer Mutter und weinte. Ihr Schluchzen kam tief aus ihrem Inneren, und ihr Herz schlug noch heftiger.

Ruth ließ Sofies Brustkorb los und nahm ihr Gesicht in die Hände. »Sofie«, sagte sie. »Schau mich bitte an, Liebes. Du musst tief durchatmen.« Sofie schien sie nicht zu hören. Sie schüttelte nur den Kopf, während ihr Schluchzen immer lauter und lauter wurde, ohne irgendein Anzeichen zu zeigen, dass die Lautstärke wieder abnehmen würde. Ruth stemmte sich gegen die Wanne und zog Sofie mit ihren klatschnassen, schlaksigen Armen und Beinen aus dem Wasser. Ruth hielt die Sechsjährige wie ein Neugeborenes auf ihrem Schoß. Diese unerwartete Bewegung und die kalte Luft überraschten Sofie so sehr, dass sie die Augen aufschlug und ihre Mutter ansah. Ruth blickte ihrer Tochter unverwandt in die Augen und atmete mit ihr. Sie atmete wie die kolumbianische Hebamme mit ihr geatmet hatte, als sie mit Vi in den Wehen gelegen hatte.

Ruth brach den Augenkontakt einen Moment ab, um nach ihrem anderen Kind zu sehen.

Vi hatte die Knie immer noch eng an ihre Brust gezogen, aber sie wirkte eher interessiert als beunruhigt. Es wäre viel leichter, wenn beide Mädchen zu jung wären, um zu begreifen, was passiert war.

Ruth drehte Sofie so, dass ihr Rücken an ihrer Brust lag und die nackten Beine des Mädchens über ihren eigenen Beinen baumelten. Auf dem Fliesenboden bildeten sich Wasserpfützen. Mabel saß nach wie vor auf dem Toilettensitz und Tränen liefen über ihr Gesicht.

Zum ersten Mal seit Monaten betete Ruth: *Oh, Gott. Du musst mir helfen, sie zu trösten.*

Ruth flüsterte Sofie ins Ohr: »Dein Papa wird immer bei uns sein.«

Sofies Brustkorb zuckte und sie sagte ein einziges Wort: »Wie?«

»Er ist eine Seele, Sofie. Genauso wie du. Du hast hier drinnen eine Seele.« Ruth tippte auf Sofies Brust. »Sie stirbt nie. Sie lebt immer weiter, und deshalb wird dieser Teil von Papa immer bei uns sein.«

»Wo leben Seelen?«

»Im Himmel«, sagte Ruth automatisch, obwohl sie mit ihren eigenen Glaubensfragen rang.

»Papas Seele ist jetzt im Himmel?«

»Ja«, nickte Ruth. »Aber ich glaube, er ist auch hier bei uns, in unseren Herzen.«

Sofie hob die Hand und drückte sie auf Ruths Finger. »Ich will auch eine Seele sein.«

Ruths Atem stockte. Sie schaute Mabel an und stellte fest, dass sie aufgehört hatte zu weinen und Sofie und sie jetzt mitfühlend und vielleicht ein wenig schockiert beobachtete. Zweifellos war Mabel davon ausgegangen, dass Ruth und Chandler ihre Mädchen christlich erzogen hatten und Begriffe wie »Seele« und »Himmel« ein selbstverständlicher Teil ihres Alltags gewesen waren. Jetzt wusste Mabel, dass Chandler und Ruth so sehr darauf konzentriert gewesen waren, etwas Gutes auf dieser Welt zu bewirken, dass die ewige Welt in den Hintergrund getreten war.

Ruth sagte zu Sofie: »Dafür ist es noch zu früh. Gott hat für dich einen Plan hier auf der Welt.«

Sofie drehte den Kopf und schaute ihre Mutter fragend an. »Ist es für dich auch noch zu früh?«

»Ja«, sagte Ruth und küsste ihre Schläfe.

Beruhigt lehnte sich Sofie an Ruths Arme zurück, und Ruth hielt sie fest, bis die Kälte sie zwang aufzustehen und Sofie und Vi anzuziehen.

In ihrem Zimmer drückte Ruth Zahnpasta auf die Kinderzahnbürsten – eine rote für Sofie, eine gelbe für Vi – und tauchte sie in ein frisches Wasserglas, da sie vergessen hatten, unten im Badezimmer die Zähne zu putzen. Sofie schaute ihre Mutter an, während sie träge ihre oberen Kinderzähne und dann ihre unteren Zähne putzte und ihre rosa Zunge durch die Zahnlücke drückte, wo ein Milchzahn ausgefallen war. Sie hatte sich von der Episode im Badezimmer erholt und war wieder das gewohnt altkluge Mädchen. Als Sofie sie noch länger unverwandt anschaute, röteten sich Ruths Wangen. Sie reichte Sofie einen leeren Becher, in den sie gekonnt die Zahnpasta spuckte.

Dann wischte sich Sofie den Mund an ihrem Pyjamaärmel ab und fragte: »Können wir für immer hierbleiben?«

»Nein, Liebes«, sagte Ruth und versuchte es mit dem mennonitischen Kosewort, das sie bei Laurie gehört hatte. Sie nahm Sofies Zahnbürste und schob ihr eine feuchte Haarsträhne hinters Ohr. »Wir bleiben nur hier, bis wir wissen, wie es weitergehen soll.«

»Aber ich will nicht zu Oma Cathleen zurück, auch wenn sie einen Fernseher hat.«

Cathleen Galway war das genaue Gegenteil von Mabel Neufeld, die Bücher vorlas, Puppen anzog, mit Leichtigkeit Salzteig zum Kneten herstellte und Kekse backte, während die Mädchen im Haus Chaos stifteten. »Sie sind doch noch Kinder«, sagte sie dann. »Sie müssen noch früh genug alles wieder aufräumen.« Ruth bedauerte es, dass Cathleen es nicht schaffte, ihre Enkelinnen zu verwöhnen, genauso wenig wie sie Ruth bemuttert hatte. Ruth streichelte das schöne Gesicht ihrer älteren Tochter. »Gefällt es dir hier bei Oma Mabel?«

Sofie nickte. Vi, auf deren rosenroten Schmollmund die Zahnpasta schäumte, nickte ebenfalls. Der Raum glänzte im warmen Lampenlicht, das auf die alten Quiltdecken und die deutsche Bibel fiel, deren Goldschnitt vom häufigen Gebrauch ganz abgegriffen war. Ruth fühlte sich hier auf eine Weise sicher, wie sie es ihr ganzes Leben lang nicht erfahren hatte.

»Oma Mabel liebt uns«, sagte Sofie, ein einfaches Kriterium, nach dem Kinder Akzeptanz einordneten.

Es stimmte. Jeden Tag zeigte Mabel mit jeder Geste ihre Liebe so deutlich, dass die formbaren Herzen der Kinder diese Liebe gerne annahmen und ebenfalls mit Liebe reagierten. Eine tiefe Dankbarkeit für ihre impulsive und unglaublich naive Schwiegermutter schnürte Ruth fast die Kehle zu. Sie schluckte schwer und half den Mädchen ins Bett. Dabei musste sie daran denken, wie Chandler und sie die beiden in Bogotá zu Bett gebracht hatten: Baden, Schlafanzüge anziehen, Haare bürsten und Becherchen mit Wasser oder Milch bringen. Dann hatten sich die Mädchen mit ihren Decken und den Kuscheltieren, die sie aus der Spielekiste im unteren Stockwerk mitgenommen hatten, in ihre Betten gekuschelt, und Ruth und Chandler hatten ihnen vorgesungen.

Eine Kinderversion von »Edelweiß« war ihr Lieblingslied.

Chandlers und Ruths Duo war zwar nie an das Musical *The Sound of Music* herangekommen, aber trotzdem hatten sie beide eine angenehme Harmonie gefunden, während sie ihre schiefe Melodie gesungen hatten. Ruths Brustkorb zog sich schmerzhaft zusammen, als sie nach acht langen Monaten anfing, ihr erstes Solo zu singen: »Schön und weiß, blühest wie die Sterne, Edelweiß, Edelweiß, ach, ich hab dich so gerne. Schön und weiß, blühest wie die Sterne.« Am Ende wurde Ruths Stimme rau, ihre Tränen brachen sich Bahn und benetzten ihr Haar, das sie zusammengedreht und zu einem Knoten nach hinten gezogen hatte, als gehörte sie hierher, als wäre sie eine Mennonitin. Diese Vorstellung war lachhaft, aber sie weinte. Ruth blieb weinend liegen, bis ihre Töchter gleichmäßig atmeten. Dann setzte sie sich auf, trocknete ihre Tränen und zog die Haarnadeln heraus, mit denen sie ihr ungezähmtes Haar zu bändigen versucht hatte.

Ruth verließ das Zimmer und ging nach unten, wo sie jemanden in der Küche hantieren hörte. Es war Mabel. Ruth blickte blinzelnd in das Licht der Petroleumlampe und fragte: »Was machst du da?«

Ohne sich umzudrehen, antwortete Mabel: »Kekse.«

»Wie spät ist es?«

»Keine Ahnung.«

Ruth ging zu ihr. Unter ihren Füßen knirschten Zuckerkörner. Mehlstaub bedeckte die Arbeitsplatte. Mabel blickte sie an, und Ruth sah, dass ihre Schwiegermutter auch geweint hatte. Mabel drehte sich um und zog ein Backblech aus dem Ofen. Dampf stieg um ihr Gesicht herum auf, vertiefte ihre Hautfarbe und klebte ihre losen Haarsträhnen an ihre Wangen. Mit einer metallenen Bratschaufel holte Mabel die Kekse vom Blech und legte sie auf einen Teller. Sie setzte Ruth den Teller vor. Ruth schaute Mabel an, und Mabel sah Ruth an.

Beiden Frauen traten Tränen in die Augen.

Mabels Stimme war wie erstickt. »Nach dem heutigen Abend tun dir ein paar Kekse bestimmt gut.«

Ruth nickte, denn mehr brachte sie nicht zustande. Die Tischplatte hatte eine starke Anziehungskraft und die Erschöpfung übermannte sie. Schließlich kapitulierte sie, legte den Kopf auf ihre verschränkten Arme und schluchzte genauso herzzerreißend wie vorher Sofie. Mabel sagte nichts, sondern kam nur zu ihr und streichelte mit ihren mehlbestäubten Händen über Ruths Haar. »Alles wird gut, alles wird gut«, flüsterte sie tröstend, als könnte Ruth alle ihre Sorgen loslassen und einfach ein Kind sein, während der Duft von Zimt und Honig den Raum erfüllte.

Kapitel 6

Ruth ging nicht ins Bett, nachdem sie und Mabel ein halbes Dutzend Kekse gegessen und ein Glas Milch getrunken hatten und ihre Schwiegermutter schlafen gegangen war. Stattdessen putzte sie die Küche, während Zeus zu ihren Füßen lag, mit dem Schwanz auf den Boden klopfte und ihr zusah, wie sie den Boden fegte und dann langsam das Geschirr spülte und abtrocknete. Aber auch als die Bleche und Schüsseln alle wieder aufgeräumt waren, war Elam immer noch nicht zurück. Zeus' Pfotennägel klapperten auf dem Holzboden, während er Ruth ins Wohnzimmer und dann am Badezimmer vorbei zu Elams Zimmer folgte. Ruth drehte sich um, bevor sie seine Tür erreichte, und kehrte auf den Flur zurück. Als sie die Haustür öffnete, winselte Zeus. Sie streichelte das raue Fell in seinem Nacken und bedeutete ihm mit einem Fingerschnippen, sich niederzulegen und Wache zu halten. Er gehorchte widerstrebend und blickte mit traurigen Augen zu ihr hinauf. So sonderbar es auch war, fühlte sich Ruth besser, wenn er hier bei den Mädchen blieb, obwohl Mabel auch anwesend war.

Licht fiel in schmalen Streifen durch die Scheunenbretter, als sich Ruth von der Straße näherte. Sie schob die Tür auf und fand eine leere Scheune vor, als wäre die Feier am Abend nur ein Traum gewesen. Die Ehepaare waren nach Hause gefahren und schmiegten sich in ihren gemütlichen Ehebetten aneinander. Die Kirchenbänke waren fort, höchstwahrscheinlich auf jemandes Wagen gestapelt, mit dem sie für den nächsten Tag des Herrn zur Kirche zurückgebracht wurden. Den Raum, den vorher das Essen eingenommen hatte, füllten jetzt Cranberrykisten. Am Ende eines Tisches stand Elam. Im Lampenlicht betrachtete er die Beeren in seinen Händen.

»Eine gute Ernte?«, fragte Ruth.

Er blickte sie an. »Hey«, sagte er. »Ich habe dich gar nicht kommen gehört.«

Ruth blieb am Scheuneneingang einige Meter von ihm entfernt stehen.

»Die Ernte sieht gut aus«, erklärte er.

»Das freut mich. Heute Abend waren viele Leute da.«

Elam schaute sie zum ersten Mal direkt an. »Das ist Tradition«, sagte er. »Jahrein, jahraus.«

Frustration schwang in seiner Stimme mit. Diesen Tonfall kannte Ruth, denn sie hatte ihn früher jedes Mal, wenn sie etwas gesagt hatte, in ihrer eigenen Stimme gehört. Ruth trat näher. »Bist du glücklich, Elam?«

Sein Blick wanderte zu den Kisten zurück. Als müsse er sich dazu zwingen, hob er den Kopf und wandte sich ihr zu. Das Licht der wenigen Kerzen, die noch brannten, flackerte im Wind, der durch die Scheune wehte. »Ich war glücklich«, sagte er. »So sonderbar es vielleicht klingen mag, so einfach mein Leben vielleicht ist, *war* ich glücklich.«

Ruth sagte eine Weile nichts, sondern stand nur in ihrem dünnen geborgten Kleid vor ihm. Sie fühlte sich darin weniger wohl, als wenn sie in einem Vliespulli und Shorts vor ihm stehen würde. Aber das Unbehagen kam nicht allein durch die Kleidung. Sondern weil sie erkannte, dass sie Elam gesucht hatte und jetzt, da sie hier war, nicht wusste, was sie tun oder sagen sollte.

Die Kekse, die sie und Mabel vertilgt hatten, hatten ihren Körper mit Zucker überschwemmt. Vielleicht war das der Grund, warum sie schließlich den Mut aufbrachte, ihn zu fragen: »Warum bist du jetzt nicht mehr glücklich?«

Elam lehnte sich an den Tisch. »Es … es ist so, seit Chandler gestorben ist.« Er verschränkte die Arme vor sich. »Wahrscheinlich hat mich das gezwungen, mir mein Leben genauer anzusehen und zu erkennen, welche Träume ich nicht verwirklicht habe. Ich bin jetzt 39, Ruth.« Er schaute sie an. Seine Stimme war rau, als er murmelte: »Wenn ich sie jetzt nicht verwirkliche, wann dann?«

»Jeder von uns hat unerfüllte Träume.«

»Wirklich?« Er zog die Brauen hoch. »Welche hast du?«

Ruth wünschte, sie hätte den Mund gehalten, aber es war nicht fair, Elam aufzufordern, ihr sein Herz zu öffnen, während sie ihres unter Verschluss hielt. »Ich habe Englisch und Kunst studiert, habe aber seit Jahren nichts mehr geschrieben oder gemalt.«

Er lächelte sanft. »Bei zwei kleinen Kindern ist es wahrscheinlich ziemlich schwer, dafür Zeit zu finden.«

»Für die Dinge, die wir lieben, können wir immer Zeit finden. Ich habe es nur nicht zu meiner Priorität gemacht.«

In ihrem Kopf hallte wider, was sie nicht sagte: Sie hatte *sich selbst* nicht zur Priorität gemacht.

Aber sie hatte nie Hunger gelitten; sie hatte sich nie Sorgen machen müssen, sie könnten kein Dach über dem Kopf haben; sie hatte kein einziges Mal um die Sicherheit ihrer Kinder gebangt. Warum hatte sie dann das Gefühl, in den letzten sechs Jahren ihres Lebens nicht gelebt zu haben, sondern nur … *über*lebt zu haben?

Ruth fühlte sich bei diesem Thema nicht wohl. Wenigstens nicht, wenn es dabei um sie selbst ging. Sie fragte: »Was ist mit dir? Welche Träume hast *du* nicht verwirklicht?«

Wieder wandte er die Augen von ihr ab.

Sie fügte leiser hinzu: »Du musst es mir nicht sagen, wenn du nicht willst.«

Er nickte, doch dann räusperte er sich und antwortete: »Ich wollte immer … eine Familie.«

Elams Antwort zwang Ruth, ihre Familie genauer zu betrachten. Sie wollte mehr Zeit für sich. Mehr Zeit, um zu malen, zu lesen und zu schreiben, ohne ständig durch die Bedürfnisse von zwei kleinen Kindern unterbrochen zu werden, die ihr ein oft ermüdendes und doch von Liebe erfülltes Leben schenkten. Aber hier stand ein Mann vor ihr, dessen größter Traum das war, was sie hatte und manchmal als selbstverständlich hinnahm.

Diesen Traum hatte Chandler auch als selbstverständlich hingenommen.

»Das ist ein schöner Traum«, sagte sie, »eine Familie.«

Elam zuckte mit den Achseln. »Aber es ist, wie du sagst: Für unsere Prioritäten können wir uns immer Zeit nehmen. Ich habe mir nur nie … die Zeit dafür genommen.«

Seine Einsamkeit war so greifbar, dass es sie schmerzte, ihn anzusehen. Ruth trat näher, weil sie wusste, wie es war, wenn Menschen einen wirklich sahen und sich dann abwandten. »Ich bin noch nicht lange hier«, sagte sie, »aber ich glaube nicht, dass dies der Grund ist, warum du keine Familie hast. Ich denke, du bist so sehr damit beschäftigt, dafür zu sorgen, dass die Familien in eurer Gemeinschaft genug Arbeit haben, dass du nie die Zeit gefunden hast, eine eigene Familie zu gründen.«

»Es ist nett von dir«, sagte Elam, »das so positiv auszudrücken. Aber solange ich zurückdenken kann, habe ich nie andere an mich herangelassen.«

Mit einem Seufzen drehte sich Ruth um und lehnte sich an den Sortiertisch, sodass sie beide mit dem Gesicht zur leeren Scheune standen. Eine zerknüllte Papiertasse lag auf dem Boden. »Damit bist du nicht allein«, bemerkte sie. »Ich frage mich oft, ob schwere Erfahrungen uns abhärten.«

Er blickte sie von der Seite an. »Du meinst, man verdrängt seine Gefühle, damit man den Schmerz nicht fühlt?«

»Etwas in der Art. Ich denke, wenn wir mit schweren Dingen konfrontiert werden, können wir uns entweder entscheiden, den Schmerz zuzulassen, oder wir schotten uns noch mehr ab.«

»Wenn du das nicht machst, werde ich es auch nicht machen«, sagte er. Ruth schaute ihn an und er grinste.

Sie hielt ihm die Hand hin. »Versprochen?«

»Mennoniten schwören nicht.«

»Das ist kein Schwur, Elam. Nur ein Handschlag.«

Er blickte ihre Hand an, dann hob er den Blick und schaute ihr ins Gesicht. Er gab ihr die Hand. Seine Fingerspitzen waren von den Cranberrys, mit denen er die letzten zwei Tage gearbeitet hatte, rot gefärbt. Ihre Fingerspitzen waren genauso rot. Ihre verfärbten Finger berührten sich, als sie sich die Hand gaben. Im Hintergrund flackerte eine der Lampen und erlosch dann. Ruths Augen hatten Mühe, sich an das schwächere Licht zu gewöhnen. Als sie wieder klar sehen konnte, schaute er sie immer noch an. Elam legte seine andere Hand auf ihre und hielt sie fest.

7. Dezember 2015

Lieber Chandler,
heute Abend saß ich auf dem Sofa und sah dir zu, wie du mit unserer Tochter getanzt hast. Die Instrumentalversion von »Bittersüße Sinfonie« lief und Sofie kam zu dir, schaute dich mit ihren großen braunen Augen an und forderte dich zum Tanz auf. An dem Tag, an dem wir geheiratet haben, habe ich dich mit einem ähnlichen Blick angesehen, und du – der nie tanzt – hast vor allen deinen Mitarbeitern, den ehrenamtlichen Helfern, den Kindern und der Heimleiterin Janice mit mir getanzt. Ich erinnere mich kaum noch an etwas, da ich in Gedanken viel zu sehr damit beschäftigt war, was in dieser Nacht passieren würde. Und doch werde ich nie vergessen, wie wir uns hin und her gewiegt haben: Deine Hände lagen auf meinen Hüften, und die einzigen Anzugschuhe, die du besaßt (abgestoßene, hässliche Teile, die du wahrscheinlich seit deinem Studium hast), traten auf den Saum meines weißen Baumwollkleides.
Diese Erinnerungen, die jetzt drei Jahre alt sind, kehrten heute Abend zurück, als ich sah, wie du niederknietest, um unsere Tochter besser halten zu können. Unser kleiner Weihnachtsbaum funkelte hinter dir. Vivienne robbte über den Boden und ihre runden Augen visierten den Christbaumschmuck an, der an einem unteren Zweig baumelte. Die Musik wurde lauter. Die fast vierjährige Sofie klammerte sich mit ihrer Kinderfaust an den blauen Stoff deines Hemds, und du hast sie hin und her

gewiegt, genauso wie mich an unserem Hochzeitstag. In diesem Moment habe ich dich so sehr geliebt. Ich liebe dich am meisten, wenn ich sehe, wie liebevoll du mit diesen zwei Mädchen umgehst, die dich auf eine Weise lieben, an die ich als ihre Mutter oft nicht herankomme.

Es erfüllt mein Herz mit Dankbarkeit, dass du so sehr geliebt wirst, und doch drängt sich mir die Frage auf: Warum bist du so unzufrieden, obwohl du von jeder Frau in deinem Leben so geliebt wirst? Warum suchst du ständig woanders nach Abenteuern? An Orten, die dich von uns wegholen? Warum kannst du nicht einfach zufrieden sein? Doch dann frage ich mich: Bin ich wirklich zufrieden, dass mich das Leben an diesen Punkt geführt hat? Ich bin auch von Menschen umgeben, die mich zweifellos lieben, aber mein Herz sehnt sich trotzdem nach etwas anderem. Nach einer Erfüllung jenseits meiner Rolle als Mutter und Ehefrau. Vielleicht sind wir beide, mein lieber Mann, gar nicht so weit voneinander entfernt, auch wenn uns in letzter Zeit diese Mauer zu trennen scheint.

Lass sie uns niederreißen und dann reparieren, was wir reparieren müssen. Kehren wir dorthin zurück, wie wir an dem Tag waren, an dem wir heirateten – zufrieden, einander in den Armen zu halten.

In Liebe,
deine Frau

Elam nippte an seinem Morgenkaffee und blickte aus dem Küchenfenster. Er wusste, dass der Rest des Hauses bald aufwachen würde. Bis dahin wollte er schon auf dem Feld sein. Er lief vor seinen Gefühlen weg und vor der Frau, die diese Gefühle auslöste. Aber er wusste nicht, wie er sonst damit umgehen sollte. Elam war kein Mensch, der sich ständig beobachtete, und in seinem bisherigen Leben hatte ihm diese Veranlagung ganz gutgetan. Er war insgeheim immer stolz darauf gewesen, dass er nie Herzflattern bekommen hatte. Kein Herzflattern in dem Sinn, dass er auf die zweite Tasse Kaffee mit dem letzten Stück von Tante Mabels Rosinenkuchen verzichten müsste, sondern ein Herzflattern, das ein anderer Mensch auslösen konnte.

Aber seit dem Moment, als Ruth auf den Hof gekommen war, bemerkte er, dass sich die Selbstgenügsamkeit seines Lebens zu verändern begann und dass es mit der gemütlichen Monotonie vorbei war. Diese Veränderung war so spürbar und deutlich hereingebrochen, dass er den Kopf vom Cranberryfeld gehoben, aufgeblickt und erwartet hatte, eine riesige Gewitterwolke zu sehen. Stattdessen war es nur die Staubwolke von Ruths Auto gewesen, die zu dem ansonsten wolkenlosen Himmel aufgestiegen war. Elam hatte sich gesagt, dass Ruth die Witwe seines Cousins sei, und als solche müsse er respektieren, was die beiden miteinander verbunden hatte, und dürfe sich nicht erlauben, in ihr mehr zu sehen als ein Familienmitglied. Doch dann gab es Momente wie gestern Nacht in der Scheune oder neulich abends, als sie vor dem Spülbecken gestanden hatten: Er hatte das Geschirr gespült und sie hatte ihm die Teller abgenommen, um sie abzutrocknen, und dabei hatten sich ihre nassen Fingerspitzen berührt. In diesen Momenten traf ihn Ruths bloße Anwesenheit so tief, dass er nicht atmen oder sprechen konnte; deshalb war er dankbar, dass sie glaubte, sein Stammeln wäre angeboren und hätte nichts mit ihr zu tun. Aber in letzter Zeit hatte *alles* mit ihr zu tun, und Elam war frustriert, dass er seine Gefühle nicht beherrschen konnte. Diese Frustration zeigte ihm, dass er sich vielleicht nicht deshalb nie auf eine Beziehung eingelassen hatte, weil sich dazu keine Gelegenheit geboten hätte. Nein, er hatte nur nie die Kontrolle verlieren und sich erlauben wollen, eine Frau zu lieben.

Ruth erwiderte diese Gefühle bestimmt nicht. Deshalb musste Elam Albrecht sie verdrängen, wie er sie schon sein ganzes Leben lang verdrängte. Seine Gedanken kehrten in die Zeit zurück, als er neun oder zehn Jahre alt gewesen war, bevor seine Mutter an Krebs erkrankt war, bevor er gezwungen worden war, erwachsen zu werden, obwohl er gar nicht verstanden hatte, was »erwachsen werden« bedeutete. Er hatte Stunden auf dem Feld verbracht und versucht, einen Weißkopfadler in einer Falle zu fangen, ohne zu ahnen, dass solche Versuche mit Strafen geahndet wurden. Er hatte am Rand des abgeernteten Maisfeldes geduldig auf dem Bauch gelegen, hinter den Stoppeln verborgen, und gewartet, bis der Adler käme. Er hatte sich eine einfache Falle konstruiert mit einem Hasen, den er tot am Straßenrand gefunden hatte. Als der Weißkopfadler dann tatsächlich gekommen war, war Elam von dem Vogel fasziniert gewesen. Dieser war auf seinen gelben Krallen unbeholfen über die Erde getapst, während seine geschmeidigen schwarz-weißen Flügel das Sonnenlicht eingefangen hatten. Und Elam hatte sich nicht überwinden können, die Schnur zu ziehen, um den Vogel zu fangen. Sein ganzes Leben lang stand ihm anscheinend sein Herz im Weg und verhinderte, dass er seine Ziele erreichte.

Er wusste: Trauer löst – wie Zorn, wie Liebe – Reaktionen aus, die mit dem jeweiligen Persönlichkeitstyp korrespondieren. Als Lauries und Elams Mutter gestorben war, hatte sich Laurie unbewusst zum Ziel gesetzt, viele Menschen zu haben, die sie lieben konnte, sodass sie sich nie einsam fühlen würde. Elam hingegen hatte sich zum Ziel gesetzt, sein Herz abzuschirmen, damit es nicht verletzt würde, falls ihm ein geliebter Mensch genommen werden sollte.

Vielleicht war das der Grund gewesen, warum Elam so sehr vor Ruths Ankunft mit ihren Kindern gegraut hatte, aber jetzt, da sie hier waren – jetzt, da er sich das Haus nicht mehr ohne das Poltern der kleinen Füße auf der Treppe vorstellen konnte und es genoss, in seinem kleinen Zimmer hinter der Küche im Bett zu liegen und zuzuhören, wie Ruth die Mädchen in den Schlaf sang –, war er vor Freude ganz überwältigt, weil er nicht mehr allein oder einsam war. Wie sollte er es ertragen, wenn sie wieder weggingen? Wie sollte er es ertragen, wenn sie hierblieben?

Elam hörte Schritte auf der Treppe, aber nicht das schnelle

Trippeln kleiner Füße. Er kippte seinen Kaffee hinunter und verbrannte sich dabei die Zunge. Er war schon mit großen Schritten auf dem Weg zur Tür, als Mabel hinter ihm rief: »Warte, Elam.« Er blieb abrupt stehen wie ein Kind, das mit der Hand in der Keksdose ertappt wurde. Seine Tante kam in ihrem Nachthemd um die Ecke und ihr schwarzer Zopf hing vom Schlafen noch ganz schief. Obwohl Mabel und seine Mutter sich nicht besonders ähnlich gesehen hatten, fragte er sich jetzt beim Anblick seiner Tante, wie die Jahre seine Mutter verändert hätten, wenn sie noch leben würde.

»Wie war das Fest?«, fragte sie.

Er konnte ihr nicht in die Augen schauen. »Gut.«

»Ich habe gehört, dass es Eis gab.« Mabel lächelte. »Das allein verdient schon mehr als nur ein *gut*.«

Elam zuckte die Schultern und eine Ader an seinem Kinn pochte. Elam erinnerte sich, wie Ruth mit stocksteifem Rücken auf einer der Kirchenbänke gesessen und einen Teller in den Händen gehalten hatte. Er hatte ihr angesehen, dass sie sich unwohl gefühlt hatte inmitten einer anderen Kultur und von Ehepaaren umgeben, die allein durch ihre Anwesenheit verkündeten, dass sie ein leichteres Leben führten als Ruth. Elam hatte den Wunsch gehabt, sie in die Arme zu nehmen. Bei diesem Gedanken begann jetzt sein Gesicht zu glühen. Auch als sie in ihrem Essen gestochert hatte, sich mit den Frauen unterhalten und tapfer – und stumm – gelächelt hatte, während alle anderen gesungen hatten, hatte er den Wunsch verspürt, sie zu halten, ihr Haar zurückzustreichen und die Traurigkeit aus ihren Augen zu vertreiben.

Dieser Wunsch war ein Verrat an seinem Cousin und an Ruth.

Elam antwortete etwas ausführlicher: »Wir hatten einen netten … Abend.«

Bildete er sich nur ein, dass Mabel den Kopf kokett zur Seite legte? »Und hatte *Ruth* auch einen netten Abend?«

Er blickte auf seine Füße hinab. Seine Stiefel standen neben der

Tür, das hatte er sich angewöhnt, seit die Frauen in seinem Haus alles so sauber hielten. Er nickte. »Es sah so aus.«

Mabel berührte seinen Arm »Stimmt etwas nicht?«

Er schüttelte den Kopf.

»Elam«, sagte sie. »Wenn deinen Körper nichts quält, was quält dann deinen Kopf?«

Er schaute sie von der Seite an, so von Schuldgefühlen geplagt, dass er alles gestehen wollte, obwohl er das Gefühl hatte, ihren Sohn zu betrügen. Elam sagte: »Ich denke, das weißt du bereits.«

Sie beugte sich näher. »Ruth?«

Er senkte wieder den Blick und nickte.

»Oh, Elam.« Mabel faltete die Hände. »Ich bete schon so lange, dass du eine Frau findest, die zu dir passt.« Sie beugte sich wieder zu ihm vor, warf einen Blick zur Treppe und flüsterte: »Weiß *sie* es?«

»Nein«, sagte er. »Und ich werde es ihr auch nicht sagen.« Das bedeutete, dass Tante Mabel es ihr auch nicht verraten sollte. »Sie hat schon so viel durchgemacht. Es wäre nicht gut, sie damit auch noch zu belasten.«

In Mabels leicht geschwollenen Augen glänzten Tränen. Sie streckte wieder die Hand aus. Elam war die Berührungen seiner Tante inzwischen so gewohnt, dass sie ihn damit nicht mehr überraschte. »Glaubst du nicht«, sagte sie, »dass die Liebe eines gutherzigen Mannes vielleicht genau das ist, was sie braucht?«

Elam flüchtete, so schnell er konnte, zur Scheune. Wenn Ruth die Treppe herabkäme, stünde ihm alles, worüber Mabel und er gesprochen hatten, deutlich ins Gesicht geschrieben, und diese Verletzlichkeit jagte ihm Angst ein. Würde er sich in jede Frau mit einem Altersunterschied von zehn Jahren verlieben, mit der er so nahe zusammenlebte? War eine solche Anziehungskraft völlig normal, wenn man 39 Jahre lang wie ein Mönch gelebt hatte?

Stöhnend trat Elam in die Scheune. Er ließ die Tür offen, damit das Morgenlicht hereinscheinen konnte, aber es fiel ihm schwer, sich zu konzentrieren, da er jedes Mal, wenn er in der Scheune stand, Ruths Gesicht sehen konnte, wie sie ihm von ihren unerfüllten Träumen erzählte. *Nein*, dachte er, das, was er für sie fühlte, war nicht die Folge irgendeiner chemischen Reaktion in seinem Blut. Er verstand es nicht, aber er wusste, dass er tiefe Gefühle für diese Frau entwickelte. Und das war noch sehr milde ausgedrückt. Falls es für diese tiefen Gefühle für einen anderen Menschen eine Skala gab, rangierten seine Gefühle ziemlich weit oben. Schlicht und ergreifend gesagt: Ruth bedeutete ihm sehr viel. Er machte sich aus ihr und ihren kleinen Kindern so viel, wie er sich noch nie aus einem anderen Menschen etwas gemacht hatte.

Aber wie sollte er mit diesen Gefühlen umgehen? Was konnte er machen? Nichts. Es gab nichts, das er tun konnte.

Elam begann, die Holzkisten mit den Cranberrys auf die Sortiertische zu stapeln. Er schritt zum Brunnen hinaus und betätigte den Schwengel an der Wasserpumpe. Er füllte vier Eimer mit Wasser und trug immer zwei auf einmal in die Scheune. Das Gefühl der Balance erfüllte ihn mit Befriedigung, da er das Gefühl hatte, lange nicht mehr im Gleichgewicht gewesen zu sein. Er verteilte das Wasser in die tiefen Wannen – eine auf jedem Tisch. Als er damit fertig war, trat er zurück und betrachtete seine Arbeit.

Dieselbe Angst, die ihn abgelenkt hatte, hatte ihn, als er sie in eine bestimmte Richtung gesteuert hatte, mit einer unbeschreiblichen Energie erfüllt, durch die er die Arbeit in der halben Zeit wie sonst geschafft hatte. Er warf einen Blick hinter sich zum Haus, aber niemand stand auf der Veranda. Er hatte sich das einfach angewöhnt, genauso wie gestern, als er auf dem Feld gearbeitet und immer wieder hinter sich geblickt hatte, um zu sehen, wo sich Ruth gerade befand. Er hatte sogar seinen Schwager, Tim, gebeten, darauf zu achten, dass sie genügend Pausen einlegte, denn er hatte selbst oft genug Cranberrys gepflückt und konnte sich gut erinnern, wie zum Ende des Tages hin quälende Schmerzen in den Rücken schossen. Aber Ruth hatte sich kein einziges Mal beklagt.

Elam atmete fast erleichtert auf, als er Tim auf der Straße kommen sah.

»Hey«, rief Tim. Er blieb stehen und musterte Elam. »Fühlst du dich nicht gut?«

Das war das zweite Mal innerhalb einer Stunde, dass sein körperliches Aussehen den Eindruck erweckte, er wäre krank. Vielleicht war Liebeskummer eine Krankheit, die man sich wie eine Erkältung zuziehen konnte. Er schaute Tim an.

»Ich denke, ich nehme mir diesen Tag frei. Du hast das hier im Griff?« Elam deutete auf die Sortiertische. »Alles ist vorbereitet.«

»Klar«, antwortete Tim. Allerdings sah er verwirrt aus. Elam nahm sich nie frei. Er machte vor mehreren Leuten auch nie den Mund auf, wie er es gestern Abend getan hatte. Aber im Gegensatz zu Mabel oder Laurie bohrte Tim nicht neugierig nach. Manchmal war Elam für die oft schweigsamere Art der Männer dankbar. »Nimm dir so viel Zeit, wie du brauchst.«

»Ich brauche nur den heutigen Tag«, erwiderte Elam. Sein Tonfall klang barscher, als er beabsichtigte. »Es gibt etwas, das ich erledigen muss.«

Elams Herzschlag verlangsamte sich bereits, als er nur wenige Schritte von der Scheune entfernt war. Er marschierte an den Feldern, deren Früchte nass geerntet worden waren, vorbei. Die Bretter, die das Wasser aufgestaut hatten, waren entfernt worden, wodurch das Wasser wieder durch den Kanal zum See zurückfließen konnte. Ein Blaureiher suchte schnell das Weite, als Elam in seine Nähe kam. Seine Flügel streiften fast das Wasser, bis er sich in die Lüfte erhob und flatternd auf einen ungestörteren Platz zusteuerte. Elam verstand das Bedürfnis des Vogels, allein zu sein. Das gleiche Bedürfnis führte ihn hierher. Die weite, offene Fläche des abgeernteten Feldes wurde nur in der Ferne von den drei Silos der Nachbarfarm begrenzt, die wie Babuschka-Puppen mit weißen Hauben der Größe nach geordnet nebeneinanderstanden. Die Tage wurden nach und nach kälter. Das spürte Elam immer zuerst an den Schmerzen in seinen Knien, in denen die Knorpel völlig abgenutzt waren, da er seit über drei Jahrzehnten so oft von der Erntemaschine gesprungen und wieder hinaufgeklettert war. Obwohl er selten fror, hätte er heute normalerweise einen Mantel angezogen. Doch er hatte es so eilig gehabt, aus dem Haus zu kommen, dass er gerade noch daran gedacht hatte, seine Stiefel anzuziehen.

Ein Fisch sprang im See aus dem Wasser, und an der Stelle, an der er genauso geschmeidig wieder eintauchte, bildeten sich Kreise, wie wenn man einen Stein ins Wasser wirft. Das erinnerte Elam daran, dass einige Männer an seiner Stelle gerne angelten oder Kojoten oder Hasen jagten – kleine Trophäen, die den Jagdhunger vorübergehend stillten, bis die Wildsaison begann und an ihren Wäscheleinen leuchtend orange Kleidung hing. Aber Elam hatte sich nie dafür begeistern können zu töten. Er konnte sich nicht einmal dafür begeistern, Tierfallen aufzustellen, wie sein Erlebnis an jenem Spätsommertag bewies, als er den Weißkopfadler unbehelligt einen Hasen hatte fressen lassen.

Nein, Elam begeisterte sich für Musik.

Er stieg die Stufen zu der Blockhütte hinauf, die eher einer Abstellkammer glich, aber er nannte sie nach wie vor Blockhütte, da sie schon immer so bezeichnet worden war. Die Blockhütte hatte schon hier gestanden, als Elams Familie – zusammen mit vier anderen Familien – aus Pennsylvania in die Driftless-Region in Wisconsin gezogen war, die für ihre fruchtbaren Böden und sanften, eisfreien Hügelkämme bekannt war. Schon vor 35 Jahren war die Blockhütte ein Schandfleck gewesen und Elams Vater hatte mit dem Gedanken gespielt, sie niederzureißen und den umliegenden Wald abzuholzen, um mehr Ackerland zu haben. Aber Elams Vater war auch ein leidenschaftlicher Jäger gewesen, deshalb hatte ihn Elam leicht überreden können, den Wald als Lebensraum für Weißwedelhirsche zu erhalten. Diesem Umstand war es zu verdanken, dass Elams Blockhütte immer noch existierte. Elam hatte in seiner Kindheit nicht viele Freunde gehabt, denn wie konnte man Freundschaften entwickeln, wenn man nicht sprechen konnte? Er hatte einen Freund gehabt, wenn sein Cousin, Chandler, aus Pennsylvania zu Besuch gekommen war. Chandler hatte genug für sie beide geredet, und während Elam damit gekämpft hatte, einzelne Wörter herauszubringen, hatte Chandler seinem unermesslichen Wortschatz freien Lauf gelassen, bis er zufällig das Wort gefunden hatte, das Elam fehlte. Das hatte Elam wahnsinnig gemacht, denn er hatte gespürt, dass es Chandler weniger darum gegangen war, ihm zu helfen, sondern aus seiner Schwäche ein Spiel zu machen.

Aus diesem Grund war die Blockhütte – und die Einsamkeit, die sie repräsentierte – sein Zufluchtsort geworden. Seine Familie benutzte die Hütte nur zur Jagdsaison, und somit war sie ein Ort, an dem sich Elam verstecken konnte. An dem Elam er selbst sein konnte. Ein Ort, an dem er in Tagträumen versinken und den Gedichtband lesen konnte, den er aus dem kostenlosen Bücherschrank vor der Bibliothek mitgenommen hatte. Elams Eltern hatten sich wegen seines Stammelns keine übermäßigen Sorgen gemacht. Sie waren zu sehr damit beschäftigt gewesen, die *Driftless Valley Farm* aufzubauen und zu betreiben. Wenn Elam nicht gerade im Schulhaus gewesen war, in dem alle Kinder im selben Raum unterrichtet wurden, oder sich in der Blockhütte versteckt hatte, um im Lampenlicht Gedichte zu lesen, hatte er auf der Farm mit angepackt. So hatte Elam gelebt, bis ihn eines Tages die Bibliothekarin, Miss Romaine, ertappt hatte, als er Bücher aus dem Bücherschrank genommen hatte. Als er erschrocken zusammengezuckt war, hatte sie gelacht.

»Junge«, hatte sie gesagt. »Du könntest viel Schlimmeres anstellen, als *Lord Byron* zu lesen. Komm mit.« Sie winkte ihn zur Tür. »Ich zeige dir, wo die anderen Romantiker stehen.«

Miss Bridgette Romaine war eine ungewöhnliche Frau, besonders für eine so ländliche Gegend. Sie war in einer überwiegend weißen Stadt eine Schwarze, sie war weder verheiratet noch hatte sie den Wunsch zu heiraten, und sie liebte Opernmusik, Katzen, Papierohrringe und gestrickte Pullover, die so dick waren, dass sie nicht wie Pullover aussahen, sondern wie Naturschafwolle, die in leuchtenden Farbtönen gefärbt war. Elam fuhr mit dem Fahrrad die zehn Kilometer vom Hof zur Bibliothek in Tomah. Jungen vom Land liehen sich nicht oft Gedichtbände aus, und Miss Romaine hatte gesagt, es wäre das erste Mal in ihren 25 Jahren als Bibliothekarin, dass ein mennonitischer Junge mit Strohhut und Hosenträgern, mit einer Lücke zwischen den Schneidezähnen, die sein Grinsen noch süßer machte, diese Gedichtbände auslieh. Diese Kombination weckte offenbar Miss Romaines Interesse, denn sie versuchte, sich freundlich mit ihm zu unterhalten, während sie nach den Daten fragte, die sie brauchte, um ihm seine pfirsichfarbene Karte mit dem kleinen Silberchip auszustellen. Aber Elam konnte ihr die Daten nicht geben, beziehungsweise als er es versuchte, blieben ihm die Worte im Hals stecken. Er blinzelte und kämpfte, bis ihm Tränen in die Augen schossen. Schließlich brachen sich die Silben Bahn, und er sagte: »E-lam.«

Miss Romaine ließ sich nicht beirren. Sie beugte sich über den Schreibtisch, schüttelte Elam die Hand und sagte, es sei ihr eine Ehre, einen so belesenen jungen Mann kennenzulernen. In den nächsten zwei Jahren fuhr Elam jede Woche regelmäßig zur Bibliothek, um Bücher zurückzugeben und sich neue auszuleihen. Jedes Mal versuchte Miss Romaine, ihn zu motivieren, indem sie ihm Bücher vorschlug oder fragte, was er gelesen hatte. Jedes Mal stellte Elam fest, dass er ein wenig mehr mit ihr sprechen konnte. Schließlich begann Miss Romaine, Elam in ihren Mittagspausen Sprechunterricht zu geben, indem sie ihn ermutigte, ihr aus den Büchern, die er ausgeliehen hatte, laut vorzulesen.

Das gelang ihm gut, da er sich auf die Seiten konzentrieren konnte, statt auf ihr Gesicht. Auf diese einfache Weise wurde Miss Romaine Elams Sprachtherapeutin. Später wurde sie auch seine Musiktherapeutin, denn die Oper hatte ihr in einer Zeit in der amerikanischen Geschichte, in der sie sonst zum Schweigen verurteilt gewesen wäre, eine Stimme gegeben. Da Elam keinen Ton halten konnte, gab sie ihm Klavierunterricht. Bald liebte Elam – ganz wie Miss Romaine es vorhergesagt hatte – das Klavierspielen genauso sehr wie das Lesen.

Beide Medien eröffneten ihm eine Welt, die nicht durch seine Zunge begrenzt war.

Jetzt öffnete Elam die dünne, rechteckige Schublade des Schreibtisches, den er aus altem Scheunenholz gebaut hatte, und holte eine Streichholzschachtel heraus. Schwefel brannte in seiner Nase, als er den Docht der Petroleumlampe entzündete und den gläsernen Lampenschirm wieder aufsetzte. Der Raum war nicht mehr kalt und feucht wie früher. Schon als Junge hatte er angefangen, die Hütte zu renovieren, bis sie genauso wasserdicht gewesen war wie sein eigenes Haus. Die Luft roch immer noch abgestanden, außer im Sommer, wenn Elam die zwei Fenster kippte und die frische Landluft im Raum zirkulieren konnte. Aber das spielte für ihn keine Rolle. Sein Steinway-Klavier von 1903 (das ihm Miss Romaine in ihrem Testament vermacht hatte), sein Schreibtisch und seine Bücher waren wie Balsam für seine Seele. Die Blockhütte war mehr sein Zuhause als das Bauernhaus. Sie war spärlich möbliert, schlicht und wirkte auf Besucher sicher nicht besonders einladend. Vielleicht fühlte sich Elam aus diesem Grund so mit dieser Hütte verbunden; das unscheinbare Gebäude erinnerte ihn an ihn selbst.

Elam setzte sich auf die Klavierbank und hob den Deckel. Das Klavier gehörte genauso zur Blockhütte, wie die Blockhütte zum Klavier gehörte. Elam strich über die schwarzen und weißen Tasten und wärmte seine Finger auf, indem er die Tonleiter spielte. In der kleinen Hütte hallten die Töne wider, und das berührte ihn wie jedes Mal, seit er Miss Romaine das erste Mal spielen gehört hatte. Da Elams Abstammung von den Mennoniten der alten Ordnung Instrumente verbot, hatte er seine Musik immer allein geschaffen, und seine Eltern – die gestorben waren, bevor er das Klavier bekommen hatte – hatten nie etwas von seiner Gabe geahnt. Die Melodie war eine verbotene, faszinierende Sprache, die seine Sehnsucht auf eine Weise ausdrückte, wie er es nicht mit Worten konnte. Nach dem Unfall, bei dem er mit 17 Jahren seinen Finger verloren hatte, hatte Elam ein Jahr lang nicht gespielt: das Jahr, in dem seine Mutter gestorben war. Er wusste, dass es albern und für einen Bauernsohn – noch dazu einen mennonitischen Bauernsohn – ziemlich unrealistisch war, aber Elam hatte immer davon geträumt, Musik zu studieren.

Mit 17 hatte er immer noch eine leichte Sprachbehinderung gehabt, aber er hatte sich nicht mehr so vor dem Sprechen gefürchtet wie als Kind. Trotzdem hatte er sich nichts Schöneres vorstellen können als eine Schule, in der die Sprache durch Tasten und Saiten kommuniziert wurde und nicht durch Worte. Doch dann war ihm dieser Traum geraubt worden, als der Ringfinger seiner linken Hand in die Zapfwelle des Traktors geraten war und das Nachbarsmädchen Esther, deren Zopf ebenfalls hineingeraten war, fast skalpiert hätte.

Genauso mühelos und gefühllos hatte diese Zapfwelle Elams Finger abgeschnitten. Obwohl er gewusst hatte, dass er dankbar sein sollte, weil er nicht die ganze Hand verloren hatte – oder noch schlimmer, sein Leben –, war ihm der Verlust dieses einen Fingers fast als strenger Fingerzeig Gottes erschienen, um ihm klarzumachen, dass sein jahrelanges Doppelleben schließlich seine wohlverdiente Strafe bekommen hatte.

Elam spielte stundenlang Klavier in der Blockhütte. Da er nie gelernt hatte, Noten zu lesen, spielte er die Melodie auswendig. Er schloss die Augen und ging ganz in dem Lied auf. Seine verstümmelte Hand fand die Tasten genauso mühelos wie seine unversehrte Hand. Er spielte das Lied zu Ende und lehnte sich zurück, unsicher, ob die Sonne oder der Mond durch das Fenster scheinen würde, wenn er die Augen aufschlug. Er würde es fast genießen, wenn es dunkel wäre, denn die Dunkelheit fühlte sich heilig an, da sie vieles dämpfte und zur Ruhe kommen ließ.

Doch als er die Augen aufschlug, mussten die Wolken weitergezogen sein, denn Sonnenlicht strömte durch die Fenster und beleuchtete die unordentlichen Bücherstöße auf dem Boden. Er fühlte sich erfrischt, verjüngt, durch seinen Körper strömten Endorphine, und er fragte sich geistesabwesend, ob sich Ruth so fühlte, wenn sie gelaufen war. Er lächelte, als er ihr Bild vor seinem inneren Auge sah: Ruths rechtes Bein schlug ein wenig weiter aus als ihr linkes; ihr rotblonder Pferdeschwanz schaukelte bei ihren ungleichmäßigen Schritten hin und her. Er blickte sich in der Hütte um und fragte sich, ob sie je einen so magischen und ungestörten Platz gehabt hatte wie er in dieser Blockhütte. Plötzlich konnte er sie hier sehen – vielleicht nicht mit ihm, sondern allein, während sie ihre Gabe praktizierte, auch wenn sonst vielleicht niemand wusste, dass sie diese Gabe besaß.

Elam stand von der Bank auf, klappte den Klavierdeckel zu und trat auf die andere Seite der Hütte, um die Lampe auszublasen, die jetzt mehr um der Atmosphäre willen zu brennen schien, als um Licht zu verbreiten. Mit klarem Kopf und gestärktem Mut verließ er seine Blockhütte und schlenderte am See entlang zurück. Er wusste, was er tun wollte, und dieser Gedanke erfüllte ihn mit Freude.

Den ganzen Tag wanderte Ruths Blick auf der Suche nach Elam zwischen dem Haus und der Scheune hin und her, aber sie wollte nicht fragen. Ihr Kopf hämmerte, während sie Cranberrys sortierte, alle Beeren entfernte, die weich oder verformt waren, und die anderen in der Wanne wusch. Diese ständige Wiederholung war das Einzige, das ihr half durchzuhalten. Sie hatte letzte Nacht kaum geschlafen, sondern nur an die Zimmerdecke geschaut, während ihr alles, was Elam gesagt hatte, durch den Kopf gegangen war.

Vor zehn Jahren hätte sie abschätzend auf einen Mann herabgeblickt, dessen höchstes Ziel es war, eine Familie zu haben. Im »reifen« Alter von zwanzig Jahren hätte sie darüber die Nase gerümpft, denn in ihren Augen waren ihre Ambitionen so viel größer gewesen. Sie hatte geplant, die Welt zu verändern, sobald sie ihr Studium abgeschlossen hätte, und obwohl unklar gewesen war, wie sie das bewerkstelligen wollte, hatte sie gewusst, dass ihre Träume sie weit bringen würden. Die zwanzigjährige Ruth hatte keine Ahnung gehabt, wie sich Ehe und Kinder auf solche Träume auswirkten, aber sie hatte gewusst, dass sie sich mit niemandem zufriedengäbe, der ihre Meinung nicht teilte: Kinder, die eine Ehe hervorbrachte, wurden mit auf diese Abenteuerreise genommen; das Abenteuer hörte nur wegen der Kinder nicht auf.

Aber jetzt, mit dreißig, sah Ruth das anders. Das Abenteuer *hatte* aufgehört – wenigstens hatte es sich verändert, seit sie Kinder hatte, und das zu leugnen, wäre so, als wollte man bestreiten, dass die Sonne aufging oder dass die Tage im Herbst kürzer wurden. Dass Kinder Veränderungen einläuteten, war ein nicht zu leugnender Faktor des Elternseins.

Ruth hatte gelernt, diese Tatsache zu akzeptieren, denn nur so konnte sie ihre veränderte Lebenssituation aushalten. Chandler hingegen hatte weitergelebt, als wäre seine Familie ein Fixpunkt auf dem sich ständig bewegenden Kompass seines Lebens. Deshalb hatte Elams unspektakulärer Traum in ihr eine Sehnsucht geweckt, die sie seit Jahren nicht gekannt hatte. Selbst jetzt trieb ihr die Erinnerung, dass sie ihn gestern in der Cranberryscheune am liebsten geküsst hätte, die Röte ins Gesicht, denn das war völlig inakzeptabel: eine frisch verwitwete Frau, die sich zu einem anderen Mann hingezogen fühlte! Und dann auch noch zu einem Mann, der mit ihrem verstorbenen Mann verwandt gewesen war! Als Elam nicht zum Frühstück erschienen war und später auch nicht zum Mittagessen, hatte sie angefangen, sich Sorgen zu machen. Sie befürchtete nicht, dass ihm etwas passiert sein könnte; ihre Sorge war eher, dass *mit ihnen* etwas passiert war und dass Elam gestern Abend diese Sehnsucht in ihren Augen gesehen hatte.

»Geht es dir gut?«, fragte Laurie.

Ruth blickte sie an. »Ja. Warum?«

»Ich weiß nicht«, erwiderte Laurie. »Du bist … so still.«

Ruth wollte schon sagen, dass sie *immer* still war – und Laurie meistens diejenige war, die redete –, aber sie wollte Laurie keinen Anlass geben, noch weiter nachzubohren. Deshalb nickte sie nur und sortierte weiter.

Als die Arbeiter drei Stunden später eine Pause einlegten, entdeckte Ruth Elam. Er kam über die Wiese auf den Hof zu. Sie saß auf einer umgedrehten Kiste und aß ein Stück Apfel-Cranberry-Kuchen, der laut Laurie nicht schön genug ausgesehen hatte, um gestern Abend beim Erntefest serviert zu werden. Als Ruth Elam erblickte, war es, als tue sich eine Falltür auf und jeder greifbare Gedanke verschwand in der Tiefe. Sie senkte den Blick auf das Kuchenstück auf ihrer Gabel und sah, dass ihre Finger zitterten.

Ruth warf einen Blick zum Bauernhaus: Mabel schob Vi vorsichtig auf der Reifenschaukel an, die Elam letzte Woche an einen Ast gehängt hatte. Sofie begrub Zeus unter Blättern, sodass nur sein Kopf und sein wedelnder Schwanz aus dem Laubhaufen herausragten. Ruth wollte zu ihren Kindern gehen. Sie wollte sie in die Arme nehmen und sich in ihrer Mutterrolle verkriechen, da das sicherer war, als ihre Rolle als Frau anzunehmen.

Ruth schluckte ihr letztes Kuchenstück hinunter. »Ist es okay, wenn ich für heute Feierabend mache?«

»Na, klar«, antwortete Laurie. »Wir sind hier fast fertig.«

Ruth stand auf und ging über die Wiese. Elam blieb stehen. Er schaute sie lange schweigend an und wandte dann schnell den Blick ab. »Wie läuft das … Sortieren?«, fragte er.

»Gut. Wir sind fast fertig.«

»Gut.« Elam nickte mechanisch. »Das ist gut.«

Ruth hielt sich eine Hand als Schild an die Stirn. »Was hast du heute gemacht?«

»Ich war im … Wald.«

»Oh.« Diese kurze Silbe verriet ihre ganze Enttäuschung. Was dachte sie sich nur? Elam versuchte bereits, ihr aus dem Weg zu gehen. Einer Witwe auf Männerfang. »Ich … ich denke, ich werde bald ein Taxi bestellen, das uns nach Chicago zurückbringt«, sagte sie. »Von dort aus bekommen wir vielleicht einen Flug.«

»Du gehst weg?« Elam schaute sie mit zusammengekniffenen Augen an, und in seinen Augenwinkeln bildeten sich kleine Falten. »Warum?«

»Es wird einfach Zeit.« Ruth deutete zur Scheune hinüber, wo die Männer und Frauen die Pause beendeten und ihre Arbeit wiederaufnahmen. »Die Ernte ist fast abgeschlossen.«

»Hier gibt es noch mehr Arbeit für dich, falls du … eine brauchst.«

Ruth lächelte angespannt. Sie hörte in seiner Stimme nicht die Verzweiflung, die er zu verbergen suchte, sondern nur seine grenzenlose Wohltätigkeit. Aber auch wenn sie verwitwet war, wollte Ruth mit ihren Töchtern nie zum Wohltätigkeitsobjekt werden. »Das ist okay«, sagte sie. »Ich kann in Greystones sicher auch Arbeit finden.« Ihre Worte waren wie die Unterschrift unter einen Scheck, obwohl man kein Geld auf dem Konto hat. Aber Elam sollte nicht sehen, wie bedürftig sie war.

Er nickte, senkte den Blick und trat gegen einen flachen Stein neben seinem Stiefel, der weit über die fruchtbare Erde flog. »Wenn es das ist, was du … willst«, sagte er.

Tränen brannten in Ruths Augen. Sie wandte den Kopf ab. »Wir fallen dir schon lange genug zur Last.«

Er schaute sie an und wartete, bis sich ihre Blicke begegneten. Sie sah, wie sich sein Gesicht rötete. Die Cranberryarbeiter kehrten in die Scheune zurück. Elam rieb sich verlegen den Nacken.

»Würdest du … mit mir einen Spaziergang machen?«

Ruth murmelte: »Sehr gerne.« Sie brachen über die Wiese zum Waldrand auf. Ihre langen Nachmittagsschatten, die auf die Wiese fielen, berührten sich.

Elams Mutter, Marta, war eine Künstlerin gewesen, wenigstens so weit, wie es das Leben auf dem Hof und im Haus zugelassen hatten. Sie hatte sich von dem, was sie gekannt hatte, inspirieren lassen: ländliche Bilder von der Driftless-Region; die goldgrün gezeichneten Hügel, die am frühen Morgen vom Nebel überzogen waren; Bleistiftzeichnungen von Elam als Kind, während er sich auf den Knien liegend auf sein Murmelspiel konzentrierte hatte, die sonnengebräunten, nackten Füße hinter sich verschränkt und die Wange eingesogen.

Als Elam älter geworden war, war ihm aufgefallen, dass nur wenige Mütter in der Gemeinde sich jeden Nachmittag eine oder zwei Stunden Zeit nahmen, um eine rostige Säge – im Stall sorgfältig ausgewählt – in eine winterliche Abbildung ihres Hofes in der Abenddämmerung zu verwandeln. Oder dass nur wenige Mütter abgesägte Bretter aus der Scheune nahmen, um die Umrisse ihrer Kinder darauf zu zeichnen.

Das alles hatte Elam erst zu schätzen gelernt, als seine Mutter nicht mehr da gewesen war und er erkannt hatte, dass sie diejenige gewesen war, die Farbe in das Leben ihrer Familie gebracht hatte. Ohne sie waren die Pflanzen im Haus verwelkt; die Fenster waren verstaubt; die Aquarellbilder, an denen sie gearbeitet hatte – bevor ihr der Krebs die Kraft dazu geraubt hatte –, hatten in ihrem Nähzimmer an der Wand gelehnt und die weißen Leinwände waren durch die Jahre ockerfarben geworden, bis Tante Mabel gefragt hatte, ob ihre Schwiegertochter und Enkel in Elams Haus wohnen könnten.

Das alles ging Elam durch den Kopf, während er und Ruth am

See vorbei zur Blockhütte schlenderten. Sie sprachen nicht viel, aber die Stille war nicht unangenehm. Wenigstens für ihn nicht. Andererseits war er meistens still, woher sollte er also wissen, was für andere angenehm war? Sollte er etwas sagen? Er warf einen Blick zur Seite, aber Ruth blickte nach vorne. Die Sonne fiel auf ihr Profil und ließ die Sommersprossen auf ihrer Nase und auf ihren Wangen von ihrer hellen Haut abstechen. Er fand sie wunderschön. Wahrscheinlich sollte er sich deshalb genauso schuldig fühlen wie wegen der Gefühle, die diese Schönheit in ihm auslöste. Aber er hatte keine Schuldgefühle. Elam fand Schönheit in den Beeren, die auf dem gefluteten Feld schwammen; in dem Blaureiher, der seine Flügel über dem Wasser ausbreitete; in dem Fisch, der in die Luft sprang, um dann wieder einzutauchen.

Warum konnte er also nicht auch die offensichtliche Schönheit dieser Frau bewundern?

Elam deutete zur Blockhütte, die von den Bäumen zum Teil verdeckt war. Der Anblick vor ihm bot eine üppige Palette aus Orange-, Rot- und Brauntönen. »Das hier«, sagte er, »ist mein Zuhause.«

Ruths Gesichtsausdruck verriet ihre Überraschung, aber sie sagte nichts. Er ließ ihr auf den Stufen den Vortritt, dann trat er um sie herum, um ihr die Tür aufzumachen. Elam hörte sie überrascht einatmen und wusste, dass dies der Moment war, in dem sie alles wahrnahm. Seit Elam ein Kind gewesen war, sammelte er Dinge, die er als Schätze betrachtete: Hirschgeweihe, Vogelnester, Glasscherben, die er mit Kupferdraht umwickelt und vor dem Fenster aufgehängt hatte, damit sich die Sonne darin spiegeln konnte, während er seine Musik spielte oder ein Buch las.

»Spielst du?« Ruth blickte ihn an, während sie mit einem Finger über das Klavier strich.

Er zuckte mit den Achseln. »Ein wenig.«

Ruth lachte. »Entschuldige«, sagte sie und hob die Hand. »Ich bin einfach völlig überrascht.«

»Warum?«

Ihr Gesicht wurde ernst und er konnte die Linien um ihren Mund sehen. Lachfalten, dachte er, die sich zu einer früheren, glücklicheren Zeit in ihre Haut eingegraben hatten. »Ich weiß nicht«, sagte sie. »Ich schätze, ich habe einfach angenommen …« Sie brach ab, da sie vielleicht befürchtete, ihn zu beleidigen.

»Du bist davon ausgegangen, dass jemand, der mit den Händen arbeitet, die schöneren Dinge des Lebens nicht schätzen kann?«

Ruth senkte den Blick. »Entschuldige.«

Er trat näher und wollte ihren Schmerz lindern. »Kein Problem«, sagte er. Sein Herz hämmerte, als er nach Ruths Hand tastete, wie man im Dunkeln nach einem anderen Menschen tastet. Sie zuckte zusammen, als er ihre Hand nahm, doch dann entspannte sich ihre Haltung. Ihre Finger drückten seine Hand nicht, aber sie entzog sie ihm auch nicht. »Ich möchte, dass du diesen Raum nutzt«, sagte er. »Als dein Studio.«

»Mein … mein *Studio*?«

Ihre Haut war so weich. Elam hatte noch nie zuvor die Hand einer Frau gehalten, wenigstens nicht so. Er war schon fast vierzig und hatte nie eine Berührung erlebt, die solche Gefühle auslösen konnte. »Ja, dein … Studio«, sagte er. »Hat Virginia Woolf nicht gesagt, jede Frau brauche einen Raum für sich?«

Erneut weiteten sich Ruths Augen. »Elam Albrecht«, sagte sie. »Du erstaunst mich.«

Elam lächelte. Das Sonnenlicht rollte wie eine Welle durch das Fenster, ergoss sich durch den Raum und spülte alles Unvollkommene weg. »Ich bin ein einfacher Mann«, sagte er, »der … einfache Dinge … wertschätzt.«

Ruth bewegte die Hand. Elam stellte sich darauf ein, dass sie ihre Hand zurückziehen würde, doch stattdessen verstärkten sich ihre Finger um seine. Sie trat auf ihn zu, wie er gerade auf sie zugetreten war, und die alten Bodendielen knarrten trotz der dicken Staubschicht. Ruth blickte in Elams Augen hinauf und er sah die Tränen in ihren Augenwinkeln. »Du bringst Dingen und Menschen Wertschätzung entgegen«, sagte sie. »Darauf kommt es an.«

Teil 2

Kapitel 7

Der Tag, an dem Chandler Neufelds Trauerfeier in Wisconsin stattfand, war derselbe Tag, an dem ihm bewusst wurde, dass er noch sehr lebendig war. Chandler schlief im Schutzraum des Krankenhauses, als die erste Bombe einschlug. Ein unablässiger Beschuss folgte und hielt eine halbe Stunde pausenlos an, obwohl *Ärzte ohne Grenzen* ihre GPS-Koordinaten allen am Krieg beteiligten Parteien geschickt hatte. Fensterglas zerbarst zu messerscharfen, tödlichen Geschossen. Gipswände zerbröselten zu Staub. Intensivpatienten starben in ihren Betten. Das Chaos wuchs, je länger die Bombardierung andauerte.

Die erste Bombe schlug im Operationsbereich ein. Chandler Neufeld senior, der zwei Jahre vor seiner Pensionierung stand, war sofort tot, genauso wie sein Assistenzarzt und der schwer verletzte Soldat auf dem OP-Tisch, dessen Überlebenschancen ironischerweise kurz zuvor gestiegen waren.

Sein Sohn, Chandler Neufeld junior, hätte neben seinem Vater am Operationstisch stehen sollen, da sie zu zweit besser arbeiteten als getrennt. Doch Chandler senior hatte ausnahmsweise seine väterliche Autorität ausgespielt und verlangt, dass Chandler junior einige Stunden schlafen sollte, bevor er in den OP-Saal zurückkäme. Chandler wusste, dass seine Erschöpfung für seine Patienten eine noch größere Bedrohung darstellte als für seine eigene schlechter werdende Gesundheit. Allein aus diesem Grund hatte er seinen blutgetränkten Arztkittel ausgezogen und seinen Handywecker auf 4 Uhr gestellt, um nach zwei Tagen ohne Schlaf wenigstens drei Stunden zu ruhen. Beim ersten Bombeneinschlag erwachte er genauso wie alle im Krankenhaus, die nicht sofort tot waren. Sein verwirrter Kopf brauchte wertvolle Sekunden, die er eigentlich nicht erübrigen konnte. Sein erster Gedanke galt seinem Vater. Sein zweiter seiner Frau Ruth und seinen beiden Töchtern Sofie und Vi.

Diese Gedanken lösten einen inneren Kampf aus, der dem äußeren Kampf, der um das Krankenhaus herum tobte, in nichts nachstand: Falls Chandler versuchte, seinen Vater, seine Kollegen und ihre Patienten zu retten, würde er höchstwahrscheinlich sein Leben verlieren. Diesen Verlust würden Ruth, Vi, Sofie und seine Mutter Mabel am stärksten zu spüren bekommen. Und doch war Chandler junior mit dem gleichen Ziel hier wie Chandler senior: so vielen Menschen wie möglich zu helfen. Adrenalin schoss durch seine Adern, als er von der Liege aufstand, die Tür öffnete und barfüßig zum OP-Saal lief.

Der Betonboden war brennend heiß und von Asche und Splittern übersät. Beißender Rauch brannte in Chandlers Nase, als er an den Leichen früherer Patienten vorbeilief, die in ihren Betten verbrannt waren. Flammen tanzten um ihn herum, während Patienten, die mehr Glück gehabt hatten, in die andere Richtung rannten, um aus dem Chaos zu fliehen. In den Wolken über Kundus kreiste eine Lockheed AC-130 und warf die nächste Bombe ab. Diese sechste Bombe fiel wie ein verfrühtes, harmloses Weihnachtspaket vom Augusthimmel und senkte sich dann durch das Loch im Dach, das die zweite und dritte Bombe gerissen hatten.

Die Bombe landete nicht vor Chandlers blutenden Füßen, stattdessen schlug sie vier Zimmer weiter ein. Die Detonation war das lauteste Geräusch, das Chandler je gehört hatte, und als habe sie ihren Raum gierig eingenommen, hörte er danach nichts mehr. Er wurde – genauso wie die anderen Patienten und Mitarbeiter – meterweit durch den Raum geschleudert. Er hätte auf einem spitzen Brett oder dem verbogenen Metall eines Bettrahmens landen können, das ihn wie ein Speer durchbohrt hätte, aber das passierte nicht. Vielmehr landete er wie durch ein Wunder auf einer Matratze. Sie genügte zwar kaum, um den Schlag abzufangen, aber sie war besser als nichts. Chandler wäre mit einer leichten Gehirnerschütterung von dieser Matratze aufgestanden, wenn nicht die siebte Bombe eingeschlagen hätte. Diese Bombe hatte zwar nicht die gleiche Sprengkraft wie die vorherige, aber durch den Einschlag löste sich ein brennendes Stück des Dachs und klemmte Chandler auf dem Bett ein.

In diesem Moment saß Mabel Neufeld auf ihrem Sofa in Morgantown, Pennsylvania, und las einen Krimi. Ihre Schwiegertochter Ruth Neufeld sang leise »LaLeLu«, während sie die Mädchen im Haus ihrer Eltern im irischen Greystones schlafen legte. Mabel gähnte und blätterte eine Seite um, und Ruth beugte sich zuerst über Sofies und dann über Viviennes Kinderbett, um jeder ihrer Töchter einen Kuss zu geben. Keiner der beiden Frauen stockte der Atem und bei keiner beschleunigte sich der Puls. Kein Licht flackerte. Es gab absolut kein Anzeichen, dass die ältere Frau jetzt Witwe war und die jüngere kurz davorstand, eine zu werden. Dank Gottes Barmherzigkeit wusste Chandler junior das auch nicht, beziehungsweise sein Körper wusste es nicht. Seine Seele war sich der Veränderungen sehr wohl bewusst, aber die Seele fürchtet den Tod nicht so wie der Körper, und deshalb empfand er, unabhängig davon, wie es weitergehen würde, keine Angst.

Die ehrenamtlichen Mitarbeiter fanden ihn unter dem Schutt, als sich der Rauch lichtete. Sie brachten die überlebenden Patienten in ein anderes Krankenhaus und evakuierten die afghanischen und internationalen Mitarbeiter. Als die Bombe eingeschlagen hatte, hatte Chandler weder seinen Arztkittel getragen noch seinen Pass, sein Smartphone oder sonst etwas bei sich gehabt, das ihn als internationalen Mitarbeiter hätte ausweisen können. Stattdessen trug er ein kakifarbenes Hemd und eine graue Hose, die er auf einem Markt gekauft hatte und durch die man ihn für einen Zivilisten hielt. Aufgrund seiner dunklen Augen und seiner dunklen Haut – die er von seiner Mutter geerbt hatte – hätte man ihn auch dann für einen Einheimischen gehalten, wenn die Verbrennungen ihn nicht bis zur Unkenntlichkeit entstellt hätten. Dass er barfüßig in der Nähe eines Krankenbetts gefunden wurde, legte ebenfalls nahe, dass er ein einheimischer Patient wäre. Wenn Chandler das alles gewusst hätte, hätte er die Mitarbeiter aufgeklärt, aber sein Gesicht hatte so starke Verbrennungen, dass er nicht sprechen konnte. Er konnte auch nicht denken. Er konnte nichts anderes tun, als in einem Nebel der Bewusstlosigkeit zu schweben, nur von dem Versprechen, wieder nach Hause zu kommen, gehalten, das er seiner Frau und seinen Kindern gegeben hatte.

Einige sagen, dass solche Versprechen keinen Unterschied ausmachen. Aber Chandlers Geist und Fleisch wussten es besser: Sein Versprechen hielt ihn am Leben. Er würde zu seiner Frau und zu seinen Töchtern zurückkehren. Er würde sie finden, selbst wenn es leichter wäre, angesichts des schier unerträglichen Schmerzes zu kapitulieren. Dieses Versprechen rettete sein Leben, aber es veränderte auch alles.

Mabel schloss aus Elams und Ruths Verhalten beim Abendessen, dass zwischen ihnen etwas geschehen war. Dass ihr Neffe meist schwieg, war nichts Neues. Meist hielt Ruth die Tischgespräche am Laufen und unterhielt die Mädchen mit einem Spiel, das sie »Lieblingsmoment« nannte: Sie fragte die Mädchen nach ihren Lieblingsmomenten des Tages und schilderte ihnen ausführlich ihren eigenen Lieblingsmoment. Vielleicht versuchte sie damit, die Kinder vergessen zu lassen, wer am Tisch fehlte. Aber heute Abend schwieg Ruth. Sie und Elam saßen an den entgegengesetzten Tischenden und Mabel fiel auf, dass sie sich nicht anblickten. Mabel bemerkte das, weil sie die beiden so aufmerksam beobachtete, dass Sofies dunkle Augen ihre Großmutter mit einem strengen, ermahnenden Blick bedachten. »Man soll andere nicht anstarren«, sagte sie.

Mabel senkte den Blick. Sie dachte daran, Sofie zu erklären, dass man Ältere nicht korrigierte, aber sie hatte vor langer Zeit beschlossen: Falls Chandler je sesshaft genug werden sollte, um Kinder zu bekommen, wollte sie keine Großmutter sein, die Strafen verteilte, wie sie es bei ihrer Großmutter erlebt hatte. Mabel konnte mit ihren 65 Jahren immer noch keinen Kochlöffel benutzen, ohne daran erinnert zu werden, wie oft sie mit einem solchen Küchenutensil geschlagen worden war. Nein, sie wollte eine sanfte, liebevolle Oma sein, die ihre Enkel herzlich umarmte und sie mit einem ununterbrochenen Nachschub an Honigkeksen versorgte, die neben dem Backofen unter einer Glashaube abkühlten. In den letzten paar Wochen hatte sie diese Träume endlich verwirklichen können. Sie liebte es, ihre Enkel in der Nähe zu haben. Ihr Lächeln, ihre klebrigen Küsse und ihre kokette Art waren wie Balsam, der den Schmerz in ihrem trauernden Herzen linderte.

Mabel wusste, dass ihre Schwiegertochter nicht auf dem Hof bleiben würde, solange sie keinen Grund dafür hatte. Vielleicht hatte sie jetzt diesen Grund. Mabel wollte nicht zu lange über ihre Motive nachdenken aus Angst, es sei egoistisch von ihr, sich insgeheim über diese Entwicklung zu freuen. War es normal, dass sie eine Beziehung zwischen ihrem Neffen und ihrer verwitweten Schwiegertochter fördern wollte? Vermutlich nicht, aber wer auch immer definierte, was angeblich *normal* war, hatte keine Enkelinnen mit schwarzen und blauen Augen an seinem Tisch sitzen, die vorher nur Namen gewesen waren, für die Mabel täglich gebetet, aber zu denen sie keine wirkliche Beziehung gehabt hatte. Bis der Tod zugeschlagen und ihre Wege zusammengeführt hatte. Jetzt würde Mabel alles tun, um sie in ihrer Nähe zu behalten.

Dazu gehörte offenbar auch, dass sie sich eine Ehe zwischen Elam und Ruth wünschte.

Mabel nahm einen weiteren Löffel Kartoffelbrei. Er schmeckte zweifellos köstlich, da alles, was sie kochte, in Butter schwamm, aber heute Abend schmeckte Mabel ihr Essen kaum. Sie war vor Aufregung viel zu kribbelig, und ihr Herz hämmerte genauso heftig wie an dem Tag, an dem sie die Nachricht bekommen hatte, dass durch einen Bombeneinschlag ein Dach eingestürzt war und ihren Mann und ihren Sohn unter sich begraben hatte. Damals hatte sie sich so gefühlt, als erlebe sie eine moderne Version von Hiobs Geschichte. Aber ihr jetziges Herzklopfen hatte angenehmere Gründe. Ihr Blick wanderte von Elam zu Ruth und dann von Ruth zu Elam. *Ja, eindeutig*, dachte sie. Elams und Ruths Blicke waren sich soeben begegnet, und Ruth errötete bis zu ihren Haarwurzeln. Elam errötete auch immer sehr schnell. Mabel erinnerte sich, dass ihn das als Kind furchtbar geärgert hatte. Er hätte sich gern stoisch gegeben und so getan, als könnte er seine Gefühle gut beherrschen, aber aufgrund seiner verräterischen Haut war ihm das nie so richtig gelungen.

Mabel räusperte sich. »Hattest du einen guten freien Tag?« Sie richtete ihre Frage an Elam, erkannte aber sofort, dass sie seinen Namen hätte vorausschieben sollen, da der angesprochene arme Mann über seinem dampfenden Teller mit Schweinefleisch und Sauerkraut den Kopf und die Schultern hängen ließ, als wäre es eine Bestrafung, ein selbst gekochtes Essen vorgesetzt zu bekommen.

Ruth sagte leise: »Elam, deine Tante hat dich etwas gefragt.«

Jetzt schoss sein Kopf in die Höhe. Interessant, seine Ohren reagierten zwar nicht unbedingt auf Mabels Frage, aber auf Ruths Stimme reagierten sie sofort. »Wa-was?«, fragte er.

»Mabel hat gefragt, ob du einen schönen freien Tag hattest.«

Er nickte kräftig und schaute Mabel an. »Es war … schön«, antwortete er. Seine rötliche Gesichtsfarbe vertiefte sich und sein Rücken beugte sich wieder über seinen Teller.

Mit einer gewissen Hartnäckigkeit wandte sich Mabel an Ruth. »Und wie war dein Tag?«

Ihre Schwiegertochter trank gerade einen Schluck Wasser. Das verzögerte ihre Antwort ein wenig, aber sie ließ sich viel länger Zeit, als nötig gewesen wäre. »Er war … sehr gut«, sagte sie.

Mabel lächelte und schob sich den nächsten Bissen Kartoffelbrei in den Mund.

Sofie schmollte: »Nach *meinem* Tag fragt keiner!«

Vi klatschte mit ihren kleinen Händchen auf den Tisch. »Und nach meinem!«

Ruth schaute ihre Töchter an. »Entschuldigt bitte«, sagte sie. »Ich war nur ein wenig … abgelenkt.«

Sofie verzog die Miene. Sie schob die Unterlippe vor. Zwei runde Tränen kullerten über ihre runden Wangen. Sie jammerte: »Ich will nach Hause.«

Selbst Vi wurde still. Ruth schob ihren Stuhl zurück, ging um den Tisch herum, hob ihre ältere Tochter von ihrem Stuhl hoch und setzte sie auf ihren Schoß. Dort wiegte sie Sofie, während die schlaksigen Beine des Mädchens über Ruths Beinen baumelten. Sofie wehrte sich anfangs und wollte sich von ihr losreißen, aber Ruth hielt sie fest, bis ihre Tochter kapitulierte und wehrlos in den Armen ihrer Mutter hing. »Welches Zuhause vermisst du?«, fragte Ruth, und Mabel begriff, was sie eigentlich wissen wollte: *Welches Zuhause* kannst *du überhaupt vermissen? Wir haben kein Zuhause. Wir hatten schon lange kein Zuhause mehr.*

Sofie vergrub den Kopf an der warmen, vertrauten Biegung zwischen Ruths Kinn und Schulter. Das war Sofies Lieblingsplatz als Baby gewesen – einer der wenigen Orte, an denen ihr Weinen verstummt war und sie ihr nasses Fäustchen in Ruths langes, gewelltes Haar gedrückt hatte. »Das Zuhause, wo Papa war«, flüsterte sie. Jetzt musste Vi den Satz ihrer Schwester nicht wiederholen, damit alle am Tisch ihn hörten. Die tiefe Trauer in diesen kindlichen Worten bohrte sich wie ein Messer in Mabels überstrapaziertes Herz.

14. Mai 2017

Lieber Chandler,
ob du es glaubst oder nicht, ich bemühe mich wirklich. Ich wasche die Wäsche und spüle das Geschirr, ich räume die Wohnung auf, ich sorge dafür, dass das Abendessen fertig ist, wenn du von der Klinik nach Hause kommst, auch wenn ich auf den Schongarer umgestiegen bin, da ich nicht vorhersagen kann, wann du nach Hause kommst. Ich hole Puzzles und Bücher und, wenn ich besonders abenteuerlustig bin, sogar Knete. Ich versuche, die Mädchen zu beschäftigen, damit du nicht völlig überrollt wirst, wenn du zur Tür hereinkommst. Aber dann brennt der Reis an und ganz Bethel House riecht nach altem Popcorn; unsere engelgleichen Töchter fangen an, um ein Spielzeug zu raufen, bis eine weint.
Mit einem unvergleichlichen Gespür für perfektes Timing kommst du oft genau dann nach Hause, und ich kratze verkohlte Reiskörner aus dem Topf in den Mülleimer. Meine ganzen Bemühungen haben sich buchstäblich in Rauch aufgelöst.
»Wie war dein Tag?«, frage ich und bemühe mich, zum ersten Mal, seit du die Wohnung verlassen hast, um ein Lächeln.
»Gut«, sagst du. Würde es dich überfordern, mehr als nur ein einziges Wort zu antworten? Weißt du, wie es ist, den ganzen Tag mit keinem anderen Erwachsenen zu sprechen? Aber nein, denke ich, das kannst du ja nicht wissen, denn du hast ja einen »Beruf«. Du trägst grüne Arztkleidung, die Respekt einflößt, und die Leute sagen »Herr Doktor« zu dir. Ich höre nur »Mama!« in jeder vorstellbaren Form. Ma. Mom. Mami. Mutter. Maaaama. Der letzten Version folgt meistens die Aufforderung: »Komm und mach mich sauber.«
Wenn du nur das Glück hättest, einen Beruf wie meinen zu haben!
Aber ich habe Glück. Erinnerst du dich daran, als Sofie das erste Mal Mama zu mir sagte?

Sie war schon zwei, als sie anfing zu sprechen, und sie hat zuerst »Pa-pa« gesagt. Ich sehnte mich schmerzlich danach, für die ganze Energie, die ich in sie steckte, belohnt zu werden. Und dann hörte ich es endlich: »Mama.« Sie wollte etwas – wahrscheinlich ein Stück von dem, was ich gerade aß –, aber ich erinnere mich, wie ich geweint und sie an mich gedrückt habe, bis ihr kleiner Körper zappelte, um von mir wegzukommen.
Aber jetzt, jetzt winde ich mich jedes Mal, wenn ich diesen Namen höre, weil ich mich erinnere, wie du früher Ruth – oder noch besser: Liebes – zu mir gesagt hast.
Jetzt kommst du nach Hause, nachdem ich den ganzen Tag damit beschäftigt gewesen war, deine Kinder zu versorgen, und sagst: »Gut.« Hast du eine Ahnung, was es mir bedeuten würde, wenn du sagen würdest: »Gut, Liebes. Wie war deiner?«
Und wenn du mir dann zuhören würdest, während ich dir von den Streitereien unserer Töchter, von Vis Verstopfung, von den herrlichen und gleichzeitig monotonen Momenten erzähle, aus denen meine letzten vier Jahre bestehen? Aber das hast du nicht gesagt. Du bist einfach ohne einen Kuss an mir vorbeigegangen. Wann haben wir damit aufgehört, Chandler? Uns zu küssen, uns zu berühren? Wann wurden wir wie zwei Schiffe, die nachts aneinander vorbeifahren? Manchmal habe ich das Gefühl, dass wir nicht einmal aneinander vorbeifahren. Es kommt mir eher vor, als würden wir in unterschiedlichen Häfen leben, und ich bin mir nicht sicher, ob ich weiß, wie ich zu dir gelange oder ob ich das überhaupt versuchen will.
Du bist ins Wohnzimmer gegangen, bist über deine Kinder gestiegen und hast deinen Laptop ausgepackt. Du musstest bestimmt irgendeinen Bericht schreiben und ihn bei Janice einreichen, die ihn dann bei der Regierung einreicht als Beleg, dass sich das Waisenhaus ordnungsgemäß um die verlassenen Kinder kümmert, die von der Regierung wie Straßenköter vernachlässigt werden.
Es ging sicher um so etwas.

Aber ich musste mühsam die Zähne zusammenbeißen, als du über deine Töchter gestiegen bist, als wären sie Spielsachen, die auf dem Boden herumliegen. Du hast dich auf das alte Sofa gesetzt und deinen Laptop eingeschaltet.

In diesem Moment hörte Sofie dich. Sie hob den Kopf und ließ Vi los mit der Puppe, die Vi wollte, als Trophäe in ihrer kleinen Hand. Vi ist dein Verhalten gewohnt, denn sie kennt dich nur mit dieser Ruhelosigkeit, die sich in den letzten zwei Jahren verstärkt hat. Aber Sofie erinnert sich an einen anderen Vater – an den Vater, der seine Rolle als Ehemann und Vater ernst nahm und bei uns war.

Daran hat sie sich heute Abend erinnert und sie lief zu dir. Statt die Arme auszubreiten oder diesen verdammten Laptop zuzuklappen, hast du nur die Beine zur Seite gedreht, damit sie nicht dagegenstieß. Du hast mit dem Arm deinen Laptop geschützt, als wäre er dein größter Schatz, und in diesem Moment explodierte etwas in mir.

»Ich bin den ganzen Tag bei ihnen«, schrie ich. »Würde es dich umbringen, in den ersten zehn Minuten, die du zu Hause bist, mit ihnen zu spielen?«

Du hast den Blick demonstrativ zur Decke gehoben, um mich daran zu erinnern, dass wir Nachbarn haben, die Pickerings, die einen ähnlichen hoffnungsvollen Enthusiasmus ausstrahlen, den ich anfangs hatte, als ich hierherkam. Es interessierte mich absolut nicht, ihre Ohren vor unseren Familienproblemen zu verschonen. »Bitte schrei nicht«, sagtest du mit dieser vernünftigen Arztstimme, die du bei unvernünftigen Patienten einsetzt.

»Ich schreie nicht!«, rief ich, obwohl meine Stimme noch lauter wurde und ich das unschöne Gefühl hatte, die Beherrschung zu verlieren. »Ich finde nur, wenn du auch nur die Hälfte – nein, ein Viertel – der Energie, die du für deine Patienten aufwendest, in deine Familie stecken würdest, würdest du dein eigenes Leben nicht wiedererkennen.«

Du sahst mich an, deine langen Finger über den abgenutzten

Tasten; der goldene Ehering, den ich dir vor vier Jahren an den Finger gesteckt habe, hat wie ein Köder gefunkelt.
»Was ist nur aus dir geworden?«, fragtest du.
Ich knallte den leeren Reistopf auf den Küchentisch. Dann drehte ich mich zu dir um, zu dieser ruhelosen Version von dir, die ich kaum wiedererkenne. »Die gleiche Frage könnte ich dir auch stellen.«

ଔ

Chandler hatte keine Ahnung, dass die sterblichen Überreste eines afghanischen Soldaten namens Schahid Khan in Wisconsin beigesetzt wurden, und dass Chandler John Neufeld senior und junior offiziell als tot erklärt wurden. Er hatte keine Ahnung, dass er auf einer Intensivstation in Kabul lag oder dass ihn ein Krankenwagen auf einer vierstündigen Fahrt, die sich wie in einem nicht gefederten Wagen auf einer holprigen Straße angefühlt hatte, hierhergebracht hatte. Er verlor immer wieder das Bewusstsein, während Morphin durch die Venen seines schwer verletzten Körpers strömte. Chandler war im Geiste wieder auf dem Flughafen in Bogotá, wo er seine Frau und seine Töchter das letzte Mal gesehen hatte. Es war früh am Morgen und die Blumenhändler bauten gerade ihre Stände am Straßenrand auf. Chandler parkte den verbeulten Van, den er sich von der Leiterin, Janice, ausgeliehen hatte, und half Ruth und den Mädchen hinein.

Tau hing an den Blüten der noch eingepackten Blumen der Händler, und ein starker süßlicher Rosenduft erfüllte die Luft. Chandler warf im Vorbeigehen einen Blick auf einen Strauß und erinnerte sich, wie er von einem Händler in der Nähe des Waisenhauses Blumen gekauft hatte, als er und Ruth noch nicht verheiratet gewesen waren. Aber als Ruth bemerkte, dass er nach seiner Brieftasche griff, sagte sie: »Lass es. Ich habe schon alle Hände voll.«

Er ließ die Hand sinken. Ruth schob Sofies Haar zu einem

Pferdschwanz zusammen. Kleine Locken bildeten sich um das Gesicht des Kindes von dem leichten Nieselregen draußen vor dem Flughafengebäude. Chandler half, die Koffer zur Gepäckaufgabe zu rollen, dann wartete er mit den Mädchen, während Ruth ihre Bordkarten ausdruckte. Im Flughafen herrschte für vier Uhr morgens ein reger Betrieb: Ein älterer Mann in einem gebügelten Anzug hielt die Hand eines kleinen Mädchens, dessen Kleid die gleiche grüne Farbe hatte wie das Blumenpapier des Händlers. Eine Jugendliche weinte ungeniert, während sie eine ältere Frau mit hüftlangem Haar umarmte. Zwei Wandertouristen in langweiliger erdfarbener Kleidung hatten Rucksäcke auf dem Rücken, die sie bestimmt in den Fächern über den Sitzen verstauen wollten. Alle bewegten sich irgendwie um den Fixpunkt, den seine Familie bildete.

Während er auf seine schönen Töchter hinabblickte und dann zu seiner schönen Frau hinübersah, hinterfragte er seine Entscheidung, in Kolumbien zu bleiben, während sie allein nach Irland flogen. Vielleicht könnte er sie in ein paar Tagen besuchen, wenn er im Waisenhaus alles geregelt und sein Gepäck für Afghanistan gepackt hatte, doch dann kam Ruth mit den drei Bordkarten zurück. Sie schaute ihn an, und aus ihren Augen sprach nicht das geringste Gefühl, ein deutliches Zeichen, dass tiefe Gefühle in ihr brodelten.

»Verabschiede dich von deinen Papa«, sagte sie und schwang Vi auf ihre Hüfte. »Wir müssen los.«

Zwischen ihnen lag eine spürbare Spannung, doch Chandler wusste nicht, wie er ansprechen sollte, was angesprochen werden musste, und Ruth schien ohnehin nicht mit ihm sprechen zu wollen. Stattdessen standen sie nebeneinander, jeder mit einem Kind, das sich an ihre Beine klammerte.

Chandler berührte Ruths Rücken. »Gib mir Bescheid, wenn du da bist«, sagte er.

Sie nickte und blickte zum Gate. Vi streckte die Arme nach ihm aus. Er nahm sie Ruth ab und drückte sie an sich. Sie klammerte sich mit ihren heißen Kinderhändchen an seinen Hals. Chandler schossen Tränen in die Augen. Er räusperte sich, küsste Vi und gab sie Ruth zurück.

Sofie drückte sich an seine Beine. »Komm mit uns, Papa.«

»Schatz, du weißt, dass das nicht geht.«

Da blickte sie zu ihm hinauf – mit Tränen in ihren großen braunen Augen – und er kam sich vor wie der schlimmste Vater der Welt. Wie konnte er sechs Monate aus dem Leben seiner Kinder fort sein? Wie konnte er seine Frau mit allem allein lassen? Dieselben Fragen stellte sich Ruth zweifellos auch, und er hasste es, dass sie sich von ihm im Stich gelassen fühlte, obwohl er noch bei ihr war. Aber sie hatte seine Träume gekannt, als sie ihn geheiratet hatte; sie hatte ihn sogar ermutigt, sie zu verfolgen.

Aber seit sie Kinder hatten, hatte sich vieles verändert.

Ruth hatte sich verändert. Ihre Abenteuerlust war dem Bedürfnis gewichen, ein Nest zu bauen; ihre Spontaneität war ihrem Bedürfnis nach Stabilität gewichen. Zu der Frau, die sie früher gewesen war, hatte Chandler perfekt gepasst, aber zu der mütterlichen Version, zu der sie sich entwickelt hatte, passte er nicht so sehr, und das spürte er genauso wie sie. Die Kinder fühlten das sicher auch, denn selbst wenn Ruth und Chandler nicht offen stritten, waren die Spannungen zwischen ihnen auch für eine Fünfjährige und eine Zweijährige zu spüren.

Chandler hatte seine Töchter bereits umarmt und geküsst, somit musste er sich nur noch von ihr verabschieden. Ruth. Er schaute seine Frau an und sah sie plötzlich vor sich, wie er sie das erste Mal im Waisenhaus gesehen hatte: Er durchquerte gerade den Innenhof, als er Kinderstimmen vernahm, die mit den Glockenschlägen zur halben Stunde harmonierten. Sie sangen ein Lied, das er noch nie gehört hatte, in einer Sprache, die er nicht verstehen konnte. Er ging auf den Klassenraum zu und sah Ruth, die vor den Kindern stand und ein Stück Kreide wie einen Dirigentenstab schwang. Sie hatte langes, gewelltes Haar und Sommersprossen. Sie trug ein schlichtes Oberteil mit einem wadenlangen blauen Rock und flachen Schuhen. Chandler war nicht der Typ, dem das Aussehen einer Frau auffiel, geschweige denn ihr Kleid, aber diese Frau fand er reizvoll. Sie sah ihn im Türrahmen stehen und lächelte.

Es war ein herzliches Lächeln, das bei anderen ebenfalls ein Lächeln auslöste. Er war keine Ausnahme. Einige der Kinder bemerkten ihn ebenfalls, hörten auf zu singen und sahen ihn fragend an. Aber er war eine feste Komponente im Leben dieser Kinder, deshalb bekam er nicht die interessierte Aufmerksamkeit, die sie ihrer neuen Lehrerin schenkten. Trotzdem wollte Chandler den Unterricht nicht noch mehr stören. Deshalb trat er aus dem kühlen Klassenzimmer wieder zurück auf den Flur. Doch noch bevor er den Hof zu seinem Büro überquert hatte, wünschte er sich, er hätte nicht vergessen nachzusehen, ob sie einen Ring trug.

Chandler verglich diese Frau mit der Frau, die jetzt im Flughafen vor ihm stand. Fünf Jahre Schlafmangel, da Sofie immer noch nächtliche Angstattacken hatte, hatten sich auf Ruths blasser Haut und in den dunklen Ringen unter ihren Augen niedergeschlagen. Er wollte ihr sagen, wie leid es ihm tue, dass er nicht der Mann war, den sie brauchte, und dass ihr Leben in letzter Zeit offenbar nicht leicht war. Aber sie sollte dieses Eingeständnis nicht als letztes Bemühen um Vertrautheit verstehen, und er war sich nicht sicher, wie sie es aufnähme. Deshalb beugte er sich nur vor und küsste sie. Der Kuss war oberflächlich und landete neben ihrem Mund statt auf ihren Lippen. Sie schienen sich seit Jahren so zu küssen. Wo war ihre frühere Leidenschaft abgeblieben? Die wenigen Wochen nach ihrer Hochzeit, bevor sie Sofie adoptiert hatten, als sie einander mit nur einem einzigen Blick hatten auffordern können, eilig nach Hause zu gehen?

»Ich liebe dich, Ruth«, sagte er und seine Stimme war ein Flüstern neben ihrem Ohr.

Sie wandte den Kopf von ihm ab und er konnte die Tränen in ihren Augen glänzen sehen. »Ich liebe dich auch«, sagte sie. »Komm zu uns zurück, ja?«

Während er in seinem Krankenbett in Kabul lag, fragte er sich, ob es bei dieser Bitte um mehr ging als nur um seine körperliche Rückkehr zu seiner Familie. Auch um seine emotionale Rückkehr. Er wusste, dass Ruth nicht die Einzige war, die sich in den letzten Jahren verändert hatte. Er redete sich ein, seinen Mädchen ein guter Vater zu sein, und das war er auch, wenn er bei ihnen war. Aber er war kein guter Ehemann mehr. Ruth und er hatten sich auseinandergelebt, und er konnte nicht genau festmachen, warum oder wann das geschehen war. Er wusste nur, dass dieser erste Blick auf Ruth im Klassenzimmer, als sie kolumbianische Waisenkinder gälische Kinderreime gelehrt hatte, zu den Bildern gehörte, die ihm helfen würden, wieder gesund zu werden. Und dann würde er zu seinen Kindern und zu seiner Frau zurückkehren.

Spritzendes Wasser und fröhliches Kinderkreischen übertönte fast Mabels Stimme, die den Mädchen aus dem dicken, von Eloise Wilkin illustrierten Geschichtenbuch vorlas, während die beiden in der Badewanne spielten. In der Küche räumte Ruth den Tisch ab. Elam steckte den Stöpsel ins Spülbecken, gab einen Spritzer Spülmittel ins einlaufende Wasser und erzeugte mit der Hand etwas Schaum. Ruth kam mit einem Stapel Teller und stellte sie links neben ihm auf die Arbeitsplatte. Er sagte nichts; er summte nicht einmal leise, wie er es normalerweise machte, wenn er nach dem Chaos, das Mabel in der Küche veranstaltet hatte, Ordnung schuf. Ruth sagte auch nichts.

Vor vier Stunden hatte er ihre Hand berührt.

Danach brachte Ruth das Tablett mit den Gläsern, in denen noch unterschiedlich viel Wasser stand. Elam konnte es nicht länger ertragen. Er drehte sich zu ihr um und zog seine schaumbedeckten Hände aus dem Wasser, um ihr das Tablett abzunehmen. Sie starrte auf seine Brust. Zwischen ihnen war ein Abstand von vielleicht dreißig Zentimetern. Chandler war genauso groß gewesen wie er. Elam fragte sich, ob Ruth daran dachte, wenn sie neben ihm stand. Oder vor ihm wie jetzt. Aber solche Gedanken waren nicht fair. Für keinen von ihnen.

»Geht es dir gut?«, fragte Elam.

Zu Elams Überraschung – und vielleicht auch zu Ruths eigener Überraschung – konnte sie trotz ihrer festen Entschlossenheit ihre Tränen nicht länger zurückhalten. »Nein«, sagte sie und wischte sich über die Augen. »Mir geht es nicht gut. Ich weiß nicht, wie ich meiner Tochter helfen soll.«

Elam nahm die Gläser und goss das übrig gebliebene Wasser ins Spülbecken, wo es in dem warmen, schäumenden Spülwasser eintauchte. Er schaute Ruth an und sah, wie die Traurigkeit die Lachfalten um ihren Mund veränderte. Er wollte sie wieder zum Lachen bringen, aber er war sich nicht sicher, ob ihm das zustand oder ob ihn Ruth nahe genug an sich heranließe, damit er das versuchen könnte. Es war ein Wunder, dass sie ihn dieses eine Mal nahe genug an sich herangelassen hatte.

Deshalb zog Elam, statt sie zum Lachen bringen zu wollen, die Schublade neben der Spüle auf. Er holte ein sauberes Geschirrtuch heraus und reichte es Ruth. Sie lächelte und tupfte sich die Augen. »Du bist so ein guter Mann, Elam«, sagte sie. »Ehrlich. Es ist einfach so, dass ich … ich weiß einfach nicht, was mit mir los ist.«

Elam lächelte sanft und nahm das Geschirrtuch zurück, das sie ihm hinhielt. Er faltete es, bis das weiche Baumwolltuch ein hartes, kleines Quadrat bildete. »Das brauchst du auch nicht«, sagte er. »Ich will dich einfach nur kennenlernen. Ein … Freund sein.«

Ruth hob den Blick und schaute ihn an. »Einen Freund könnte ich im Moment wirklich gut gebrauchen«, sagte sie.

Kapitel 8

Chandlers Verbrennungen reichten so tief, dass er starke Beruhigungsmittel brauchte, um die Schmerzen ertragen zu können, aber die Medikamente trübten auch sein Gedächtnis – und erschwerten ihm, sich an Details zu erinnern, die er eigentlich nie vergessen wollte: Ruths Augenfarbe beispielsweise oder die Geburtsdaten seiner Töchter. Ruth liebte es, die Geburtstage ihrer Töchter groß zu inszenieren. Sie backte Kuchen, hängte rosa und lila Schleifen und Ballons an die Korblampe im Esszimmer und die Mädchen durften sich aussuchen, was es zu essen gab. Kurz gesagt, sie versuchte, ihre Geburtstage so schön wie möglich zu gestalten, vielleicht weil ihre eigenen Kindergeburtstage das absolut nicht gewesen waren.

Chandler konnte sich zwar vielleicht nicht an Ruths Augenfarbe erinnern (braun oder blau?), aber an Vis zweiten Geburtstag konnte er sich ganz deutlich erinnern – der letzte Geburtstag, den sie gefeiert hatten, bevor sich ihre Familie auf verschiedene Kontinente verteilt hatte. Am Abend vorher kam Chandler aus der Klinik nach Hause und traf Ruth im Wohnzimmer an. Glitzer, bunte Papierschnipsel und Sprühfarbe bedeckten ein altes geblümtes Bettlaken. Ruth trug ein altes T-Shirt über einer kurzen Hose, und ihr gelocktes Haar, das auf ihrem Kopf zusammengebunden war, hatte ebenfalls Farbspritzer abbekommen. Wie so oft stand er schweigend im Türrahmen. Ruth war so in ihr Projekt vertieft, dass es für sie mehr ein kreatives Ventil als eine Arbeit war. Sie verwandelte einen Karton in ein Schloss.

Selbst mit den begrenzten Materialien, die sie sich aus dem Waisenhaus ausgeliehen hatte, hatte sie es geschafft, der *Piñata* ein abgestuftes Dach, Kuppeln und eine Zugbrücke zu verpassen, auf die Ruth später Süßigkeiten laden würde.

Er stellte seine Laptoptasche ab, ging zu ihr und berührte ihre Nasenspitze.

Sie wischte mit dem Handrücken darüber. »Was ist? Habe ich auf der Nase auch Farbe?«

Er schüttelte den Kopf. »Du siehst so glücklich aus. Du solltest so etwas öfter machen.«

»Wann sollte ich dafür die Zeit finden?«

Chandler legte die Hände auf Ruths Schultern, und sie lehnte sich an ihn, hielt aber immer noch den Pinsel in der Hand. »Ich könnte einen Abend in der Woche auf die Mädchen aufpassen«, sagte er.

Ein tiefes Lachen kam aus ihrer Brust. »Dieses Angebot wäre wirklich sehr verlockend!«

Als Chandler jetzt in seinem Krankenbett lag, fast jeder Zentimeter seines Körpers ein regenerierendes Transplantat gestohlener Zellen, erinnerte er sich mit schmerzlichem Bedauern an dieses Gespräch. Er hatte nach diesem Gespräch nicht auf seine Töchter aufgepasst, um Ruth den Freiraum zu geben, wie er geplant hatte. Er hatte es nicht einmal geschafft, zur Geburtstagsfeier zu kommen, da eines der Kinder aus den Bergen wegen seines chronischen Durchfalls so dehydriert gewesen war, dass er nicht von seiner Seite gewichen war. Damals hatte Chandler geglaubt, es wäre die richtige Entscheidung, bei diesem Kind zu bleiben, das keine Eltern hatte, während seine Töchter von einer so liebevollen Mutter umsorgt wurden. Aber als er nach Hause gekommen war und die verknüllte *Piñata* auf dem Esszimmertisch gesehen hatte, zusammen mit einem von einer Prinzessinnenserviette zugedeckten Stück Schokoladenkuchen, hatte er erkannt, was er verpasst hatte.

Er war nach oben gegangen – dieselbe Treppe, die Ruth und er hinaufgestiegen waren, als sie ihr nächtliches Picknick auf dem Dach gemacht hatten – und hatte in dem Zimmer gestanden, in dem seine kleinen Mädchen geschlafen hatten. Er hatte Sofie angeschaut, wie sie mit dem Daumen im Mund schlief. Dann hatte er Vi betrachtet, die jetzt schon zwei war.

Ehe er sich versah, wäre sie zwanzig.

Dann hatte er hinter sich ein Geräusch gehört, sich umgedreht und Ruth mit verschränkten Armen über ihrem Bademantel im beleuchteten Flur stehen sehen. Sie hatte nichts gesagt, sondern ihn nur angeschaut, bis er aus dem Zimmer gekommen war. So hatten sie voreinander gestanden, im *Bethel House*, mit den gerahmten Kunstwerken ihrer Töchter an den Wänden.

»Du hast gesagt, du wärst hier.«

»Ich weiß«, hatte Chandler geseufzt. »Es tut mir leid. Ein kleiner Junge war …«

Ruth hatte ihn mit erhobener Hand am Weitersprechen gehindert. »Nein. Ich will es nicht hören.« Sie hatte geschwiegen und den Blick abgewandt. Ihre Augen hatten feucht geglänzt. »Weißt du, was mich am meisten schmerzt?«

Er hatte nicht geantwortet. Er war klug genug gewesen, nicht zu antworten.

»Vi hat nicht nach dir gefragt oder geweint. Ihr ist gar nicht aufgefallen, dass du nicht da warst. Sie ist es gewohnt, dass du versuchst, die Welt zu retten, und hat keine Ahnung, dass es deine erste Aufgabe sein sollte, bei uns zu sein, bei deiner Familie.«

Grün, dachte Chandler, bevor das Morphin ihm das Bewusstsein raubte. *Die Augen meiner Frau sind grün.*

Elam war mit verbaler Kommunikation nicht besonders vertraut, aber er wusste, dass ein Gespräch, das mit »Ich dachte, das solltest du wissen« begann, wahrscheinlich nichts Gutes ankündigte. Trotzdem war er überrascht, dass Ruth und er zum Thema der Gerüchteküche von Driftless Valley geworden waren.

Genauer gesagt waren es weniger Gerüchte, es war einfach Gerede.

Dieses Gerede hatte wahrscheinlich lange, bevor es etwas zu reden gegeben hatte, angefangen. Wenn ein Mann und eine Frau unter demselben Dach lebten und weder Blutsverwandte noch Greise waren, vermutete jeder, dass Liebe in der Luft liegen müsse, und er bezweifelte, dass ein hohes Alter vor den Zungen der Menschen in Driftless Valley schützen würde.

Das Gerede war nicht bösartig, wenigstens war Laurie nichts Bösartiges zu Ohren gekommen. Frauen neigten von Natur aus eher dazu, eine Liebesgeschichte zu vermuten, wo es nicht unbedingt eine gab, und so fiel den Frauen in der Gemeinde auf, dass Ruth noch geblieben war, um Elam bei der Nassernte zu helfen, und dass Elam noch geblieben war, um Ruth bei der Trockenernte zu helfen. Und am Abend nach dem Erntefest war Amy Brunk noch einmal in Elams Scheune zurückgegangen, weil sie angeblich das Tablett ihrer Urgroßmutter vergessen hatte, und hatte Ruth und Elam in der Dunkelheit, die nur von der Petroleumlampe beleuchtet gewesen war, gesehen und beobachtet, dass die beiden so nahe beieinandergestanden hatten, dass laut Amy kein Haar zwischen ihnen Platz gehabt hätte.

Aber als dann Elam und Ruth zusammen zum Wald spaziert waren, während alle anderen Arbeiter Beeren sortiert hatten, hatte sich der Verdacht endgültig bestätigt: Der begehrteste Junggeselle der Gemeinde interessierte sich für eine Frau. Noch dazu für eine verwitwete *englische* Frau.

Jetzt wirkte Elam bei dieser Nachricht so deprimiert, dass Laurie Tim junior auf den Boden setzte und aufstand, um ihrem großen Bruder eine Scheibe Brot abzuschneiden. Sie bestrich sie mit Butter und Cranberrymarmelade und legte sie auf einen Teller. Elam schaute das Brot an, als wäre es eine Henkersmahlzeit. Deshalb stand Laurie auf und holte ihm frischen Kaffee. »So schlimm ist es doch eigentlich gar nicht«, sagte sie und löffelte Sahne in seine Tasse. »Ich habe nur überlegt, dass du vielleicht an eurer Wohnsituation etwas ändern könntest.«

Elam dankte seiner Schwester für das Brot und den Kaffee, rührte aber nichts davon an. Er starrte nur weiter auf den Tisch, während sein Kinnmuskel gegen seine gebräunte Haut zuckte.

»Ruth und die Mädchen fühlen sich endlich wohl hier«, sagte er. »Ich kann sie nicht auffordern zu gehen.«

Laurie beugte sich über den Tisch und drückte die schwielige Hand ihres Bruders. »Das verlangt doch auch niemand.«

Er hob den Blick. »Was soll ich dann tun?«

Sie lächelte. »Selbst ausziehen oder sie heiraten, schätze ich.«

Chandler musste die Zeit, die ihm blieb, bevor er wieder sediert wurde, nutzen, um zu erklären, wer er war und dass er nach Hause wollte. Er wirkte wahrscheinlich nur aufgewühlt, und der Schlauch in seiner Kehle, durch den der Rauch aus seiner Lunge abgesaugt wurde, machte ihm das Sprechen unmöglich. Er versuchte es trotzdem. Immer wieder versuchte er es. Schließlich kamen zwei Schwestern. Die erste beugte sich über das Bett und untersuchte mit einem grellen Licht seine Pupillen. Ohne zu blinzeln, erwiderte Chandler aus seinem verbundenen Gesicht ihren Blick. Ihre Augen waren dunkel; ihre Haut war sandfarben. Sie erinnerte ihn an seine Frau, aber dann wusste Chandler, dass das lächerlich war. Ruth war ganz hell und sommersprossig. Und die Farbe ihrer Augen änderte sich wie das Wetter.

Die zweite Schwester untersuchte den durchsichtigen Beutel, der an einem Infusionsständer hing, und rechnete aus, wie viel Morphin nötig war, um seine Schmerzen erträglich zu machen. Die Krankenschwestern hielten ihn für einen Zivilisten aus Kundus, der bei der Bombardierung des Krankenhauses schwer verletzt und dann hierher verlegt worden war. Chandler war verblüfft, dass sie nicht sehen konnten, wer er unter seinen Verbänden war – dass sie den Schmerz in seiner Brust nicht sehen konnten, weil er seine Familie vermisste, dass sie nicht sehen konnten, wie sein Hirn unter den Fakten, die er, so sehr er sich auch bemühte, nicht aussortieren konnte, fast platzte. Doch dann begriff er, dass sich die Zivilisten und Soldaten, die *er* versorgt hatte, genauso gefühlt haben mussten: wahrgenommen nur als ein pulsierender Zellhaufen, den Chandler wieder zusammenflicken wollte.

Das Morphin schoss in seine Adern. Chandler schloss unter den Verbänden die Augen. Seine Hände wurden still, sein Mund kraftlos. Sein verbrannter Körper sank tiefer in sein Krankenbett. Sein Hirn zog den Vorhang vor die schrecklichen Bilder und beschloss stattdessen, einen Klassiker abzuspielen: den Film von seiner Hochzeit.

Nach sechs Jahren Ehe war es schwer, sich Ruth als seine Braut vorzustellen, und er fragte sich, wie lange er sie nicht mehr liebevoll so genannt hatte; wie lange er ihr nicht mehr gesagt hatte, wie schön sie war. Er wusste nur, dass Ruth an jenem Tag im Innenhof *wunderschön* gewesen war. Sie hatte ein langes Baumwollkleid getragen, das die ehrenamtliche Schneiderin innerhalb einer knappen Woche hatte nähen müssen. Chandler konnte sich nicht erinnern, ob es Blumen gegeben hatte, und das lag dieses Mal nicht nur am Morphin. Er war so auf Ruth konzentriert gewesen und darauf, bei seinem Eheversprechen nicht zu stottern, dass er nichts anderes gesehen hatte als sie. Bei der Feier hatte es auf seine Bitte hin keinen überflüssigen Schnickschnack gegeben, dafür hatte sie aber doppelt so lange gedauert, weil der Dolmetscher für die hundert Waisenkinder, die zur Feier versammelt waren, auf Ruths Bitte hin alles ins Spanische übersetzt hatte. Jedes der Kinder hatte brav auf einem weißen Plastikstuhl gesessen, die Beine an den Knöcheln übereinandergelegt, die Sonntagskleidung ordentlich gebügelt, die gespendeten Schuhe auf Hochglanz poliert.

Danach erinnerte sich Chandler an den *Tres-Leches*-Kuchen von Koch José: ein Biskuitkuchen in drei Milchsorten getränkt, mit reichlich frischem Obst. Daran erinnerte er sich hauptsächlich, weil er Ruth ein Stück Kuchen in den Mund geschoben hatte und ein Sahneklecks wie ein Schönheitsmal über ihrem Mund kleben geblieben war. Obwohl die Kinder zugeschaut hatten, hatte er sich vorgebeugt und diesen süßen Fleck weggeküsst. Unter den Kindern war ein lautstarker Chor aus Kreischen und Rufen, je nach dem Alter der Kinder, ausgebrochen. Ruth hatte Chandler gegen die Brust geschlagen, und die Sahne an ihren Händen hatte auf dem einzigen weißen Hemd, das er besaß und das er am Morgen mit so viel Mühe gebügelt hatte, Flecken hinterlassen. Doch dann hatte er diese Hand gepackt und sie an sich herangezogen. Ihre belustigten Augen hatten sich verändert – ihr Blick war ernst und tief geworden – und dieses Mal hatte *sie* sich zu einem Kuss vorgebeugt.

Chandlers vernarbtes Gesicht verzog sich zu einem Lächeln, das unter seinen Verbänden niemand sehen konnte.

Er erinnerte sich, wie sie an jenem Abend das Waisenhaus verlassen hatten, beide ganz aufgeregt, während die anderen Mitarbeiter von *Children's Haven* gejubelt und auf das Dach des alten, verbeulten, geliehenen Autos geklopft hatten, auf dessen Fenstern »Frisch verheiratet!« gestanden hatte. Chandler drückte auf die Hupe, bis die Mitarbeiter vom Auto zurücktraten, und gab dann vor den Toren des Waisenhauses Gas. Ruth lachte laut. Sie küssten und neckten sich, während sie durch die gewundenen, dunklen Straßen fuhren, bis sie die überfüllte Stadt gegen das freie Land und das volle *Bethel House* gegen ein Steinhäuschen in den Bergen mit orangem Dach eingetauscht hatten.

Das Haus war kurz vorher gelüftet worden, aber trotzdem konnte man selbst von außen die Kälte und die Feuchtigkeit in seinen Ritzen fühlen. Dennoch war es reizvoll, ein romantisches Häuschen wie aus dem Bilderbuch, das der Eigentümer – ein Architekt – entworfen hatte, der selbst in einem anderen, praktischeren Haus im Ort wohnte. Als Chandler seine Braut über die Schwelle trug, hatte er Schuldgefühle verspürt, weil die Waisenhausleiterin dieses Haus für zwei ganze Nächte für sie gemietet hatte und dafür Geld ausgab, mit dem man Essen für die Waisenkinder hätte kaufen können.

Doch dann stellte Chandler Ruth in der Dunkelheit auf den Boden, und sie zog ihre Sandalen aus und ging zu einem großen runden Tisch mit einem silbernen Kerzenleuchter. Chandler hörte ein Zischen und schaute zu, wie Ruth nacheinander die Dochte entfachte. Die Kerzen warfen Schatten auf die Steinmauern, und die Schatten schlängelten sich wie Flammen nach oben. Über dem Tisch befand sich ein kreisrundes Dachfenster. Chandler zog seine Schuhe aus, stellte den Kerzenleuchter zur Seite und stieg auf den Tisch.

»Was machst du da?«, lachte Ruth und ihre strahlenden Zähne glänzten im Kerzenschein.

Chandler drehte sich um und reichte ihr in einer galanten Bewegung die Hand. Er räusperte sich dreimal, als wollte er eine große Ankündigung machen, dann sagte er: »Ich will mit meiner Braut tanzen.«

Sie verdrehte die Augen, gab ihm aber ihre Hand. Er zog sie neben sich nach oben, und sie fingen an – barfuß, aber noch in ihrer schlichten Hochzeitskleidung –, auf diesem runden Tisch unter einem runden Stück Himmel zu tanzen. Chandler führte Ruth sanft am Handgelenk und sie drehte sich, wobei ihr rotgoldenes Haar das Feuerlicht einfing und ihr neuer Smaragdring Prismen auf den Steintunnel warf, sodass sie beide das Gefühl hatten, am Boden eines Zauberbrunnens zu tanzen. Sie tanzten, hielten einander fest und küssten sich leidenschaftlich, da dieses Mal keine Kinder anwesend waren.

Und über ihnen lenkten der Mond und die Sterne ihren Blick zum klaren schwarzen Himmel hinauf.

ᘓ

Miss Romaine hatte gewusst, dass Ablenkung eine gute Strategie sein konnte, und hatte deshalb ihrem jungen Schüler Elam Klavierunterricht gegeben, um seine Zunge zu lösen. Sofie brauchte keine Hilfe, um ihre Zunge zu lösen, aber sie brauchte Hilfe, um zu lernen, ihre *Trauer* zu verarbeiten.

Deshalb fragte Elam Ruth, ob er ihrer Tochter Klavierstunden geben könne.

»Sofie?«, fragte Ruth. »Sie ist erst sechs.«

Elam sagte: »Kennt sie die Zahlen … und Buchstaben?«

Ruth nickte. »Sie hat sich im letzten Jahr selbst das Lesen beigebracht.«

»Dann bringe ich ihr die Noten bei. Sie wird sich schnell zurechtfinden.«

Aber als Ruth das Thema ansprach, reagierte Sofie aufgebracht: »Ich mag ihn nicht!«

Ruth legte ermahnend eine Hand auf Sofies Kopf, während sie ihr das Haar bürstete. »Schrei nicht so.«

Aber obwohl durch Sofies Adern nicht Ruths Blut floss, schlug sie ganz nach ihrer Mutter. »Nein!« Der Schrei hallte laut wider und sie wollte sich losreißen. Die Bürste verfing sich in ihren zerzausten Haaren. Vi setzte sich inzwischen auf den Teppichläufer neben dem Bett, steckte den Daumen in den Mund und ließ ihren Blick durch ihren zu langen blonden Pony zwischen ihrer Mutter und ihrer Schwester hin und her wandern. Es war Zeit für einen Mittagsschlaf.

Ruth befreite die Bürste aus Sofies Haaren. »So sprichst du *nicht* mit mir.«

Sofie schrie: »Ich wünschte, *du* wärst tot!«

Ruth wand sich innerlich und schlug kräftig mit der Bürste auf Sofies Po. Beide hielten entsetzt inne. Sofie schaute mit anschuldigenden Augen zu ihrer Mutter hinauf, dann lief sie aus dem Zimmer und die Treppe hinab. Die Haustür wurde zugeschlagen. Vivienne stöhnte. Ruth blickte zu ihr hinüber und sah mit tränenverschwommenen Augen, wie ihre Zweijährige an der Quiltdecke zog und versuchte, ihre untere Körperhälfte aufs Bett zu hieven.

Von ihrem Wutausbruch entsetzt, legte Ruth die Bürste auf den Nachttisch und steckte einen Finger durch die Gürtelschlaufe von Vis kleiner Jeans. Sie half Vivienne hinauf und legte sich neben sie auf das schmale Bett. Ruth zog Vi an ihre Brust und betrachtete ihre Stupsnase und ihr elfenhaftes Kinn. Vi kuschelte sich zufrieden an sie, und Ruth versuchte sich zu erinnern, wann sie Sofie das letzte Mal so in den Armen gehalten hatte.

Wann hatte Sofie diese Nähe das letzte Mal zugelassen? Chandler hatte seine Tochter besser verstanden als Ruth, wenigstens hatte es so gewirkt, da Sofie ihn immer ihr vorgezogen hatte: Ruth war diejenige, die Regeln durchsetzte, während Chandler derjenige gewesen war, der die Regeln oft, ohne nachzudenken, über den Haufen geworfen hatte.

Die letzten Monate und Jahre wirkten in Ruths Erinnerung wie ein untrennbarer Mischmasch aus Erkältungen und Fieber, Po- und Kinnabwischen und Toilettenputzen, und doch hatte es dazwischen auch schöne Momente gegeben. Das wusste Ruth, denn sie hatte einige dieser Momente festgehalten. In Bogotá hatte sie angefangen, Tagebuch zu führen, da niemand da gewesen war, mit dem sie über solche Gedanken hätte sprechen können. Aber diese Zeit hatte sie vergessen, auch wenn sie in ihrem Tagebuch davon geschrieben hatte. Aufgrund ihres Schlafmangels und täglichen Überlebenskampfes konnte sie sich an diese schönen Momente nicht erinnern, die inmitten des täglichen Alltags aufgeblitzt waren, und diese Zeit konnte sie nie zurückholen. Die Monate, in denen sich Sofie vom Kleinkind zum Mädchen und Vivienne vom Baby zum Kleinkind entwickelt hatte. Sie musste für die beiden – und für sich selbst – mehr tun, als nur zu überleben, aber sie wusste nicht, wie sie das anstellen sollte.

Ruth stand auf, wechselte Vis Windel und legte sie in ihr Kinderbett, damit sie ihr nicht die Treppe hinab folgen konnte. Mit Erleichterung stellte sie fest, dass Sofie nicht weit gegangen war. Nur wenige Minuten waren seit dem Vorfall vergangen, aber es erschien ihr wie eine Ewigkeit, und jede Sekunde war von starken Schuldgefühlen begleitet.

Sofie saß auf der Veranda, ihre Füße in den rosa und lila Hausschuhen (die gleichen Schuhe, die Vi hatte, weil es zwei Paar zum Preis von einem gegeben hatte) baumelten träge über der Kante. Zeus lag neben ihr, sein Schwanz lag still auf dem Boden und sein riesiger weißer Kopf ruhte auf den Knien des Kindes. Ruth schloss die Haustür und trat hinaus, um neben ihrer Tochter in die Hocke zu gehen. Als sie Sofies Tränen sah, verstärkten sich ihre Schuldgefühle.

Ruth legte einen Arm auf ihren Rücken. Zuerst blieb Sofie steif, und Ruth war klar, dass sie ungewollt die unnachgiebige Natur in ihrer Tochter verstärkt hatte. »Es tut mir so leid«, sagte Ruth und wischte mit dem Daumen die Tränen von Sofies Wangen. »Das war nicht richtig von mir. Ich hätte dich nie schlagen sollen.«

Sofie sagte nichts. Ruth sprach weiter: »Weißt du, Mamas wissen auch nicht immer, was sie als Mama tun sollen. Wir müssen manchmal auch noch lernen.«

Sofie schaute sie immer noch nicht an. »Das war nicht nett.« Sie wischte mit der Faust über ihre Nase.

»Ich weiß.« Ruth strich eine Locke aus Sofies Gesicht. »Ich weiß, dass es nicht nett war. Aber du warst auch nicht sehr nett. Wir sollten versuchen, nett zueinander zu sein, okay?«

Nett zu sein klang so einfach und so wenig, dass man es doch von einem Kind verlangen konnte? Und doch war es mehr, als Chandler und Ruth als Erwachsene geschafft hatten.

Sofie hob den Blick und in ihren abgrundtiefen Augen stand eine solche Traurigkeit, dass sich Ruth fragte, ob ihre Tochter irgendwie geahnt hatte, was Chandler zustoßen würde, während alle anderen völlig ahnungslos gewesen waren. Sofie beugte sich zu Ruth herüber und lehnte ihre tränennasse Schläfe an ihre Schulter. »Ich will nicht, dass du tot bist.«

»Ich weiß, dass du das nicht willst«, murmelte Ruth und drückte Sofie fest an sich.

Sofie biss mit den Zähnen an ihrer Nagelhaut, bis sie blutete. Ruth nahm sanft ihre Hand und hielt sie fest. Sie hatte vergessen, dass Sofie das früher immer gemacht hatte. Oder dass sie so fest auf ihre Zunge gebissen hatte, bis sie so wehgetan hatte, dass sie nicht mehr hatte essen können. Sie hatte klickende Töne von sich gegeben und nur mit Fremden gesprochen, wenn Chandler oder Ruth sie auf dem Arm gehalten hatte. Sofie zu erziehen war manchmal eine endlose Sisyphusarbeit gewesen: Kaum hatten sie ein Hindernis, eine nervöse Angewohnheit überwunden gehabt, stellten sie fest, dass stattdessen eine andere ihren Platz eingenommen hatte.

»Manchmal«, sagte Sofie, »wünsche ich mir, Papa wäre hier.«

Ruth küsste Sofie auf den Kopf und drückte sie noch fester an sich, während sie sich erinnerte, wie Janice Sofie das erste Mal in ihre Arme gelegt und sie damit zur Mutter gemacht hatte. Ruth wollte Sofie nie loslassen, sie wollte nie ihren Griff lockern. Es war, als hoffte sie, ihre Arme könnten ihre Tochter vor den ganzen Grauen der Welt beschützen, und als dachte sie kein einziges Mal daran, dass diese schützenden Arme ein Kind auch daran hindern konnten, die Welt überhaupt zu erfahren. »Das wünsche ich mir auch«, sagte Ruth und stellte überrascht fest, dass sie das ernst meinte, wenn auch vielleicht nur um ihrer Töchter willen.

14 Wochen, nachdem Chandler bei dem Bombeneinschlag fast gestorben wäre, erholte sich seine Lunge von dem Rauch. Die plötzliche Fähigkeit zu atmen erstaunte ihn, deshalb merkte er erst, wie schlimm es um ihn gestanden hatte, als die Schwester die künstliche Beatmung reduzierte und diese Fähigkeit zurückkehrte. Seine Stimmbänder fühlten sich wie Sandpapier an, jeder Schluck wie eine Glasscherbe, die über seine Kehle ritzte. Aber er war dankbar. Jeder kleine Schritt auf dem Weg zur vollständigen Genesung bedeutete, dass er seiner Umwelt bald mitteilen könnte, wer er war, und dass er zu seiner Familie zurückkehren könnte, wohin er gehörte.

Die Wochen, seit das Morphin abgesetzt worden war und er seine Umgebung – und seine Langeweile – wahrgenommen hatte, hatte Chandler damit verbracht, im Geiste einen Brief an seine Frau zu verfassen. Er hatte in Gedanken so viele Entwürfe verfasst und wieder verworfen, dass er jeden Buchstaben des gesamten Briefes in seinem Kopf gespeichert hatte.

Liebe Ruth,
ich muss immer wieder daran denken, dass ich am Anfang unserer Beziehung wartete, um dir zu sagen, wie sehr ich dich liebe, bis du nach Irland zurückgeflogen warst und wir durch verschiedene Kontinente voneinander getrennt waren. Und jetzt liege ich hier in einem Krankenbett und kann an nichts anderes denken als an dich, und uns trennen erneut Kontinente. Was hat mich für den Schatz, den ich beinahe verloren hätte, blind gemacht? Ich vermisse dich, Ruth. Du denkst vielleicht, ich würde die großen Momente vermissen – unseren ersten Kuss, unsere Verlobung –, aber ich vermisse die kleinen Momente: wenn die Mädchen sonntagmorgens mit ihren Schmusedecken und Stofftieren zu uns ins Bett kamen; wenn ich all ihre Meerjungfrauenpuppen in der Badewanne zur Seite schieben musste, damit ich duschen konnte; wie du Makkaroni mit Käse gemacht und dabei die halbe Küche verwüstest hast; wie wir als Familie gemeinsam aßen und über unseren »Lieblingsmoment« sprachen. Ich habe mich nie wirklich daran beteiligt, nicht wahr? Bei der Sache mit dem Lieblingsmoment. Die Mädchen erzählten, dass sie gerne gemalt oder mit Steinen gespielt haben, und ich murmelte einfach das Erstbeste, das mir in den Sinn kam, weil ich nicht viel in meinem Leben sah, für das ich dankbar sein konnte. Aber jetzt bin ich dankbar.
Wenn ich auf diese Jahre zurückblicke, frage ich mich, ob unsere Ehe leichter gewesen wäre, wenn wir nicht sofort, nachdem wir ein Ehepaar wurden, auch Eltern geworden wären. Aber Gott hat es wohl so geplant, da er wusste, dass von den vielen Mitarbeitern ausgerechnet du und ich die kleine Sofie in jener Nacht in den Bergen finden würden, und da er uns die Kraft schenkte, dieses Mädchen zu lieben, auch wenn sie sich benahm, als wäre es ihr fast unmöglich, auch uns zu lieben. Ich kann mir vorstel-

len – nein, ich weiß –, dass du so viel mehr geopfert hast als ich, um Sofie und Vi eine Mutter zu sein.
Tagein, tagaus bist du von zwei kleinen Menschen umgeben, die dich genauso sehr brauchen wie die Luft zum Atmen. Aber ich habe mein Leben einfach so weitergelebt wie vorher: ein endloser Kreislauf aus Arbeiten, Essen, Schlafen; Arbeiten, Essen, Schlafen. Irgendwie habe ich dich und die Mädchen an den Rand meines Tages gedrängt. Ich habe erst verstanden, welchen kostbaren Schatz ich hatte, als es vielleicht schon zu spät war.
Vergib mir, Ruth. Ich verspreche, wenn ich zurückkomme, werde ich dich und die Mädchen nie wieder loslassen.
Mit meiner ganzen Liebe,
Chandler

Kapitel 9

Elam Albrecht brauchte nicht viel. Selbst im Winter könnte er ohne fließendes Wasser in dieser Blockhütte leben und zufrieden sein. Doch er konnte sich noch nicht ganz damit anfreunden, Ruth und die Mädchen in seinem Bauernhaus allein zu lassen, während er hier draußen blieb. So sonderbar es auch war – er betrachtete die drei mehr als seine Familie als die Verwandtschaft, die er immer gekannt hatte. Sie zu verlassen bedeutete für ihn, ein wichtiges und entscheidendes Element seines Lebens aufzugeben, das Farbe in seine Tage brachte.

Er wusste nicht, ob er das übers Herz bringen könnte. Aber wenn er nicht auszog, bliebe nur Lauries anderer Vorschlag, und das traute er sich auch nicht zu. Nicht weil Elam etwas dagegen hätte, Ruth zu heiraten und ihren Töchtern ein Vater zu sein, sondern weil er fürchtete, dass sie ihn vielleicht nicht wollte. Dass ihr Herz immer noch Chandler gehörte und dass dies noch länger so bleiben würde, bis die Wunden ihrer Trauer verheilt waren.

War es da ein Wunder, dass er im Augenblick zu nichts in der Lage schien? Sein ganzes Leben hing von dieser Entscheidung ab.

Elam verließ die Blockhütte und blickte über das Feld zum Haus. Mabel oder Ruth hatte die Petroleumlampe angemacht, und das Licht fiel wie ausgerollte Teppiche durch die Fenster aufs Gras. Seufzend fuhr er mit den Fingern durch sein Haar und setzte seinen Weg zwischen dem Kanal und der Straße fort. Zeus lief ausgelassen neben ihm her. Elam blickte auf den Hund hinab. Er war zunächst kein Fan von Zeus gewesen. Er erinnerte sich noch daran, wie Ruth und die Kinder auf den Hof gekommen waren und er den Hund auf dem Rücksitz des Mietwagens bemerkt hatte. Die kleine Vi hatte ein Ärmchen um Zeus gelegt und Elam mit dem anderen zugewunken ohne Scheu vor Tieren oder Menschen. Inzwischen gehörte der Hund in Elams Augen zu Ruths Familie. Er konnte sich die drei nicht ohne Zeus vorstellen.

»Du hältst mich für verrückt, was?«, fragte Elam. »Weil ich diese Möglichkeit überhaupt in Betracht ziehe?«

Zeus blickte zu ihm hinauf und legte seinen massiven Kopf schief, als habe er Angst, ihm die Wahrheit zu sagen.

Mit einem tiefen Seufzen stieg Elam die Verandastufen hinauf. »Das habe ich mir gedacht.«

Als Elam und Zeus ins Haus traten, kreischte Vi begeistert und lief zur Tür. Elam war sich bewusst, dass sich das Kind freute, seinen Hund zu sehen, nicht ihn. Aber die Kleine bedachte Elam trotzdem mit einem Lächeln, auch wenn sie mit der linken Hand ihre Augen halb zuhielt. Mit ihrer rechten Hand hielt sie Zeus' hängendes Ohr fest, wodurch der leidenserprobte Hund seinen Kopf nicht bewegen konnte. Elam ging in die Hocke und hielt sich auch die Augen zu. Kichernd breitete Vi die Finger so aus, dass sie ihn durch die Lücken hindurch sehen konnte. Er beugte sich vor und stupste sanft mit dem Finger an ihren Bauch. Sie sprang zurück – dabei ließ sie zum Glück den Hund los – und kreischte erneut. Elam richtete sich auf und sah Ruth auf der Treppe sitzen, von wo aus sie zu ihnen hinüberblickte. »Wie war dein Tag?«, fragte sie.

Er schluckte. »Lang, aber … gut«, antwortete er. »Und deiner?«

Ruth stand auf, warf einen Blick hinter sich zur Küche und dann auf Vi hinab, die zu sehr damit beschäftigt war, Zeus' Fell mit ihrer Bürste zu bearbeiten, um die Erwachsenen zu beachten. Mit gesenkter Stimme vertraute ihm Ruth an: »Ehrlich gesagt war er furchtbar. Sofie hatte heute einen Ausraster.« Sie atmete tief aus. »Und ich vermutlich auch. Ich habe sie seit Chandlers Tod nicht mehr bestraft. Nicht weil das nicht nötig gewesen wäre … sondern weil ich sichergehen wollte, dass ich nicht emotional reagiere, wenn ich sie bestrafe. Aber heute … habe ich völlig die Beherrschung verloren. Ich habe sie geschlagen, Elam. Aus Wut.« Ruth ließ den Kopf hängen. »Das war einer der schlimmsten Momente meines Lebens.«

Elam trat näher auf Ruth zu. Das schwache Licht aus der Küche fiel auf Ruths und seinen Rücken, während sich der Mann, der selten sprach, darauf vorbereitete, Ruth zu trösten. Das war wichtiger, als auf seine Unsicherheit Rücksicht zu nehmen. »Das tut mir sehr leid«, sagte er. »Aber eines musst du wissen, Ruth: Du bist eine wunderbare Mutter. Diese Mädchen sind wirklich gesegnet, da sie dich in ihrem Leben haben! Auch wenn sie das jetzt noch nicht erkennen, werden sie es eines Tages wissen.«

In der geschützten Dunkelheit des Flurs beugte sich Ruth vor und lehnte ihren Kopf an seine Brust. Elams Herz hämmerte so heftig, dass sie es sicher hören konnte. Er legte die Arme um sie und hielt sie fest. So blieben sie stehen und er wusste genauso wie sie es bestimmt auch spürte: Das, was sie miteinander verband, war mehr als nur Freundschaft.

»Ruth«, sagte er und nahm ihre Hände, um sie zwischen seinen kalten Händen zu reiben, während er erstaunt feststellte, dass es genauso natürlich war, sie zu berühren, wie seine eigene Haut zu berühren. »Ruth, ich … ich …« Er brach ab, da er nicht wusste, wie er weitersprechen sollte, aber gleichzeitig wusste er nicht, wie es – bei diesen Wohnverhältnissen – zwischen ihnen weitergehen konnte, wenn er nicht wenigstens versuchte ihr zu erklären, was er fühlte.

Doch dann legte Ruth einen Finger auf seine Lippen. Sie nahm seine Hand und legte sie unten an ihren Hals. Seine Handfläche lag auf ihrem Brustbein und seine Fingerspitzen berührten ihre beiden Schlüsselbeine. Er konnte ihr Herz schlagen fühlen. Es schlug genauso wild wie seines.

5. November 2017

Lieber Chandler,
manchmal frage ich mich, wie es wohl gewesen wäre, wenn du und ich ein paar Jahre ein Ehepaar gewesen wären, bevor wir Eltern wurden. Wären wir miteinander essen gegangen? Oder wandern? Hätten wir uns lange genug vom Waisenhaus freigenommen, um eine Auslandsreise zu planen? Keine Reise, bei der wir uns in andere Menschen investieren würden, sondern eine Reise, die uns erlauben würde, ineinander zu investieren …?
Wärst du, statt früh aufzuwachen, um Sofie ihre Flasche zu geben, früh aufgewacht, um einfach mich anzusehen?
Wäre ich früh aufgewacht, um dir Kaffee und Sahne in deiner Lieblingstasse zu bringen? Hätten wir im Schlafanzug nebeneinander Zeitung gelesen und wären dann zum Brunch ins Restaurant gegangen?
Wir hatten nie Gelegenheit, etwas von diesen Dingen zu erleben, da Sofie uns am Anfang so dringend brauchte, genauso dringend wie sie uns jetzt braucht. Reaktive Bindungsstörung. Ich hatte keine Ahnung, was das ist, bis es uns Janice erklärte. Ich wusste nur, dass alles, was ich machte, nicht genügte und dass ich Sofie nicht die Mutter sein konnte, die sie brauchte.
Aber du kanntest sie; irgendwie kanntest du sie. Ich war völlig erschöpft, hatte eine Hand über dem Kinderbett neben unserem Bett hängen, damit ich sie immer noch berühren konnte, während sie schlief, und du kamst ins Zimmer, hobst sie hoch und hast sie an deine Brust gelegt.
Du hast ihr süßen Unsinn ins Ohr geflüstert und sie vor dem vergitterten Fenster – durch das der Mondschein in parzellierten Bruchstücken ins Zimmer fiel – sanft in deinen Armen gewiegt. In diesem Moment habe ich dich geliebt, und ich habe dich gehasst. Ich war wahrscheinlich einfach noch so jung, was meine Unreife ein wenig erklärt. Und doch war ich immer noch deine Braut, frisch mit dir vermählt. Aber davon fühlte ich ab-

solut nichts. Stattdessen hatte ich das Gefühl, du und Sofie lebt in einer geschützten Blase und ich stehe draußen und versuche verzweifelt, einen Weg zu euch hinein zu finden. In diesen hässlichen, übermüdeten Momenten fragte ich mich, ob du mich wirklich liebst oder ob du mich nur geheiratet hast, weil du Sofie liebst und wusstest, dass du dich nicht gleichzeitig um sie und um die anderen Waisenkinder kümmern kannst.

Bis heute, mehrere Jahre später, sehe ich dich mit unseren Mädchen – in deinen dunklen Augen glänzen Tränen hinter deiner Brille – und ich frage mich tief in meinem Inneren, ob du mich genauso liebst, wie du sie liebst. Ich weiß, dass hier meine eigene Unsicherheit ans Licht kommt, aber ich vergleiche mich unweigerlich mit Sofie, als sie unser Kind wurde: reaktive Bindungsstörung. Egal, wie sehr du mich festhältst, kann ich meinem Herzen nie erlauben, sich weit genug zu öffnen, um Liebe anzunehmen oder zu geben.

»Ich bin amerikanischer Arzt.«

Das war Chandlers erster hörbarer Satz, nachdem sich seine Kehle von der Schädigung durch den Rauch und von der wochenlangen künstlichen Beatmung erholt hatte. Der Krankenpfleger verstand ihn nicht. Das lag nicht daran, dass er kein Englisch gesprochen hätte, sondern daran, dass Chandler nach wie vor nur flüstern konnte. Als der Pfleger endlich verstand, was Chandler sagte, änderte sich auch nicht viel.

Chandler konnte sich nicht ausweisen, und viele Zivilisten in der Gegend von Kabul würden behaupten, sie wären der König von England, wenn sie dadurch lebend das Land verlassen könnten.

Chandler keuchte: »Ich muss mit jemandem von der amerikanischen Botschaft sprechen.«

Der Pfleger schüttelte den Kopf. »Das geht nicht.«

Chandler versuchte, sich aufzusetzen, aber selbst diese kleine, harmlose Bewegung löste glühende Schmerzen auf seiner Haut aus.

»Was soll das heißen, es geht nicht?«

»Es *gibt* keine amerikanische Botschaft.«

»Keine amerikanische Botschaft?«

Der Pfleger schüttelte erneut den Kopf. »Die Botschaft wurde vor einem Monat evakuiert.«

Chandler wusste nicht, ob er ihm glauben sollte oder ob der Mann diese Antwort allen Zivilisten gab, die meinten, sie hätten ein besonderes Anliegen. Als der Pfleger ihn allein ließ, versuchte Chandler wieder, sich aufzusetzen, er versuchte, die Schmerzen zu ignorieren, um sich darauf konzentrieren zu können, was er am meisten wollte: nach Hause kommen. Er schwang seine Beine übers Bett. Wochenlange Bettruhe mit wenig oder gar keiner Physiotherapie hatte seine Muskeln zur Unkenntlichkeit verkümmern lassen und er erkannte seine eigenen Beine nicht mehr, obwohl sie von den Verbrennungen am wenigsten betroffen gewesen waren. Was würde erst Ruth denken, wenn sie ihn sah? Der Schmerz, der ihn nach diesem Gedanken überrollte, war so stark, dass sich sein Verstand ausschaltete, um ihn ertragen zu können. Er fühlte nicht, wie sein Körper auf den Boden sackte, er hörte nicht, wie der Pfleger Verstärkung holte, er merkte nicht, wie das Morphin erneut in seine Adern gespritzt wurde.

Ruth konnte nicht schlafen. Sie lag im Bett, Sofie schlief neben ihr, Vi lag im Kinderbett, und Zeus hatte sich auf dem Fußboden ausgestreckt. Sein schwerer Atem übertönte alle anderen Geräusche. Sie dachte an Elam, der im Erdgeschoss in dem kleinen Zimmer hinter der Küche lag und wahrscheinlich auch nicht einschlafen konnte.

Seit Chandlers Tod war es von Anfang an Ruths größtes Ziel gewesen, für ihre Mädchen so viel Normalität wie möglich beizubehalten. Jetzt befürchtete sie, dieses Ziel verraten zu haben, als sie sich erlaubt hatte, wieder zuzulassen, von einem Mann berührt zu werden. Ruth war klar, dass sie genauso wie in vielen anderen Lebensbereichen nur eine einzige Chance bekam. Muttersein. Kindererziehung. Babys zu helfen, Mädchen zu werden, und Mädchen zu helfen, Frauen zu werden, die selbst dann überleben konnten, wenn sie mit dem Unvorstellbaren konfrontiert wurden. Während Ruth durch das Labyrinth ihrer Trauer stolperte, durfte sie nicht vergessen, dass sie auch ihren Töchtern helfen musste, einen Weg durch ihre Trauer zu finden.

Nachdem das Unvorstellbare eingetreten war und Ruth sich wieder so weit gefangen hatte, um ihren Mädchen erklären zu können, was passiert war, hatte sie die Regel ihrer Mutter »Kein Internet von 21 bis 7 Uhr« umgangen. Bis spät nachts hatte sie im Internet danach gesucht, wie man seinen Kindern den Tod erklärt. Auf einer guten Website für Eltern hatte sie die hilfreichen Tipps erst lesen können, nachdem sie sich mit einem Glas Wein gestärkt hatte:

Benutzen Sie einfache, klare Wörter, wenn Sie über den Tod sprechen.

Hören Sie zu und trösten Sie.

Drücken Sie Gefühle in Worten aus.

Sagen Sie Ihrem Kind, was es zu erwarten hat.

Sprechen Sie über Beerdigungen und Rituale.

Geben Sie Ihrem Kind eine Aufgabe.

Helfen Sie Ihrem Kind, sich an den Verstorbenen zu erinnern.

Seit Ruth den Anruf von einem Mitarbeiter von *Ärzte ohne Grenzen* bekommen hatte, war erst eine Woche vergangen, und doch hatte sie in fast allen Punkten auf dieser Liste versagt. Ihre Augen brannten im blauen Licht des Laptops. Ihre Kinder schliefen bereits oben in Ruths altem Bett, eng aneinandergekuschelt unter dem Baldachin mit den langen Fransen. Ruth wollte sie möglichst nahe bei sich haben, als müsste sie sich – selbst im Schlaf – vergewissern, dass ihre Kinder nicht auch tot waren.

Ruth klappte den Laptop zu und kippte den restlichen Wein hinunter. Sie wollte gerade schlafen gehen, als sie ihre Mutter in der Küche bemerkte, die den halben Inhalt ihrer Gewürzschublade in den Abfalleimer warf.

Ruth fragte: »Mama? Ist alles in Ordnung?«

Beide trauerten um den Tod ihrer Ehemänner, aber – genauso wie bei allem anderen – gingen sie dabei völlig unterschiedlich vor: Ruth suchte im Internet, Cathleen sortierte aus.

Cathleen sagte: »Einige dieser Gewürze sind bereits abgelaufen, als du noch zur Schule gingst.«

Ruth entging nicht, dass ihre Mutter ihre Frage nicht beantwortete. Sie trat in die Küche und lehnte sich mit dem Rücken an die Arbeitsplatte. Cathleen hatte gelocktes grau meliertes Haar, das sie in einem strengen Kurzhaarschnitt trug. Früher hatte sie Blazer und elegante Hosen bevorzugt, die ihre kantigen Gesichtszüge unterstrichen, aber jetzt zog sie lieber leichte Baumwollhosen und die handgestrickten Aran-Pullover ihres verstorbenen Mannes Kiffin an, die immer noch nach altem Pfeifenrauch rochen.

Cathleen und Kiffin waren in allen wichtigen Punkten völlig verschieden gewesen und auch in allen unwichtigen Punkten. In den meisten Bereichen hatten sie einander ergänzt und gegenseitig ihre Kanten abgeschliffen, bis ihr Leben ein Mosaik geworden war, wenn auch nicht unbedingt ein einheitliches Ganzes.

Aber als Ruth jetzt in der Küche stand und zuhörte, wie der Wasserhahn tropfte, erkannte sie, dass ihre Mutter nicht wusste, wie sie ohne ihren Mann weiterleben sollte. Deshalb tat sie, was sie gut konnte. Zu diesem Zeitpunkt war Kiffin erst drei Monate tot, aber jede Nische und jeder Winkel des Hauses waren bereits aussortiert: Seine Zeitschriften und Bücher, seine Schuhe und Cordhosen waren dem Secondhandshop im Ort gespendet worden. Sein Hund Zeus musste in der Garage schlafen statt am Fußende des Betts, wie er es in den letzten fünf Jahren gemacht hatte und wie es all seinen Hundevorgängern vor ihm vergönnt gewesen war. Es schien, als versuche Cathleen, alle Spuren des Lebens ihres Mannes zu beseitigen und damit auch alle Spuren ihres Schmerzes.

Aber der Schmerz ließ sich nicht so leicht vertreiben. Das sah Ruth deutlich, als sie ihre Mutter beobachtete, während diese die wenigen Gewürze, die bleiben durften, gerade, parallel zueinander aufreihte; kleine Soldaten, die auf eine Schublade beschränkt waren. Ruth war mit Einschränkungen nie gut klargekommen, und deshalb hatten ihre Mutter und sie sich die meiste Zeit ihres Lebens aneinander gerieben.

»Diese Frage höre ich ständig von allen Seiten«, sagte Cathleen. »Ob mit mir alles in Ordnung ist.«

»Entschuldige, Mama«, flüsterte Ruth. »Ich will nur ...«

»Ich weiß, was du willst.« Cathleen warf die nächste Gewürzdose weg. »Ich soll dieses Kapitel abschließen. Heilung finden. Die neue Situation annehmen. Aber das kann ich noch nicht, Ruth. Ich kann noch nicht den ganzen Schmerz ausgraben und ihn verarbeiten. Das funktioniert bei mir nicht.«

Ruth nickte. Danach sprachen sie nie wieder über dieses Thema.

Weit entfernt von dieser Küche in Greystones drehte sich Ruth jetzt in dem Bett um, das sie mit Sofie teilte. Draußen schien hell der Mond über Wisconsin und drang durch die Ritzen der Jalousien ins Zimmer, als wollte er einen Blick auf die Menschen werfen, die hier schliefen. Vorsichtig, um ihre Tochter nicht zu stören, stand Ruth auf und blickte hinaus. In der Ferne glänzte der See wie ein polierter Teller. Die Kanäle waren wie dünne Streifen, welche die schattige Senke des getrockneten Cranberryfeldes umrahmten. Dieser einfache Ort war zauberhaft, und zum ersten Mal, seit Elam ihre Hand gehalten hatte, malte sie sich aus, wie es wäre, diesen Hof zu ihrem Zuhause zu machen.

Wäre die Entscheidung, sich von Elam lieben zu lassen, weniger schwer, wenn sie keine Mutter wäre? Sie wusste es nicht. Sechs lange Jahre – in denen es auch viele schöne Momente gegeben hatte – hatte Ruth Opfer gebracht, um sich um andere zu kümmern. Deshalb war sie sich nicht sicher, ob sie sich auf eine Beziehung einlassen könnte, in der sie ihre Unabhängigkeit erneut opfern müsste – wenn nur Sofie und Vi nicht wären, die sie so dringend brauchten. Sie erinnerte sich an Elams Geschenk: ihr Kunststudio. Ein eigener Raum nur für sie, obwohl sie noch nicht einmal eine eigene Wohnung hatte. Dieses Einfühlungsvermögen berührte sie, wie sie das nur bei wenigen Geschenken erlebt hatte, und sie wusste, dass es mehr als ein Geschenk war. Es war ein Beweis, dass Elam mehr wollte als die Erfüllung seines Traums von einer Familie. Er wollte, dass Ruth auch *ihre* Träume verwirklichen konnte.

Da Ruth klar war, dass sie so schnell nicht einschlafen könnte, ging sie in ihren Leggings und ihrem Sweatshirt die Treppe hinab und nach draußen. Der gepflasterte Gehweg vor dem Haus war kalt unter ihren nackten Füßen. Ihr Atem stieg in einer dichten Dampfwolke in den kühlen Nachthimmel auf. Es war Herbst, und wenngleich die Temperaturen tagsüber noch angenehm waren, wurde es nachts schon recht kühl. Nachdem sie so lange in Kolumbien gelebt hatte, wo es im Grunde keine Jahreszeiten gab, freute sie sich auf die Veränderung und überlegte, ob dies ein Zeichen war, dass auch in ihrem Leben eine neue Jahreszeit anbrach. Dieser Gedanke löste ein aufgeregtes Kribbeln in ihr aus. Doch dann meldeten sich Schuldgefühle, da sie sich über den Anbruch einer neuen Jahreszeit freuen konnte, obwohl ihre Kinder nun keinen Vater mehr hatten.

Ruth bemerkte aus dem Augenwinkel ein Licht. Sie drehte sich um und sah Mabel auf sich zukommen. Sie hatte eine Lampe in der Hand und ein Wolltuch über ihren Schultern liegen. Ihr schwarzes Haar hing offen nach unten. Es war am Scheitel und an den Schläfen dünner, weil es seit Jahrzehnten zu einem Knoten nach hinten gekämmt wurde.

Mit leiser Stimme fragte Mabel: »Geht es dir gut?«

»Ja«, antwortete Ruth, und zum ersten Mal seit langer Zeit erkannte sie, dass es so war.

»Du hast heute Abend nicht viel gegessen.«

»Nein.« Ruth blickte auf den Boden. Ihre Füße wurden vor Kälte ein wenig taub.

»Seid du und Elam ...?« Die Frage hing wie die Atemwolken zwischen ihnen in der Luft.

Ruth hob den Kopf. Sie war sich nicht sicher, wie sie ihrer Schwiegermutter diese Nachricht nahebringen sollte; sie war sich nicht sicher, ob Mabel erfreut oder traurig reagieren würde oder ob sie wie Ruth eine Mischung aus beidem empfinden würde. »Es wurde nichts gesagt oder versprochen. Aber Elam und ich mögen uns sehr.«

Mabel atmete tief ein. »Oh, Ruth«, sagte sie. »Das ist wirklich eine sehr gute Nachricht.« Sie drückte Ruth an sich, und da standen sie nun, die beide Frauen, unter diesem wachsamen gelben Mond, mit Freude und Trauer im Herzen und Tränen in den Augen.

Am nächsten Morgen ging Ruth laufen. Alles in ihr sträubte sich dagegen zu laufen, aber sie wusste, dass die Endorphine ihr später zugutekämen, wenn sie sich um die Kinder kümmerte, obwohl sie in der Nacht so wenig geschlafen hatte. Zu Ruths Überraschung trat Laurie aus der Tür, als Ruth an ihrem Haus vorbeilief.

Ruth verlangsamte ihre Schritte.

»Morgen.« Laurie lächelte. »Stört es dich, wenn ich mitkomme?«

Ehrlich gesagt, *störte* Ruth das sehr. Sie musste den Kopf freibekommen, bevor sie mit Elam sprechen würde, aber das konnte sie seiner Schwester schlecht sagen. »Natürlich nicht«, sagte sie. »Sollen wir lieber gehen?«

Laurie winkte ab und erwiderte: »Nein. Laufen ist gut.« Sie zupfte am Bund ihres Kleides. »Ich nehme nach der Entbindung schneller wieder ab, wenn ich während der Schwangerschaft aktiv bleibe.« Sie warf Ruth einen Seitenblick zu. »Was ist dein Geheimnis? Du siehst aus, als hättest du seit Vi kein Gramm zugenommen.«

Ruth lächelte knapp. »Trauer ist eine gute Diät.«

»Oh«, sagte Laurie. »Natürlich.«

Ruth bedauerte ihre kurz angebundene Antwort. Es war nicht Lauries Schuld, dass Ruth nicht zu freundlichen Plaudereien aufgelegt war. Um ihre Worte abzumildern, erklärte Ruth: »Drei Monate vor Chandler starb mein Vater, und ich hatte vorher schon nicht viel Appetit.« Nach einem Moment schob sie nach: »Er hatte Krebs.«

Laurie steckte ihr Haar unter ihre Haube und begann zu joggen. »Meine Mama starb auch an Krebs.«

»Das tut mir leid«, erwiderte Ruth. »Elam hat mir erzählt, dass ihr damals noch sehr jung wart.«

Laurie schaute sie mit hochgezogenen Augenbrauen erstaunt an. »Das hat er dir *erzählt*?«

Sie nickte.

Laurie schwieg eine Weile, wenigstens war es für Lauries Verhältnisse eine Weile. Dann sagte sie: »Es freut mich, dass du und mein Bruder euch versteht.«

Ruths Körper und die Muskeln an ihrem linken Schlüsselbein spannten sich an. Sie hob die Hand, um die Stelle zu massieren, da sie wusste, dass sie später Schmerzen haben würde, wenn sie das nicht täte. Sie sagte nichts, und der Atem der beiden Frauen wurde mühsamer. Ruth lief so schnell wie seit Jahren nicht mehr, und zu ihrer Überraschung hielt Laurie mit. Ihre Schritte waren lang und locker und Ruth musste sich anstrengen, um das Tempo beizubehalten. Am liebsten wäre sie stehen geblieben, und sie spürte, dass Laurie das auch wollte. Aber beide Frauen trieben sich unermüdlich weiter an. »Elam gibt sich stark und schweigsam«, keuchte Laurie, »aber das ist in Wirklichkeit nur Tarnung. Er hat ein sehr großes Herz.«

Ruth richtete den Blick nach vorne und atmete schwer durch

die Nase. Sie spürte, dass dies eine Warnung war. Sie hatte gerade erst ihren Vater und ihren Mann verloren. Sie konnte kaum die Augen schließen, ohne sich Chandlers letzte schreckliche Sekunden auszumalen, nachdem die tödlichen Bomben eingeschlagen waren. Sie fragte sich oft, wie schnell er gestorben war und ob seine letzten Gedanken seinen Töchtern und ihr gegolten hatten. Plötzlich begriff Ruth, dass dies der Grund war, warum Laurie sich genötigt fühlte, Ruth zur Vorsicht zu mahnen. Laurie befürchtete, dass Ruth Elam nur mochte, weil er ihr in dieser schweren Zeit Trost gab. Ruth fragte sich, ob dies tatsächlich der Fall war. Aber wertete Trauer die Liebe ab, wenn das, was sie empfand, wirklich Liebe war? Ruth war sich nicht sicher. Sie war sich nicht sicher, ob ihre Zuneigung zu Elam Bestand hatte oder ob sie in seiner Nähe nur die Sicherheit suchte, die sie sonst nirgends fand. Aber war das nicht auch einer der Gründe gewesen, warum sie Chandler geheiratet hatte? Waren Sicherheit und Liebe nicht miteinander verflochten?

Keuchend hörte Ruth auf zu laufen. Laurie lief noch einige Schritte weiter, bevor sie stehen blieb, sich umdrehte und mit der Hand über ihren Bauch strich. Ruth sah sie auch an. Sie stemmte die Hände in die Seiten und zwang sich, nicht keuchend um Luft zu ringen. »Ich werde deinen Bruder nicht verletzen.«

Laurie lächelte traurig. »Du solltest keine Versprechen geben, die du nicht halten kannst. Wir sind alle nur Menschen«, sagte sie. »Wenn wir einen Menschen lieben, werden wir ihn auch verletzen.«

Ruth sah Elam am See, als sie vom Joggen zurückkehrte. Er blickte nicht in ihre Richtung, als sie an ihm vorbeilief, aber sie spürte, dass er sie bemerkt hatte. Er verhielt sich so, dass sie auf ihn zugehen konnte, wenn sie wollte, sich aber nicht dazu gezwungen fühlen musste, wenn sie nicht wollte. Sie war sich nicht sicher, was sie wollte. Lauries schwach verschleierte Warnung hatte sie beunruhigt und zwang sie, eine Entscheidung zu hinterfragen, die sie eher unbewusst getroffen hatte.

Ruth rieb ihre linke Schulter, während sie auf ihn zuging. Elam stand mit dem Rücken zu ihr, aber seine steife Körperhaltung verriet, dass er sie kommen hörte.

»Guten Morgen«, sagte sie.

Er drehte sich um und lächelte. »Ich habe dich und Laurie laufen gesehen. Konnte sie mithalten?«

»Mithalten?« Ruth schnaubte leise. »Sie lief so schnell, dass ich Seitenstechen bekommen habe.«

Elam lachte und seine Augen leuchteten im frühen Morgenlicht. Er war ein attraktiver Mann, dachte sie. Nicht in dem Sinne attraktiv, dass er jeder Frau sofort ins Auge stechen würde wie Chandler, sondern auf eine Weise, die einem Stück für Stück ans Herz wuchs. Ruth trat näher. Sie nahm Elams Hand. Sie trug immer noch ihren Ehering – ein Goldring mit einem Smaragd, weil diese Edelsteine in Kolumbien erschwinglich waren und weil Chandler gedacht hatte, das Grün würde sie an ihre irische Heimat erinnern.

Sie könnte den Ring jetzt abnehmen. Sie war bereit, sich auf eine neue Zeit einzulassen, bereit, in die Zukunft zu blicken.

Elam blickte auf ihre Finger hinab und strich mit dem Daumen über ihren Handrücken. »Ich habe gestern Nacht viel an dich gedacht«, murmelte er. »Ich konnte kaum schlafen.«

»Ich weiß«, sagte Ruth. »Ich auch nicht.«

Er hob den Blick und schaute ihr in die Augen. »Heißt das, du fühlst genauso wie ich?«

Ruths Lächeln wurde breiter. Ein Windstoß kühlte ihren Nacken. Alle ihre Sorgen, Unsicherheiten und Fragen verstummten in seiner Nähe und sie fühlte einfach nur Frieden. »Ja, Elam. Das tue ich.«

Elam beugte sich zu ihr und umarmte sie, obwohl sie so verschwitzt war. Ihre Umarmung spiegelte sich auf der glatten Wasserfläche des Sees, bevor sich der Blaureiher mit seinen mächtigen Flügeln in den Himmel schwang und kleine, sich kräuselnde Wellen hinterließ.

Kapitel 10

Zwei Monate später

Elam erwachte und betrachtete die vier Wände der kleinen Blockhütte, in der er wohnte, seit Ruth eingewilligt hatte, ihn zu heiraten. Laurie hatte angeboten, dass er bis zur Hochzeit bei ihr wohnen könne, aber Elam wollte anderen nicht zur Last fallen. Er würde lieber auf der kalten, harten Erde schlafen, als seine kleinen Neffen und Nichten aus ihren Betten zu vertreiben. Außerdem war die Aussicht, mit einer achtköpfigen Familie ein Badezimmer zu teilen, Ansporn genug, Wasser aus dem Kanal zu holen und es auf dem Holzofen aufzuheizen, wie es alle seine Vorfahren gemacht hatten.

Elam verschränkte die Arme hinter seinem Kopf und lächelte zu den nackten Deckenbalken seiner Blockhütte hinauf. Er konnte sich nicht erinnern, je so zufrieden gewesen zu sein. Er hatte sich lange nach einer Familie gesehnt, und jetzt war diese Familie hier. Auch wenn Sofie und Vivienne nicht seine eigenen Kinder waren, empfand er für die beiden eine genauso tiefe Liebe, wie wenn sie sein eigenes Fleisch und Blut wären.

Elam hörte ein Klopfen an der Tür der Blockhütte. Er stand von dem alten Feldbett neben dem Klavier auf und knöpfte sein Hemd zu. Ruth, seine *Verlobte* – dieses fremde Wort tanzte immer noch auf seiner schwerfälligen Zunge! –, stand auf der Veranda. Beim Laufen hatten sich in der feuchten Luft in ihren roten Haaren Löckchen gebildet. Er könnte den ganzen Tag an der Türschwelle stehen und sie einfach nur ansehen.

Nach allem, was er gehört hatte, nahmen das Geheimnisvolle und diese Faszination nach jahrelanger Vertrautheit ab. Aber vielleicht hatten die Ehepaare, die das sagten, geheiratet, als sie noch sehr jung gewesen waren und nicht alt genug, um zu wissen, dass es zu den wunderbarsten Geheimnissen überhaupt gehörte, einen Menschen zu finden, den man bedingungslos lieben konnte.

Ruth sagte: »Guten Morgen«, und stellte sich auf Zehenspitzen, um seine Wange zu küssen.

Er trat zurück und rieb mit der Hand über sein Kinn. »Entschuldige«, sagte er. »Ich bin noch nicht rasiert.«

Sie grinste. »Das stört mich nicht. Ich mag dich mit ein paar Stoppeln.«

»Willst du hereinkommen?«

»Ist das erlaubt?«

»Ich glaube, die Regeln für Verlobte sind bei Erwachsenen nicht so streng.«

Er zog die Tür weiter auf. Sie setzte sich auf die Klavierbank, als wäre dies der am wenigsten intime Platz im Raum. »Ich bin gekommen, um mit dir über etwas zu sprechen.«

»Was?« Elams Herz raste. »Hast du … es dir anders überlegt?«

»Nein.« Ruth umklammerte die Klavierbank. »Ich habe nur überlegt, dass du eigentlich keine Ahnung hast, worauf du dich einlässt, wenn du quasi über Nacht Vater von zwei kleinen Mädchen wirst.«

Er lächelte. »Ich habe genug Neffen und Nichten, um mir ein Bild davon zu machen.«

»Das stimmt.« Ruth klopfte auf ihre Oberschenkel und bewegte sich, als wollte sie aufstehen. Doch sie blieb sitzen und schaute Elam an. »Muss ich eine Gebetshaube tragen?«

Elam lachte. »Nur, wenn du willst.«

»Aber …« Sie zupfte an den Daumenlöchern ihres Vliespullovers. »Ich muss nicht in die mennonitische Kirche eintreten?«

»Ich liebe meine Gemeinde«, erklärte Elam. »Ich wohne gerne in der Nähe meiner Schwester, aber wenn du woanders hinziehen willst, wäre das für uns beide ein Neuanfang. Das wäre für mich kein Problem.«

Ihre Stimme wurde ein wenig lauter, als sie nachfragte: »Wirklich nicht?«

»Wirklich nicht. Mir kommt es nicht so sehr auf das mennonitische Leben an. Mir ist wichtig, dass wir unser Leben für Gott führen.«

Ruth starrte ihre Hände an. »Und wie machen wir das?«

»Indem wir Gott lieben und die Menschen lieben, die er in unser Leben stellt.«

»Bei dir klingt das so einfach.«

Elam blickte sie verwirrt an. »Ist es das nicht?«

Sie seufzte. »Ich weiß nicht.«

Elam trat von der Tür weg. »Hier«, sagte er. »Das ist der unbequemste Platz im ganzen Raum.« Er nahm einen Stapel Bücher von einem Schaukelstuhl mit handgeflochtenem Sitz. Ruth stand von der Klavierbank auf, setzte sich aber nicht auf den Schaukelstuhl, sondern blieb vor ihm stehen. Elam schaute zu ihr hinab und legte sanft die Hände auf ihre Schultern. »Weißt du, wie sehr Gott dich liebt?«

Ruth sah zu ihm hinauf und wandte dann den Blick ab. Tränen glänzten in ihren Augen. »Nein«, sagte sie. »Das weiß ich nicht.«

»Er will dich so, wie du bist, Ruth. An dir ist nichts, das für ihn nicht schön wäre.«

Ruths Schultern verkrampften sich. »Das sagst du nur, weil du meine hässliche Seite noch nicht gesehen hast.«

»Gott liebt dich auch in deinem Zorn und in deinem Schmerz. Auch dann findet er dich liebenswert.«

Tränen liefen ihr übers Gesicht, während sich ihre Schultern unter seinen Händen entspannten. Sie blickte zu ihm hinauf. »Warum sagst du so etwas?«

»Das sage ich nicht nur, Ruth. Ich *weiß* es. Denn genauso wie Gott sehe ich dich nur mit Augen der Liebe.«

Ruth hatte sich lange, bevor sie Witwe geworden war, daran gewöhnt, ohne Ehemann zu leben. Trotzdem strahlte es etwas seltsam Beunruhigendes aus, ihren Verlobten mit seiner Tasche an der Tür stehen zu sehen. Die Besorgnis, die sie bei Chandlers Reisen immer gequält hatte, war schlagartig wieder da. Der Fahrer, der Elam zum Flughafen in Madison bringen würde, wäre jede Minute da. Plötzlich wurde Ruth bewusst, was ihr Herz so belastete, während sie sich bemühte, die Kraft zu finden, sich von Elam zu verabschieden. Als sie sich das letzte Mal von Chandler verabschiedet hatte, hatte sie ihn das letzte Mal lebend gesehen. Sie wusste, dass es nicht weise war, die beiden Beziehungen zu vergleichen, und doch war sie nicht so naiv zu glauben, dass sie ohne die Narben ihrer ersten Ehe in eine neue Ehe gehen würde.

»Komm bald zurück«, sagte sie und stellte sich auf Zehenspitzen, um Elam einen Kuss zu geben.

Er blickte über ihre Schulter zur Küche, wo Mabel das Geschirr spülte und links und rechts neben ihr jeweils ein kleines Mädchen auf einem Stuhl stand. Dann beugte er sich nach unten und küsste Ruth leidenschaftlicher. Als sie sich voneinander lösten, hatten sie mit ihren 30 und 39 Jahren genauso gerötete Wangen wie Teenager. »Das werde ich«, sagte er und drückte ihre Hand. »Ich wünschte, ich müsste dich und die Mädchen nicht allein lassen.«

Ruth lachte. »Es ist nur eine dreitägige Cranberry-Messe und keine Auslandsreise.«

Der Wagen, der Elam abholte, rollte in den Hof. Als Ruth ihn erblickte, dachte sie zum ersten Mal darüber nach, was es bedeuten würde, mit einem Mann verheiratet zu sein, der kein Auto besaß. Aber, rief sie sich in Erinnerung, Elam würde sie nicht zwingen, seine Glaubensgrundsätze zu übernehmen; somit könnte sie Auto fahren, wenn sie irgendwohin mussten.

Elam winkte, als der Wagen anfuhr. Ruth blickte lange aus dem Fenster und betete, dass dieses Mal der Mann, den sie liebte, zurückkommen würde.

☙

Zeus begann kurz nach Einbruch der Nacht zu bellen, als sie sich gerade zum Essen an den Tisch gesetzt hatten. Wäre er draußen gewesen, hätte sich Ruth nichts dabei gedacht. Aber er war bei ihnen im Haus. Er lief vor den Fenstern auf und ab und Ruth befürchtete, er würde die Haustür beschädigen, weil er bei seinem Versuch, aus dem Haus zu kommen, mit seinen Pfoten immer wieder über das Holz kratzte. Schließlich öffnete sie die Tür und blickte ihm nach, während die Dunkelheit seinen schwerfälligen Körper verschlang. Ruth kehrte zum Tisch zurück. Die Mädchen schauten sie mit großen, besorgten Augen an, und ihr fiel auf, dass die beiden zum ersten Mal seit Monaten beunruhigt wirkten.

»Alles ist gut.« Sie lächelte. »Wahrscheinlich jagt er einem Hasen nach.«

Aber Zeus hörte auch dann nicht auf zu bellen, als das Geschirr gespült und aufgeräumt war und Ruth Sofie und Vi fürs Bett fertig machte. Sofies unbeschreiblich große Augen schauten Ruth besorgt an. »Du glaubst nicht, dass jemand Zeus etwas antut, oder?« Sofie war viel zu jung, um das Leben so ernst zu nehmen, aber für eine Sechsjährige hatte sie schon zu viel erlebt.

»Nein, nein, Schatz«, beruhigte Ruth ihre Tochter. »Ich sehe gleich nach ihm, wenn ich hinabgehe. Versprochen.«

Sofie kuschelte sich unter die Quiltdecke. Vi – im gleichen Schneemann-Schlafoverall wie ihre Schwester – stand in ihrem Kinderbett und ihre blonden Zöpfe sprossen wie Löwenzahnflaum neben ihren leicht abstehenden Ohren hervor. Sie lutschte energisch an ihrem Daumen, während sie zum Fenster blickte. Ruth erfüllte eine so tiefe Liebe und ein so starker Wunsch, ihre Kinder zu beschützen, dass ihre Brust schmerzte. So unerwartet und schnell ihre Beziehung zu Elam auch gekommen war, brachte er eine Stabilität in das Leben ihrer Kinder, die ihnen Ruth – trotz ihrer Bemühungen – nicht bieten konnte. Vermutlich war das der Grund, warum sie so beunruhigt waren, weil Zeus immer noch bellte. Der große Hund bedeutete für die Mädchen auch einen gewissen Schutz. Ruth deckte die Mädchen mit den ausgewaschenen rosa Decken zu, in die sie die beiden seit ihrer Geburt wickelte, strich ihnen die Haare aus der Stirn und sang »Edelweiß«, wie sie es seit Jahren sang. Dann verließ sie leise das Zimmer und lehnte die Tür an.

Sie musste das Versprechen, das sie Sofie gegeben hatte, halten.

Winterwolken waren aufgezogen und verdeckten den Mond, obwohl er vor zwei Abenden noch so hell geschienen hatte, dass Ruth ihre Handlinien hätte sehen können. Vor Kälte bibbernd, ging sie durch den alten Schnee zur Scheune, wo sie Zeus laut bellen hörte. Während Elams Abwesenheit versorgte Lauries Mann Tim den Hof. Auch nach drei Monaten hatte Ruth selbst tagsüber noch Schwierigkeiten, sich zwischen den vielen Außengebäuden zurechtzufinden, geschweige denn in der Dunkelheit. Ruth war nicht überrascht, als sie Zeus vor dem Hühnerstall fand.

Er hatte das Geflügel nie zuvor gestört, aber vielleicht merkte er auch, dass Elam nicht da war, und meinte, er könnte sich jetzt mehr erlauben.

»Zeus! Komm her!«

Der Hund ignorierte sie.

Das weiße Fell in seinem Nacken stand hoch und seine vier Beine bohrten sich angespannt in den steinigen Boden vor dem Hühnerstall. Zeus befleißigte sich nicht einmal, den Kopf in ihre Richtung zu drehen. Er bellte unablässig weiter: ein tiefes, aufgeregtes Bellen, das im ganzen Hof widerhallte. Zum ersten Mal jagte Ruth ihr eigenes Haustier Angst ein und sie verstand, dass große Pyrenäenberghunde Hütehunde waren und nicht nur gutmütige Kuscheltiere kleiner Mädchen.

Ruth trat näher und wünschte, sie hätte die Petroleumlampe vom Küchentisch mitgenommen. In ihrem früheren Leben hätte sie ihr Smartphone bei sich gehabt und die Taschenlampe einschalten können.

»Was ist los, Junge?« Ein innerer Instinkt warnte sie, ihn nicht zu berühren. Zeus drehte den Kopf und jaulte, dann kratzte er an die Stalltür, wie er zuvor an die Haustür gekratzt hatte.

Sie öffnete die Tür und der Geruch von Hühnermist und Federn schlug ihr entgegen. Die Vögel waren trotz des Aufstands, den Zeus draußen probte, ungewöhnlich still. Dann hörte sie ein ersticktes Quietschen. Es war weniger ein Quietschen als das Geräusch von etwas, das nach Luft rang und im Sterben lag. Ruth schob die Tür weiter auf und wünschte, die Wolken würden weiterziehen, damit sie im Mondschein etwas erkennen könnte.

Sie konnte die eingeschüchterten rot-weißen Umrisse der Hühner ausmachen, die verängstigt auf den Stangen saßen, die den Stall der Länge nach durchzogen. Dann hörte Ruth ein scharfes, zischendes Geräusch, das definitiv nicht von einem Huhn stammte. Sie wich zurück und knallte die Tür zu, während ihr das Herz bis zum Hals schlug. Zeus lechzte, sabberte, jaulte, bellte … er drehte völlig durch. Ruth wusste, dass etwas bei den Hühnern im Stall war, aber sie wusste nicht, was.

Sie kehrte in den Hof zurück, aber Zeus bewegte sich nicht vom Hühnerstall weg. Sie blickte zum Haus hinauf. Alles war dunkel. Mabel schlief bereits. Bevor Ruth das Haus verlassen hatte, war sie in einen Pullover geschlüpft, aber sie hatte keine Jacke angezogen. Deshalb begann sie zu laufen, um sich aufzuwärmen, aber auch weil sie nicht wollte, dass ihr Verlobter bei seiner Heimkehr einen Stall voll toter Hühner vorfinden würde. In Lauries Küche brannte Licht. Ermutigt ging Ruth zur Tür und klopfte. Das Licht kam näher und Laurie öffnete ihr die Tür. Sie trug ein bodenlanges Flanellnachthemd, das sich um ihren Bauch spannte, da sie bereits im achten Monat schwanger war. Unter einer grünen Schlammmaske lugten nur Augen und Lippen hervor.

Sie fragte: »Was ist los?«

Trotz der beunruhigenden Situation musste Ruth über Lauries Anblick schmunzeln, zwang sich dann aber zur Ernsthaftigkeit. »Ich glaube, im Stall ist ein Tier und frisst gerade die Hühner.«

»Wirklich?« Laurie warf einen Blick hinter sich zur Treppe.

»Tim ist gerade schlafen gegangen.« Sie winkte Ruth ins Haus und verschwand dann mit der Lampe in einem anderen Zimmer. Als sie zurückkam, lag ein Gewehr auf ihrem Arm. Sie reichte Ruth die Petroleumlampe. »Gehen wir«, sagte sie.

Ruth beschloss, Laurie nicht an die Schlammmaske zu erinnern.

Zeus bellte immer noch, als sie sich dem Hühnerstall näherten.

Ruth flüsterte: »Was, glaubst du, ist es?«

Laurie flüsterte zurück: »Wahrscheinlich ein Fuchs oder ein Waschbär.«

Ruth hielt die Lampe, während Laurie den Holzriegel am Hühnerstall zurückschob. Die Tür öffnete sich quietschend. Laurie steckte den Kopf hinein mit ihrem Schwangerschaftsbauch, ihrem Flanellnachthemd und ihrer Gesichtsmaske, die irgendwie nicht ganz zu dem Gewehr passte. Ruth musste ihre ganze Kraft aufwenden, um Zeus am Halsband festzuhalten, da jede Faser seines Körpers in den Hühnerstall stürmen wollte.

Laurie forderte Ruth auf: »Kannst du mit der Lampe in den Stall leuchten?«

Ruth fragte: »Warum flüstern wir eigentlich?«

Laurie flüsterte zurück: »Keine Ahnung.«

Ruth ließ Zeus schnell los, sprang in den Hühnerstall und schob den Riegel wieder vor die Tür, damit der Hund ihr nicht folgen konnte. Das Licht der Lampe fiel auf ein Opossum mit spitzer Rüsselschnauze. Schwarze Knopfaugen schauten die Frauen drohend an. Verärgert, weil es bei seinem Nachtmahl gestört wurde, zischte es und verspritzte die Federn, die aus seinem spitzen Maul ragten. Das Huhn, das es getötet hatte, lag vor seinen Füßen auf dem Boden.

Ruth hatte gedacht, sie hätte in ihrem Leben bisher schon eine Menge gesehen, aber der plötzliche Anblick des geschuppten rosa Schwanzes und grau-weißen stacheligen Fells ließ Ruth erschreckt aufschreien, doch wenigstens ließ sie die Lampe nicht fallen.

Der Schrei hallte von den Stallwänden wider. Das Opossum wich, irritiert durch das Licht und den Schrei, mit einem wilden Zischen zurück, doch Ruth schrie nur noch lauter.

»Ruhe!«, rief Laurie, als wäre sie in einer Schlacht, und schob einen strengen Befehl nach: »Halt bloß die Stellung!«

Ruth stellte ihren hysterischen Anfall genauso schnell wieder ab, wie er gekommen war, und konzentrierte sich ruhig darauf, die Lampe zu halten. Jetzt, da das Licht nicht mehr wie wild schaukelte, bewegte sich Laurie tiefer in den Stall hinein und jagte das Opossum in eine Ecke, damit es weit genug von den Hühnern weg war, um ihnen keinen Schaden zufügen zu können. Sie hob das Gewehr, zielte und drückte den Abzug. Dieses Mal hallte der Knall nicht nur von den Wänden wider, er hallte auch in der Brust und im Kopf der Frauen wieder, dass sie das Gefühl hatten, bei der Erschütterung würden ihr Knochenmark und ihre Zähne klappern.

»Ich habe es getroffen«, verkündete Laurie. Sie drehte sich um und grinste Ruth an.

Ruth konnte ihre künftige Schwägerin nur anstarren: Lauries erbsengrüne Gesichtsmaske, ihr breiter rosa Mund, ihre leuchtenden, weiß umrandeten Augen, alles von einer altmodischen Petroleumlampe eingefangen. Ja, Ruth hatte bis jetzt ein abenteuerliches Leben geführt, aber ein solches Abenteuer wie dieses hatte sie noch nie erlebt. Plötzlich – genauso plötzlich wie Ruth vorher geschrien hatte – begann sie zu lachen. Sie lachte so heftig, dass sie die Lampe mit einer Hand umklammern musste, um mit der anderen ihren Bauch zu halten. Laurie schien Ruths Reaktion im ersten Moment zu verwirren, doch dann begann auch sie zu lachen. Die zwei so unterschiedlichen Frauen lachten und lachten, während der Geruch von Schießpulver und Hühnermist die kühle Novemberluft erfüllte. Zum ersten Mal seit sehr langer Zeit wurde Ruth von einem anderen Gefühl als Trauer überwältigt, und sie war für dieses Ventil so dankbar, dass ihr Freudentränen und Tränen der Erleichterung übers Gesicht liefen.

Jeden Tag fielen mehr Bomben auf Kabul und zerstörten einen Häuserkomplex nach dem anderen, bis es klang, als würde sich ein riesiges Ungeheuer langsam dem Krankenhaus nähern. Chandlers Angst, dass er bei einem ähnlichen Bombenbeschuss wie dem, den er mit knapper Not überlebt hatte, sterben würde, wuchs täglich. Also ging er weg. Das Krankenhaus barst vor Patienten aus allen Nähten, und der Pfleger verzog keine Miene, als Chandler erklärte, dass er auf eigene Verantwortung gehe. Denn es gab keine Entlassungsprozedur. Es gab keine Computer, deren Patientendatei aktualisiert, oder Formulare, die ausgefüllt werden mussten. Er zog einfach die Kleidung und die Schuhe an, die einem anderen Patienten gehört hatten.

Chandler verdrängte die Frage, wie das Krankenhaus an die Kleidung gekommen war; er war nur dankbar, dass der Pfleger ihn nicht zwang, das Krankenhaus in dem schmutzigen Patientenkittel, den er die letzten Wochen getragen hatte, zu verlassen. Die Kleidung war sauber und die Schuhe waren nur eine halbe Größe zu klein, was ihn weniger störte, als dass er keine Socken hatte. Chandler zog die Sachen an und marschierte durch die Türen des kargen Betongebäudes. Obwohl sich sein olfaktorisches System, nachdem er vier Monate lang dem Gestank von Verwesung und Körperexkrementen ausgesetzt gewesen war, nach frischer Luft sehnte, stellte er schnell fest, dass dieser beißende Geruch nicht nur im Krankenhaus vorherrschte.

Chandler musste den Drang bekämpfen, sofort wieder kehrtzumachen, als er den zerstörten Gehweg verließ. Er war mit seinem Vater, seinem amerikanischen Pass, seiner Kreditkarte, seinem Smartphone und einem sorgfältig gepackten Koffer nach Kabul geflogen. Jetzt war er vernarbt und schwach und betrat mit nichts anderem als der Kleidung eines toten Mannes am Leib ein Kriegsgebiet. Sein Körperbau und sein dunkler Teint ermöglichten ihm, in der Masse unterzutauchen. Er war sich jedoch nicht sicher, ob das ein Segen oder ein Fluch war. Ein Segen, vermutete er, während er durch die Straße schritt, da jeder Ausländer eine willkommene Zielscheibe war, und doch war es seine Nationalität, die ihn retten konnte, falls er es irgendwie schaffte, in eine Stadt zu gelangen, die nicht so verwüstet war wie die, in der er sich gerade befand.

Deshalb marschierte Chandler los. Er wandte sich in Richtung Osten, in Richtung der aufgehenden Sonne, weil ihm das sicherer erschien, als sich zu zwingen, in die Dunkelheit hineinzugehen. *Die Sonne und der Mond,* dachte er, *sind* überall gleich. Egal, wo er auf der Welt war, egal, wie lang es dauern würde, zu seiner Familie zurückzukommen, war die Sonne, die auf seine Familie schien, dieselbe Sonne, die auf ihn schien. Er musste ihr nur folgen; er musste trotz der Schmerzen, die jeden seiner Schritte begleiteten, fokussiert bleiben.

Chandler Neufeld fragte sich, ob diese Trennung genau das war, was er verdiente.

Viel zu oft war er in die Klinik geflohen, wo er seinen Fähigkeiten vertraut hatte. Zu Hause hatte er oft das Gefühl gehabt, alles falsch zu machen. Er badete die Mädchen, vergaß aber, danach die Haarspülung aus ihren Haaren zu waschen, wodurch die Haare der Mädchen nach dem Waschen fettiger aussahen als vorher; er legte die Handtücher zusammen, aber so, dass sie nicht in die schmalen Regale passten. Er räumte das übrig gebliebene Essen weg, wenn Ruth gekocht hatte, aber er stellte die Plastikbehälter nur in den Kühlschrank, ohne die dazu passenden Deckel oder auch nur Alufolie daraufzulegen, und dadurch trocknete das Essen aus und nahm den Geruch der anderen Speisen an, sagte Ruth. Ja, Chandler war zu Hause inkompetent, und deshalb floh er. Es war leichter, etwas Positives zu bewirken, wenn die Menschen, denen man helfen wollte, nicht sahen, was man alles falsch machte. Deshalb hatte Chandler seinen Vater angerufen, als sich die Gelegenheit geboten hatte, aus Kolumbien nach Afghanistan zu gehen, und gefragt, ob er mitkommen konnte. Er wusste, dass

Ruth glaubte, Chandler senior hätte *ihn* angerufen, und er hatte keine Skrupel, diese Unwahrheit aufrechtzuerhalten, auch wenn dadurch sein Vater stärker unter Beschuss stand.

Seine und Ruths Beziehung war nicht besonders gut; das war schon ziemlich lange so, und er hatte gedacht, der Abstand könnte ihnen guttun – er würde ihnen erlauben, einen objektiven Blick auf ihre Ehe und Familie zu werfen und zu erkennen, wohin beides gehen sollte. Er würde Ruth, Sofie und Vivienne nie verlassen; wenigstens hatte er sich das gesagt, als sein Flugzeug in Bogotá abgehoben hatte. Aber manchmal gab es andere Wege, Menschen zu verlassen. Der Fluchtweg, den er gewählt hatte, war humanitäre Hilfe. Ja, das war seine Strafe, während er sich in den Schuhen eines toten Mannes durch die Ruinen einer sterbenden Stadt schleppte, deren Gebäude sich vor der aufgehenden Sonne erhoben und aussahen, als würden sie in Flammen aufgehen.

Im September hatte Elam Ruth seine Blockhütte als ihr persönliches Kunststudio angeboten. Zwei Monate lang war die Hütte sowohl Ruths als auch Elams Zufluchtsstätte gewesen. Aber sie hatte nie den Mut gehabt, die Hütte ohne sein Beisein zu benutzen. Bis heute. Ruth stieg die Verandastufen zur Hütte hinauf, fand den Schlüssel im Pflanztopf – dem Versteck, das Elam ihr verraten hatte – und sperrte die Tür auf. Die Türscharniere quietschten, während der Geruch von alten Büchern und Staub sie begrüßte. Die Buchrücken seiner bernsteinfarbenen Klassiker waren durch den häufigen Gebrauch und das Alter abgenutzt, Silberfischchen glitzerten wie Lesezeichen zwischen den Seiten, die sich in Ruths Händen entfalteten, als wären sie lebendig. Ruth liebte es, dieses Tor zur Innenwelt von Elams Herz und Verstand zu betreten, die von all den Dingen erfüllt war, die er wertschätzte.

Ein Notizbuch, in das unleserliche Gedichte gekritzelt waren, lag auf dem Klavier. Daneben eine Reihe niedergebrannter

Kerzen, die auf einem Wachsteller eine zusammengeschmolzene Einheit bildeten. Ein indigoblauer Tontopf mit einem Strauß getrockneter Wildblumen. Elams Blockhütte war eine Ode an die Schönheit und die Wunder der Natur, und sie liebte das Bild, wie er – der kräftige, muskulöse, geschickte Elam – draußen im Wald oder auf dem Cranberryfeld diese kleinen Schätze sammelte und sie in seine Tasche steckte, um sie zu bewahren.

Ruth konnte sich nicht erinnern, wann sie sich, bevor sie hierhergekommen war, das letzte Mal an der Natur erfreut hatte. An dem Morgen, an dem sie in die Staaten geflogen waren, hatte Ruth die Mädchen geweckt und sie aus dem einsamen Haus in Greystones zum Strand hinabgeführt, um Abschied zu nehmen. Aber obwohl sie von den warmen Händen ihrer Töchter wie von einem Anker gehalten worden war, hatten die Wellen sie nicht an die unzähligen Morgenstunden in der salzigen Meeresluft erinnert, in denen sie und ihr Vater den festen Sand am Ufer nach Muscheln abgesucht hatten; stattdessen hatten die Wellen Ruth an ihre Ohnmacht erinnert. Jeden Tag lebten und starben Menschen, und trotzdem schwollen die Wellen unbeirrt an und ebbten wieder ab – durch den Mond bewegt, aber vom Lauf der Sonne unbeeindruckt.

Ruth trat an den Schreibtisch und den Stuhl, der davorstand, die beide aus altem Scheunenholz gebaut und einem neuen Zweck zugeführt worden waren. Die Pastellkreiden, die vor ihr lagen, bröselten bei ihrer Berührung; das Skizzenpapier war vergilbt; die Pferdehaarpinsel ausgefranst. Ruth sah nicht nach, aber sie vermutete, dass die Ölfarben in einem ähnlichen Zustand waren. In der Ecke neben dem Fenster hatte Elam eine Staffelei aufgestellt und ein Laken darunter ausgebreitet, das er wahrscheinlich von seinem Feldbett gezogen hatte. Ruth stand vom Schreibtisch auf und zündete eine weitere Kerze an. Sie ging damit zur Staffelei. Da entdeckte sie einen Brief. An sie, von Elam, an den Teller gelehnt. Mit einem Lächeln faltete sie das Blatt auseinander und las:

Liebe Ruth,
falls du diesen Brief liest, freue ich mich, denn das bedeutet, dass du meinen Vorschlag angenommen hast und hierherkommst, während ich fort bin. Ich bete, dass diese Blockhütte dir ein Zufluchtsort ist – ein Ort, an dem du kreativ sein, träumen und einfach du selbst sein kannst. Diese Blockhütte ist seit Jahren mein Zufluchtsort. Deshalb will ich ihn mit dir teilen, meiner künftigen Braut. Ich kann es immer noch nicht ganz fassen, nicht weil es mir Angst einjagt (nun ja, okay, vielleicht ein bisschen), sondern weil es mir so schwerfällt, tatsächlich zu begreifen, dass in wenigen, kurzen Wochen ein lang gehegter Traum wahr werden wird.
Ich will dich jetzt schon nicht verlassen, und ich kann mir gar nicht vorstellen, wie viel schwerer es sein wird, unsere kleine Familie zu verlassen, wenn wir wirklich eins geworden sind. Danke, dass du in mein Leben gekommen bist. Seit ich dich und deine Töchter kenne, glaube ich, dass wirklich alle Dinge zum Besten dienen – selbst die schweren, schmerzlichen Dinge. Ich weiß, dass es dir immer noch schwerfällt zu erkennen, dass Gott dich liebt. Deshalb bete ich, dass du hier draußen nicht nur dich selbst findest, sondern auch Gottes Liebe entdeckst und ihr begegnest. Lass dir so viel Zeit, wie du brauchst, und fühle dich bitte wie zu Hause. Alles, was ich habe, gehört dir.
In Liebe,
Elam

Ruth fuhr die Worte mit dem Finger nach. Die Schrift war fast genauso unleserlich wie die Gedichte auf dem Klavier, und doch war der Brief selbst schön. Als ihr das letzte Mal ein solcher Brief geschrieben worden war, hatten Chandler und sie auf verschiedenen Kontinenten gelebt. Sie konnte kaum begreifen, dass sie eine zweite Chance mit einem Mann wie Elam bekam, aber sie wusste, dass sie Heilung für ihr Herz finden musste, um nicht die gleichen Fehler zu wiederholen. Ruth legte den Brief beiseite und nahm eine Pastellkreide in der Farbe des Himmels über Wisconsin. Sie drückte sie auf das vergilbte Papier und begann, die Farm zu zeichnen. Ein Ort, der ihr bis vor Kurzem völlig fremd gewesen war und der sich jetzt schon wie ein Zuhause anfühlte.

Als das Bild fertig war, setzte sie sich an den Schreibtisch, blickte aus dem Fenster und erinnerte sich an jeden Schritt des Weges, der sie hierhergeführt hatte. Es war, als würde sie in Wasser eintauchen, so spürbar war der Drang, die Luft anzuhalten. Doch dann atmete sie aus, drückte den Bleistift auf das Papier und schrieb: *Die Särge waren natürlich geschlossen. Keine Blumen schmückten sie.*

Kapitel 11

An dem Nachmittag, an dem Elam zurückkam, lief Vivienne in Socken aus dem Haus und umklammerte seine Beine. Sie streckte die Arme zu ihm hinauf und wollte von ihm hochgehoben werden. Elam konnte ihrer Aufforderung nicht widerstehen. Er schwang sie hoch und warf sie in die Luft. Ihr weiches Haar flog um ihren Kopf und sie lachte unbeschwert. Sofie war ebenfalls zur Tür gelaufen. Doch als sie sah, wer gekommen war, blieb sie stehen: Sie drückte eine klebrige Hand an den linken Türpfosten und kaute auf einer dunklen Haarsträhne. Sie sah aus, als ringe sie mit der Frage, ob es in Ordnung sei, sich an der Wiedersehensfreude zu beteiligen.

Chandler hatte den größten Teil von Viviennes jungem Leben entweder in der Klinik des Waisenhauses oder in Afghanistan verbracht. Deshalb hatte sie keine Skrupel, Elam ihr Herz zu öffnen. Bei ihrer Schwester war das anders. Sofie fehlten vielleicht die Worte – und die Eigenwahrnehmung –, um ihre Gefühle auszudrücken, aber ihr ganzes Verhalten verriet, dass sie es als Treuebruch gegenüber ihrem Vater verstehen würde, Elam zu umarmen. Aus diesem Grund hatte Ruth bis jetzt nicht den Mut aufgebracht, mit Sofie über ihre und Elams bevorstehende Heirat zu sprechen. Elam hatte angeboten, bei dem Gespräch dabei zu sein und sie zu unterstützen, aber Ruth graute vor Sofies Reaktion, da Sechsjährige normalerweise nicht dieselben Filter hatten wie Erwachsene.

Sofie fragte: »Warum ist er zurückgekommen?«

Diese Frage erstaunte Ruth. Vielleicht wusste ihre ältere Tochter nicht, dass sie beobachtet wurde. Ruth stand von der Treppe auf, ging zur Tür und streichelte Sofies Haar, während sie gleichzeitig die nasse Haarsträhne aus ihrem Mund zog. Ruth sagte: »Weil hier sein Zuhause ist.«

Sofie drehte sich um und blickte zu ihrer Mutter hinauf. »Ist hier jetzt auch unser Zuhause?«

Ruths Beine zitterten, als sie vor ihr in die Hocke ging. Es war schwer, sich in dieser unerforschten Welt zurechtzufinden. »Ja«, sagte sie. »Das wird unser Zuhause. Mit Elam, Oma Mabel und Vi.«

Sofies Pupillen wurden von ihrer schwarzen Netzhaut verschlungen. »Wirst *du* auch hier sein?«

Ruth atmete erleichtert aus. Vielleicht wäre es doch nicht so schwer, wie sie befürchtet hatte, ihr die Situation zu erklären. »Natürlich, mein Liebling.«, sagte sie. »Mami wird immer da sein.«

Aber im nächsten Moment entzog sich Sofie ihren Armen und starrte wieder aus dem Fenster in den Hof, wo Elam Vi am Kinn kitzelte. Das unbeschwerte Kind warf kichernd den Kopf zurück. »Das kannst du nicht sagen«, erklärte Sofie, aber in ihrer jungen Stimme schwang nicht die geringste Wut mit. Mit der außergewöhnlichen Klarheit einer Sechsjährigen konstatierte sie nur die Tatsachen: »Papa hat auch gesagt, dass er immer da sein wird.«

Chandler hatte Angst zu schlafen, aber er war so erschöpft, dass er sich nicht länger wach halten konnte. Er überquerte die Straße und trat durch den klaffenden Eingang in ein weiteres ausgebombtes Gebäude. Er hoffte, es sehe zu zerstört aus, um für irgendjemand anderen bewohnbar zu wirken. Das Erdgeschoss war mit einer dicken Schicht Mörtelstaub übersät, dessen Partikel immer noch in der Luft schwebten, obwohl die Bombardierung Wochen zurückliegen musste. Ein starker Fäulnisgeruch beherrschte alles, deshalb stieg Chandler die Betontreppe ins erste Stockwerk hinauf, da er hoffte, diesem Geruch entfliehen zu können. Er hatte seit drei Tagen nichts mehr gegessen und war sich nicht sicher, ob er wegen seines ständigen Hungers so schwach war oder weil sein Körper immer noch kämpfte, um sich von seinen schweren Verbrennungen zu erholen. Es war irgendwie surreal, dass der Bombeneinschlag ganze Häuserblöcke dem Erdboden gleichgemacht hatte und trotzdem einen Tisch verschont hatte, zum Essen gedeckt und mit einer Glasvase mit künstlichen Blumen geschmückt, deren Blütenblätter von einer feinen Staubschicht überzogen waren. Chandler betete, dass sich alle Menschen aus dem Haus hatten retten können, aber nach den vielen Notoperationen der letzten Monate wusste er: Selbst wenn eine Blumenvase unversehrt bleiben konnte, galt das oft nicht für den menschlichen Körper, der vieles einstecken konnte, aber von Menschen verursachte Zerstörungen oft nicht überlebte.

Ehrfürchtig ging er um den Tisch herum und zeichnete mit den Fingerspitzen Linien in die Staubschicht. Es gab vier Stühle. Einer hatte eine Sitzerhöhung ähnlich wie der Kinderstuhl, den Vi zu Hause benutzte. Das einzige Besteck vor diesem Stuhl war ein Löffel mit Gummigriff. In diesem Moment vermisste er seine Familie so sehr, dass der Schmerz in seinem Herzen den Schmerz in seinem Körper weit übertraf. Was würde der Vater dieser Familie sagen, wenn er hier wäre? Würde er Chandler schelten, weil er seine Familie verlassen hatte? Würde er ihm sagen, wie wichtig es war, bis zum Schluss bei den Menschen zu sein, die man liebte, und sie nicht im Stich zu lassen, wenn sie einen am meisten brauchten? Würde er Chandlers Egoismus, der sich als Altruismus tarnte, tadeln? War es nicht leichter, am anderen Ende der Welt ein rettender Held zu sein, als sich an den unbesungenen täglichen Bemühungen zu beteiligen, die für die Kindererziehung und Ehe nötig waren?

Chandler spürte eine Übelkeit, die nichts mit seiner körperlichen Verfassung zu tun hatte. Er ging durch die Küche und sah Töpfe auf dem Herd stehen, die mit Deckeln zugedeckt waren. Aber von der Außenmauer war nichts übrig geblieben, deshalb konnte kalte, frische Luft durch den Raum wehen. Chandler sank vor dem Herd nieder, und das Geschirrtuch, das über dem Griff hing, streifte seinen Kopf. Er dachte an seine Frau und an seine kleinen Mädchen und an die Entscheidungen, die er getroffen hatte und die letztlich dazu geführt hatten, dass er sie verließ. Nicht zum ersten Mal wurde er von einer so tiefen Traurigkeit und Reue erfasst, dass er zu weinen anfing, weil er sich nach den Gesichtern seiner Lieben sehnte, während er hier auf dem Boden eines Stilllebens in einem Grab saß.

Als die Kinder im Bett lagen, brachen Elam und Ruth zu einem Spaziergang auf. Während sie nebeneinanderher gingen, fragte sich Ruth, wie anders ihre Beziehung zu Elam wäre, wenn er der Mann gewesen wäre, den sie vor sechs Jahren geheiratet hatte. Vermutlich wäre es nicht viel anders als jetzt: Sie hielten sich in einem angenehmen Schweigen an den Händen und ließen ihren Blick über die Wiese schweifen. Chandler war in vielerlei Hinsicht ein guter Ehemann gewesen; das erkannte sie jetzt, da er nicht mehr da war. Er war kein Mann gewesen, der Blumen mitbrachte, ihr ein Schaumbad einließ oder ihre Füße massierte – bei solchen Gesten wäre sie wahrscheinlich vor Überraschung in Ohnmacht gefallen.

Aber da war dieser Tag gewesen, an dem Chandler nach einer 24-Stunden-Schicht im Krankenhaus nach Hause gekommen war. Ruth hatte mit Sofie und Vi auf dem Sofa gesessen.

Die Wangen der Mädchen hatten geglüht und ihre Augen waren vor Fieber ganz glasig gewesen. Vielleicht lag es an seinen Arztgenen oder vielleicht lag es an seinen Vatergenen, jedenfalls schaltete Chandler minutenschnell von absoluter Erschöpfung auf liebevolle Krankenpflege um. Er maß ihre Temperatur, wechselte ihre Windeln, machte Sofie in der Küche ein Getränk mit Elektrolyten und wärmte für Vi abgepumpte Muttermilch aus dem Kühlschrank auf. Ruth wusste, dass sie vermutlich nach dem Erbrochenen ihrer Kinder roch. Ihr Haar war zerzaust und sie hatte keine Zeit gehabt, sich die Zähne zu putzen oder ihren

Pyjama auszuziehen, den sie getragen hatte, als sich Sofie das erste Mal übergeben hatte. Aber Chandler schien das alles nicht zu sehen. Stattdessen kam er mit einer Tasse Tee und einer Scheibe Brot aus der Küche.

»Hast du etwas gegessen?«, fragte er, während er den Teller und die Tasse auf den Wohnzimmertisch stellte. Ruth schüttelte den Kopf. Sie hatte nicht einmal gemerkt, dass sie nichts gegessen hatte, da ihr bei dem beißenden Geruch von Erbrochenem der Appetit vergangen war. Er setzte sich neben sie aufs Sofa. Dann nahm er Vivienne und gab ihr die Flasche, während Sofie auf Ruths Schoß kletterte. Ruth streichelte das verschwitzte Haar ihrer Tochter und aß einen Bissen Brot.

Chandler nahm Ruths Hand, doch dann ließ er sie los, um Vis Kinn mit einem Zipfel ihrer Decke abzuwischen. »Wir schaffen das«, sagte er.

Ruth schaute ihn an und lächelte müde. »Ja, wir schaffen das.«

Und sie schafften es.

Vis Grippe war weitaus weniger schlimm als Sofies, wahrscheinlich aufgrund der Antikörper aus Ruths Muttermilch. Aber Sofies Fieber wurde sehr hoch und reagierte kaum auf die immer höheren Dosen an Ibuprofen und Tylenol. Als das Thermometer bei 39,8 Grad zu piepen aufhörte, zogen sie das Kind aus, legten es auf ein Handtuch und wischten es mit einem feuchten Waschlappen ab. Dann warteten sie darauf, dass Sofies Temperatur sinken würde. Um zwei Uhr morgens lagen Chandler und Ruth, da sie zu besorgt waren, um Sofie allein schlafen zu lassen, in dem schmalen Doppelbett links und rechts neben ihrer Tochter. Das Nachtlicht auf dem Fenstersims flackerte rosa, lila, blau und grün. Ruth blickte über Sofies glühenden Körper zu Chandler hinüber und fühlte eine solche Liebe zu ihrem Mann, dass sie sich nicht vorstellen konnte, je andere Gefühle gehabt zu haben.

Elam drückte Ruths Hand und holte sie mit dieser Geste aus der stickigen Wohnung in Kolumbien auf die erfolgreiche Cranberryfarm in Wisconsin zurück. Alles, was Elam tat, war sanft.

Das war ein faszinierender Widerspruch, da seine Hände im Gegensatz zu Chandlers Händen von dicken Schwielen überzogen waren.

Elam fragte: »Woran hast du gerade gedacht?«

Ruth wollte es ihm nicht sagen. Endlose Vergleiche waren kein guter Anfang für eine Ehe. Aber zu diesem Zeitpunkt wusste sie noch nicht, wie sie solche Gedanken unterbinden konnte. »Ich bin froh, dass du zurück bist.«

Er lächelte sie an, doch dann blieb er stehen. »Ich habe etwas für dich gekauft«, sagte er. »Als ich fort war.« Elam senkte den Blick auf seine Stiefelspitzen und sie schaute auch nach unten, als läge sein Geschenk dort vor ihnen. »Ich war mir nicht sicher, wann ich es … dir geben soll.« Er rieb sich den Nacken. »Ich war mir auch nicht sicher, ob du es überhaupt … willst.« Er schluckte schwer und zog einen kleinen Lederbeutel aus seiner Jackentasche.

Ruth nahm das Geschenk entgegen und hob den Blick. »Du verrückter Mann! Was hast du gemacht?«

Elam zuckte mit den Achseln und steckte wie ein schüchterner Schuljunge die Fäuste in seine Taschen. Sie löste die dünne Kordel und fischte den kleinen Gegenstand heraus, der sich darin befand. Ihr Herz hämmerte wie wild. Sie hob den Blick nicht von dem Beutel. Ruth war in ihrem Leben zweimal verlobt gewesen, und keine ihrer Verlobungen war typisch gewesen. Deshalb fand sie es nicht ungewöhnlich, dass sie keinen Verlobungsring hatte. Schließlich war Elam Mennonit. Er trug keine Armbanduhr, und niemand in der Gemeinde trug Schmuck, es sei denn, sie versteckten ihn irgendwo, wo ihn Ruth nicht sehen konnte. Ruth zog den Ring heraus, strich mit dem Finger darüber und spürte die Umrisse, als wären sie in Braille geschrieben. Es war ein *Claddagh-Ring* – Hände, die ein gekröntes Herz halten –, ein Schmuckstück, das aus Irland stammte. Ein Herz. Bevor Ruth nach Wisconsin gekommen war, hatte sie sich gefragt, ob sie überhaupt eines hatte.

»Ich habe den Ring gesehen«, sagte Elam. »In Boston. Das Symbol hat mich an dich erinnert.«

Ruth blickte mit Tränen in den Augen zu ihm hinauf. »Es ist wunderschön.«

»Es freut mich, dass es dir gefällt.« Trotz der Dunkelheit konnte Ruth sehen, wie er die Augenwinkel zusammenzog, und Ruth genoss es, dass Elam glücklich war und dass sie für dieses Glück verantwortlich war.

Sie steckte den Ring an ihren linken Ringfinger. Seit sie Chandlers Ehering abgenommen hatte, war so wenig Zeit vergangen, dass ihre Haut an dieser Stelle immer noch eine ringförmige weiße Stelle aufwies. Sie war nicht sicher, was es bedeutete, aber sie konnte es in ihrem Geist fühlen, als Elams *Claddagh-Ring* diese helle Stelle überdeckte und das Herz nach außen zeigte, um jedem, den sie traf, mitzuteilen, dass sie ihm gehörte.

Sofie war die Erste, der auffiel, dass Zeus fort war, aber Ruth dachte sich anfangs nichts dabei. Der große Pyrenäenberghund genoss seine Freiheit immer mehr und erkundete oft weit abgelegene Bereiche der Farm, als wäre er erst zufrieden, wenn er jeden Strauch auf dem 80 Hektar großen Land markiert hatte. Zu Mittag stand Ruth auf der Veranda, klatschte in die Hände und rief den Hund. Sie rechnete damit, dass er mit unzähligen Kletten im Fell an ihr vorbeischwänzeln würde und sie ihn mit der Striegelbürste, die Elam für seine Pferde benutzte, bearbeiten müsste. Aber Zeus tauchte nicht auf. Ruth packte ihre Töchter warm ein und führte sie aus dem Haus, dann nahm sie beide Mädchen an den Händen. Der Himmel war bleigrau und erdrückend, als stöhne er unter der Last des Wintereinbruchs.

Ruth fand Elam in der Scheune, wo er ein Kassenbuch durchging. Ein solches Buch hatte sie das letzte Mal gesehen, als sie als Kind das Professorenbüro ihres Vaters besucht hatte. Elam tat alles auf die langsame Weise und erledigte es von Hand.

Sie fragte: »Hast du Zeus irgendwo gesehen?«

Sofie schaute Elam unter ihrer roten mit Kunstfell gesäumten Mütze hervor an. Aus ihren Augen sprach ein leichtes Misstrauen, während Vi Ruths Hand losließ und auf Elams Knie krabbelte. Er klappte sein Buch zu und ließ das Mädchen mit dem Reißverschluss an seiner Jacke spielen.

»Nein«, sagte er und schaute Ruth an. »Wann habt ihr ihn zuletzt gesehen?«

»Heute Morgen«, antwortete Ruth. Sie zuckte mit den Achseln. »Er wird bestimmt wieder auftauchen.«

»Vielleicht hat er eine Freundin gefunden.« Elams Gesicht glühte, sobald er das sagte. Ruth war sechs Jahre verheiratet gewesen und hatte eine Entbindung im Krankenhaus und alles, was damit zusammenhing, hinter sich. Es gab nicht mehr viel, das ihr die Röte ins Gesicht trieb, deshalb amüsierte sie sich über Elams Unbehagen.

Sie sagte: »Er ist kastriert.«

Doch als Zeus nach Einbruch der Dunkelheit immer noch nicht zurück war, machte sich Ruth ernsthafte Sorgen. Wenn es dunkel wurde, kam Zeus immer nach Hause, wenigstens für ein paar Stunden. Ruth war sich nicht sicher, ob ihn sein Hunger davon abhielt, weiter die Gegend zu erkunden, oder ob ihn sein Verantwortungsgefühl nach Hause führte. Die Mädchen konnten ohne ihn kaum einschlafen.

Mabel bot an, bei den Kindern zu bleiben, während Elam und Ruth mit einer Laterne auf die Felder hinausgingen, um ihn zu suchen. Sie riefen seinen Namen und gingen ein Stück weiter, dann riefen sie wieder seinen Namen und gingen wieder ein Stück weiter. Sie marschierten vorbei an den Ställen, am See, an den Cranberryfeldern und an den Kanälen. Schließlich gaben sie die Suche auf und kehrten ins Haus zurück. Als sie nach oben kamen, brachte Mabel Sofie und Vivienne gerade zu Bett. Elam stand im Türrahmen, während Ruth zu den Mädchen ins Zimmer trat. Sie setzte sich aufs Bett und streichelte ihren Mädchen das Haar. Sie waren in ihrer Persönlichkeit und auch in ihrem Aussehen so verschieden wie Tag und Nacht, und Ruths Mund wurde trocken, als sie an die unmögliche Aufgabe dachte, die beiden zu erziehen.

Sofie fragte: »Habt ihr Zeus gefunden?«

Mit einem beruhigenden Lächeln berührte Ruth die Wange ihrer Tochter. »Nein, Schatz, aber er kommt bestimmt bald zurück.«

Sofies Lippen zitterten, aber sie bemühte sich, nicht zu weinen. Elam musste das vom Türrahmen aus im Laternenlicht gesehen haben, denn er räusperte sich und sagte: »Ich gehe noch einmal hinaus und suche weiter.«

Ruth drehte sich zu ihm um. »Das musst du wirklich nicht.«

Er lächelte. »Ich will aber. Außerdem ist es ein schöner Abend für einen Spaziergang.«

Als er fort war, fragte Sofie: »Ist Elam ein netter Mann?«

»Ja«, antwortete Ruth und zog ihre Tochter an sich heran. Sie schaute aus dem Fenster in die Dunkelheit hinaus und sah, wie sich Elams Laterne über das Feld bewegte. Elam war draußen und suchte einen Hund, weil er wusste, dass Ruths ältestes Kind ohne den Hund nicht einschlafen konnte, aber auch weil dies der einzige Weg war, um das Herz dieses Kindes zu gewinnen. »Er ist ein sehr netter Mann.«

Ruth wachte auf, als jemand an ihre Schulter tippte. Sie blickte zu Elam hinauf, der neben ihrem Bett stand. Sie hatte keine Ahnung, wie spät es war, aber ihr fiel sofort alles wieder ein. Ihr Magen zog sich vor Angst zusammen. Sie sah nach, ob die Mädchen schliefen, und deckte die beiden mit ihren Quiltdecken wieder gut zu.

Dann verließen sie gemeinsam das Zimmer. Als sie draußen waren, sagte Elam: »Zeus wurde angefahren.«

Seine Miene verriet Ruth, was er damit sagen wollte. »Ist er tot?«

Elam warf einen Blick zur Tür, als wollte er sichergehen, dass die Mädchen seine Worte nicht hörten.

»Nein.« Er verzog das Gesicht. »Noch nicht.«

Ruth nickte und Tränen schossen in ihre Augen. Ihre Töchter! Sie waren alles, woran sie denken konnte. Nicht Zeus' Zustand, nicht wie schlimm es um das Tier stehen musste. Sie konnte an nichts anderes als an die Mädchen denken. Besonders an Sofie, die nicht stark genug wirkte, um einen weiteren Faden in dem sich auflösenden Wandteppich ihres Lebens zu verlieren. Ruth stieg die Treppe hinab, Elam folgte ihr und legte die Hand auf ihren Rücken. Sie gingen aus dem Haus. Elams Pferd und Wagen waren an den Verandapfosten im Hof gebunden.

Elam führte Ruth zur Rückseite des Wagens. Er hatte eine Decke auf der Ladefläche ausgebreitet und Zeus daraufgelegt. Ruth konnte in der Dunkelheit nicht viel sehen, aber sie hörte den mühsamen Atem des Tieres.

»Oh, Junge«, seufzte sie, stieg in das Wagenbett und hob den schweren, löwenähnlichen Kopf des Hundes auf ihren Schoß. Seine Schnauze blutete. Ruth wischte mit der Hand über ihr tränennasses Gesicht. »Wie hast du ihn gefunden?«

Elam kletterte auf der anderen Seite auf den Wagen. »Ich bin mit dem Pferd zur Straße geritten, um mich dort umzusehen.« Er streichelte dem Hund die Seite. »Als ich ihn fand, habe ich den Wagen geholt.«

Ruth konnte ihr Weinen nicht mehr unterdrücken. »Er muss erschossen werden, nicht wahr?«

Elam antwortete: »Die Entscheidung liegt bei dir, aber er hat sehr starke Schmerzen.«

»Können wir den Tierarzt holen?«

»Ich habe schon versucht, ihn anzurufen. Aber er geht nicht ans Telefon.«

»Können wir Zeus zu ihm bringen?«

»Der Tierarzt ist eine Fahrstunde entfernt, und er könnte schon bei einem anderen Einsatz sein.«

Ruths Weinen wurde noch heftiger. Elam bewegte sich um Zeus herum und strich mit der Hand über Ruths Haar. »Ich könnte es machen«, sagte er. »Es würde ganz schnell gehen.«

Ruth schaute ihn fragend an, doch dann begriff sie. »Du würdest einen Hund erschießen?«

»Ich weiß, es ist furchtbar. Aber ich will nicht, dass er noch länger leidet und warten muss, bis wir den Tierarzt erreichen. Willst du das?«

Ruth schüttelte den Kopf, dann beugte sie sich vor und schluchzte an Elams Brust.

Elam streichelte weiter ihr Haar, genauso wie sie vor einigen Stunden das Haar ihrer Kinder gestreichelt hatte. »Alles wird gut«, flüsterte er tröstend. »Alles wird gut.« Sie ahnte, dass er nicht nur von der herzzerreißenden Situation mit Zeus sprach, sondern auch von dem ganzen Schmerz, der vorausgegangen war.

»Dann mach es bitte«, sagte sie. »Bist du dir sicher, dass du das kannst?«

Elam nickte. Er hielt sie fest und wischte mit dem Daumen ihre Tränen weg. »Laurie hatte als Mädchen ein Pony. Es hieß Socksie. Es geriet eines Nachts in den Kornspeicher und stürzte schwer.«

Ruths Magen zog sich zusammen.

»Es gab keine andere Möglichkeit.« Er schwieg einen Moment. »Meine Familie hatte nicht das Geld für einen Tierarzt, und mein Vater pflegte meine Mutter. Also musste ich es machen. Für Laurie.«

Ruth blickte zu ihm hinauf. »Oh, Elam. Wie alt warst du damals?«

»Sechzehn. Ich erinnere mich daran, als wäre es gestern gewesen. Es ging aber schnell, Ruth. Und ich werde dafür sorgen, dass es jetzt auch schnell geht.«

Ruth blickte auf Zeus hinab. Das arme Tier winselte und sein Todeskampf wurde immer mühsamer. Sie streichelte Zeus'

Schnauze, schluckte ein Schluchzen hinunter und stand auf. Dann legte sie eine Hand auf Elams Schulter, stieg aus dem Wagen und ging ins Haus.

Sie setzte sich in einen Schaukelstuhl vor dem kalten Kamin und legte die Arme um sich. Ihr wurde nicht warm, auch dann nicht, als sie aufstand und eine Decke aus dem Schrank holte und sie um ihre Schultern legte. Gut fünf Minuten vergingen, bis sie den Schuss in der Ferne hörte. Offenbar war Elam mit dem Wagen auf eine andere Wiese gefahren. Ruth begann, herzzerreißend zu schluchzen. Sie stand vom Schaukelstuhl auf, rollte sich auf dem Sofa zusammen und weinte. Sie weinte wegen des Schmerzes, den ihre Kinder am nächsten Morgen würden ertragen müssen, und wegen des Schmerzes, den sie in ihrem jungen, unschuldigen Leben schon hatten ertragen müssen.

Ruth erwartete, dass Elam ins Haus zurückkäme, wenn er den Hund begraben hatte. Sie wusste, dass sie ihm helfen sollte, Zeus zu begraben, aber sie war plötzlich zu ausgelaugt und blieb auf dem Sofa liegen, als würde eine unsichtbare Kraft sie dort festhalten. Elam kam jedoch nicht. Stunden vergingen, und Ruths emotionale Erschöpfung führte zu einem fast katatonischen Zustand. Es war weniger ein Schlaf als ein Versinken – sie träumte von Bomben und Blut und von ihren schönen Töchtern, die über einem Grab weinten und ganz anders trauerten, als sie um ihren Vater getrauert hatten. Ruth liebte Zeus; das stand außer Frage, aber sie trauerte nicht wegen des Hundes. Sie trauerte wegen ihrer Mädchen.

Während Ruth wach auf dem Sofa lag und am ganzen Körper zitterte, fürchtete sie am meisten, dass Zeus' Tod bei ihren Mädchen den Verlust ihres Vaters neu lebendig machen würde. Um Sofie, die bei ihrem langen Flug von London nach New York kaum ein Wort gesprochen hatte, machte sie sich besonders große Sorgen. Würde sie sich diesmal womöglich so weit in sich zurückziehen, dass Ruth ihre Tochter ganz verlor? Würde Sofie dieses Mal nicht mehr zurückkommen?

Ruth wurde vor Tagesanbruch geweckt, als die Scheinwerfer eines Autos über die Vorderseite des Hauses wanderten. Ruth setzte sich mit geschwollenen Augen auf und stellte verwirrt fest, dass sie auf dem Sofa eingeschlafen war. Dann fiel ihr wieder alles ein. Sie stand auf und wischte ihren trockenen Mund an ihrem Ärmel ab. Sie brauchte Wasser, aber bevor sie sich etwas zu trinken holte, wollte sie nachsehen, wer gekommen war. Sie war schon fast bei der Haustür, als diese aufging und Elam eintrat. Er trug noch dieselbe Kleidung wie am Vorabend. Sein Hemd hatte Flecken; Ruth wollte nicht daran denken, wie diese Flecken dorthin gekommen waren. »Kannst du bitte mitkommen? Ich muss dir etwas zeigen«, sagte er.

Ruth trat näher zu ihm. Seine blutunterlaufenen Augen verrieten, dass er die ganze Nacht nicht geschlafen hatte. »Was ist?«, fragte sie.

Aber Elam sagte nichts. Er legte nur sanft die Hand an ihren Rücken, wie er es zuvor schon getan hatte, und gab ihr damit ein Gefühl von Geborgenheit. »Es ist okay, wenn du ihn nicht willst und sagst, dass ich ihn zurückbringen soll. Ich dachte nur …« Er fuhr sich mit der Hand durchs Haar. »Ich habe es für eine gute Idee gehalten, aber jetzt bin ich mir nicht mehr sicher.«

Ruth blickte ihn fragend an und stieg dann die Veranda hinab und ging zu dem Wagen. Der Fahrer – ein Mann, den Ruth noch nie gesehen hatte – begrüßte sie mit einem Winken, und sie winkte halbherzig zurück.

Elam trat vor und zog die Autotür auf. Das Innenlicht ging an und Ruth sah ihn sofort: einen schneeweißen Welpen, der sich ängstlich auf den Autoboden drückte, als könnte er dort Schutz finden.

»Oh, Elam!«, sagte sie. Sie wusste selbst auch nicht, was sie davon halten sollte. Ließ sich ein Verlust so leicht ersetzen? Konnten ihre Töchter mit dem einen Haustier schlafen gehen und mit einem anderen aufwachen? Ruths Magen zog sich zusammen, als sie neben dem Auto in die Hocke ging und dem Hündchen den

Kopf streichelte. Sein Haar war daunenweich. Zeus' Fell war rau gewesen, besonders um den Hals. Versuchte sie, den Vater ihrer Kinder durch einen anderen Mann zu ersetzen? Glaubte sie tatsächlich, es wäre so einfach? Denn so einfach war es nicht. Sie hatte nie einen so großen Verlust erlebt, und trotzdem wusste sie, selbst wenn die Mädchen einen Stiefvater hätten, der sie liebte, würde sich ein Teil von ihnen immer nach ihrem Vater sehnen.

Elam sagte: »Drüben in Cashton lebt eine Familie, die Pyrenäenhunde und Samojeden verkauft. Das fiel mir ein, als ich Zeus begraben hatte. Dieser kleine Welpe ist der letzte aus dem Wurf.«

Der Fahrer konnte nicht ewig hier im Hof sitzen und warten, aber Ruth wusste wirklich nicht, was sie tun sollte. Sollte sie verlangen, dass Elam den Hund zurückbrachte? Sollte sie ihm danken? Erneut brannten Tränen in ihren Augen, und sie wischte sie unauffällig mit der Handfläche weg.

»Ich kann ihn zurückbringen«, sagte Elam. »Ich habe die Situation erklärt. Die Leute waren sehr nett und haben gesagt, ich kann ihn zu Hause kostenlos begutachten lassen.«

Ruth spürte das Lächeln in seiner Stimme, aber sie war sich nicht sicher, ob sie es erwidern konnte. Schweigend hob sie den Welpen vom Autoboden auf und trug ihn zum Haus. Sie hörte, wie Elam mit dem Fahrer sprach. Dann rollte der Wagen aus dem Hof. Sie setzte sich auf die Verandastufen, hielt mit einer Hand den warmen Bauch des Tieres und streichelte mit der anderen Hand sein weiches Fell. Elam setzte sich neben sie. Nach einer Weile fragte er: »Habe ich einen Fehler gemacht?«

Ruth fragte sich, ob Elam den gleichen traurigen Zusammenhang herstellte wie sie und ihre schnelle Verlobung mit dem Ersatz eines Hundes verglich. Sie schüttelte den Kopf und drückte seinen Arm. Sie hatten nie von Liebe gesprochen, aber während sie hier auf der Veranda des Bauernhauses saß, in dem sie gemeinsam als Familie leben würden, wusste sie, dass sie diesen Mann liebte, der so unbeschreiblich freundlich war, dass ihr die Worte fehlten. »Nein. Ich denke, die Mädchen werden ihn lieben.«

Der Hund winselte und sie verlagerte ihn auf ihrem Schoß. So saßen sie lange auf der Veranda ihres Bauernhauses in Wisconsin und schauten zu, wie sich der dunkelblaue Morgenhimmel rosa färbte.

»Ich liebe dich«, sagte Ruth. Sie hatte nicht vorgehabt, das zu sagen, aber sobald die Worte ausgesprochen waren, war sie darüber froh.

Elam blickte nach unten und dann zu ihr herüber. Er sagte lange nichts, aber das brauchte er auch nicht. Der Blick in seinen Augen sagte alles. »Oh … Ruth«, sagte er schließlich und drückte einen Kuss auf ihr Haar. »Ich liebe dich so sehr. Du hast keine Ahnung, wie glücklich ich bin.«

Ruth wollte, dass Elam Sofie und Vi den Welpen überreichte. Das war das Mindeste, nachdem er so viel getan hatte, um mitten in der Nacht den Fahrer und den Hundezüchter zu erreichen. Es tat ihr gut, Elams Aufregung zu sehen, während sie mit ihren Eiertellern und dampfenden Kaffeetassen am Küchentisch saßen und gespannt warteten, bis die Mädchen aufwachten.

Der Welpe döste neben ihren Füßen, die sich in ihren Socken leicht berührten. *So wird es sein,* dachte Ruth. Sie konnte alles deutlich vor sich sehen: ihr schlichtes, erfülltes Leben hier auf der Cranberryfarm. Sie würden früh aufstehen, um als Ehepaar ihren Kaffee zu trinken und über ihre Pläne für den Tag zu sprechen, und nicht als Vater und Mutter, die pausenlos als Eltern gefordert waren, sobald ihre kleinen Kinder die Augen aufschlugen. Elams Arbeit erlaubte ihm, auf dem Hof zu bleiben. Ruth malte sich aus, dass er zum Mittagessen und zum Abendessen ins Haus kam – und ihre Familie eine solide Einheit bildete und nicht ein sich ständig veränderndes, instabiles Gefüge darstellte.

Elams Gedanken schienen ähnliche Wege eingeschlagen zu haben, denn er lächelte sie über den Tisch hinweg an. Jetzt, da sie von Liebe gesprochen hatten – auch wenn das jedem von ihnen längst bewusst gewesen war –, war es, als wäre eine Mauer zwischen ihnen eingerissen worden und ihre künftige Ehe wäre nicht nur ein Wort, sondern ein Traum, der Wirklichkeit wurde.

Dann hörten sie die beiden. Das schläfrige »Mama?« von oben.

Ruth und Elam sprangen förmlich von ihren Stühlen hoch, als wäre es Weihnachten und sie hätten mit den Kindern die Rollen getauscht. Sie liebte Elam dafür, dass er etwas, vor dem ihr graute, in ein Geschenk verwandelte. Elam hob den Welpen vom Boden hoch und trug ihn wie einen Fußball unter seinem Arm, während er seine zweite Hand auf die grau gespitzten Ohren des Tieres legte.

Sofie stand neben dem Treppengeländer. Sie hatte ihre Schmusedecke in der Hand, ihre schwarzen Locken umrahmten ihr Gesicht und ihr kleiner Bauch drückte gegen den Reißverschluss ihres Schlafanzugs.

»Ich habe ein … Geschenk für euch«, sagte Elam.

»Ein Geschenk?« Ihr Blick wanderte von Elam zu ihrer Mutter, während sie zu verstehen versuchte, was das bedeutete.

»Das Hündchen«, erklärte Ruth. »Elam hat es euch mitgebracht.«

Sofie ließ ihre Decke auf der Treppe liegen und stieg die letzten Stufen zu ihnen herab. Erst als sie ganz unten war, streckte sie die Hand nach dem Tier aus. »Gehört er dir?«, fragte sie und blickte zu Elam hinauf.

Sein Lächeln wurde breiter. Seine glückliche Miene überspielte die Spuren seiner schlaflosen Nacht. »Er gehört *uns*«, sagte er.

Sofie nickte und streckte die Hand aus, um den Kopf des Welpen zu streicheln. »Ist das ein Junge oder ein Mädchen?«

»Ein Junge.«

»Zeus mag ihn?«

Ruth schaute Elam an. Dann ging sie in die Hocke, nahm Sofie in die Arme und legte die Hand auf ihre Brust. Dies war eine zweite Gelegenheit, einfache, klare Worte zu benutzen; zuzuhören und zu trösten; Sofie zu erklären, was sie zu erwarten hatte. »Zeus ist tot, Liebes.« Das Herz ihrer Tochter hämmerte unter Ruths Hand.

Sofie schaute ihre Mutter an. Dann blickte sie den Hund an. »Wo?«, fragte sie, nicht *wie*, und Ruth wünschte, das alles wäre nicht passiert. Sie wünschte, die sensible Seele ihrer Tochter hätte Zeit gehabt, sich zu erholen, bevor sie den nächsten Schlag einstecken musste.

»Auf der Straße«, sagte Ruth.

»Durch ein Auto?«

Ruth beugte sich vor. Sie schloss die Augen und atmete den Duft der frisch gewaschenen Haare ihrer Tochter ein. Sie nickte und Sofie begann zu schluchzen. Sie schluchzte genauso heftig, wie ihre Mutter in der Nacht geschluchzt hatte – fast, als erlaube ihr der Verlust des Hundes, auch um den Tod ihres Vaters zu trauern. Doch dann setzte sie sich auf den Schoß ihrer Mutter neben Elam und streichelte den Kopf des Welpen. Als sich Sofies Weinen ein wenig beruhigt hatte, blickte sie zu Elam hinauf. »Darf ich ihm einen Namen geben?«

Elam lächelte: »Ja, Sofie. Such einen Namen aus.«

»Everest«, sagte sie, während die Tränen immer noch auf ihren runden Wangen glänzten. »Aus *Paw Patrol.*«

Ruth schossen Tränen in die Augen und sie dachte: *Das ist ein Anfang.*

Kapitel 12

Elam und Ruth heirateten in der Scheune. Bischof Gish führte die Trauung durch und war bei der Hochzeit genauso ernst wie bei der Beerdigung. Ruth fragte sich, wie schwer es für Elam gewesen war, den Bischof zu überreden, sie zu trauen. Bischof Gishs modernes Denken war in den letzten zehn Jahren stark gebremst worden. Deshalb runzelte er wahrscheinlich die Stirn darüber, dass Ruth nicht die Absicht hatte, in die mennonitische Kirche einzutreten. Trotzdem übernahm Bischof Gish diese Aufgabe. Ruth hatte keine Blumen, aber sie trug ein cremeweißes Satinkleid mit kleiner Schleppe. Laurie hatte es genäht und das geraffte Mieder mit einem Muster aus stilisierten Lilien betont, deren Blütenblätter mit zarten Kristallperlen besetzt waren. Laurie hatte so viel Zeit und Arbeit in dieses Kleid investiert – wahrscheinlich hatte sie genau das Brautkleid genäht, das sie selbst nie hatte tragen dürfen.

Laurie stand neben Ruth, und Tim stand neben Elam. Um der Kinder willen und auch um ihrer selbst willen hatte Ruth gebeten, dass die Trauung nur im engsten Familienkreis stattfinden sollte. Sofie und Vi trugen identische Kleider, die Laurie aus dem Stoff genäht hatte, der von Ruths Kleid übrig geblieben war.

Mabel saß zwischen ihren Enkelinnen und legte ihre weichen, warmen Arme um ihre Schultern. Es ließ sich unmöglich sagen, ob Mabel den Mädchen Trost spendete oder selbst Trost suchte.

Ruth schaute Mabel an, bevor Bischof Gish sie und Elam zu Mann und Frau erklärte. Die ganze Feier war zu Ehren der *englischen* Braut auf Englisch durchgeführt worden, aber der Bischof las aus seiner deutschen Bibel das 13. Kapitel des 1. Korintherbriefs vor. Ruth übersetzte es im Geiste, während er las, und erinnerte sich an den Tag, an dem sie Chandler geheiratet hatte und wie sie sich bei ihrem Eheversprechen an den Händen gefasst hatten: *In guten wie in schlechten Tagen, in Reichtum und in Armut, in Krankheit und in Gesundheit … bis dass der Tod uns scheidet.* Der Tod hatte sie letztlich geschieden, aber im Rückblick war diese Scheidung nur der letzte Schritt gewesen.

Jedes Mal, wenn sich Chandler für die Waisenkinder statt für seine Familie entschieden hatte, jedes Mal, wenn Ruth ihn angefaucht hatte, sobald er zur Tür hereingekommen war, jedes Mal, wenn sie die Mädchen zu Bett gebracht und sich danach ihren Smartphones zugewandt hatten statt einander, jedes Mal, wenn sie einander verletzt hatten und im Gegenzug selbst verletzt worden waren, war die Kluft zwischen ihnen größer geworden und keiner von ihnen hatte versucht, sie zu überbrücken. Tränen brannten in Ruths Augen, als sie ihre Schwiegermutter ansah, die bald nicht mehr ihre Schwiegermutter, sondern die Tante ihres Mannes wäre.

Mabel setzte ein zitterndes Lächeln auf, das Ruth tapfer erwiderte. Sie wären für immer durch ihren Verlust und ihre Trauer miteinander verbunden. Dieses Wissen brachte Ruth unermesslichen Trost.

Ruth schaute Elam wieder an. Sie spürte, dass er sie die ganze Zeit beobachtet hatte, während ihre Gedanken im Wald ihrer Erinnerungen eingetaucht waren. Sie lächelte zerknirscht und drückte seine große kantige Hand. Während Elam begann, ihr das Eheversprechen zu geben, das sie vor sechs Jahren Chandler gegeben hatte, schweiften Ruths Gedanken ab zu dem Brief, den sie am Vorabend ihrem verstorbenen Mann geschrieben hatte:

Lieber Chandler,
es tut mir so leid. Es tut mir leid, dass ich dich verletzt habe und du mich verletzt hast und dass wir uns keine Zeit füreinander genommen haben. Es tut mir leid, dass wir uns in der Kindererziehung und in der Monotonie des Lebens gegenseitig verloren haben, einer Monotonie, die auch auf dem Missionsfeld einge-

kehrt war. Wenn ich noch einmal von vorne anfangen könnte, würde ich es besser machen. Ich wäre geduldiger, freundlicher. Ich würde deine Bedürfnisse verstehen und beten, dass dir mein Verständnis hilft, meine Bedürfnisse zu verstehen. Wir haben aneinander versagt; das lässt sich nicht leugnen. Aber ich möchte jetzt nicht wieder versagen. Ich möchte mit diesem attraktiven, guten Mann, der bereit ist, unsere verletzte Familie zu lieben, eine gute Ehe führen.

Bischof Gish forderte das frisch vermählte Brautpaar nicht auf, sich zu küssen; niemand der Anwesenden klatschte oder jubelte und es spielte keine Musik. Aber Elam hielt Ruths Hand, während sie aus der Scheune gingen, und Ruth konnte das Sonnenlicht hinter der Scheune sehen, das die Linien der alten Holzbretter nachzeichnete. Sie erinnerte sich an den Lieblingsspruch ihres früheren Kunstlehrers. Er stammte aus einem Lied von Leonard Cohen, »Anthem«: *There is a crack, a crack in everything. That's how the light gets in.* (Da ist ein Riss, ein Riss in allem. So gelangt das Licht hinein.)

Elam saß steif auf dem Beifahrersitz und zupfte an der linken Manschette seines Hemds. Seit fünfzig Kilometern hatte er keine Anstalten gemacht, seine Frau zu berühren; seit fünfzig Kilometern hatte er nicht einmal Anstalten gemacht zu sprechen. Ruths *Claddagh*-Ring funkelte auf dem Lenkrad, als sie das Radio einschaltete, um die Stille zu füllen. Sie suchte mit dem Daumen die Sendertasten ab und war überrascht, dass im Radio die gleichen Lieder liefen wie damals, als sie in einem anderen Mietwagen von Illinois nach Wisconsin gefahren war. Das kam ihr wie in einem anderen Leben vor. Sie blickte zu Elam hinüber. Störte ihn das Radio? Wie kam es, dass sie darüber nie gesprochen hatten? Sie schaltete das Radio vorsichtshalber wieder aus.

Diese Hochzeitsreise hatte nicht die geringste Ähnlichkeit mit der, die Ruth mit Chandler unternommen hatte. Mit Chandler hatte sie noch ihr Brautkleid getragen, als sie in dem verbeulten zweitürigen Wagen, den sie sich geborgt hatten, vom Waisenhaus weggefahren waren. Ruth hatte ihre schmerzenden Füße auf das Armaturenbrett gelegt und am nächsten Morgen hatten sie den Abdruck ihrer zehn nackten Zehen auf der von toten Fliegen beklebten Windschutzscheibe gesehen. Chandler hatte mit der linken Hand das Lenkrad gehalten und seine rechte Hand auf ihren Oberschenkel gelegt. Das junge Ehepaar war von einer naiven Vorfreude erfüllt gewesen, die von der Zeit viel zu schnell vertrieben worden war. Es war, als wäre ihr ganzes abenteuerliches Leben vor ihren ausgebreitet und nur von zwei Scheinwerfern begrenzt gewesen.

Das Schweigen jetzt hatte weniger mit Vorfreude zu tun als mit Angst. Ruths Hände begannen, auf dem Lenkrad zu schwitzen. Sie blickte zu Elam hinüber. Hatte sie sich die gemeinsamen Momente mit ihm nur eingebildet? Hatte sie sich die Sehnsucht in seinen Augen oder den Trost, wenn sein Fuß sie berührte, während die übrige Familie ahnungslos die Hausmannskost am Tisch genoss, nur eingebildet?

Sie räusperte sich. »Stört es dich, wenn ich Musik einschalte?«

Elam lächelte. »Überhaupt nicht.«

Sie schaltete das Radio wieder an und entschied sich für einen Klassiksender, da diese Musik Elam angesichts seiner Liebe zum Klavier wahrscheinlich am ehesten gefiele. Wie hatte sie einen Mann heiraten können, ohne seinen Musikgeschmack zu kennen? Eine leichte Panik schnürte ihre Kehle zu.

»*Door County* dürfte um diese Jahreszeit eher ruhig sein«, sagte Elam und schob dann für einen Mann, der so wenig sprach, mit ungewöhnlich vielen Worten nach: »Diese schöne Halbinsel am Lake Michigan dürfte nicht stark besucht sein.«

Ruth sagte: »Danke, dass du alles organisiert hast.«

»Das habe ich gern gemacht«, antwortete er. »Ich hoffe nur … es gefällt dir.«

Sie hörte die Nervosität in seiner Stimme und begriff, was ihr eigentlich von Anfang an hätte klar sein sollen: Für Elam war dies die erste Hochzeitsreise, aber für Ruth nicht. Für Elam war es seine erste Hochzeit, aber für Ruth nicht. Für ihn wäre vieles das erste Mal, und in ihm regte sich zweifellos mehr Angst als Aufregung, während seine Frau am Steuer saß und er überlegte, wie er sie glücklich machen konnte.

Ruth lockerte den Griff um das Lenkrad und wischte unauffällig ihre rechte Hand an ihrer Jeans ab, bevor sie seine linke Hand ergriff. »Ich freue mich darauf, dass wir Zeit miteinander haben.«

Er drückte ihre Finger. »Ich … auch.« Eine Weile sprachen sie nichts mehr. Als sie schon fast ihre Hand wieder zurückziehen wollte, sagte Elam: »Du sollst wissen, dass ich diese Reise als Gelegenheit sehe, uns besser kennenzulernen. Nicht mehr … und nicht weniger.«

Ruth nickte. »Wir haben uns noch nicht besonders gut kennengelernt, nicht wahr?«

»Für eine Frau und einen Mann, die zu ihrer Hochzeitsreise … unterwegs sind? Nein.«

»War es verrückt von uns? So bald zu heiraten?«

Elam lachte. Es war ein kurzes, erleichtertes Lachen. »Wahrscheinlich«, sagte er. »Aber ich bin froh, dass wir es getan haben.«

Ein leichter Schneefall setzte ein und die Schneeflocken tanzten im Scheinwerferlicht. Die Atmosphäre im Auto veränderte sich. »Ich bin auch froh, dass wir es getan haben«, sagte Ruth. »Das Leben ist so kurz.«

Elam küsste die Innenseite ihres Handgelenks. »Ich hoffe nur, wir haben alle Zeit der Welt.«

Es war schon nach Mitternacht, als sie vor dem kleinen Landhaus vorfuhren, das zwischen Kiefern und einem Apfelgarten am hinteren Ende einer alten Farm stand. Ruth stieg aus dem

Auto, dehnte sich und blickte zum Himmel hinauf. Es hatte genauso abrupt zu schneien aufgehört, wie es begonnen hatte, und der pechschwarze Himmel war von funkelnden Sternen besetzt. Der Lake Michigan grenzte an das Grundstück, trotzdem schien der Januar-Wind, der über das Wasser wehte, den Geruch von Salzwasser zu verbreiten. Die Luft war kälter, als Ruth erwartet hatte. Sie wickelte sich in die Wollweste, die sie in letzter Minute für die Fahrt eingepackt hatte. Die automatischen Scheinwerfer des Autos waren noch an, und Ruth konnte das Haus sehen, das von dunkelgrauen Holzschindeln mit weißem Rand bedeckt war. Blumenkästen und eine Veranda zierten die Vorderseite. Das schmale Fenster neben der Haustür war aus Buntglas. Die Tür war blaugrün gestrichen und hatte einen angelaufenen Messingklopfer in der Form eines Schmetterlings. Ruth ging auf diese Tür zu und nahm die zahlreichen Vogelfutterkästen im Hof wahr, die von geschwungenen Halterungen hingen, und die Überbleibsel mehrjähriger Pflanzen, die erst im Frühling wieder erwachen würden.

Hinter ihr öffnete Elam den Kofferraum des Autos und holte ihre Taschen heraus. Ruth hatte die Reisetasche gepackt, die sie auf dem Flug von London nach New York und dann weiter nach Chicago mitgebracht hatte. Während sie zusah, wie Elam sie jetzt zusammen mit seiner eigenen kleinen Reisetasche zum Haus trug, staunte sie, wie wenig vorhersehbar das Leben war. Als sie mit Chandler in jenem kleinen roten Auto gefahren war, hätte sie nie geahnt, dass er sechs Jahre später tot wäre und sie eine Hochzeitsreise mit seinem Cousin machen würde – einem Mann, der für sie vor einem halben Jahr noch ein Fremder gewesen war und der ihr in vielerlei Hinsicht immer noch fremd war.

Aber liebte sie das Leben nicht gerade deshalb, weil es so wenig vorhersehbar war? Wäre sie sonst das Risiko eingegangen, Elam zu heiraten? Würde sie sonst ihre Töchter im Laufe des Tages immer wieder so leidenschaftlich umarmen, als könnte sie dadurch verhindern, von ihnen genauso verlassen zu werden wie von ihrem Vater? Ruth wusste es nicht. Je älter sie wurde, umso deutlicher wurde ihr bewusst, wie wenig sie wusste.

Aber als sie auf Elam zuging, sah er sie lächelnd an, und die aufgewühlten Gedanken, die in ihrem Kopf kreisten, beruhigten sich. Hier bei ihm war sie sicher. Vielleicht war sie nicht so sicher, wie wenn sie sich nicht auf die Liebe eingelassen und sich damit vor einem möglichen Schmerz geschützt hätte. Aber ein gutes Leben gründete sich nicht auf Sicherheit; ein gutes Leben bedeutete, sein Herz zu riskieren.

»Bereit?«, fragte Elam. Ruth schaute ihm in die Augen und nickte. Statt sie über die Türschwelle zu tragen, wie es Chandler in ihrem Steinhaus in den kolumbianischen Bergen getan hatte, stellte Elam einfach ihre Taschen neben der Tür ab, sperrte sie auf und nahm ihre Hand.

Ruth trat vor Elam ins Haus. Er folgte ihr, aber keiner von ihnen schaltete das Licht an. Die Decke war niedrig, der Raum war so klein, dass sie das Schlafzimmer schon von der Haustür aus sehen konnten. Ruth ging auf die andere Seite des Wohnzimmers und fuhr mit der Hand über den Kaminsims, der aus einem rauen Balken gefertigt war. Sie konnte die Kerben und Holzwurmlöcher fühlen, die im Laufe der Jahre entstanden waren. Die Besitzer des Häuschens hatten Holz für ein Feuer bereitgelegt. Elam trat neben Ruth und tastete nach der Streichholzschachtel. Das Feuer war hilfreich, da es Elam und Ruth ermöglichte, etwas anderes anzusehen als einander. Sie standen eine Weile vor dem Kamin und hörten zu, wie das Anfeuerholz langsam knisterte und brannte. Das war das einzige Geräusch, das in dem stillen Haus zu hören war. Keine Kinder quengelten. Kein Welpe jaulte. Kein Geschirr klapperte, während Mabel das Abendessen zubereitete. Ihre Ohren lauschten ihrem Atem. Schließlich drehte sich Elam zu Ruth um. Sie spürte es mehr, als dass sie es sehen konnte, und sie drehte sich ebenfalls zu ihm herum. Er legte die Hände auf ihre Schultern und strich an ihren Armen hinab. »Meine Frau«, sagte er.

Ruth erschauerte. Ein Reflex ihrer Körpertemperatur oder eine Vorwarnung, sie wusste es nicht. »Das bin ich«, sagte sie und versuchte, sein Lächeln zu erwidern. Elam bewegte die Hände wieder nach oben und legte sie an ihren Nacken. Ihre Stimme war ruhig, beherrscht, aber der hämmernde Pulsschlag an ihrem Hals verriet sie.

»Ich werde … dich nicht verletzen«, sagte er.

»Das weiß ich«, erwiderte Ruth. Sie hob die Hände und legte sie um seine. »Ich habe mehr Angst, dass ich dich verletzen werde.«

Elam lächelte und wischte mit dem Daumen über ihre nasse Wange. »Sich verwundbar zu machen, ist immer ein Risiko«, sagte er. »Ich bin bereit, dieses Risiko einzugehen. Und du?«

Sie nickte, und er zog die Wollweste von ihren Schultern. Sie glitt zu Boden, während Elams Finger federleicht ihr Schlüsselbein streichelten. Ruths Körper reagierte, auch wenn sie kein Wort sprach. Elam beugte den Kopf nach unten und küsste sie lange und zärtlich, bevor er seine Braut auf seine Arme schwang und sie über den kühlen Fußboden zum Bett trug.

Liebe Ruth,
ich habe in dem ausgebombten Wohngebäude, in dem ich mich im Moment aufhalte, einen Notizblock und einen Stift gefunden. Das war aber nicht alles, was ich gefunden habe. Unter dem Schutt waren Lebensmitteldosen begraben, die ich mit einem Messer aufmachen konnte, das ich in der Schublade neben dem Herd entdeckt habe. Aber obwohl ich großen Hunger hatte, reizten mich dieser Notizblock und Stift mehr als das Essen. Auf jeden Fall waren sie genauso reizvoll. Denn das war mir wich-

tig: Hier sitzen, mitten in diesem Wahnsinn, und dir schreiben. Ich vermisse den Klang deiner Stimme. Die Stimme, mit der du »Wir müssen reden« sagst, was mir verrät, dass ich in Schwierigkeiten stecke; die höhere Stimme, die du benutzt, wenn du mit den Mädchen albern bist. Du hast aber auch für sie noch eine andere Stimme, die mich an ein Knurren erinnert. Sobald ich diese Stimme höre, weiß ich, dass es höchste Zeit wird, in die Gänge zu kommen und dir zu helfen. Aber am meisten vermisse ich die Stimme, die du für uns beide reservierst, wenn es spätabends ist, die Kinder schlafen und wir im Bett liegen – und das Licht der Straßenlaternen, das durchs Fenster fällt, das einzige Licht im Raum ist.

Ich habe oft zu dir hinübergeschaut und dich angesehen, während du über die Kinder oder über deinen Tag gesprochen hast. Ich wusste, dass du einsam warst. Ich konnte es an deiner Stimme hören, während du sprachst, aber ich wusste nicht, was ich dagegen tun konnte. Weil ich das nicht wusste, habe ich dir oft nicht wirklich zugehört, denn wirklich hinzuhören hätte mir gezeigt, dass ich versagt hatte.

Das bereue ich so sehr. Das sollst du wissen. Wenn ich noch einmal eine Chance bekomme – wofür ich bete –, werde ich, wenn du und ich nebeneinander im Bett liegen (was für ein herrlicher Traum das jetzt für mich ist, wo ich doch leider so oft gedankenlos einfach auf mein Kissen gesunken bin!), nicht mit dem Rücken zu dir einschlafen, während du mir dein Herz ausschüttest. Vielmehr will ich die ganze Nacht wach bleiben, nur um dem Rhythmus deiner Stimme zuzuhören, aber dieses Mal werde ich deinen Worten wirklich zuhören, und ich werde sie an mich heranlassen, und ich werde nicht versuchen, irgendetwas in Ordnung zu bringen, sondern dir einfach zuhören, während du sprichst. Ich will so vieles anders machen, wenn ich eine Chance dazu bekomme, Ruth. Ich hoffe, ich bekomme diese Chance. Ich hoffe, es ist noch nicht zu spät. Ich hoffe, ich werde nicht hier an einem Ort sterben, der früher meine Zuflucht vor der

Monotonie war und jetzt eine lebende Hölle für mich geworden ist, sondern darf bei dir und unseren lieben Mädchen leben. Ich glaube ehrlich, dass ich danach nie wieder irgendwohin gehen will. Also sprich zu mir, meine geliebte Ruth. Hilf mir, den Weg nach Hause zu finden.
Ich liebe dich.
Chandler

Als Elam die Augen aufschlug, sah er eine fremde Zimmerdecke über sich. Sie war weder schief wie in seinem Zimmer neben der Küche noch sah er die nackten Dachbalken seiner Blockhütte im Wald. Diese Decke bestand aus dicken Kiefernbrettern, die cremefarben gestrichen waren; die runden Astmaserungen waren noch gut zu erkennen. Während Elam nach oben starrte, meldeten sich die Erinnerungen, was er in diesem Haus machte und mit wem er hier war. Er wandte die Augen von der Decke ab und warf einen Blick neben sich aufs Bett. Dort entdeckte er Ruth: Der Träger ihres Hemds war über einer Schulter nach unten gerutscht. Ihr Haar – im Morgenlicht mehr rot als golden – fiel über ihren sommersprossigen Rücken. Jetzt am Morgen fühlte sich Elam scheu, auch wenn er sich letzte Nacht überhaupt nicht scheu gefühlt hatte. Sein Gesicht glühte bei der Erinnerung, wie er sie berührt hatte, als wäre ihr Körper eine Erweiterung seines Körpers. Vermutlich war es in gewisser Weise auch so.

Elam schlüpfte in seine Hose, machte ein Feuer und öffnete dann die Haustür, vor der er eine veränderte Welt vorfand. Über Nacht waren dreißig Zentimeter Schnee gefallen und die oberste Schicht war genauso mit Eis überzogen wie die Zweige der kahlen Apfelbäume, die das Häuschen umgaben. Die Frischvermählten waren so aufeinander konzentriert gewesen, dass sie nichts von der Veränderung gemerkt hatten, die sich draußen zugetragen hatte. Die winterlichen Schneefälle in Wisconsin liebte Elam schon immer. Als Kind hatte er sich oft vorgestellt, das Land werde von dieser sauberen Decke geschützt, bis der Boden taute und der Frühling zurückkam.

Elam war jetzt älter und verstand, dass Eis und Kälte manchmal auch Leben auslöschten, statt es zu beschützen. Aber während er jetzt in seinen nicht zugeschnürten Stiefeln und in seinem offenen Wintermantel über seiner nackten Brust auf der Veranda stand, erfüllte ihn die gleiche Aufregung wie als kleiner Junge, vor dem ein ganzer Tag mit Schlittenfahren, heißer Schokolade und endlosem Ligrettospielen gelegen hatte. Elam stapfte in den Schnee hinaus und holte die Kiste mit Lebensmitteln aus dem Kofferraum. Was würden er und Ruth ohne Mabels Umsicht an ihrem ersten Morgen als Ehepaar essen? Elam trug das Essen ins Haus und bemerkte, dass die Dusche lief.

Als er Ruth singen hörte, drehte er sich um. Die Badezimmertür war nur angelehnt und durch den Spalt drang Dampf ins Zimmer. Er war sich nicht sicher, wie lang es dauern würde, bis er sich daran gewöhnte, dass er seine Frau tatsächlich ansehen durfte, doch dann hielt er es für besser, sich *nicht* daran zu gewöhnen, sondern ihre Ehe immer als ein wunderbares Geschenk zu betrachten, das es kein zweites Mal gab.

Elam machte gerade Pfannkuchen, als Ruth in einem Bademantel, den er bisher nicht an ihr gesehen hatte, aus der Dusche kam. Er war sich nicht sicher, wie er auf sie reagieren sollte, er war sich nicht sicher, ob die Intimität, die sie letzte Nacht erlebt hatten, auch am Morgen galt. Vielleicht brauchte sie Raum? Elam lächelte Ruth an, sagte aber nichts. Sie trat zu ihm, schlang die Arme um ihn und vergrub ihr Gesicht in seinem Rücken. In Elams Familie hatte man seine Gefühle nie offen gezeigt. Das lag zum Teil an ihrem mennonitischen Erbe und zum Teil daran, dass Elams Mutter unsicher gewesen war, ob man Jungen genauso viel Zuneigung zeigen sollte wie Mädchen. Deshalb war diese plötzliche körperliche Berührung für ihn gleichzeitig überraschend und angenehm.

»Guten Morgen.«

Elam fühlte, dass Ruths schlichte Begrüßung, die er schon so oft gehört hatte, in seinem Rücken widerhallte. Er liebte diese Frau. Er liebte diese Frau so sehr, dass er Angst bekam, weil er wusste, wie es war, wenn man jemanden liebte und ihn dann an Ereignisse verlor, die man nicht unter Kontrolle hatte. Aber er wollte lieber mit diesem Risiko leben, als auf ein Leben mit ihr zu verzichten.

Elam drehte sich mit der Bratschaufel in der Hand um und breitete die Arme aus. Ruth schmiegte sich an seine Brust. »Hast du gut geschlafen?«, fragte er.

»So gut wie seit Monaten nicht mehr.«

Ihr Körper war warm und duftend. Er konnte den spitzen Haaransatz ihres feuchten Haars unter dem Handtuch sehen, das sie wie einen Turban trug. »Ich glaube, ich werde es nie ganz begreifen können«, sagte er.

Ruth schaute ihn an. »Was?«

»Dass du mich geheiratet hast.«

Sie zwinkerte. »Vielleicht ist das auch besser so.«

Er schaute ihr in die Augen und legte die Bratschaufel hinter sich. »Vielleicht«, sagte er. Dann beugte er sich nach unten und küsste sie wieder. Es war ein langer Kuss, der immer leidenschaftlicher wurde, bis die angebrannten Pfannkuchen in der Pfanne den Rauchmelder auslösten.

Chandler John Neufeld junior las den Brief an seine Frau noch einmal, legte den Kopf in die Hände und begann zu weinen. So könnte er nicht mehr lange durchhalten und das wusste er. Er hätte das Krankenhaus nicht verlassen sollen. Selbst wenn es mit Bomben beschossen würde, selbst wenn er dort im Bett gestorben wäre, wäre das besser, als langsam zu verhungern, während er wie ein Geist durch diese leblose Stadt irrte. Aus Angst versteckte er sich und blieb allein. In den letzten Wochen hatte er so wenig zwischenmenschlichen Kontakt wie möglich gehabt, aber er begriff allmählich, dass er es nie schaffen würde, wenn er nicht das Risiko einginge, andere wissen zu lassen, wer er war. Entweder starb er den Hungertod oder er starb unter den Händen eines unbekannten Terroristen, der womöglich die Filmaufnahme von seinem Tod benutzte, um Amerikanern Angst und Schrecken einzujagen. Aber das, was Chandler bis jetzt machte, brachte ihn nicht weiter. Fest entschlossen, einen Weg nach Hause zu finden, stand Chandler auf, faltete den Brief an Ruth zusammen und steckte ihn in seine Tasche.

Er stieg die beschädigten Stufen des Gebäudes hinab und trat auf die Straße. Er hatte versucht, nachts weiterzuziehen, wenn er, meist unbemerkt, im Schatten untertauchen konnte. Aber sein nagender Hunger trieb ihn hinaus und Nahrung wurde ihm inzwischen wichtiger als Schutz. Da er sich so viele Tage nur bei Dunkelheit im Freien aufgehalten hatte, schmerzte jetzt das grelle Sonnenlicht in seinen Augen. Alles sah gleich aus – weiß und zerstört –, überall, wohin er schaute, deshalb sahen die Wohngebäude vor ihm genauso aus wie die Gebäude, die dreißig Kilometer entfernt waren. Mit staubiger Kehle marschierte Chandler weiter, bis er zu mehreren Häusern kam, die nicht ganz so stark beschädigt aussahen wie die anderen. Er hatte keinen Stadtplan, und selbst wenn er einen hätte, hatten die Bombeneinschläge die meisten Straßenschilder zerstört und alle Erkennungszeichen dem Boden gleichgemacht. Also ging er weiter. Er marschierte, bis er in den zu kleinen Schuhen des Fremden Blasen an den Fersen bekam.

Irgendwo bellte ein Hund, ein Mann schrie, in der Ferne knallten Gewehrschüsse.

Chandler blickte nach oben, wie es sich die Menschen, die das Pech hatten, vom Himmel mit Bomben beschossen zu werden, angewöhnt hatten. Über ihm war nichts zu sehen. Der Himmel war strahlend blau. Da Chandler nicht klar denken konnte, sah er den Mann nicht, der mit einer AK-47 vor der Brust um die Ecke kam. Er schrie Chandler auf Arabisch an. Chandler hob instinktiv die Hände und wich zurück. Der Mann schrie weiter und sein riesiger Brustkorb hob und senkte sich in seinem schwarzen T-Shirt. Es war das schwärzeste T-Shirt, das Chandler je gesehen hatte, da alles um den Mann herum eine impressionistische Kulisse aus Grau- und Brauntönen bildete, die Gebäude, die noch standen, von Graffiti in der Farbe von Blut besprüht.

»Entschuldigung!«, sagte Chandler auf Englisch. »Entschuldigung!«, obwohl er nicht wusste, wofür er sich entschuldigte.

Jetzt wusste dieser Mann, dass er Amerikaner war. Aber das schien ihn nicht zu interessieren. Er deutete nur auf Chandler, deutete auf die Straße und schlug dann mit einer Hand, an der er mehrere Ringe trug, auf den Gewehrlauf. Das Geräusch hallte wie eine Glocke in Chandlers Kopf wider. Die nonverbale Kommunikation kam an. Chandler wusste, was der Mann wollte – und was er *nicht* wollte. Chandler wich weiter zurück, die Hände immer noch erhoben, und wagte es nicht, sich umzudrehen, bis der Mann – zufrieden, dass sich Chandler zurückzog – wieder zwischen den Ruinen verschwand.

Erst als Chandler in einer Gasse untertauchte und sich die Dunkelheit herbeiwünschte, begann er sich zu fragen, wie er zu diesem Menschen hatte werden können, der im Schutt nach Essen suchte und die Kleidung eines Toten trug. Chandler hatte keine Ahnung mehr, wohin er ging; die zerstörten Straßen waren ein zielloses Labyrinth. Trotzdem würde er weitergehen, bis er nicht mehr gehen konnte, und sich am Ende seines Weges seine Familie vorstellen, obwohl seine Zweifel, ob er je zu ihnen zurückkommen würde, immer größer wurden.

Elam und Ruth aßen ihr Pfannkuchenfrühstück erst am Mittag. Die Stunden bis dahin verbrachten sie im Bett und hörten zu, wie die Sonne die Erde so weit erwärmte, dass der Schnee auf dem Blechdach schmolz und auf die Erde rutschte. Elam legte eine Hand auf Ruths Bauch. Ihr Körper faszinierte ihn, und das nicht nur, weil er noch nie zuvor mit einer Frau zusammen gewesen war. Sie war weich und doch stark – eine Kombination, die auch ihre Seele widerspiegelte. Ruth war erstaunlich unbefangen und lachte, während er jeden Zentimeter ihrer Haut studierte, als wäre sie nicht nur Künstlerin, sondern auch ihr eigenes Kunstwerk.

»Was ist hier passiert?«, fragte er und fuhr eine dünne weiße Narbe an ihrem Schienbein nach.

»Der Nachbarjunge hat einen Stein nach mir geworfen und mich aufgefordert zu verschwinden. Ich war damals sechs.«

»Wahrscheinlich hat er dich gemocht.«

»Dann hatte er aber eine sehr eigenwillige Art, das zu zeigen.«

»Und hier?« Er fuhr mit dem Daumen über ihr Knie.

»Rollschuhlaufen mit einer Schulfreundin. Der Hügel war zu steil für mich.«

»Und das hier?« Elam hob ihren Knöchel hoch und betrachtete die winzige vertikale Narbe.

»Beim Rasieren geschnitten«, sagte sie. »Ein Stück Haut blieb am Rasiermesser hängen.«

Elam verzog das Gesicht. »Meine Mutter und meine Schwester haben sich nie rasiert.«

»Vielleicht weißt du das nur nicht«, schmunzelte Ruth. »Neulich habe ich Laurie mit einer Schlammmaske angetroffen.«

»Mit einer Schlammmaske?«

Ruth konnte nicht aufhören zu lachen. Während sie versuchte, die weiblichen Geheimnisse zu erklären, rückten diese in eine völlig neue Perspektive. »Das ist eine grüne Pampe, die man sich ins Gesicht schmiert, um schöner auszusehen.«

Elam hielt immer noch ihren Knöchel. »Das machst du auch?«

»Nicht oft«, antwortete sie. »Aber ja, ich habe das auch schon gemacht.«

Das Feuer war ausgegangen, als die Frischvermählten die Küche sauber machten und sich anzogen.

௸

Das Haus war zwar gemütlich, aber trotzdem brauchten sie irgendwann ein wenig frische Luft. Ruth zog die Thermohose an, die sie für diese Fahrt gekauft hatte, aber Elam trug einfach eine Hose, ein langärmeliges Hemd mit Kragen, Hosenträger und seinen Mantel. »Ist dir nicht kalt?«, fragte sie.

Er zuckte mit den Achseln. »Mir wird nicht kalt.«

»Das muss angenehm sein«, stellte sie fest, »wenn man in Wisconsin lebt.«

Während sie durch den Schnee stapften, stellte Ruth fest, wie ungewohnt es war, spazieren zu gehen, ohne dass Zeus neben ihr über den Weg sprang oder eines der Mädchen an ihrer Hand zog und eine Schmusedecke oder eine Puppe mit sich herumschleppte.

»Vermisst du sie?«, fragte er.

»Meine Mädchen?«

Er nickte.

»Ja«, antwortete sie. »Es ist das erste Mal, dass ich von ihnen getrennt bin.«

Elam sagte nichts. Sie fühlte, dass er sie ansah. »Du und Chandler seid nie weggefahren?«

Ruth schüttelte den Kopf. »Ein Waisenhaus braucht viele Babysitter, deshalb war niemand übrig, der auf die Mädchen hätte aufpassen können. Außerdem kam Chandler nur schwer aus der Klinik weg.«

»Das tut mir leid«, sagte Elam. Er nahm ihre Hand, die in einem dicken Handschuh steckte, in seine nackte Hand und sie gingen auf dem Weg weiter und schlenderten an den Apfelbäumen vorbei, die jemand vor langer Zeit gepflanzt hatte. Die Stämme und Äste waren zur Hälfte mit Schnee bedeckt, der verriet, aus welcher Richtung der Wind wehte. Ruth warf einen Blick auf ihre Schatten, die sich über das unberührte Weiß legten. Sie drückte Elams Hand und deutete darauf. »Schau«, sagte sie. »Das sind wir.«

Kapitel 13

Chandler rang mit seinen Gefühlen, als er auf das Gebäude zuschritt, dessen Fassade genauso verrußt und von Einschusslöchern übersät war wie viele andere. Trotzdem war es einer der herrlichsten Anblicke, die er je gesehen hatte: die amerikanische Botschaft in Kabul. Er kämpfte sich weiter, jeder Schritt ein Sieg seines Willen über seine Erschöpfung. Teilnahmslose Soldaten standen mit M16-Gewehren vor der Brust an den Toren. Der eine schaute Chandler an, ohne den Kopf zu drehen. Der andere würdigte ihn keines Blickes, als habe er schon zu oft erwachsene Männer weinen gesehen. Der zweite Soldat tastete ihn ab und ließ ihn dann hinein. Chandler war dankbar, dass er das Messer, das er in dem ausgebombten Wohngebäude gefunden hatte, weggeworfen hatte.

Im Inneren des Gebäudes waren noch mehr Wachleute, genauso still und schweigend wie die Männer draußen. Hinter dem Empfang stand eine Frau. Ihr roter Lippenstift und ihre gelockten schwarzen Haare gaben Chandler das Gefühl, einen Avatar aus einer anderen Zeit zu sehen. Als sie ihn bemerkte, sprach sie ihn auf Farsi an.

Chandler schüttelte den Kopf. »Ich bin Amerikaner«, sagte er und wusste, dass es nach diesen Worten – wie auch immer es weitergehen würde – kein Zurück mehr gab.

Vier herrliche Tage lang genossen Ruth und Elam ihr neues gemeinsames Leben. Der Fernseher stand wie ein trübes graues Auge in der Ecke, da sie ihn nie einschalteten. Sie gingen in kein Restaurant, in kein Kino und auch in keine der vielen Kunstgalerien in der Stadt. Viel lieber blieben sie, wo sie waren – in ihrem gemütlichen Häuschen mit den Buntglasfenstern und dem grauen Blechdach. Sie achteten darauf, dass das Feuer im Kamin nicht ausging, bereiteten ihre Mahlzeiten im Kerzenschein zu und aßen im Kerzenschein. Sie badeten zusammen in der schmalen, frei stehenden Wanne, wobei Elams Knie über den Rand hingen und Wasser auf den Boden tropfte. Hand in Hand schlenderten sie zu den gestreiften Leuchttürmen, die wie Schachfiguren über der Insel verteilt waren, und Ruth füllte ihre Jackentaschen mit den glatten eierförmigen Steinen am Strand.

Sie und Mabel hatten vereinbart, dass Mabel Ruth jeden zweiten Tag über das Telefon in der Scheune anrufen und ihr eine Nachricht hinterlassen würde, da Ruth wissen wollte, ob mit den Mädchen alles in Ordnung war. Die restliche Zeit blieb Ruths Telefon ausgeschaltet. Die erste Nachricht war eine fröhliche Mitteilung, dass die Mädchen gut aßen und schliefen, auch wenn Sofie am Vorabend geklagt hatte, dass ihre Knie schmerzten. In der zweiten Nachricht, gestern, hatte Ruth erfahren, dass die Mädchen geholfen hatten, Kekse zu backen, und dann Schneeflocken aus Bastelpapier ausgeschnitten und sie überall im Haus aufgehängt hatten.

Inzwischen fiel draußen echter Schnee, taute aber wieder, dann fiel neuer Schnee und überzog die Erde mit einer so dicken Schneeschicht, dass Ruth und Elam nicht hätten wegfahren können, selbst wenn sie das gewollt hätten. Aber keiner von ihnen wollte von hier fort. Abends vor dem Einschlafen malte sich Ruth aus, für immer hier zu wohnen. Sie könnte Bilder malen und sie in einer der Galerien in der Stadt verkaufen, die bei Sommer- und Herbsttouristen sehr beliebt waren. Elam könnte hier Cranberrys anbauen oder Äpfel oder Kirschen oder irgendwelche kälteresistenteren Pflanzen, von denen die Bauern das ganze Jahr über leben konnten, auch wenn sie davon nicht reich wurden. Elam und sie könnten hier leben und sich lieben, bis sie starben.

Aber dann dachte Ruth an ihre Töchter, um die sich Mabel

kümmerte, und ihre tiefe Liebe zu ihnen schaltete ihren klaren Menschenverstand wieder ein. Sie konnte nicht hierbleiben, so sehr sie das auch wollte, da Sofies Schmerzen ein Zeichen waren, dass sie ihre Mutter vermisste. Mit zwei Jahren hatte Sofie angefangen, immer stärkere Schmerzen zu bekommen, sobald sie begriffen hatte, dass Ruth alles stehen und liegen ließ, um sich aufs Sofa zu setzen und Sofies Kniescheiben mit Lotion einzucremen, bis ihre Tochter entweder einschlief oder ihr bodenloser Liebestank wieder gefüllt war. Diese Schmerzen waren der Schrei des Waisenkindes in Sofie, das um Aufmerksamkeit flehte, und wenn Ruth nicht bald zurückkehrte, wäre der Boden, den Sofie und sie gewonnen hatten, bald wieder verloren.

Zwei Tage, nachdem er in der Botschaft angekommen war, stand Chandler unter einer heißen Dusche und genoss dieses alltägliche Wunder, bis das Wasser kalt wurde. An seinem ersten Tag in der Botschaft war er befragt worden; am zweiten hatte er Formulare ausgefüllt. Er wusste von einigen Berichten – hauptsächlich von unerfahrenen Touristen, die im Ausland bestohlen worden waren –, dass es keine Lappalie war, seine Ausweispapiere zu verlieren, aber er hätte nie geahnt, dass so viele bürokratische Hürden überwunden werden mussten, damit ein amerikanischer Staatsbürger in seine Heimat zurückkehren konnte.

Chandler konnte nicht verstehen, was so lange dauerte. Ruth hatte ihm oft gesagt, er neige zu einem ziemlich naiven Denken, aber er dachte tatsächlich, ein Anruf bei *Ärzte ohne Grenzen* würde genügen, um ihm sein Flugticket nach Hause zu beschaffen. So lief es aber nicht, und während er den Schaum von seinem vernarbten Körper spülte, weigerte er sich, sich den Kopf über die Gründe dieser Verzögerung zu zerbrechen.

Eine Stunde später saß Chandler einem Mann in Anzug gegenüber, der ihn anblickte, als wäre er ein Terrorist. »Sie behaupten,

Sie sind Chandler John Neufeld junior«, sagte er in einem deutlich hörbaren Südstaatenakzent, »und sie arbeiten für *Ärzte ohne Grenzen*?«

»Ja«, antwortete Chandler. »Ja, das ist richtig.«

Der Mann blickte auf ein Papier hinab. Chandler gefiel nicht, dass die andere Seite des Tisches so weit weg war und er nicht lesen konnte, was auf dem Papier stand. Das Gesicht des Mannes verhärtete sich, und sein schmaler Schnurrbart bildete eine strenge Linie über seinem harten Mund. Chandler wusste nicht, was er noch sagen sollte. Deshalb blickte er auf seine gefalteten Hände hinab. »Nun, Mr Neufeld«, sagte der Mann, »wir haben bei der Leitung von *Ärzte ohne Grenzen* angefragt und erfahren, dass Chandler John Neufeld junior im Juli bei einem Bombenangriff in Kundus gestorben ist.«

Chandlers Kehle zog sich zusammen. »Das … das kann nicht stimmen«, sagte er. »Ich war monatelang im Krankenhaus. Ich hatte sehr starke Verbrennungen erlitten, verstehen Sie, und vielleicht … vielleicht wusste niemand, dass ich den Bombenangriff überlebt habe.«

Der Mann schüttelte den Kopf und gab einen strengen Ton von sich, um Chandler zum Schweigen aufzufordern. »Nein«, sagte er. »Chandler Neufelds Sterbeurkunde wurde am 17. Juli 2018 ausgestellt.« Der Mann schaute Chandler forschend an. Chandler zwang sich, seinen Blick zu erwidern und weder überrascht noch am Boden zerstört auszusehen, obwohl er beides war. Glaubte Ruth, sie wäre Witwe? Glaubten seine Mädchen, sie wären Halbwaisen? Sein Herz wurde schwer, und Tränen schossen ihm in die Augen. Die steinerne Miene des Mannes blieb von den Tränen eines toten Mannes ungerührt, als er sagte: »Chandler Neufeld ist tot, Sir. Aber wer sind Sie?«

Der Mann mit der steinernen Miene erlaubte Chandler, ein Ferngespräch zu tätigen, als wäre er im Gefängnis. Er rief natürlich Ruth an, um ihr das Unerklärliche zu erklären: dass ihr verstorbener Mann noch lebte. Sein Herz schlug ihm bis zum Hals, als er ihre Nummer wählte, die er auswendig kannte. Er erreichte nur ihren Anrufbeantworter. Ihre Ansage war jetzt sehr knapp gehalten, ganz anders als die ausschweifenden, übersprudelnden Worte, die sie in ihrer ersten gemeinsamen Zeit abgespeichert hatte. Damals hatte es ihm ein Lächeln entlockt, einfach ihre Stimme zu hören; manchmal, wenn er sie in Irland angerufen hatte, hatte er gehofft, sie würde nicht drangehen, damit er ihre Stimme hören konnte, wie sie sagte: »Sie haben Ruth Galways Nummer angerufen! Es tut mir sehr leid, dass ich Ihren Anruf verpasse! Bitte hinterlassen Sie Ihren Namen und Ihre Nummer, damit ich Sie zurückrufen kann. Ich wünsche Ihnen noch einen wunderschönen Tag!«

Jetzt lautete die Ansage einfach: »Dies ist der Anschluss von Ruth Neufeld. Bitte hinterlassen Sie Ihren Namen und Ihre Nummer. Ich rufe Sie zurück.« Nicht nur ihre Stimme war mit den Jahren tiefer geworden; auch der Klang ihrer Stimme selbst hatte sich verändert: Müdigkeit und Resignation waren an die Stelle der Ausrufezeichen und übersprudelnden Freude getreten. Wann hatte Chandler zum letzten Mal ihre Stimme gehört? Ihr *wirklich* zugehört? Er konnte sich nicht einmal erinnern, wann er ihr das letzte Mal eine Sprachnachricht hinterlassen hatte. In ihren letzten gemeinsamen Monaten hatte sich ihre Kommunikation auf Textnachrichten ohne Pronomen, Satzzeichen und Emojis beschränkt: *Wird später. Kaufe Milch. Abendessen um 6.*

Chandler räusperte sich und ihm war bewusst, dass ihn der Mann mit der steinernen Miene, der seine Geschichte nicht zu glauben schien, beobachtete. Er starrte Chandler an, als würde er gleich einen verschlüsselten Geheimcode absetzen.

»Hallo, Ruth«, sagte Chandler. Seine Stimme stockte, er brach ab und die Tränen, die er zurückgehalten hatte, brachen sich Bahn. Erst jetzt hatte dieser Mann den Anstand wegzusehen.

»Ich bin es«, sagte er. »Chandler. Ich lebe, Schatz. Es tut mir leid, dass ich so lange gebraucht habe, um mit dir zu sprechen.« Er konnte nicht weitersprechen. Er legte auf, denn sein leises Weinen hatte sich zu einem Schluchzen gesteigert, als hätte man Ruth für tot erklärt und nicht ihn. Aber seine Entschlossenheit wurde von dem Satz *»Es tut mir leid, dass ich so lange gebraucht habe, um mit dir zu sprechen«* unterminiert. Denn genau das war passiert. Er hatte erst in einer Stadt aus gespenstischen Ruinen stranden müssen, um zu erkennen, wie sehr er seine Frau und seine Töchter brauchte. Er würde sie nie wieder als selbstverständlich hinnehmen.

Ruth schaltete ihr Smartphone an diesem Morgen ein, um Mabels letzte Nachricht von den Mädchen zu hören. Ruths unbeschwerte Hochzeitsreise wurde ein wenig von ihrer Sorge um Sofie getrübt, die mit jedem Tag, den sie fort war, wuchs. Sie ging auf die Veranda, setzte sich auf die Schaukel und wickelte sich in die karierte Decke, auf der Elam und sie vor dem Feuer geschlafen hatten – eng aneinandergeschmiegt, während Elams Arme sie die ganze Nacht gehalten hatten. So hatte sich Ruth als Jugendliche immer Ehepaare vorgestellt. Ihre Unruhe legte sich, als sie an die letzte Nacht dachte und an ihren neuen Mann, der im Haus war und Haferbrei und Kaffee kochte und dabei eine Melodie summte, die im Klassiksender, den sie auf der Fahrt hierher gehört hatten, gelaufen war.

Als ihr Smartphone mit einem Piepton zum Leben erwachte, blickte Ruth aufs Display und stellte fest, dass sie zwei Sprachnachrichten erhalten hatte. Die erste Nummer kannte sie nicht, aber sie sah, dass sie aus *Kabul, AF*, kam. Da Ruth davon ausging, dass die Nachricht mit dem Bombeneinschlag zu tun hatte, beschloss sie, sich zuerst Mabels Nachricht anzuhören.

Ruth lächelte. Der Akzent ihrer Schwiegermutter war am Telefon stärker, aber vielleicht war das bei Ruth genauso. Die Mädchen waren glücklich, erzählte Mabel. Sie hatten zwei Kekse für Ruth und Elam aufgehoben und waren mit Everest, dem neuen Hündchen, spazieren gegangen. Mabel wäre zweifellos erschöpft, wenn das frisch vermählte Ehepaar zurückkehrte, und Ruth war dankbar, dass Laurie an den Nachmittagen auf die Kinder aufgepasst hatte, um Mabel eine kleine Pause zu gönnen. Ruth startete die zweite Textnachricht. Sie hielt das Telefon an ihr Ohr und blickte gedankenverloren auf den Schnee hinaus.

In der Leitung lag ein so starkes statisches Knistern, dass sie sich zuerst nicht sicher war, was – oder wen – sie hier hörte. Doch dann begann der Mann zu weinen. Sein Schluchzen war laut und deutlich zu hören. Ruth richtete sich auf der Schaukel höher auf und ihr Herz begann zu hämmern, bevor sich ihr Verstand einschalten konnte, als könne etwas tief in ihrer Seele viel schneller die Lage erfassen.

Chandler.

Chandler, ihr Mann, weinte am anderen Ende der Leitung. Ruth ließ das Telefon fallen. Es rutschte über die Veranda und landete im Schnee, der sich über den vertrockneten mehrjährigen Blumen aufgehäuft hatte, die sie an ihrem ersten Abend hier so bewundert hatte. Das Geräusch riss sie aus ihrer Benommenheit. Sie eilte von der Veranda und hob das Telefon auf, das nicht tief im Schnee versunken, aber über die Böschung hinabgerutscht war. Sie wischte es an ihrem Bademantel trocken und schaute nach, ob die fremde Nummer, von der sich die Stimme ihres Mannes gemeldet hatte, noch da war. Sie stieg wieder die Veranda hinauf und blieb zitternd stehen, bevor sie die Nachricht noch einmal abspielte. Wieder meldete sich Chandlers Stimme, und dieses Mal konnte sie seine Worte verstehen: »Ich lebe, Schatz. Es tut mir leid, dass ich so lange gebraucht habe, um mit dir zu sprechen.«

Ruth blickte hinter sich zum Haus, als hätte sie irgendetwas mit dem Wiederauftauchen ihres toten Ehemannes zu tun. Denn das war Chandler für sie: ihr toter Ehemann. Obwohl sie seine Stimme hörte, war er für sie nicht lebendiger als die Pflanzen, die ausgerissen oder abgeschnitten werden mussten, bevor im Frühling neue Blumen wachsen konnten. Chandler war kein Teil ihres Lebens mehr. Er war kein Teil des Lebens seiner Töchter mehr. Diese Entscheidung hatte er getroffen, als er seine »Berufung« über seine Familie gestellt hatte.

Ruth öffnete vorsichtig die Haustür und nahm ihren Mantel und ihre Mütze vom Garderobenständer. Ihre Stiefel standen darunter; neben Elams Stiefeln. Der Anblick seiner Schuhe trieb ihr Tränen in die Augen. Sie stand auf der Veranda und zog ihre Stiefel an. Dann zog sie ihren Mantel über ihren Bademantel und fischte die grüne Strickmütze und Handschuhe aus den Manteltaschen, die ihr Mabel gestrickt hatte.

Mabel.

Ruth wollte es ihr sagen, aber sie konnte nicht. Sie konnte es aus so vielen Gründen nicht. Wie ginge es Ruth, wenn sie glauben würde, eine ihrer Töchter – Gott bewahre! – wäre tot, um dann – Monate später – zu erfahren, dass sie noch lebte? Diese Nachricht würde sie gleichzeitig völlig aufwühlen und heilen.

Ruth musste es Mabel persönlich sagen, um sie so gut wie möglich beruhigen zu können.

Ruth stieg von der Veranda und marschierte los. Sie ging auf den Obstgarten zu und warf einen Blick nach links, wo die Abdrücke von ihren und Elams Stiefeln im Schnee zu sehen waren. Beide Spuren waren nahe nebeneinander, als sollte es immer so sein. Ruth ging zwischen den gefrorenen Ästen hindurch. Das flache Land glitzerte und jeder Grashalm war in Eis gepackt. Ruth zog ihre Handschuhe aus, um die Grashalme und Zweige zu berühren. Die Kälte fühlte sich gut an. Sie versetzte ihren Körper in eine Art Schockstarre und half ihr, wieder klarer zu denken.

Sie war völlig hin- und hergerissen. Eine Frau, die einen Mann geliebt und sein Kind geboren hatte, wäre gefühllos, wenn sie sich nicht freuen würde, dass er noch am Leben war. Aber Ruth freute sich nur für ihre Kinder. Für sich selbst freute sie sich nicht. In Elam hatte Ruth eine Zuflucht gefunden, als ihr überhaupt nicht bewusst gewesen war, dass sie eine solche Zuflucht brauchte. Sie dachte daran, wie er das erste Mal die Hände auf ihre Schultern gelegt hatte oder wie er seine Hand an ihren Rücken legte, wenn sie gemeinsam aus dem Haus gingen, und ihr damit zeigte, dass sie geliebt wurde und dass er da war.

Diese Beziehung war schön und unbezahlbar. Ruth begann zu weinen – und dann zu schluchzen –, als sie mit wachsender Klarheit begriff, dass Chandler in ihre Welt zurückkehren würde. Sie würde ihren Zufluchtsort in Elams Armen verlieren, in dem sie Schutz und Geborgenheit gefunden hatte.

Ruth wischte sich über das Gesicht und betrachtete einen Apfelbaum. Es war ein kleinerer Baum, vielleicht eine Zwergsorte, und sie konnte von einem früheren Sommer ein Nest in einem Winkel entdecken, wo die Zweige ein *V* bildeten. Das Nest war in Eis gehüllt, das Aufeinanderprallen verschiedener Jahreszeiten war so exquisit und traurig, dass es ihr den Atem raubte. Ruth streckte die Hand aus und berührte das Nest. Dann schob sie die Finger unter das Nest und brach es weg. Eissplitter, die mit Grashalmen durchsetzt waren, prasselten auf den Schnee. Sie betrachtete das Nest aus der Nähe und bewunderte seine unbeschreibliche Perfektion. Dann steckte sie es in ihre Manteltasche.

Sie wusste, dass es tauen und nass werden würde, dass das zarte Nest dem Verfall ausgesetzt war, aber das war ihr gleichgültig. Sie wollte Schönheit einfangen, wo sie Schönheit fand. Sie wollte sie festhalten, bevor das Leben in diese kristallene Welt eindrang und sie das, was sie aufgebaut hatte, wieder aufgeben musste.

Ruth klopfte an der Verandastufe den Schnee von ihren Stiefeln und öffnete die Tür, während sie sich aus den Stiefeln schälte, damit das Eis, das noch in den Rillen klebte, nicht im Haus schmolz.

Sie wollte es Elam nicht sagen. Sie wollte das, was sie miteinander hatten, nicht zerstören, auch wenn die Intimität mit ihm bedeutete, dass sie einen anderen Mann damit beraubte. Die einzige Erleichterung, die sich in ihr regte, galt ihren Töchtern. Trotzdem war ihr bewusst, dass Chandlers Rückkehr das empfindliche Gleichgewicht ihres Lebens, das sie so mühsam aufgebaut hatte, durcheinanderbringen würde.

Wie konnte er ihr das antun? Die Phasen der Trauer liefen plötzlich rückwärts. Leugnen, Wut, Verhandeln, Depression und Akzeptanz, das alles kämpfte um einen Platz in ihrem Herzen, fand jedoch keinen. Ruth trat ins Haus. Elam saß am Küchentisch und trank Kaffee.

Als sie die Tür schloss, blickte er auf. »Hattest du einen schönen Spaziergang?«, fragte er.

Sie hatte ihm nicht gesagt, dass sie spazieren gehen wollte; im Grunde hatte sie ihm gar nichts gesagt, und sie freute sich, dass er sich keine Sorgen gemacht hatte, weil sie weg war. Vielleicht war das so, wenn Leute bei ihrer Heirat schon älter waren. Sie wussten besser, wer sie selbst waren, und brauchten deshalb die Bestätigung der Jugend nicht mehr so sehr. Ruth war sich nicht sicher, ob sie sprechen konnte – ob sie so tun könnte, als wäre alles in ihrem Leben unverändert –, aber sie wusste, dass sie es versuchen musste.

»Es war ein sehr schöner Spaziergang«, sagte sie. »Aber kalt.« Ruth erschauerte, um ihn – und vielleicht auch sich selbst – zu überzeugen, dass sie ihre Worte ernst meinte.

Elam schaute sie forschend an; das spürte sie. Er nahm eine winzige Veränderung in ihrer Stimme wahr, die sie selbst nicht einmal gehört hatte. »Ja. Es ist kalt«, sagte er.

Ruth trat näher und setzte sich aufs Sofa zwischen der Küche und dem Kamin. Sie legte die Hände zwischen ihre Knie. Ihr Körper begann zu zittern. Ihre Zähne klapperten genauso wie damals, als sie als Kind mit einem Stück Eis von der Schule nach Hause gegangen war, das wie eine dünne Glasscheibe ausgesehen hatte und an ihren nackten Hände festgefroren war.

Genauso wie damals biss Ruth jetzt fest auf ihre Lippen, um ihr Unbehagen zu verbergen. Aber Elam war ein sehr aufmerksamer Mensch, besonders wenn es um seine neue Frau ging. Er stand auf, kam zu ihr, setzte sich auf den Wohnzimmertisch und stellte seine Füße in Socken links und rechts neben sie. Dann beugte er sich vor und legte die Hände auf ihre.

»Du zitterst ja«, sagte er. »Warst du etwa ohne Mantel draußen?«

Ruth schüttelte den Kopf.

»Was ist passiert? Liebes …?«, fragte er. »Was ist los?«

Wieder schüttelte Ruth den Kopf. Sie schloss die Augen, um die Tränen zu verbergen, die ihr in die Augen schossen. Sie konnte es Elam nicht verheimlichen, so gern sie es auch wollte. »Ich habe meine Sprachnachrichten abgehört«, sagte sie. »Ich wollte wissen, ob Mabel angerufen hat …«

»Geht es den Mädchen gut?«

Sie schlug die Augen auf und blickte in Elams blasses Gesicht. Sie sah in seinen Augen eine so elterliche Panik, dass sie ihre Tränen nicht länger zurückhalten konnte. Er hatte ein Recht darauf, oder nicht? Er verdiente eine Familie, auch wenn er selbst nichts zur Entstehung dieser Familie beigetragen hatte. »Den Mädchen geht es gut«, erklärte sie. »Mabel sagt, es geht ihnen gut. Aber ich habe noch eine andere Sprachnachricht bekommen. Sie … sie ist von Chandler.«

Elams Hände blieben auf ihren Fingern liegen, seine Füße blieben neben ihren Beinen stehen. »Chandler«, sagte er. Das war alles. Trotzdem wusste sie, dass dieser Name die Macht hatte, ihre und Elams Geschichte umzuschreiben.

»Ja«, sagte Ruth. Ihr Zittern hatte aufgehört. »Ja. Es war Chandler. Er hat nicht viel gesagt, aber offenbar gab es irgendwo einen … Irrtum.«

»*Irrtum?*« Elam schaute sie mit großen Augen an. »Das heißt … er lebt?«

Sie nickte. Elams Hände verkrampften sich auf ihren Fingern, während er sagte: »Woher weißt du, dass er es war und … und nicht ein übler Scherz?«

Ruth schüttelte den Kopf. »Ich kann es nicht erklären. Aber so, wie er meinen Namen gesagt hat, Elam. Wie er geweint hat. Ich hatte den Eindruck, dass er es wirklich ist.«

Elam ließ ihre Hände los. Er verlagerte sein Gewicht auf dem Tisch. »Hast du … ihn zurückgerufen?«

»Nein«, antwortete Ruth. »Das konnte ich nicht.« Er blickte ihr wieder ins Gesicht und musterte sie, als könnte er das alles besser verstehen, wenn er den Blick von ihr nicht abwandte. Sie wusste, dass er das nicht so meinte – dass ihm das vielleicht nicht einmal bewusst war –, aber sie entdeckte in seinem offenen Blick einen Anflug von Anklage.

»Er ist dein … Mann«, sagte Elam.

Ruth konnte nicht atmen. Auf dem Boden hinter Elam lagen die Decken, auf denen sie beide die Nacht verbracht hatten – seine Arme hatten sie umschlungen, während das Feuer ihre nackte Haut beschienen hatte. »Aber du bist auch mein Mann.«

Elam stand auf und ging um den Tisch herum. Er lehnte sich an den Kaminsims, als wäre dessen einziger Zweck, ihn zu stützen. So stand er lange da. Im Haus wurde es heller, da die Sonne die tief hängenden Wolken durchbrach. Im Badezimmer tropfte der Wasserhahn, vielleicht war es aber auch der Duschkopf. Es war, als würde keiner von ihnen atmen oder auch nur blinzeln. Wie sollten sie nun weitermachen?

Schließlich sagte Elam: »Ich weiß nicht … ob ich das bin.« Er schluckte. »Dein Mann.«

Ruth stand vom Sofa auf. Der Gürtel um ihren Bademantel löste sich und ihr Pyjama, den sie darunter trug, war für die plötzliche Kälte, die sie einhüllte, zu dünn. Sie hob die Hand und berührte Elams Schulter, bis er sie mit feuchten Augen ansah. Sie legte die Hände an sein Gesicht und fühlte seinen rauen Zweitagebart unter ihren Fingerspitzen. Sie liebte diesen Mann so sehr! Diese Erkenntnis durchströmte sie mit einer fast mütterlichen

Zärtlichkeit. Sie würde alles tun, um ihn zu beschützen. Um ihre Beziehung zu schützen, selbst wenn diese Verbindung ein Verrat an allen anderen wäre, die sie beide kannten.

»Doch«, sagte sie. »Du bist mein Mann, Elam. Wir haben nichts Verbotenes getan. Verstehst du? Chandler war tot. Wir haben ihn *beerdigt*. Das, was zwischen uns war, war unschuldig.«

Elam schaute auf sie hinab, auf seine Frau, die auch die Frau eines anderen Mannes war. Er legte die Arme um sie und konnte durch den weichen Bademantel ihre Wirbelsäule fühlen. »Ich liebe dich«, sagte er. »Ich liebe dich so … unglaublich sehr.«

»Ich liebe dich auch«, sagte sie. Sie hatten einander im Schutz der Dunkelheit süße Unwichtigkeiten zugeflüstert, aber jetzt bedeuteten diese Worte alles, und das wussten sie beide. »Wir schaffen das«, sagte sie. »Egal, was passiert, wenn wir auf die Farm zurückkommen, wir schaffen das.«

Wir schaffen das. Diese Worte hatte Chandler früher zu ihr gesagt.

Elam nickte und beugte sich nach unten, um die Tränen aus Ruths Gesicht zu wischen. »Ich könnte es nicht ertragen, dich zu verlieren«, sagte er.

Ruth dachte an die vielen Male, wenn sie Chandlers Entschlossenheit, sie und die Kinder zu verlassen, gesehen hatte – auch wenn er das nie zugegeben hätte, am allerwenigsten sich selbst gegenüber. Und jetzt stand hier ein Mann, ihr Ehemann, der nicht nur entschlossen war, sie nicht zu verlieren, sondern auch entschlossen war, um sie beide zu kämpfen. *Ich liebe ihn*, dachte sie.

Sie liebte Elam Albrecht so sehr, dass diese Liebe zu ihm so stark war wie der Tod.

Elam und Ruth blieben am letzten Tag ihrer Hochzeitsreise auf Washington Island, trotzdem fühlte sich ihre gemeinsame Zeit plötzlich ganz anders an – dieses Haus war nicht mehr ihre Oase, ihre Zuflucht vor der Welt. Stattdessen fühlte sich ihr Zusammensein irgendwie beschmutzt an; als wäre diese Hochzeitsreise der sichtbare Höhepunkt von Ruths und Elams verbotener Affäre.

Die Schönheit ihres letzten gemeinsamen Tages lag darin, dass ihnen sehr bewusst war, wie leicht ihre Zeit zusammen enden konnte. Sosehr sie es auch wollte, konnte Ruth nicht ignorieren, dass Sofies und Viviennes Vater noch lebte. Ihre Sehnsucht, sich abzuschotten, hatte, wie sie ganz genau wusste, egoistische Gründe. Am liebsten wäre sie mit Elam hiergeblieben. Deshalb saßen Ruth und Elam am Abend vor ihrer Rückfahrt nach Tomah noch einmal auf ihren Decken vor dem Feuer. Sie hatten ein weiteres Indoor-Winterpicknick vorbereitet, aber keinen Bissen angerührt. Stattdessen hielt Elam Ruth ganz fest in seinen Armen, als läge es allein an ihm, sie hier zu halten.

Sie starrten in die Flammen und fanden in ihrem vorhersehbaren, flackernden Schein einen unerklärlichen Trost. Sie sagten lange nichts, atmeten nur und hingen ihren Gedanken nach, denen dasselbe Thema zugrunde lag: *Wie wird das Leben aussehen, wenn wir nach Hause kommen?*

Sie wussten nicht, ob Chandler da sein würde, ob er auf den Verandastufen stehen und sie erwarten würde. Sie wussten nicht, ob Mabel schon gehört hatte, dass ihr Sohn noch lebte, und das erfüllte Ruth mit schmerzlichen Schuldgefühlen. *Aber das ist erst morgen,* dachte sie. Morgen würde sich alles ändern, aber in diesem Moment – heute Nacht – war sie in den Armen ihres Mannes sicher und geborgen.

Chandler wartete nicht auf den Verandastufen, als Ruth und Elam ankamen. Die Farm sah genauso aus wie bei ihrer Abreise vor wenigen Tage mit Ausnahme des Schnees, der auch hier alles überzog: Über den Cranberryfeldern und Wiesen lag eine weiße Schneedecke und der See und die Kanäle waren an den Rändern zugefroren. Elam bezahlte den Fahrer, der sie abgeholt hatte, nachdem sie den Mietwagen zurückgebracht hatten. Dann blickten sie zum Bauernhaus hinauf. Ihre Reisetaschen standen im Schneematsch und wurden nass, während Elam den Arm um sie legte. Sie blickten zum Haus hinauf und hatten das Gefühl, etwas sollte anders aussehen, aber so war es nicht. Ruth zitterte. Sie zitterte vor Angst. Dabei hatte sie nicht einmal an dem Morgen, an dem sie von Chandlers Tod erfahren hatte, vor Angst gezittert.

Elam murmelte: »Kommst du klar?«

Ruth blickte ihn von der Seite an. Sein Gesicht war kreidebleich, und in seinen Augen stand die gleiche Ungewissheit, die sie beherrschte. »Ich muss«, erwiderte sie. Er nickte und hob die zwei Taschen mit einer Hand auf. Mit der anderen Hand nahm er ihre Hand, und sie gingen die Veranda hinauf und ins Haus. Schnee wehte vom Dach und bestäubte sie, als sie eintraten. Ruth wappnete sich aus Gewohnheit dafür, von Zeus angesprungen zu werden. Aber Zeus war nicht da. Stattdessen schlief Everest, der Welpe, auf einem alten Kissen vor dem Feuer und sah unversehrt aus, obwohl ihre Töchter den Kleinen wahrscheinlich keine Minute in Ruhe ließen und ihn mit ihrer Liebe überschütteten.

»Hallo?«, rief Ruth.

Ruth hörte den Singsang der Stimmen ihrer Töchter aus dem Zimmer, in dem sie zusammen schliefen. Sie legte die Hand aufs Treppengeländer und nahm immer zwei Stufen auf einmal. Die Mädchen kreischten »Ma-mi!«, als Ruth ins Zimmer trat. Mabel saß mit Vivienne, die den warmen, weichen Blick eines Kindes hatte, das gerade erst aufgewacht war, auf dem Bett. Sofies Locken waren ein geflochtenes, zerzaustes Wirrwarr, und Ruth fragte sich, ob Mabel während der ganzen Zeit, die sie fort gewesen war, den Mut aufgebracht hatte, das sensible, zu theatralischen Ausbrüchen neigende Kind zu bürsten. Ruth musste selbst immer ihren ganzen Mut dafür zusammennehmen.

Da sie nie zuvor länger als einige Stunden von ihren Töchtern fort gewesen war, hatte sie nie Gelegenheit gehabt, die beiden anzusehen wie jemand, der lange nicht mit seinen Kindern zusammen gewesen war. Die Schönheit, die sie jetzt wahrnahm, verschlug ihr den Atem.

»Habt ihr mich vermisst?«, fragte sie und drückte ihre Töchter an ihre Beine. Sofies Kopf lag auf ihrem Bauch, während Vis Kopf nur knapp über Ruths Knie reichte. Wann waren die beiden so groß geworden? Wann hatten sie sich von Babys zu Kindern verwandelt, von winzigen Punkten in der Dunkelheit des Mutterleibs zu diesen lebendigen Mädchen? Diese Erkenntnis löste eine solche Panik aus, dass Ruth niederkniete und beide an sich drückte, als bekäme sie dazu nie wieder eine Gelegenheit. Tränen liefen aus ihren Augenwinkeln.

Vi fragte: »Hast du uns etwas mitgebracht?«

Ruth lachte, aber ihr Lachen klang wie ein ersticktes Schluchzen. »Elam hat unten etwas für euch.« Die Mädchen blickten einander an und ihre Münder und Augen wurden vor Freude ganz rund.

Ruth wartete, bis die beiden die Treppe hinabgelaufen waren. Dann drehte sie sich zu Mabel herum, die sie anlächelte und fragte: »Und, wie war es?« *Sie hat nicht die geringste Ahnung*, dachte Ruth und hatte den überwältigenden Wunsch, sie genauso zu schützen, wie sie ihre Mädchen schützen wollte. Das alles ergab einfach keinen Sinn. Eigentlich sollte Ruth vor Freude fast platzen und konnte es nicht erwarten, Mabel die Nachricht mitzuteilen. Sie blieb jedoch stumm.

Schließlich atmete sie tief aus. »Es war schön. Danke, dass du auf die Mädchen aufgepasst hast.«

»Das habe ich gern gemacht. Sie waren so lieb und brav.«

»Aber du bist jetzt bestimmt ziemlich müde.«

»Nun ja.« Mabel lächelte. »Es ist gut, dass uns der Herr Kinder gibt, wenn wir jung sind.«

Wieder kehrte Schweigen ein. Vermutlich rührte dieses Schweigen nur daher, dass alles vom Dröhnen des Pulses, der in Ruths Ohren hämmerte, übertönt wurde. »Mabel«, sagte sie.

Beim Tonfall in Ruths Stimme wandte sich Mabel ihrer Schwiegertochter zu, denn Ruth würde immer ihre Schwiegertochter bleiben. Ruth sagte: »Ich denke, du solltest dich lieber setzen.«

Mabel hatte genauso wie Ruth genug Schmerz durchgemacht, um vom absolut Schlimmsten auszugehen, wenn jemand sagte, sie solle sich setzen, um sich für etwas zu wappnen. Also gingen sie in Mabels Zimmer und Mabel setzte sich. Plötzlich wirkte sie sehr alt: Sie hielt ihre Hände mit den hervortretenden Adern verkrampft auf ihrem Schoß und ihr Mund wirkte wie eine graue vernarbte Wunde.

Ruth brauchte einen Moment, um ihren Mut zusammenzunehmen, oder vielleicht wollte sie auch nur Zeit schinden, während sie sich im Raum umsah. Sie entdeckte Sofies Schmusedecke auf dem Bett und Vis rosafarbenen Stoffflamingo, Mango, und begriff, dass die Mädchen wahrscheinlich die ganze Zeit, die Ruth und Elam fort gewesen waren, bei ihrer Oma im Bett geschlafen hatten. Ruth trat zu Mabel und setzte sich neben sie. Die Doppelmatratze war nicht so neu wie die Matratze in Ruths Zimmer, und die Federn quietschten unter dem Gewicht der beiden Frauen. Ruth nahm die Hand ihrer Schwiegermutter. Sie hielt sie verkrampft fest; sie klammerte sich daran, als hinge ihr Leben davon ab, denn es ging tatsächlich um Leben und Tod. »Er lebt, Mabel«, sagte Ruth. »Chandler, dein Sohn, lebt.«

Mabel schaute sie ungläubig an, und Ruth sah in diesen vertrauten Augen die gleiche Verwirrung und sogar Angst, die sie selbst spürte. »Was …? Wie …?«

Ruth schüttelte den Kopf. »Ich konnte nicht mit ihm sprechen.«

»Woher weißt du dann, dass es stimmt?«

Ruth hielt Mabels Hand unvermindert fest. Sie fühlte, wie ihre Schwiegermutter zitterte, und war froh, dass sie gewartet hatte, bis Mabel sich gesetzt hatte. »Chandler hat eine Sprachnachricht auf meinem Handy hinterlassen. Als ich die Nummer zurückrief, erfuhr ich, dass er von der amerikanischen Botschaft in Kabul angerufen hat.«

Mabel verkrampfte die Hand so stark um Ruths Finger, dass sich ihre kurzen Fingernägel in ihre Haut gruben. Ruth wehrte sich nicht dagegen. Der Schmerz bewahrte sie davor, gefühlstaub zu werden. »Aber dort ist er jetzt nicht mehr?« fragte sie.

Ruth schüttelte den Kopf. »Sie durften mir nichts sagen, obwohl ich erklärte, dass er … er …« Sie stammelte jetzt bei diesem Wort, das sie kaum über die Lippen brachte. »Ich habe ihnen erklärt, dass Chandler mein Mann ist.«

Mabels Gesicht sah jetzt eher betroffen als erleichtert aus. »Oh, Ruth!«, sagte sie. »Mein Sohn lebt.«

Dann begann sie zu weinen. Sie entzog Ruth ihre Hände und schlug sie sich vors Gesicht, während ihre kleinen, gebeugten Schultern von ihrem heftigen Schluchzen geschüttelt wurden. Aber zwischen ihrem Schluchzen konnte Ruth die Frage hören, auf die sie selbst keine Antwort wusste: »Wie wird Elam damit umgehen?«

Ohne lange zu diskutieren, beschlossen sie, dass die Kinder und der Rest der Gemeinde – zu diesem Zeitpunkt auch Tim und Laurie – erst erfahren sollten, dass Chandler noch lebte, wenn sie wieder von ihm hörten. Mabel und Elam beharrten darauf, dass Ruth ihr Handy immer auflud, den Klingelton laut stellte und es den ganzen Tag bei sich trug.

Zwei Tage vergingen, ohne dass sie ein Wort hörte. Ruth fragte sich schon fast, ob sie sich alles nur eingebildet hatte. Aber als sie zum hundertsten Mal auf ihr Handy schaute und *Kabul, AF*, unter der fremden Nummer las, wusste sie, dass es keine Einbildung gewesen war.

Als Ruth abends drei Bilderbücher vorgelesen und zwei Schlaflieder – zum Abschluss immer »Edelweiß« – gesungen hatte, wartete sie, bis Sofie fest eingeschlafen war, bevor sie sich geräuschlos aus ihrem Bett schälte.

Dann schlich sie nach unten, wo Elam, ihr Mann, darauf wartete, dass sie in ihr gemeinsames Schlafzimmer zurückkam. Am zweiten Abend saß Elam im Bett und las. Der Lichtschein der Lampe fiel auf die weiß gestrichenen Wände. Das Zimmer war mit Holzpaneelen verkleidet, die von kleinen Astlöchern wie von kleinen Bullaugen durchbrochen waren, was Ruth das Gefühl gab, im Bauch eines Schiffes zu schlafen.

Elam steckte ein Lesezeichen zwischen die Seiten und klappte das Buch zu, um es dann auf den Nachttisch neben sein Bett zu legen. »Sind die Mädchen eingeschlafen?«

Ruth nickte. Sie hatten sich darauf geeinigt, dass er nach und nach immer mehr Teil ihres Lebens werden würde, aber jetzt am Anfang wollten sie sich so benehmen, als wäre alles so, wie es immer gewesen war. Aber das war es nicht, da Ruth jetzt zu Elam ins Bett schlüpfte. Elam zog die Decke für sie zurück und sie rutschte in ihrer Thermowäsche, die sie beim Laufen unter ihrer Kleidung trug, unter die Decke. Er strahlte Wärme und Trost aus und Ruth legte sich an seine Brust und fühlte das gleichmäßige Heben und Senken seines Brustkorbs.

»Es ist schön, zu Hause zu sein, nicht wahr?«, sagte er.

Ruth nickte, während aus ihren Gliedern allmählich die Anspannung wich, die sie gar nicht gemerkt hatte. Manchmal, wenn sie in der Küche stand oder einem der Mädchen das Haar bürstete, stockte ihr plötzlich der Atem und der einzige Gedanke, der sie davor bewahrte, in Panik zu geraten, war die Erinnerung, dass sie am Ende des Tages hier liegen würde – in ihrem kleinen Zimmer mit den Bullaugen unter dem schiefen Dach –, wo die Liebe, die sie füreinander empfanden, die ganze Welt aussperren konnte.

Aber die Welt ließ sich nicht aussperren.

Ruths Handy klingelte in der Tasche ihres Bademantels, den sie über die Armlehne des Stuhls gelegt hatte. Ruth erstarrte. Elam nahm die Hände von ihren Schultern.

»Du solltest … drangehen«, sagte er.

Ruth sagte nichts. Es klingelte wieder.

»Das könnte … er sein.«

»Ich *weiß*«, sagte sie mit scharfem Tonfall. »Deshalb will ich ja nicht drangehen.«

Aber um Mabels und um Elams willen stand Ruth auf und ging zum Stuhl. Sie erkannte die Nummer nicht, aber das erwartete sie auch nicht. Sie warf einen Blick auf Elam und sie schauten sich kurz in die Augen, bevor sie auf das grüne Symbol tippte und Hallo sagte.

»Ruth?«

Ruth nickte und drehte Elam automatisch den Rücken zu. Aber sie ging nicht aus dem Zimmer. Ihr Brustkorb zog sich zusammen. Sie öffnete den Mund, um etwas zu sagen. Aber keine Worte kamen über ihre Lippen.

»Ruth«, sagte Chandler. »Ich bin es.«

»Ich weiß«, antwortete sie und hatte erneut das Gefühl, mit der Totenwelt zu sprechen.

»Ich bin in Paris«, sprach er weiter. »Bei einer Zwischenlandung. Bist du in Irland?«

»Nein. In Wisconsin.« Sie schluckte. »Mit deiner Mutter.«

»Wirklich?« Seine Stimme wurde lauter. Das war nicht das Gespräch, das man mit seiner Frau führte, wenn sie begriff, dass ihr tot geglaubter Mann noch lebte. »Wunderbar. Dann ändere ich meinen Flug und komme nach Wisconsin.«

Sie wusste, dass ein Wiedersehen mit ihm unvermeidlich war, aber das bedeutete nicht, dass es nicht grausam wäre. »Wie bald wirst du hier sein?«, fragte sie und meinte damit: *Wie viel Zeit bleibt uns noch?*

»Das weiß ich nicht genau«, sagte Chandler. »Es ist schwer, Flüge zu bekommen. Vielleicht in zwei Tagen?« Er schwieg einen Moment und sie hörte, dass er unter Tränen lächelte. »Schatz«, sagte, »ich komme nach Hause.«

Ruth schloss die Augen. Jahrelang hatte sie sich gewünscht und gebetet, ihr Mann würde körperlich und emotional zu ihr zurückkommen, und jetzt wurde dieses Gebet erhört. Ihr Wiedersehen war nicht das Einzige, das grausam war. Ein Gott, der die Erhörung von Gebeten so lange hinauszögerte, bis der Betende diese Erhörung gar nicht mehr wollte, war noch grausamer.

»Ich bin hier«, sagte Ruth. Das hatte sie immer zu Chandler gesagt. *Du gehst weg. Ich bin hier und warte.* Sie hatte immer gewartet. Aber Chandler wusste nicht, dass Ruth ihr Leben dieses Mal ohne ihn weitergelebt hatte.

ଓ

Elam fragte hinter ihr: »Kommt er … hierher?«

Ruth bückte sich, um das Telefon in ihre Bademanteltasche zu stecken, und kehrte zum Bett zurück. Sie schlüpfte nicht wie vorher unter die Decke, sondern setzte sich auf die Bettkante. Mit brennenden Augen legte sie eine Hand auf das gestärkte weiße Laken. Zum zweiten Mal in diesen Tagen hatte sie Schuldgefühle, weil sie Elam als ihren Mann betrachtete. Es ärgerte sie, dass die Liebe, die sie miteinander verband, durch jemanden befleckt wurde, der ihr jahrelang nicht die Unterstützung gegeben hatte, die sie gebraucht hätte. »Ja«, sagte Ruth. »Chandler kommt hierher.«

Elam konnte Ruth nicht ansehen, die Frau eines anderen Mannes, die auch seine Frau war. Egal aus welcher Perspektive er diese Situation betrachtete, sie war einfach unmöglich. Und doch war eines klar: Er würde Ruth nicht aufgeben, solange sie das nicht wollte. Aber er hatte zu große Angst, um sie das zu fragen.

Stattdessen fragte er: »Was kann … ich für dich tun?« Denn etwas zu tun, egal was, erschien ihm leichter, als einfach hier zu warten.

Ruth beugte sich übers Bett und nahm seine beiden Hände. »Du kannst *nichts* tun«, sagte sie. »Sei einfach weiterhin der Mann, den ich liebe.«

Elam hob jetzt den Blick und schaute in ihre feuchten Augen. »Es ist verrückt«, sagte er. »Vor ein paar Monaten hätte ich noch meinen rechten Arm dafür gegeben, dass mein Cousin lebt … und jetzt …« Er schüttelte angewidert über sich selbst den Kopf. Sie sprachen hier nicht nur von Ruths erstem Mann – sie sprachen auch vom Vater ihrer Kinder, Sofie und Vi.

Die Mädchen hatten ein Recht darauf, Chandler zurückzubekommen, selbst wenn das bedeutete, dass Elam sie alle verlor.

»Jetzt«, beendete Ruth seinen Satz und entzog ihm ihre Hände, »graut dir vor seiner Rückkehr.«

»Ich kann nicht so leben, als wäre ich dein Mann, denn ich weiß, dass dein Mann lebt.«

Ruth verschränkte die Arme vor ihrem Bademantel. »Was willst du damit sagen?«

Elam seufzte. »›*Alles nun, was ihr wollt, dass euch die Leute tun sollen, das tut ihr ihnen auch!*‹ Diese Worte sind ziemlich eindeutig. Wenn ich Chandler wäre, würde ich nicht wollen, dass du bei einem anderen Mann im Bett schläfst.«

»Aber wir waren doch gar nicht mehr richtig zusammen … seit wir wissen, dass er noch lebt.«

Elam sagte: »Ich weiß. Ich dachte, das würde genügen. Aber ich kann das nicht, Ruth. Ich kann nicht mit dir hier liegen.« Er schaute seine Frau in ihrem weichen Pyjama und mit ihrem offenen Haar an. Sie sah, wie er schluckte. Sie sah, wie sehr ihn diese Situation schmerzte, aber trotzdem wurde in ihr das Gefühl wach, abgelehnt zu werden. Ein Gefühl, das schon lange, bevor sie Chandlers Frau geworden war, in ihr Wurzeln geschlagen hatte. Dieser Same war in ihrer Kindheit in sie gelegt worden, als Ruth die zurückhaltende, schweigsame Art ihrer Mutter als Zeichen gedeutet hatte, sie würde sie nicht lieben.

»Das heißt, dass du mich nicht willst.«

Elam richtete den Blick zur Wand mit den Bullaugen. Er drückte die Daumen auf seine geschlossenen Augen. »Ach, Ruth! Ich würde es nie schaffen, dich nicht zu wollen. Ich könnte es nie schaffen, dich nicht zu lieben. Aber ich liebe Gott noch mehr, und diese Liebe macht es mir unmöglich, dich zu kompromittieren.«

Ruth stand vom Bett auf. Sie blickte finster auf Elam hinab, und der Schmerz, den sie jedes Mal empfunden hatte, wenn Chandler ein Versprechen nicht gehalten hatte, wurde wieder lebendig. »Du hast nur Angst«, sagte sie. »Du hast nur Angst, dass du mich verlieren wirst. Deshalb schiebst du mich von dir weg, bevor das passiert.«

»Ja«, sagte er. »Ich habe Angst. Ich habe Angst, dich zu verlieren. Ich … ich bin vor Angst wie gelähmt. Alles in mir will dich in dieses Bett ziehen und die Zeit, die wir noch haben, nutzen. Aber wenn ich das tue, Ruth, befleckt das die Schönheit dessen, was wir *jetzt* haben. Ich möchte dich nicht zu so einer Frau machen, und ich weiß, dass du mich nicht als einen solchen Mann erleben willst.«

Damit packte Elam sein Kissen und verließ sein Schlafzimmer, um auf dem Sofa zu schlafen.

Kapitel 14

Als Chandlers Propellermaschine in La Crosse in Wisconsin landete, konnte er sich des Gedankens nicht erwehren, dass es ziemlich unspektakulär war, von den Toten zurückzukommen. Er hatte genug Wiedersehenstreffen nach Auslandseinsätzen auf YouTube gesehen, um eine begeisterte Begrüßungsfeier zu erwarten. Nichts Aufwendiges vielleicht nur ein paar Luftballons und ein Plakat mit *Willkommen daheim, Papa!* Mit Abdrücken von den Händen seiner geliebten Töchter. Aber als er aus dem Flugzeug stieg und in das Flughafengebäude trat – das aufgrund der Bauarbeiten, die fast das ganze Jahr dauerten, staubig und mit gelbem Absperrband versehen war, stellte er fest, dass seine Frau Ruth allein gekommen war. Sie blickte ihm entgegen, als er auf sie zuging, ihre Arme vor ihrer Brust verschränkt, als wäre ihr kalt.

Sie trug Jeans, Stiefel und einen grünen Parka, den er noch nie gesehen hatte. Die Kapuze war über ihr Haar gezogen und Chandler sah, dass sie nicht lächelte. Sein Blick wanderte von ihr weg zu den wenigen mit Planen abgedeckten Ecken des Flughafens, um zu sehen, ob dies vielleicht ein Scherz war und jeden Moment seine Mutter und seine Töchter aus der Flughafentoilette stürmen und »Überraschung!« rufen würden.

Aber nichts geschah.

Also ging Chandler auf Ruth zu. Noch bevor er ganz bei ihr angekommen war, rief sie: »Hattest du einen guten Flug?«

Chandler blieb stehen und schaute sie genauer an. Dieser Satz war weniger eine Frage als vielmehr eine Warnung. *Warum?* »Ja«, sagte er. »Alles lief gut.«

Sie breitete nicht die Arme aus, um ihn zu umarmen, aber er trat trotzdem auf sie zu. Er beugte sich zu ihrem Mund hinab, um sie zu küssen, und sie hielt ihm die rechte Wange hin. Er hielt erneut inne und dachte, die schroffe Art seiner Frau wäre ein Scherz. Aber er wusste, dass Ruth nicht der Typ war, der Scherze machte. Er küsste sie auf die Wange und erkannte den vertrauten Sandelholzduft ihres Parfums. Wenigstens etwas, das unverändert geblieben war.

»Wo ist dein Gepäck?«, fragte sie.

Er hielt seine leeren Hände hoch. »Ich reise mit leichtem Gepäck.«

»Offensichtlich«, sagte sie.

»Sind die Mädchen nicht mitgekommen?«

»Nein.« Ruth schaute ihm nicht in die Augen. »Ich wollte vorher mit dir allein reden.«

Als sie den Flughafen verließen, führte sie ihn zu einem schlichten kleinen Minivan. Chandler blickte sie fragend an, und sie erklärte: »Ich habe kein Auto, deshalb nehme ich den Fahrer der Gemeinde in Anspruch.«

»Du hast kein Auto?«

Ruths Stimme war wie ein tiefer Abgrund, als sie erwiderte: »Wie sollte ich mir das leisten können, Chandler?«

»Tut mir leid«, sagte er, obwohl er spürte, dass dies nicht reichte.

Ruth wandte ihm den Rücken zu und ging zu dem Minivan. Sie zog die Schiebetür auf und Chandler stieg neben ihr ein. Der Fahrer drehte sich um und nickte ihm zu. Chandler hatte keine Ahnung, wer dieser Mann war. Er überlegte, wie sie in diesem Auto allein reden wollten, als Ruth sagte: »Hast du Hunger? Ich dachte, wir könnten in diesem kleinen norwegischen Restaurant etwas essen. Es liegt auf dem Heimweg.«

Larsen's. Es war für Chandler ungewohnt, seine Frau von den Orten sprechen zu hören, die er seit seiner Kindheit kannte. Und obwohl er Hunger hatte – und nichts anderes gegessen hatte als das, was ihm während seiner Flüge serviert worden war –, war sein Wunsch, zur Farm zu kommen und seine Töchter zu sehen, stärker als jedes andere Bedürfnis der Welt. Aber er ahnte, dass dieses »Mittagessen« wohl auch nötig war, und sagte deshalb: »Klingt wunderbar.«

Ruth beugte sich vor und nannte dem Fahrer die Adresse. Er gab sie in sein Navi ein und fuhr vom Parkplatz. Ein leichter Regen setzte ein. Chandler und Ruth saßen nebeneinander, aber zwischen ihnen wäre genug Platz für ihre beiden Kinder gewesen. Er schaute sie von der Seite an und sah ihre vor Aufregung geröteten Wangen, die im Kontrast zu ihrer vermeintlich unbeteiligten Miene standen. Ruth war genauso umwerfend schön wie an dem Tag, an dem er weggegangen war, wenn nicht sogar noch schöner. Er wusste nicht, wie er ihr Verhalten deuten sollte, aber vermutlich brauchte seine Frau nur Zeit. Sie hatten sich zehn Monate nicht gesehen, und vielleicht erinnerte sie sich nur nicht mehr daran, wie es zwischen ihnen gewesen war. Chandlers Wangen begannen zu glühen, als vor seinem geistigen Auge eine Diashow ablief: Streitereien spätabends, die von Gesprächen am frühen Morgen abgelöst wurden, bei denen Ruths einzige Kommunikationsform darin bestand, Küchenschränke zuzuschlagen, während sie ihren Mädchen das Frühstück machte. Vielleicht war der Grund, warum sie so viel Abstand zu ihm hielt – der Grund, warum sie ihn nicht so begrüßt hatte, wie er es sich während des schlimmsten Albtraums seines Lebens erträumt hatte –, nicht dass sie sich nicht erinnern konnte, sondern dass sie nicht vergessen konnte.

Ruth saß ihrem ersten Mann gegenüber – jeder hatte eine unberührte Tasse Kartoffelsuppe vor sich – und versuchte, sich zu erinnern, wie alles angefangen hatte. Sie wusste, dass ihre Beziehung auf dem Dach von *Bethel House* begonnen hatte, als Chandler und sie gemeinsam auf einer Decke gesessen hatten, während irgendwo in der Dunkelheit ein Hahn krähte und am Himmel tausend Sterne funkelten. Oder vielleicht war es auf dem Berg gewesen, als sie beide Sofie in einem notdürftigen Bett in der baufälligen Hütte ihrer leiblichen Eltern gefunden hatten, deren Wellblechwände und Pfosten so schlecht verankert gewesen waren, dass sie befürchten mussten, die ganze Hütte würde jeden Moment den Abgrund hinabrutschen.

In dem schwachen Licht des rauchenden Feuers in der Mitte des Raums hatten sie sich angesehen. Sofie hatte geweint und jeder mühsame Atemzug des kleinen Kindes hatte verraten, wie krank sie gewesen war. In dem kleinen Raum hatte es widerlich gestunken und Ruth hatte den Berg schmutziger Stoffwindeln auf dem ungemachten Bett gesehen. Die Eltern – viel zu jung und völlig verängstigt – hatten Chandler und Ruth nur angestarrt.

Ruth hatte die gelbe Clown-Perücke abgenommen, die sie immer getragen hatte, um die Kinder abzulenken, wenn Chandler ihnen eine Spritze geben musste. Sie erinnerte sich, dass sie Chandler beiseitegezogen und ihn angesehen hatte. Der Rauch, kombiniert mit der Schminke in ihrem Gesicht, hatte ihr eine klare Sicht geraubt, und doch war das nicht der Grund gewesen, warum ihr Tränen übers Gesicht gelaufen waren. Sie hatte gefragt: »Was können wir tun?«

Er hatte seinen langen Ärmel unter seiner Windjacke hervorgezogen und behutsam ihr Gesicht abgewischt. »Wir helfen«, hatte er gesagt. »Wir tun für sie, was wir können.«

In diesem intensiven Moment war es wohl gewesen, dass die Beziehung zwischen Ruth und Chandler ihren Anfang genommen hatte. Denn in diesem Augenblick hatte sie erkannt, was für ein Mann er war, und gewusst, dass sie diesen Menschen liebte. Und jetzt saßen sie hier in einem Lokal im Mittleren Westen. Die Regentropfen liefen an den Fenstern des Restaurants hinab. Die Nische, in der sie saßen, war leuchtend rot, der Tisch eine graue Resopalplatte mit glitzernden Punkten. Ein nordisches Zitat, von roten und blaugrünen Schwüngen umrahmt, zierte die Wände. Im Restaurant herrschte Hochbetrieb. Selbständige Milchbauern und Angestellte des nahe gelegenen Biomilchhofs drängten sich um die Tische und auf den Stühlen an der Theke. Eine rotierende Glastheke legte den Gästen nahe, Platz für gezuckerte Kirsch-, Apfel- oder Blaubeerkuchen zu lassen – die alle täglich frisch gebacken wurden –, aber weder Chandler noch Ruth nahmen viel von ihrer Umgebung wahr.

Beide waren zu sehr in ihre eigenen Gedanken versunken. Beide waren auf eine Art niedergeschlagen und fragten sich, wie sie von jenen herrlichen, schmerzlichen Momenten in Kolumbien hierhergekommen waren: Sie wussten jetzt alles über den anderen und hatten sich doch nichts zu sagen.

Ruth drückte den Saft einer Zitrone in ihren Tee und angelte mit dem Löffel einen Kern heraus.

Chandler schaute sie an. »Wissen die Mädchen, dass ich … zurück bin?«

»Von den Toten?« Ruths Löffel klirrte auf der Untertasse. »Nein«, sagte sie. »Sie wissen es noch nicht. Ich wollte es ihnen gestern Abend sagen, als ich sie schlafen legte, aber …« Sie brach ab und verkrampfte die Hand um ihre Tasse. »Vor ein paar Monaten musste ich ihnen sagen, dass ihr Vater tot ist, Chandler, und jetzt … jetzt soll ich dieses ganze emotionale Trauma einfach so auslöschen, indem ich ihnen sage, dass du lebst.« Sie rührte den Tee um. Ihre Fingerknöchel traten an ihren aufgesprungenen Händen weiß hervor.

Chandler bemerkte, dass Ruth ihren Ehering nicht mehr trug. An ihrem Finger steckte ein anderer Ring, ein *Claddagh*, wenn er sich recht erinnerte. Es schmerzte ihn, das zu sehen, doch wenn die Rollen vertauscht wären und er die Nachricht bekäme, dass Ruth gestorben sei, hätte er seinen Ehering vielleicht auch abgenommen. Er schüttelte den Kopf, ohne sich dessen bewusst zu sein.

Ruth sagte: »Was ist?«

Aber er fragte sie nicht, warum sie den Ring abgenommen hatte. Nach allem, was sie durchgemacht hatte, nach allem was sie gemeinsam gehabt und nicht gehabt hatten, hatte er das Gefühl, dazu kein Recht zu haben.

Chandler fragte: »Wie ging es dir?«

Er war so höflich, dass sie beinahe mit den Zähnen geknirscht hätte. Ruth nippte an ihrem Tee. »Es war schwer.«

»Das kann ich mir vorstellen«, murmelte er. »Ich habe versucht, es mir vorzustellen, als man mir sagte, dass ich für tot erklärt worden bin. Ich habe versucht, mir vorzustellen, wie es für mich wäre, dich auf diese Weise zu verlieren, und wie ich es den Mädchen sagen würde.« Er streckte beide Hände über den Tisch, wo Ruth ihre Hände immer noch um die Tasse verkrampfte. »Es tut mir leid. Es tut mir so leid, dass du das alles allein durchmachen musstest.«

Ruth senkte den Blick. Ein lautes Lachen von einem anderen Tisch lenkte Chandlers Blick ab, und sie entzog ihm ihre Hände. Sie faltete sie auf ihrem Schoß und drehte den Ring, den ihr Elam geschenkt hatte. Diese Zeit mit Chandler, dieses ganze Gespräch empfand sie als Verrat nicht an Chandler, wie sie vielleicht gedacht hatte, sondern an *ihm*. An Elam, dem Ehemann, der jetzt auch Abstand zu ihr hielt.

»Als du fort warst, ist etwas passiert«, setzte sie an. »Ich kam hierher, ohne irgendjemanden zu kennen. Selbst deine Mutter … wir kannten uns nicht wirklich.« Sie schluckte. »Elam war auch da.« Chandler sagte immer noch nichts, und sein Schweigen ließ ihr Unbehagen wachsen. Ruth zog den Reißverschluss an ihrer Jacke bis zu ihrem Hals zu, als könnte die Jacke sie irgendwie abschirmen. »Wir kamen zum Beginn der Cranberryernte hier an«, fuhr sie fort. »Elam erlaubte mir, ihm auf den Feldern zu helfen. Das hat mir sehr gutgetan. Dadurch hatte ich noch etwas anderes, auf das ich mich konzentrieren konnte, als meinen Verlust.«

Chandler sagte: »Das freut mich.« Diese neue Art, mit der er sie ansah, war beunruhigend. Sie war es nicht gewohnt, so aufmerksam angesehen zu werden. Vor allem war sie es nicht gewohnt, von *ihm* so aufmerksam angesehen zu werden.

»Elam und ich lernten uns kennen. Wir wurden Freunde. Wir wohnten mit Mabel und ihm in seinem Haus, und er war so gut zu den Mädchen, so geduldig und freundlich …« Ihre Stimme versagte. Sie riskierte wieder einen Blick auf Chandler. Sein Blick wanderte durch das ganze Restaurant, nur nicht zu ihr. Offenbar begriff er allmählich, was sie ihm sagen wollte. »Wir haben uns verliebt«, sagte Ruth. »Elam und ich. Es … es ging sehr schnell. Keiner von uns hat damit gerechnet.«

Chandler schaute sie an. »Also ist Elam nicht froh, dass ich zurückkomme?«

Ruths Nägel bohrten sich in ihre Hände. »Es ist schwer für ihn, Chandler«, sagte sie. »Er hat vermutlich Schuldgefühle. Du musst begreifen, dass wir glaubten, du wärst tot.«

»Aber ich bin nicht tot«, sagte Chandler mit dem ersten Anflug von Ärger. »Ich bin hier.«

»Aber in den letzten Monaten warst du nicht hier«, entgegnete Ruth. »Wir waren … ich weiß auch nicht, was wir waren, aber Mabel hat es auch voll unterstützt. Deshalb haben wir …« Sie wandte den Blick ab, sie konnte Chandler nicht dabei ansehen.

»Du hast ihn geheiratet.«

Ruth wand sich innerlich. Chandlers Stimme zog alles Befreiende, was sie in den letzten Monaten erlebt hatte, ins Lächerliche. Plötzlich verabscheute sie ihn – vielleicht kam dieses Gefühl auch gar nicht so plötzlich –, weil er ihr das antat, weil er ihr das Gefühl gab, sich für die Beziehung schämen zu müssen, die ihr Leben zum Guten verändert hatte.

»Ja«, fauchte sie. »*Wir haben geheiratet.* Elam und ich haben geheiratet und waren auf unserer Hochzeitsreise, als ich den Anruf bekam, dass du noch lebst.«

Chandler stand so schnell auf, dass sein Teller klapperte, aber er war immer noch in der Nische gefangen. Er wollte wissen: »Hast du mit ihm geschlafen?«

»Elam und ich haben geheiratet«, wiederholte sie. »Im wahrsten Sinn des Wortes.«

»Es muss dich ziemlich aufgewühlt haben«, sagte Chandler mit leiser Stimme, »dass ich doch noch lebe.«

Ruth sagte nichts. Einige der anderen Gäste blickten bereits neugierig in ihre Richtung. Falls sie Chandlers Worte bestätigte, würde sie alles nur noch schlimmer machen.

Ruth schaute zu, wie Chandler im kalten Januarregen die Zufahrt zum Hof hinaufstapfte. Sie hatten während der übrigen Fahrt nicht miteinander gesprochen. Sie waren nicht einmal zwei Stunden zusammen und verfielen schon wieder in das gleiche Verhaltensmuster wie früher: Sie schwieg und Chandler war zu eigensinnig, um als Erster etwas zu sagen. Sie hasste die Unreife, die er immer noch an den Tag legte. Und auch sie. Chandler war fast 35, und sie war 30, fast 31. Sollten sie dieses kindische Verhalten nicht endlich ablegen? Ruth wischte sich das Gesicht an ihrem Vliespullover ab und beschloss, mit ihren Töchtern zu sprechen, bevor sie Chandler sahen, da sie nicht riskieren wollte, dass Sofie beim Anblick ihres Vaters eine Panikattacke bekäme. Vi hingegen war so jung gewesen, als er weggegangen war, dass sie diesen veränderten Mann vielleicht nicht einmal erkennen würde.

Ruth fragte: »Hast du etwas dagegen, eine Minute vor der Tür zu warten?«

Chandlers Lächeln war angespannt und verriet seinen mühsam beherrschten Ärger. »Alles, was du verlangst.«

Sie nickte, dann stieg sie zur Veranda hinauf und öffnete die Haustür. Als sie eintrat, sah sie einen dicken Parka von Elam am Garderobenständer neben der Tür hängen. Sie nahm ihn und wollte seinen tröstenden Geruch einatmen, doch sie unterließ es, drehte sich um und ging wieder hinaus.

»Hier«, sagte sie und reichte Chandler das Friedenangebot. »Das wärmt dich, während du wartest.«

Chandler sagte widerstrebend: »Danke.« Dann zog er die Jacke über sein billiges Sweatshirt.

Beide Männer waren groß, aber Elam hatte breitere Schultern.

Deshalb hingen die Ärmel über Chandlers Hände herab. Ruth sah ihn an, sie sah ihren ersten Mann, der die Kleidung ihres zweiten Mannes trug. Sie wandte sich von diesem Anblick ab und trat von einer Welt in eine völlig andere. Sie konnte ihre jungen Töchter hören, die jetzt wieder *ihre und Chandlers* Töchter waren. Sie waren oben in ihrem Zimmer und kicherten, während ihnen Mabel aus einem Buch vorlas. Es war bald Zeit für Viviennes Mittagsschlaf und Sofie sollte dann auch eine Pause machen. Am liebsten hätte Ruth die Kinder bei ihrer täglichen Routine nicht gestört, um durch die Neuigkeit nicht ihren ganzen Tagesablauf durcheinanderzubringen, aber es wäre grausam, Chandler noch länger warten zu lassen. Noch grausamer wäre es, wenn Ruth ihren Kindern den Mann vorenthalten würde, dessen Abwesenheit eine klaffende Lücke in ihrem Leben hinterlassen hatte. Um der Mädchen und um Mabels willen stieg Ruth die Treppe hinauf.

Mabels Hände zitterten, als sie die Goldrandseiten von *Eloise Wilkins Geschichten* zuklappte. Ruth nickte fast unmerklich, aber Mabel sah es. Tränen raubten ihr die Sicht, während sie ihre Enkelinnen auf die Köpfe küsste. Mabel erhob sich vom Bett, ging durch den Raum und berührte Ruths Schulter. Ruth hob die Hand und drückte Mabels Finger. So standen beide Frauen einen Moment da und gaben einander Kraft, während sich die eine Frau darauf vorbereitete, ihren zurückgekehrten Sohn zu begrüßen, und die andere Frau sich vorbereitete, den zurückgekehrten Mann wieder in ihr Leben zu lassen, der zwar der Vater ihrer Kinder war, mit dem sie aber nicht mehr verheiratet sein wollte.

Dann stieg Mabel die Treppe hinab und stützte sich mit einer Hand am Geländer ab, wie es Ruth zuvor getan hatte. Durch die Fensterscheibe entdeckte sie Chandler, der auf der Veranda stand. Sie könnte ihr einziges Kind allein anhand seines Hinterkopfs überall erkennen – dieses dunkle Haar, das fast ganz glatt war und sich nur unten am Hals kräuselte; diese leicht gebeugte Körperhaltung, die er sich als Jugendlicher angewöhnt hatte, als seine Arme und Beine anscheinend über Nacht in die Länge geschossen waren. Bei jedem Schritt, den sie auf ihn zuging, fühlte Mabel, wie die Jahre von ihrem vor Trauer gebeutelten Körper abfielen und Hoffnung wie ein atmendes Lebewesen in ihr aufstieg. Sie öffnete die Tür, und Chandler, ihr Sohn, drehte sich um.

Seine Augen sahen sie an, ohne sie wirklich zu sehen. Deshalb berührte Mabel kurz ihr Haar unter der Gebetshaube und war wegen der körperlichen Veränderungen, die sich vollzogen hatten, seit sie über Nacht sowohl ihren Mann als auch ihren Sohn verloren hatte, unsicher. Aber ihr Sohn, stellte sie fest, war von der schweren Zeit, die sie durchgemacht hatte, auch nicht verschont geblieben. Er hatte in den letzten Monaten auch viel verloren.

»Mama«, sagte Chandler mit einer Zärtlichkeit, die sie nicht mehr bei ihm gehört hatte, seit er in den Stimmbruch gekommen war.

Er richtete sich auf und kam mit ausgebreiteten Armen über die Veranda auf sie zu. Trotz seines ausgemergelten Körpers und der schwachen rot-weißen Narben, die seinen Tagesbart durchzogen, erkannte sie sein Gesicht an dem vertrauten breiten Grinsen. Aber es zitterte jetzt leicht.

Mutter und Sohn hielten sich schützend in den Armen, während hinter ihnen der Regen fiel und Mabel an seiner Brust zu schluchzen begann. Sie schluchzte hauptsächlich vor Freude und Erleichterung, da sie sich nicht mehr zu weinen erlaubt hatte, seit ihre Enkelinnen im Zimmer nebenan schliefen. Schließlich beruhigten sich Mabels aufgewühlte Gefühle wieder und sie schob sich von ihrem Sohn zurück, um ihre Augen zu trocknen. Sie lachte und weinte gleichzeitig. Chandler lächelte, und sie lächelte ebenfalls. Die Haustür stand noch offen, und sie konnte oben auf der Treppe Sofie kreischen hören: »Pa-pa!« Dann folgte ein lautes Poltern, als das Mädchen die Treppe herabstürmte.

Sofie lief zu ihm und ihre dunklen Augen waren vor Staunen

über dieses Wunder weit aufgerissen. Chandler hob seine älteste Tochter hoch und wirbelte sie um sich herum. Die Schleife am Kragen ihrer gestreiften Strickweste löste sich und flog zusammen mit ihrem zerzausten schwarzen Haar um ihren Kopf.

Ruth kam mit Vivienne auf der Hüfte nach unten. Das Mädchen lächelte Chandler genauso begeistert an, wie es jeden anlächelte. Ruth beobachtete, wie ihr Mann ihre älteste Tochter herumwirbelte, aber dann bemerkte sie *ihn*: Elam, der unter dem Scheunendach stand und durch den strömenden Regen hindurch, der wie ein Vorhang zwischen ihnen hing, alles verfolgte. Sein attraktives, markantes Gesicht verriet seine aufgewühlten Gefühle. Einen Moment lang schaute sie ihn nur an, während er diese Szene beobachtete: seine Familie, seine Zukunft, und dann doch … nicht. Sie versuchte, Elam anzulächeln, ihm zu verstehen zu geben, dass alles in Ordnung war. Aber das wusste sie nicht, nicht wirklich. Als er sich abwandte und verschwand, ahnte sie, dass er das tief in seinem Herzen auch nicht wusste.

Kapitel 15

Sofie ließ ihren Vater nicht mehr aus den Augen. Das ging sogar so weit, dass sie die Hand unter der Tür durchschob, sobald er es wagte, allein zur Toilette zu gehen. »Ich kann deine Füße sehen!«, rief sie dann. »Kannst du meine Finger sehen?« Ihre grenzenlose Liebe zu ihm war herzerweichend, und es erwärmte Ruths Herz zu sehen, wie bedingungslos er ihre Liebe erwiderte. Aber da die Kinder keinen Moment von Chandlers Seite wichen, hatten Ruth und er keine Gelegenheit, ihr Gespräch aus dem Restaurant fortzusetzen.

Ruth stand im Türrahmen und beobachtete Chandler, der im Wohnzimmer mit Sofie und Vi einen Mittagsschlaf machte. Er hatte seine vom Jetlag übermüdeten Augen kaum geschlossen, als Sofie durchs Wohnzimmer gelaufen kam – erwartungsvoll mit ihrer Schmusedecke im Schlepptau – und Vi ihr sofort gefolgt war. Kichernd hatten sie ihn aufs Sofa gedrückt und an ihren Daumen gelutscht, während sich ihre Decken wie zerfledderte Flaggen auf seiner Brut überlappt hatten. Vorher hatte Chandler im Kamin ein Feuer angezündet, das jetzt knisternd brannte und die idyllische Atmosphäre verstärkte, während draußen der Regen fiel und die dichten Wolken, die am Himmel standen, den Eindruck vermittelten, es wäre schon spät am Abend.

Aber es war erst siebzehn Uhr, und Elam war noch nicht zurückgekommen.

Falls Chandler die Abwesenheit seines Cousins bemerkte, hatte er kein Wort dazu verloren. Warum sollte er auch? Das war ein weiteres Thema in der Büchse der Pandora, über das sie nicht sprechen konnten. Ruth schaute noch einige Minuten ihrem ersten Mann und ihren Töchtern beim Schlafen zu und fühlte sich wie eine Fremde bei den Menschen, die sie am besten kannte. Sie schlüpfte in ihre Jacke und huschte aus dem Haus. Die Scheune war dunkel und leer; der würzige Geruch von altem Heu lag in der Luft. Sie ging zu dem Bereich, wo sie Cranberrys sortiert hatten und wo sie und Elam das erste Mal so nahe nebeneinandergestanden hatten, dass kaum ein Lichtstrahl zwischen sie gepasst hatte. Hier war er auch nicht. Ruth überlegte und wusste dann, wo sie ihn finden würde.

Der Großteil des Schnees war unter den endlosen Regengüssen dieses Tages geschmolzen und hatte eine gefrorene braune Kruste am Ufer hinterlassen, die leicht bis zum Ende des Frühlings dort bleiben konnte. Ruth trug dicke Stiefel, die lose zugeschnürt waren. Trotzdem begann sie zu laufen, während sie den Weg neben den Kanälen und dem See zurücklegte. Lampenlicht fiel aus den zwei kleinen Fenstern der Blockhütte. Ruths Atem stockte und ihr Mund wurde trocken, da sie sah, dass Elam in der Hütte war. Sie wusste nicht, wie sie ihm begegnen sollte. Sobald sie klopfte, öffnete er die Tür. Es sah so aus, als hätte er schon eine ganze Weile auf sie gewartet.

Sie umarmten sich wortlos und die Frustration, die sie quälte, seit sie zum Flughafen gefahren war, löste sich. Ruth weinte ähnlich erleichtert wie Mabel vor einigen Stunden, aber ihre Tränen verrieten auch ihre Traurigkeit, denn sie verstand einfach nicht, warum ihr Leben eine so unfaire Wende genommen hatte. Elam weinte nicht, aber er hielt sie fest, bis ihr Weinen nachließ. Emotional ausgelaugt, blieb sie in seinen muskulösen Armen stehen und fühlte eine Geborgenheit, die sie bei Chandler nie erlebt hatte.

»Wie geht es dir?«, fragte Elam und erneut traten Tränen in ihre Augen. *Er* war derjenige, der so viel verlor, nicht sie. Aber würde er wirklich alles verlieren? Sie weigerte sich, das zu glauben.

»Mir geht es gut«, antwortete Ruth und lachte dann hustend, denn sie wussten beide, dass es ihr alles andere als gut ging. »Ich weiß nicht einmal mehr, wer Chandler ist. Wir sind wie Fremde.«

Elam rieb wie als stumme Antwort ihre Schultern. Ihr war gar nicht bewusst gewesen, wie verspannt sie war, bis sich die Knoten langsam lösten. »Wie hat er es aufgenommen?«

Ruth schloss die Augen an seiner Brust. »Nicht gut. Seit wir hier sind, hatten wir keine Gelegenheit zu reden. Die Mädchen weichen keine Sekunde von seiner Seite.«

Bei diesen Worten – bei der Erwähnung der Mädchen – wand sich Elam sichtlich. Schmerzte es ihn, dass ihr Vater zurückgekommen war und ihn, den Stiefvater, verdrängte?

»Es wird sich ein Weg finden«, sagte Ruth. »Versprochen.«

»Wie?« Elam hob eine Hand. »Tut mir leid. Ich weiß einfach nicht ... wo mein Platz ist.«

»Das verstehe ich«, sagte Ruth. »Es ist für uns alle eine unmögliche Situation.« Sie blickte zur Seite, da sie überall hinsehen wollte, nur nicht in seine Augen. »Vielleicht können Chandler und ich heute Abend weitersprechen. Wenn die Mädchen schlafen.«

»Ich schlafe hier«, erklärte Elam.

Ruth blickte sich in dem spartanisch eingerichteten Raum um. »Ich wünschte, ich könnte bei dir schlafen.«

Elam wurde bleich und setzte sich auf die Liege, die alles andere als ein bequemes Bett war. »Das wünschte ich auch«, murmelte er. »Aber gleichzeitig wünschte ich, ich hätte nie eine Beziehung mit dir gesucht. Und mein Cousin könnte ohne Komplikationen zu seiner Frau und seinen Kindern heimkommen.«

Ruth blieb an der Tür stehen, die angelehnt war und den feuchten Wind hereinließ. Sie drehte sich um und schloss sie ganz. Dann ging sie zu Elam und setzte sich neben ihn. Sie nahm seine Hand. »Du bist keine Komplikation«, sagte sie. »Du und ich sind verheiratet, erinnerst du dich?«

»Ich weiß, dass wir verheiratet sind. Aber du bist auch mit Chandler verheiratet.«

»Wenn ich könnte, würde ich das sofort ändern.«

Er entzog ihr seine Hand. »Wir müssen Chandlers Platz in deinem Leben respektieren.«

»Und was ist mit *deinem* Platz?«

Elam lächelte traurig. »Das finde ich hoffentlich bald heraus.«

Sie senkte den Blick. »Wann willst du ihn treffen?«

»Chandler?« Er verschränkte die Arme. »Ich … weiß es nicht.«

Ruth nickte und blieb nahe bei Elam, obwohl sie bereits fühlen konnte, dass er sich ihr entzog. Das Problem war, dass sie für den Rest ihres Lebens hierbleiben wollte, aber ihre Kinder nie verlassen könnte. Ihre Mädchen riefen sie zum Haus, zurück zu der Ungewissheit ihrer Ehe mit Chandler und ihrer Ehe mit Elam. Sie wusste nicht, ob ihre Ehe mit Elam juristisch überhaupt noch Gültigkeit hatte. Aber im Moment interessierte sie nichts anderes als Elams tröstende Wärme, auch wenn er einen gewissen Abstand zu ihr aufbaute. Deshalb blieb sie bei ihm. Sie blieb, bis die Dunkelheit aufzog, die Sterne herauskamen und der Ruf eines Nachtvogels über dem Wasser erklang, als wolle er sie nach Hause rufen.

Ruth ging auf das Bauernhaus zu und konnte Mabel in der Küche sehen, wo sie den Tisch fürs Abendessen deckte. Sie hörte ihre Töchter im Wohnzimmer kichern – sie kicherten *immer* – und Chandlers tiefe Stimme, der mit ihnen spielte und entweder wie ein Löwe oder wie ein Bär brüllte. Trotz allem, trotz des Unbekannten musste Ruth über diese vertrauten Geräusche lächeln, die sie so lange nicht mehr gehört hatte. Diese Seite von Chandler hatte sie vergessen: Wenn er da war, füllte er eine völlig andere Rolle aus. Ruth sorgte dafür, dass die Kinder emotional und körperlich alles hatten, und, wenn nötig, griff sie auch zu Erziehungsmaßnahmen. Chandler hingegen war der Elternteil, der für den Spaß zuständig war. Er hatte die Mädchen an abendliche Kitzelaktionen und Ringwettkämpfe gewöhnt (er ließ sie immer gewinnen, obwohl das Ganze an Gulliver, der von den Bewohnern von Liliput angegriffen wird, erinnerte). Außerdem an

Pfannkuchen mit Schokostreuseln zum Frühstück und süßer Limonade in Glasflaschen, die er zum Mittagessen mit nach Hause brachte. Aber dann verschwand er immer wieder längere Zeit zu der einen oder anderen Mission, und das Verhalten der Mädchen wurde unerträglich, da sie sich verlassen fühlten, woraufhin Ruth sich gezwungen sah, erneut zu strengen Erziehungsmaßnahmen zu greifen. In diesen Momenten hatte sie ihren Mann wegen des Kreislaufs, den er in Gang gesetzt hatte, verabscheut.

Jetzt betrat sie das Haus und sah mit einem Blick nach rechts, dass Chandler auf dem Boden lag und Sofie an seinem Rücken und Vi an seinem Bein hing. Er ging so in dem Spiel auf, dass er Ruth gar nicht kommen hörte. Aber Vi sah sie an der Tür stehen und kreischte: »Mami!«

Chandler blickte lächelnd zu ihr auf und im Feuerschein konnte sie sehen, wie dünn er geworden war und dass tiefe Narben von dem Bombeneinschlag seine Wangen überzogen. Sie fragte sich, wie weit seine Verbrennungen gereicht hatten, ob der Körper, den sie genauso gut kannte wie ihren eigenen, verändert war.

»Hilfe, Ruth«, stöhnte er. »Sie sind stärker als ich.« Während er das sagte, drehte er Vi sanft auf dem Teppich herum und kitzelte ihren Bauch. Sofie verstärkte ihren Griff um seinen Hals und er tat, als müsse er sich übergeben.

»Sei vorsichtig, Sofie«, ermahnte Ruth ihre Tochter.

Chandler schaute ihr in die Augen, und eine Sorge, die sie sich nicht erklären konnte, regte sich in ihr. Sie verließ das Wohnzimmer und trat in die Küche. Mabel stand an der Arbeitsplatte und schnitt auf einem Holzbrett Brot. Ruth wischte sich die Hände an ihrer Jeans ab.

»Kann ich dir helfen?«, murmelte sie.

»Nein, ich komme schon klar.« Aber Mabel hob nicht den Kopf.

»Hattest du einen guten Nachmittag?«

Mabel sagte: »Ich hatte zu tun.«

Ruth wollte fragen: »*Was hattest du zu tun?*« Denn sie hatte ihre Schwiegermutter nicht in der Küche gesehen und hatte auch kein Geräusch aus ihrem Zimmer gehört. Aber etwas an Mabels Körperhaltung veranlasste Ruth, schweigend zuzusehen, wie ihre Schwiegermutter das Brot schnitt.

Als sie damit fertig war, trat Ruth näher und brachte das Schneidbrett zum Tisch und stellte es ab. Erst jetzt bemerkte sie, dass der Tisch nur für fünf Personen gedeckt war. Ein Gedeck fehlte. »Du hast für Elam nicht gedeckt?«, fragte sie.

»Nein«, fauchte Mabel. »Ich habe nicht für ihn gedeckt. Er besaß nicht den Anstand, ins Haus zu kommen und seinem Cousin zu sagen, wie dankbar er ist, dass er noch lebt.«

Schockiert warf Ruth einen Blick hinter sich zum Wohnzimmer, aber Chandler und die Mädchen bemerkten von dem Gespräch in der Küche nichts. Ruth ging zu ihrer Schwiegermutter zurück, die wie wild die Krümel zusammenwischte. Nach einigen Sekunden hielt Mabel inne und verkrampfte den Wischlappen in ihrer Faust. Sie schaute Ruth an und hinter ihren Brillengläsern bildeten sich Tränen.

»Elam hat nichts falsch gemacht. Und du auch nicht. Ich habe einfach so große … Schuldgefühle.«

Ruth schaute sie ungläubig an. »*Schuldgefühle?*«, fragte sie. »Weshalb?«

Mabel schüttelte den Kopf, nahm ihre Brille ab und wischte sich die Augen. »Weil ich dich ermutigt habe«, sagte sie. »Und *ihn* habe ich auch ermutigt. Ich dachte …« Sie atmete stockend ein. »Wahrscheinlich dachte ich: Alles passt zusammen, also ist es bestimmt Gottes Wille. Dass Elam nie geheiratet hat und dass du Witwe mit zwei Kindern bist. Aber wenn ich zurückblicke und ehrlich bin, wenn ich wirklich *nachdenke*, dann weiß ich, dass ich euch beide ermutigt habe, weil ich dich und die Mädchen in meiner Nähe behalten wollte.«

Bei diesem Geständnis begann Mabel zu weinen. Ruth trat näher zu ihr und drückte den weichen Körper ihrer Schwiegermutter an ihren schlanken Körper. »Alles wird gut«, sagte sie und fühlte, dass Mabel richtig glühte, ähnlich wie ihre Kinder, wenn sie völlig aufgewühlt waren. »Es ist nichts falsch daran, deine Schwiegertochter und deine Enkel in deiner Nähe haben zu wollen.«

Mabel hob den Blick und flüsterte: »Aber siehst du das denn nicht? Ich habe nicht Gottes Willen gesucht, sondern wollte Schicksal spielen.«

Ruth streichelte weiter den Rücken ihrer Schwiegermutter. Chandler hörte offenbar seine Mutter weinen, denn Ruth hörte ihn fragen: »Ist alles in Ordnung?«

Sie drehte sich um und sah ihn hinter sich stehen: Sein dunkelbraunes Haar war ziemlich lang. In den Schatten, die das Licht der Petroleumlampe warf, konnte sie seine tiefbraunen Augen nicht sehen. Aber die Überraschung in seiner Stimme war deutlich zu hören. Die Überraschung, dass seine Frau und seine Mutter – die praktisch Fremde gewesen waren, als er weggegangen war – so zusammen in der Küche standen und sich umarmten.

Ruth dachte: *Ach, Chandler, wenn du wüsstest, wie viel sich verändert hat!*

Ruth, Chandler und ihre Mädchen sangen »Edelweiß« – das Lied, das sie den Kindern seit Jahren beim Schlafengehen vorgesungen hatten. Bis auf eine Petroleumlampe, die eine honigfarbene Patina auf den Holzboden und den Teppichläufer vor dem Bett warf, war es dunkel im Zimmer. In diesem schwachen Licht schaute Chandler zu seiner Frau hinüber, und sie schaute ihn an.

Ruth erlaubte sich, sich an die Reise ihres gemeinsamen Lebens zu erinnern und daran, dass diese Reise nicht zu dem Ziel geführt hatte, das sie sich am Anfang ihrer Liebe ausgemalt hatte. Aber so fehlbar sie auch waren, hatten sie den zwei kostbaren Kindern, die hier in ihren Betten lagen, Schutz geboten. Ruth und Chandler saßen zwischen Sofies Bett und Vis Kinderbett nebeneinander auf dem Boden und hielten die Hände ihrer Töchter. Die Mädchen kuschelten sich in ihre Decken und sangen das vertraute Lied mit, auch wenn die Worte kaum zu verstehen waren, da sie die Daumen im Mund stecken hatten.

Und dann machte Chandler es. Mit seiner freien Hand nahm er Ruths Hand. Der Teil von ihr, der Elam treu war – so kurz ihre zerbrechliche Verbindung auch gewesen war –, wollte ihm das nicht erlauben; aber ein anderer Teil, der ihrer gemeinsamen Geschichte mit Chandler treu sein wollte, erlaubte ihm, seine Finger zwischen ihre zu schieben. Ruth saß da, in dieser golden beleuchteten Dunkelheit, und ihr Gesicht wurde tränennass.

Genauso wie Mabel fragte sie sich, ob es falsch gewesen war, so bald nach dem Tod ihres Mannes eine Beziehung mit Elam anzufangen. Alles war so schnell, fast mühelos geschehen, und deshalb hatte Ruth angenommen, es wäre Gottes Wille. Aber was war Gottes Wille? Sie hatte geglaubt, sie würde Gottes Willen gehorchen, als sie Chandler geheiratet hatte, und wozu hatte *das* geführt? Oder erlaubte ihr Gottes Wille, eigene Entscheidungen zu treffen, wie ihr Vater einmal gesagt hatte?

Ruths Eltern hatten nicht oft über Politik oder Religion gesprochen, da in ihrem Leben eine gewisse Formalität geherrscht hatte, die sogar zu Hause spürbar gewesen war. Aber Ruth war nach Chandlers Besuch und Heiratsantrag so aufgelöst gewesen, dass ihr Vater diese Regel gebrochen hatte. Sie waren an jenem Tag am Strand spazieren gegangen – beide in Cordhosen und Wollwesten mit Zopfmuster, deren dicke Wolle in den Farben des Meeres gefärbt gewesen war. Ruths Vater hatte für Zeus immer wieder Treibholz ins Wasser geworfen, und der Hund war mit seiner Beute im Maul stolz aus der salzigen Gischt gesprungen.

Ihr Vater hatte gesagt: »Wahrscheinlich zwinkert Gott ein bisschen, weil wir uns selbst das Leben so schwer machen.«

Ruth hatte den Kopf gedreht und gesehen, wie sich die gegerbte Haut um die ewig jungen grünen Augen ihres Vaters verschmitzt in Falten gezogen hatte. »Wie meinst du das?«

Er war stehen geblieben und sie war seinem Beispiel gefolgt. »Du tust, als gäbe es nur ein einziges großes Ziel für dein Leben. Einen einzigen Zweck. Und wenn du den falschen Mann heiratest, verpasst du dieses Ziel.« Seufzend hatte er zu den weiß schäumenden Wellen in der Ferne geblickt, die von einer nie endenden unsichtbaren Anziehungskraft in die Höhe und wieder zurückgezogen wurden. »Je älter ich werde, umso deutlich sehe ich, dass mein Leben – so einfach es auch ist – *viele* Aufgaben hatte: als Sohn, Freund, Lehrer, Ehemann ... Vater.« Mit einem liebevollen Lächeln hatte er Ruths Rücken berührt. »Das alles hat zusammengewirkt, um mich zu dem Menschen zu machen, der ich war, der ich *bin*.« Er hatte einen Moment geschwiegen. »Wäre ich glücklicher gewesen, wenn ich eine andere Frau als deine Mutter geheiratet hätte? Wahrscheinlich.«

Ruth hatte ihn mit großen Augen angesehen und war schockiert gewesen, dass er zugab, was sie schon immer gewusst hatte. Aber er hatte seine Worte mit einem Lächeln in der Stimme abgemildert. »Aber bin ich froh, dass ich sie geheiratet habe? Ja. Ich würde mich zu Tode langweilen, wenn ich mit einer Frau verheiratet wäre, die mich nur immer anlächelt und *Ja* und *Nein* sagt. Warum erzähle ich dir das? Ich will dir damit eines klarmachen.« Ihr Vater hatte die Hand ausgestreckt und Ruth hatte die gezackte Narbe unter seinem Daumen gesehen, wo er sich einmal beim Orangenschälen geschnitten hatte, und die braunen Flecken an seinen Fingern, mit denen er immer Tabak in seine Pfeife gestopft hatte. »Gottes Wille ist wie diese Hand. Die fünf Finger könnten für verschiedene Richtungen stehen, die dein Leben einschlagen kann. Aber ganz gleich, welchen Weg du wählst, bist du immer noch mit der Handfläche verbunden, du bist immer noch geborgen in Gottes Hand, nicht wahr?« Ruth hatte genickt. Trotz ihres Studiums und ihrer Lebenserfahrung hatte sein Vertrauen in ihre Fähigkeit, ihren eigenen Weg zu finden, Ruth scheu gemacht, so als wäre sie wieder fünf Jahre alt. Ihr Vater hatte mit diesen tabakbraunen Fingern an ihr Kinn getippt, bevor er Zeus, der vor ihnen hergelaufen war, zurückgepfiffen hatte.

War Ruth auch jetzt noch in Gottes Hand geborgen, obwohl sie, ohne es zu wissen, den falschen Mann geheiratet hatte? Und wenn sie den falschen Mann geheiratet *hatte*, welchen der beiden hätte sie dann nicht heiraten sollen? Darauf wusste sie keine Antwort. Sie hatte das Gefühl, von *allem* losgelöst zu sein bis auf den Halt, den die Hand ihres Mannes ihr im Moment gab. Und zum ersten Mal seit langer Zeit sah sie Chandler so: als ihren Mann.

Dabei regten sich keine romantischen Gefühle in ihr. Aber sie hatte so viel Kummer und Freude mit einem einzigen Menschen durchgemacht, der ihre Lebensgeschichte und die Lebensgeschichten ihrer Töchter besser kannte als jeder andere. In guten wie in schlechten Tagen, in Armut und in Reichtum, in Gesundheit und in Krankheit: Diese Gegensätze vereinten sie, wie es auch beabsichtigt war, und es war schwer – wenn nicht sogar unmöglich –, die Liebe, die sie zu diesem Menschen empfand, von den Erinnerungen zu trennen, dass er ihr auch viel Schmerz zugefügt hatte.

Nach einer Weile, nachdem Sofie aufgehört hatte, sich unruhig zu drehen, und Vis Atemzüge gleichmäßig geworden und in jenes zufriedene Seufzen übergegangen waren, das man beinahe schon das Schnarchen einer Zweijährigen nennen konnte, standen Ruth und Chandler leise vom Boden auf. Während Ruth die Lampe löschte, schlug ihr Herz heftig, und ihr Mund war trocken – ähnliche Reaktionen wie vor ihrer Hochzeitsnacht.

Aber hier hörten die Ähnlichkeiten auch schon auf.

Ruth zog die Tür zu, als sie das Zimmer verließen, Chandler schob sie jedoch wieder auf, damit das Licht der Petroleumlampe vom Flur ins Zimmer fiel. Ruth flüsterte: »Sofie hat keine Angst mehr im Dunkeln.«

Chandler schaute sie an, und obwohl es schwer war, seine Miene zu erkennen, sah sie, dass es ihm wehtat, wie reif seine Tochter in seiner Abwesenheit geworden war.

Ruth und Chandler stiegen schweigend die Treppe hinab. Bis auf das Feuer, das im Kamin brannte, war es im ganzen Haus dunkel. Mabel hatte sich bald nach dem Abendessen in ihr Zimmer zurückgezogen, und Ruth wünschte sich jetzt, Mabel wäre noch hier. Sie brauchten jemanden als Puffer, der sie und Chandler davon abhalten würde, alles zu besprechen, was gesagt werden musste.

Aber sie waren zu zweit allein.

Ruth fragte: »Möchtest du einen Tee?«

Chandler war nie ein Teetrinker gewesen. Er bevorzugte Kaffee: heiß, schwarz und so stark wie möglich. Aber er lächelte und sagte: »Tee klingt gut.«

Ruth ging in die Küche. Der Kessel auf dem Herd war vom Abendessen noch warm. Trotzdem ließ sie sich Zeit mit der Zubereitung des Getränks und hoffte, wenn sie ins Wohnzimmer zurückkehrte, hätten diese einfachen Tätigkeiten ihre zitternden Hände beruhigt.

»Danke«, sagte Chandler, als er die Tasse nahm, die sie ihm reichte.

Sie setzte sich neben ihn aufs Sofa, aber mit so viel Abstand, dass jemand, der sie von außen beobachtete, meinen würde, sie wären nur Freunde. In Ruths Kindheit hatte ihre Mutter sich so verhalten, als müsse man sich körperliche Berührungen wie eine Geldzuwendung erst verdienen. Deshalb hatte sich Ruth als Erwachsene immer danach gesehnt, das nachzuholen, was ihr als Kind gefehlt hatte. Aber dann hatte sie selbst Kinder bekommen, die sie ständig berührten. Doch das hatte ihr Bedürfnis nicht gestillt und sie hatte erkannt: Das, was sie eigentlich brauchte, war konzentrierte Zeit und Aufmerksamkeit. Aber wie hatte sie das bekommen können, wenn ihr erster Mann immer fort gewesen war?

Chandler schaute sie an. Er stellte den Tee auf den abgenutzten Lederkoffer, der als Wohnzimmertisch diente. »Es tut mir leid, dass ich heute so reagiert habe«, sagte er. »Es war einfach alles ein Schock für mich.«

Chandlers Ärger im Restaurant hatte Ruths Ärger gerechtfertigt, aber jetzt wusste sie nicht, wie sie sich verhalten sollte, da er die Sache mit einer völlig anderen Einstellung anging. Sie wandte sich ab. »Das ist verständlich«, sagte sie. »Wir alle haben in den letzten Monaten unter Schock gestanden.«

Chandler sagte nichts. Ruth stellte ihre Tasse ebenfalls auf den Koffer und verschränkte die Arme vor sich.

Das Schweigen zwischen ihnen war im Laufe der Jahre nicht sehr angenehm gewesen, aber jetzt war es beinahe unerträglich. Chandler räusperte sich. »Was machen wir jetzt?«, fragte er.

Chandler hatte die schweren Dinge immer ihr überlassen: die Kinder erziehen, das Haushaltsgeld einteilen, das Essen kochen, die Arbeit im Haushalt verrichten. Sie fauchte: »Für diese Situation gibt es kein Handbuch.«

»Das weiß ich, Ruth. Ich mache mir nur Sorgen, wie sich das auf die Mädchen auswirkt.«

»Das hättest du dir überlegen sollen, bevor du weggegangen bist.«

Chandler schrie: »Hör auf!« Er stand auf und schritt steif zum Kaminsims. Mit dem Rücken zu Ruth sagte er mit leiserer Stimme: »Hör einfach auf, okay? Ich weiß, dass du leidest. Das tut mir leid. Aber ich leide auch. Und es hilft keinem von uns, wenn wir versuchen, den anderen noch mehr leiden zu lassen.«

Ruths Gesicht glühte vor Beschämung, während sie Chandlers gebeugten Rücken anstarrte. Warum versprühte sie reflexartig ein solches Gift? Chandler hatte sie verletzt, aber wenn sie ihr beiderseitiges falsches Verhalten aufrechneten, würde sie auch nicht besser abschneiden als er. Gleichzeitig hasste sie Chandler, weil er sie rügte, weil er es so aussehen ließ, als hätten Ruth und Elam das alles inszeniert. Ihre Beschämung wich einer glühenden Wut und Abwehrhaltung. Chandler bekam, was er verdiente: »Hast du eine Ahnung, wie schlimm es war, noch *bevor* du als tot erklärt wurdest? Ich war eine alleinerziehende Mutter, Chandler. Eine alleinerziehende Mutter, die auch noch versuchte, sich um ihren sterbenden Vater zu kümmern. Du hast mich damit allein gelassen. Du bist einfach *weggegangen.* Du bist ins Ausland geflogen, um die Welt auf Kosten deiner eigenen Familie zu retten.«

Er schaute sie nicht an. Er blieb am Kaminsims stehen und hielt sich die Hand vors Gesicht. Sie hörte ihn leise fluchen. Er drehte sich um, und Ruth sah im Feuerschein, dass in seinen Augen Tränen standen. Der Kaminsims, das Feuer, die schmerzhafte Kommunikation, das alles erinnerte Ruth an ihr jüngstes Gespräch mit Elam, aber jetzt lag der Ursprung für den Schmerz woanders. Chandler rieb sich den Nasenrücken und atmete mühsam.

»Hast du eine Ahnung, wie schlimm es dort drüben war? Hast du eine Ahnung, was ich durchgemacht habe, um zu dir und den Mädchen zurückzukommen?«

»Es war bestimmt schrecklich. Es ist ein Wunder, dass du noch lebst, das weiß ich. Aber du tust so, als hätte ich dich betrogen, Chandler. Das habe ich aber nicht. Ich habe dich *beerdigt.*« Sie deutete zum kahlen Fenster in Richtung Kirche. »Ich habe zugesehen, wie dein Holzsarg in die Erde gelegt wurde. Ich musste Vis Hand festhalten, weil sie ständig versuchte, näher zu dem Loch zu kommen, um hineinzusehen.«

Chandler schüttelte den Kopf. »Ich hätte nie weggehen sollen. Das wurde mir bewusst, als ich in einer ausgebombten Wohnung saß und versuchte, dir auf dem Papier, das ich in der ausgebombten Wohnung gefunden habe, einen Brief zu schreiben. Ich dachte an dich, an alles, was du durchgemacht hast, und ich fühlte mich schlecht.« Er trat näher und sagte: »Es tut mir leid, Ruth. Es tut mir leid, dass ich dich und die Mädchen verlassen habe. Es tut mir leid, dass ich auch nicht für dich da war, bevor ich wegging.«

Ruths Wut verflog und verwandelte sich in Trauer. Sie stand vom Sofa auf und legte die Hand auf Chandlers Arm. Als Chandler die Tränen sah, die über ihr Gesicht liefen, beugte er sich zu ihr und nahm sie in die Arme. Diese ungewohnten Worte und sein vertrauter Körper erweckten etwas in Ruth zum Leben, von dem sie nicht gewusst hatte, dass es gestorben war. Sie ließ sich von ihrem Mann festhalten. Sie erlaubte sich, völlig in diesem Moment zu versinken. Sie schlang die Arme um seinen Hals und fühlte die Hitze des Kaminfeuers an der Seite ihrer Jeans. Sie sagten nichts – sie standen nur da, hielten sich in den Armen und weinten.

Keiner von ihnen hörte, wie die Tür aufging. Keiner von ihnen bemerkte, dass Elam eingetreten war, bis der Welpe, der die Treppe herabgekommen war, zu bellen begann. Ruth schaute zur Tür, zu dem Eindringling, und sah, dass Elam dort stand und sie beobachtete, wie sie einen anderen Mann umarmte, obwohl er auch ihr Mann war. Chandler trat von Ruth zurück. Er schaute zur Tür und sagte: »Schön, dich zu sehen, Elam.« Elam sagte nichts, als Chandler auf ihn zukam und vor ihm stehen blieb. Die Männer schwiegen. Chandler ballte die Fäuste. Er starrte Elam hart an und deutete dann hinter sich auf Ruth. »Danke, dass du dich um meine Frau gekümmert hast, während ich fort war«, sagte er.

Dann öffnete Chandler die Tür und ging hinaus, ohne sie hinter sich zu schließen.

»Wie war Chandler?«, fragte Ruth. »Als ihr beide jung wart?«

Elam gab nicht sofort eine Antwort, sondern behielt seine Gedanken für sich, und der Feuerschein des Kamins trug nichts zur Erhellung des Rätsels bei. Der Welpe tanzte um seine Füße: ein weißes Fellknäuel, das in diesem Stadium eher wie eine Wollmaus als wie ein Haustier aussah. Der Hund rollte sich auf den Rücken, wackelte mit den Beinen und kläffte, als wollte er Elam dazu bewegen, ihn zu streicheln. Elam kam der Aufforderung des Kleinen nach. Er bückte sich und kraulte den weichen Bauch des Hundes. Ruth sah ihm an, dass er Tiere Menschen vorzog genauso wie ihr Vater früher, da Hunde eine Loyalität an den Tag legten, die man bei nur wenigen Menschen beobachten konnte. Während sie zusah, wie zärtlich Elam mit einem Tier umging, das seine Zuneigung nicht in derselben Weise zeigen konnte, zog sich ihre Kehle zusammen. Sie trat zu ihm und legte eine Hand auf seinen Arm. Dabei wiederholte sie unbewusst die Art und Weise, wie sie Chandler vor einer Viertelstunde berührt hatte. Elam hob den Kopf und lächelte, aber der vorsichtige Blick in seinen Augen schmerzte Ruth.

»Als wir jung waren, war Chandler tapfer … er stand immer im Mittelpunkt.« Elam schwieg einen Moment. »Ich wollte so sein wie er, aber das konnte ich nicht. Ich konnte kaum sprechen.«

»Aber sieh dich jetzt an«, sagte Ruth. »Du kommunizierst viel besser, als er das je konnte.«

Elam richtete sich auf. »Vergleichen führt zu nichts«, sagte er. »Wenn du das machst, Ruth, wird einer von uns immer schlecht abschneiden. Einer von uns wird nie ein ganzer Mann sein.«

Elam verließ das Haus durch die offene Tür. Ruth hob den Hund auf und trat mit ihm in den Armen ans Fenster neben der Tür. Die Dunkelheit hatte Chandler und Elam von lebenden, atmenden, verletzten Männern zu zweidimensionalen Gestalten verwandelt. In diesem Moment fragte sich Ruth, ob es so leichter für sie gewesen wäre: Wenn Chandler und Elam nie existiert hätten, hätte sie keinen von ihnen so eng kennenlernen können, aber dann hätte auch niemand *sie* so gut gekannt.

Elam und Chandler saßen auf den Stufen des Bauernhauses, wo sie schon oft zuvor gesessen hatten. Aber sie sprachen nicht miteinander. Chandler, weil er es nach so viel Einsamkeit nicht mehr gewohnt war, und Elam, weil er am besten schweigen konnte. Sie blickten einfach auf die *Driftless Valley Farm* hinaus – die Scheune und die Außengebäude, die spitze Silhouette der Wetterfahne, die spiegelähnlichen Oberflächen der Kanäle und des Sees, das Pumpenhaus in der Ferne, wo Elam und Ruth das erste Mal wirklich miteinander gesprochen hatten. Jeder der beiden Männer war in ein Labyrinth seiner eigenen Gedanken versunken, und keiner wusste einen Weg heraus.

Noch stärker als das Gefühl des Verrats, das Chandler akut spürte, empfand er das tiefe Gefühl des Verlustes. Er war nicht so naiv, die Schuld für die Situation allein bei Elam und Ruth zu suchen. Schon lange bevor er körperlich von seiner Frau weggegangen war, hatte er sie emotional verlassen gehabt, und sie war hierhergekommen, auf die Cranberryfarm in Wisconsin, um ihn in vielerlei Hinsicht zu begraben. Als er sich seine Frau und seine Töchter bei seiner Beerdigung vorstellte, schmerzte ihm der Kopf. Im Geiste sah er sie in schwarzer Trauerkleidung: Ruth mit Sonnenbrille, während ihr rotgoldenes Haar in Wellen um ihr Gesicht fiel; Vis Hand, die sich so verkrampft an Ruths Hand klammerte, dass ihre Fingerknöchel hervortraten, während die Kleine versuchte, über den Rand in das Loch zu spähen, in das der Sarg abgesenkt wurde. Er malte sich Sofie aus – mit ihren erwachsenen Augen und kindlichen Locken –, die mehr verstand als ihre kleinere Schwester und doch nicht genug, um die volle Tragweite der Ereignisse zu erfassen. Oder vielleicht *hatte* sie es verstanden und er redete sich das nur ein, um es sich leichter zu machen.

Elam räusperte sich.

Das Geräusch ließ Chandler erstarren. Er konnte seinen Cousin nicht ansehen. Allein schon so nahe neben Elam zu sitzen, weckte in Chandlers Kopf intime Bilder von Elam und Ruth.

Elam sagte: »Möchtest du sehen, wo Onkel Chandler begraben ist?«

Chandler junior starrte in die Dunkelheit hinaus. »Ja.«

Elam stand auf und Chandler folgte seinem Beispiel. Sie gingen die Straße hinauf. In der Ferne hörten sie auf einem anderen Hof einen alten Hund in der Nacht bellen, dem das Echo der Kojoten folgte, die den Hund geweckt hatten. Die Sterne funkelten über ihnen. Es war so kalt, dass man einen Hut und Mantel hätte tragen sollen, aber keiner der beiden Männer spürte die Kälte. Sie fühlten nichts außer ihrer eigenen inneren Erstarrung.

Die Holzwippe auf dem Spielplatz neben der Kirche schaukelte leicht im Wind.

Elam sagte: »Ich bin froh, dass du zurück bist.«

Chandler stieß einen höhnischen Ton aus.

»Das ist … mein Ernst. Du bist mein Cousin. Wir haben hier viel Schönes erlebt … nicht wahr?« Elam brach ab und zwang sich zu einem Lächeln. »Erinnerst du dich, als …?«

Chandler fiel ihm ins Wort: »Ich bin nicht in der Stimmung für Kindheitserinnerungen.«

Elam verstummte.

Sie betraten den Kirchhof, der sich nie ganz von den Furchen erholte, die von den Pferdehufen und Wagenrädern an jedem Sonntag hinterlassen wurden. Die harte Erde glitzerte gefroren. Die Männer gingen um die Kirche herum auf die Rückseite, wo der kleine Friedhof lag.

In den meisten Gräbern lagen Bauern, die hier gestorben waren, lange bevor sich die Albrecht-Cranberryfarm und die anderen Höfe im Dorf zu einer weit verstreuten mennonitischen Gemeinde entwickelt hatten. Gruppen junger Birken trennten den Kirchhof vom angrenzenden Feld ab, ihre Rinde kräuselte sich im Mondlicht wie gehobeltes Silber. Das Grab von Chandlers Vater war leicht zu finden. Die Erde war nackt und eingesunken, genauso wie auf dem Grab daneben, Chandlers Grab. Chandler starrte aufgewühlt darauf hinab. Beinahe hätte er tatsächlich darin gelegen und seine Frau und seine Kinder wären für den Rest ihres irdischen Lebens von ihm getrennt gewesen. Er begriff nicht, warum er eine zweite Chance bekam.

Er kniete nieder und drückte die Fingerspitzen auf die Erde. Sie war winterhart, ganz anders als das weiche, kakaoähnliche Material, das Chandler als Kind gesiebt hatte, wenn er und Elam unter den Steinen und abgebrochenen Ästen nach Würmen gesucht hatten, um sie beim Angeln im Kickapoo River als Köder zu benutzen. Chandler breitete trotzdem die Hände über der Erde aus und fragte sich, wer an seiner Stelle gestorben war. Ein anderer Arzt? Ein Pfleger? Ein Patient? Ein Mann mit einer Familie … einem Leben?

Chandler hatte keine Ahnung, wer er war, aber er schwor sich, dass dieser Mann nicht vergeblich gestorben war. Dann begann er zu weinen. Er weinte, wie er nicht mehr geweint hatte, seit er in diesem ausgebombten Wohngebäude gesessen hatte, in dem früher einmal eine Familie gelebt hatte. Er weinte bei der Vorstellung, dass seine Frau wieder geheiratet hatte und dass sich seine kleinen Mädchen in kleinen – fast unmerklichen – Dingen verändert hatten. Er weinte, weil er wütend war; er weinte, weil er traurig war. Er weinte, weil er machtlos war und nichts anderes tun konnte, als zu weinen.

Während der ganzen Zeit stand Elam neben ihm, und dieses Schweigen gab Chandler Trost. Sie könnten nie wieder das gleiche Verhältnis zueinander haben wie früher, bevor Ruth als Witwe hierhergekommen und einige Monate später die Frau seines unverheirateten Cousins geworden war. Aber sie waren verwandt und das könnte vielleicht verhindern, dass ihre Beziehung völlig zerbrach. Chandler wischte sich mit dem Zipfel des geknöpften Flanellhemds, das er sich von Elam geborgt hatte, übers Gesicht. Elam legte die Hand auf Chandlers Schulter. Zuerst versteifte sich Chandler, doch dann stand er auf.

Er sagte: »Dass alles so gekommen ist, war nicht deine Schuld, das weiß ich.«

Elam sagte: »Danke.«

Chandler dachte an seine Frau, die im Bauernhaus war und einen Pullover trug, den er nie zuvor gesehen hatte, und deren gelocktes Haar dunkler war, als er es in Erinnerung hatte. Er konnte ihre Ehe nicht aufgeben. Er wollte nicht aufgeben, der Vater seiner Kinder zu sein, nur weil sich sein Cousin in seine Frau verliebt hatte. Er hob den Kopf und blickte Elam an, und obwohl in seiner Stimme keine Bosheit lag, hörten beide Männer die unmissverständliche Warnung, als Chandler sagte: »Danke mir nicht zu früh.«

Elam und Ruth standen auf der Veranda. Elam hielt einen Kissenbezug, der mit Toilettenartikeln und einigen Kleidungsstücken gefüllt war, in der Hand. Ihnen war schmerzlich bewusst, dass Chandler auf dem Sofa im Wohnzimmer lag, das nur durch eine dünne Fensterscheibe von der Veranda getrennt war, und so tat, als schliefe er. Die Fensterscheibe war so dünn, dass sich auf den Fensterbrettern Kondenswasser ansammelte, sobald sich draußen die Temperatur änderte.

Ruth schaute zu Elam hinauf. Mit einem einzigen Blick musste sie ihm vermitteln, was sie fühlte, da sie ihm nicht sagen konnte, was er ihr bedeutete, und Worte konnten sowieso nicht genügen.

Er sagte: »Ich denke, ich sollte gehen.«

Ruth drehte sich zum Wald herum. Die Blockhütte würde Elam mit eisiger Kälte begrüßen. Das Feuer war aus und in dem zugigen Raum hatten sich Mäuse breitgemacht. »Bist du dir sicher, dass du nicht bleiben kannst?«, fragte sie.

»Ich bin mir sicher.« Lächelnd berührte er ihr Gesicht. »Die Situation ist schwierig genug.«

Ruth legte wegen der Kälte schützend die Arme um sich und blieb auf der Veranda stehen. Sie schaute Elam nach, wie er die Straße hinabging, bis er zwischen den Bäumen untertauchte. Sie wollte nicht ins Haus gehen. Sie wollte diese Tür nicht öffnen und das Haus betreten, in dem sie als Elams Frau hatte wohnen wollen. Aber auch ohne es zu betreten, konnte Ruth keinen Ausweg sehen, und sie konnte auch keinen Weg sehen, wie sie diese Situation bewältigen sollte. Es war, als befände sie sich in einer Art Schockstarre und könnte nichts anderes tun, als einzuatmen und auszuatmen und wieder auf die Art zu überleben, die sie von früher gewohnt war.

Ruth wäre hier draußen auf der Veranda stehen geblieben, bis ihre Lippen blau geworden wären und sie am ganzen Körper gezittert hätte, doch dann zerschnitt ein Schrei die Stille. Ruth kannte diesen Schrei. Sie hatte jedes emotionale Spektrum der Stimme ihrer älteren Tochter kennengelernt, seit Sofie ein Baby gewesen war. Ruth lief sekundenschnell ins Haus und die Treppe hinauf, aber Chandler war ihr zuvorgekommen und wiegte Sofie in seinen Armen. Trotz des Schluchzens ihrer Tochter spürte Ruth schmerzhaft die aufgeladene Atmosphäre, die wie eine Hochspannungsleitung zwischen ihrem ersten Mann und ihr knisterte. Trotzdem trat sie ins Zimmer. *Sie* hatte sich die ganzen Jahre um Sofie gekümmert: Sie war aufgewacht, wenn Sofie geschrien hatte, sie hatte alles getan, um ihr Sicherheit zu geben und ihre Albträume zu vertreiben, und sie hatte Sofie getröstet, als ihr schlimmster Albtraum wahr geworden war. Ruth würde nicht aufhören, die Mutter ihrer Kinder zu sein, nur weil Chandler jetzt glaubte, er hätte das Recht, ihre Fähigkeiten als Ehefrau zu beurteilen.

Chandler strich Sofies verschwitzte Locken aus ihrem Gesicht. »Was ist, Liebes?«

Ihre Tochter klammerte sich an ihn – an sein Hemd, an seine Hände, an alles, was sie von ihm zu fassen bekam. Sie klammerte sich an ihn und wimmerte wie ein verwundetes Tier: »Ich dachte, du wärst tot.«

Chandler blickte Ruth an. Eine erdrückende, unverrückbare Traurigkeit lag wie ein schwerer Fels zwischen ihnen. Diese Traurigkeit war schon lange, bevor die Bomben gefallen waren und der Himmel sich rot gefärbt hatte, da gewesen. Sie war in winzigen Schritten, mit winzigen Entscheidungen gekommen: die Entscheidung, jemand anderen oder *etwas* anderes einander vorzuziehen. Diese Entscheidungen hatten sie in der irrigen Annahme getroffen, der andere wäre immer da. Es gäbe noch mehr Gelegenheiten, auf dem Sofa zu sitzen und sich an den Händen zu halten, verliebt in der Küche zu tanzen, ihrem Mann zu sagen, wie fähig er war, seiner Frau zu sagen, wie schön sie in seinen Augen war, auch nach nächtelangem elterlichen Schlafmangel, der die Augen und auch die Seele müde machte. Es war nicht alles

Chandlers Schuld, und es war auch nicht alles Ruths Schuld. Es war einfach so gekommen, weil sich zwei unvollkommene Menschen auseinandergelebt hatten, obwohl sie eigentlich hätten eins sein sollten.

Ruth setzte sich auf Sofies andere Seite. Sie warf einen Blick hinter sich auf Vi und stellte fest, dass ihre kleine Tochter schlief, wie sie fast alles zu verschlafen schien. Vi war so unbeschwert und fröhlich – das absolute Gegenteil ihrer Schwester, und Ruth war sich nicht so sicher, ob Vi nach ihr geriet. Ruth streichelte Sofies Haar. Ihre Finger streiften Chandlers Hand, und er zog sie zurück. Die Traurigkeit war spürbar da und ließ sich nicht vertreiben.

Es dauerte mindestens eine Stunde, bis sich Sofie so weit beruhigte, dass sie die Augen aufschlug. Sie blickte zu Chandler hinauf. Ruth konnte sehen, wie sich ihr Körper entspannte, als ihr sechsjähriger Verstand begriff, dass der Tod ihres Vaters nur Teil eines Albtraums gewesen war. Ohne ihren verkrampften Griff um ihn zu lösen, sagte sie mit argloser Stimme: »Kannst du mit Mami hier bei mir schlafen?«

Chandler schaute Ruth an, und Ruth schaute ihn an, betroffen von ihrer beider Sprachlosigkeit. Chandler wischte die Tränen von Sofies Gesicht und sagte: »Ja, ich kann bei dir schlafen.« Sofie schaute Ruth an und wartete auf die Antwort ihrer Mutter. Ruth wollte nicht mit Chandler hier schlafen. Und doch konnte sie nicht Nein sagen, wenn Sofie ihre Nähe brauchte, um sich geliebt und sicher zu fühlen. Sie nickte und Sofie setzte sich auf und wischte sich mit der Hand über das Gesicht und die Nase. Wenn Ruth es nicht besser wüsste, hätte sie glauben können, dieses ganze Drama wäre nur inszeniert gewesen.

Während Chandler Sofie in den Armen hielt, ging Ruth nach unten und holte ihr Kissen aus Elams Zimmer und das Kissen vom Sofa, das Mabel Chandler gebracht haben musste, bevor sie schlafen gegangen war. Dann nahm sie noch ein paar Decken von der rissigen Steinbank neben dem Kamin und trug alles nach oben. Sofies Doppelbett stand an der Wand und der größte Teil des restlichen Raumes wurde von der Kommode, dem Wickeltisch und Vis Kinderbett eingenommen. Ruth schüttelte die Decken aus und breitete sie auf dem Boden aus, bevor sie die Kissen auf die Kopfseite warf. Sofie beugte sich über Chandlers Arm, sah, was ihre Mutter machte, und lächelte.

»Siehst du?«, sagte Chandler. »Wir sind beide hier, Sofie. Wir bleiben beide die ganze Nacht hier.«

Sofie nickte beruhigt und Chandler küsste sie, bevor er sie wieder zudeckte. Ruth gab ihr ebenfalls einen Kuss und setzte sich dann in ihrem Wollpullover und in ihrer Jeans auf die Decken. Chandler konnte nicht voll angezogen schlafen. Deshalb zog er sein T-Shirt und seine Socken aus und legte sich neben sie. Sie schaute ihn nicht an, sie *konnte* ihn nicht ansehen, sondern starrte nur zur Decke hinauf.

»Ruth«, sagte er. »Ruth.«

Sie drehte den Kopf und schaute ihn an. Chandlers Brustkorb, den sie so gut kannte, war von Brandnarben überzogen. Sie mochte ihn vielleicht nicht – vielleicht mochte sie ihn schon ziemlich lange nicht mehr –, aber sie waren durch das Gesetz und durch die Liebe zu ihren Kindern miteinander verbunden, und es tat weh zu sehen, welche Schmerzen er erlitten hatte.

Ruth war nicht die Einzige, die gezwungen gewesen war, ums Überleben zu kämpfen.

Sie murmelte in der Dunkelheit: »Ja?«

»Egal, was kommt«, sagte er, »wir bleiben eine Familie.«

Kapitel 16

Als Ruth aufwachte, sah sie über sich die Zimmerdecke des Bauernhauses und spürte den Hartholzboden unter ihrem Rücken. Im Dämmerzustand zwischen Träumen und vollem Bewusstsein fiel es ihr schwer, diesen Moment auf dem Zeitstrahl ihres Lebens einzuordnen. Dann drehte sie sich auf die Seite und entdeckte Chandler. Er schlief noch, deshalb erlaubte sie sich, ihn zu mustern. Sie betrachtete seine Augen, die sich unter seinen Lidern ruhelos bewegten, und die pechschwarzen Bartstoppeln, die über Nacht dichter geworden waren und seine Narben fast bedeckten. Sie betrachtete den Herzschlag, der an der Biegung unter seinem Hals pulsierte, und sie überlegte, wie lange es her war, dass es ein wahrer Ausdruck von Liebe gewesen war, sich diesem Mann körperlich hinzugeben.

Als Ruths Augen wieder zu Chandlers Gesicht wanderten, stellte sie fest, dass er aufgewacht war und sie ebenfalls forschend betrachtete. Sie schauten einander im Perlmuttlicht der Morgendämmerung an, ohne dass einer von ihnen blinzelte, während der Puls an Chandlers Hals kräftiger schlug. Ruth wusste, wie sie es immer gewusst hatte, dass er diese Kluft überwinden wollte, obwohl er keine Anstalten machte, sie zu berühren. Doch dann wachte Vi auf und begann, ihrer Schwester zuzuflüstern, die als Antwort genervt stöhnte. Ruth war dankbar für die Störung, dankbar für die Gelegenheit, den beunruhigenden Augenkontakt zu ihrem ersten Mann abzubrechen und stattdessen die Mutter seiner Kinder zu sein, eine Rolle, die sie seit Viviennes Geburt immer mehr bevorzugte.

Ruth setzte sich auf dem Boden auf und zupfte an der Socke von Vis Schlafoverall. Vi kreischte, hängte den Kopf über die Bettseite und ihr helles Haar flatterte. »Mami!«, rief sie. »Papa!«

Ruth stand lachend auf, um ihre jüngere Tochter zu kitzeln. Während sie kichernd zappelte, strömte das Licht der Morgensonne durch die Fenster, deren Ränder mit Eisblumen bedeckt waren. Das Fenster gab einen Blick auf eine Winterszene wie aus dem Bilderbuch frei.

Aus der Küche rief Mabel: »Das Frühstück ist fertig!«, und die kichernden Mädchen kreischten entzückt. Chandler stieg mit Sofie in den Armen die Stufen hinab, und Ruth folgte ihm mit Vi an der Hand. Sie betrachtete die Umrisse ihres Mannes und ihrer Tochter und verfolgte, wie sie sich veränderten, als Sofie den Kopf an seine Schulter legte und ihre kleine Hand auf seinem Rücken ausbreitete, als könnte sie ihn für immer bei sich behalten, wenn sie nur genug Kraft aufwandte.

Mabel wandte sich vom Herd zu ihnen um, als sie in die Küche traten. Tränen traten in ihre Augen, während sie in ihrem alten Bademantel vor ihnen stand und zitternd eine Bratschaufel, auf der sie ein Spiegelei balancierte, in der Hand hielt. Dann setzten sich alle, ohne ein Wort zu sagen, an den Tisch, dessen Mitte ein Stapel Pekannuss-Pfannkuchen bildete, auf denen mehrere Butterstücke langsam schmolzen und die Pfannkuchen tränkten. Ruth zerkleinerte für jedes Mädchen einen Pfannkuchen und nahm den Krug mit dem Ahornsirup, den Elam selbst gesammelt und gekocht hatte. Sie hielt einen Moment inne, starrte diesen Krug an und dachte an Elam, der draußen in der Kälte saß, nicht von einer Familie umgeben war und wahrscheinlich nichts Warmes zu essen hatte. Dann schaute sie ihre Töchter wieder an, die sie erwartungsvoll anlächelten, und dachte: *Warum kann das nicht genug sein?*

»Können wir im Schnee spielen?«

Ruth schaute zu der jungen Vivienne hinab. Abgesehen von ihrem kurzen Aufenthalt in Irland, als Ruths Vater krank gewesen war, hatten ihre Kinder immer in Bogotá gelebt. Bis zu diesem Winter hatten sie nie im Schnee gespielt. Sie hatten weder eine Kälte erlebt, die so eisig war, dass es einem den Atem verschlug, noch das tröstliche Auftauen, wenn man von draußen wieder ins Warme kam. Deshalb ging Ruth, nachdem sie das Frühstücksgeschirr gespült hatte, nach oben und sah die Sachen der Mädchen durch, um ein Mischmasch aus Kleidungsstücken zusammenzustellen, mit denen sie zwar keinen Modepreis gewannen, die sie aber wenigstens vor Erfrierungen schützen würden.

Chandler half den Mädchen, in die verschiedenen Schichten zu schlüpfen, und setzte sie dann auf die Stufen, um ihre Füße in drei Paar Socken zu stecken. Er hielt Viviennes nackten Kleinkinderfuß – mit der winzigen Beugung und fünf perfekten, erbsenförmigen Zehen – lange fest und Ruth sah ihm an, dass er mit den Tränen rang.

Chandler hatte keine warme Kleidung, deshalb ging Ruth in Elams Zimmer. Sie erlaubte sich nicht, seinen erdigen Geruch einzuatmen, während sie erneut etwas Passendes zum Anziehen für den Vater ihrer Kinder suchte. Es fühlte sich falsch an, etwas so Einfaches zu tun, doch war sie genau damit konfrontiert: Es war ein ständiger Kampf zwischen der Erfüllung der Wünsche ihrer Töchter und der Erfüllung der Wünsche ihres Herzens. Diese zwei Dinge schlossen sich immer mehr gegenseitig aus, aber das war schon vorher so gewesen. Denn verdrängte das Muttersein nicht die Wünsche einer Frau und forderte sie auf, sich auf ihre Pflichten zu konzentrieren? War das nicht auch der Grund, warum so viele Ehen implodierten, da diese Pflichten – der tägliche Überlebenskampf – Ehemänner und Ehefrauen davon abhielten, den Sehnsüchten Raum zu geben, durch die diese Kinder überhaupt auf die Welt gekommen waren?

Zehn Minuten später warf Sofie rosa gefleckte Schneebälle auf ihren Vater, da ihre billigen Handschuhe abfärbten, wenn sie Schnee zu unförmigen Bällen formte. Chandler duckte sich und der Schneeball landete in einer Schneewehe. Vivienne fiel mit dem Gesicht voraus in den Schnee und begann zu weinen. Ruth kniete nieder, hob sie auf und wischte den Schnee von ihren Wangen, während immer mehr Schneeflocken vom Himmel fielen. Chandler kam zu ihnen, um nach Vivienne zu sehen, und Sofie kam ebenfalls.

Er kniete vor seiner jüngeren Tochter nieder. »Ist alles gut, meine Süße?«

Die Miene, die jetzt über Viviennes Gesicht zog, verriet, dass sie sich an dieses Kosewort erinnerte. Als sie Chandler anlächelte, konnte Ruth sehen, dass sie jetzt keinen fremden Mann mehr anlächelte, der zu ihr und Sofie nett war. Zum ersten Mal seit Chandlers Rückkehr lächelte sie ihren Vater an.

Ruths Herz schlug vor Freude höher. Sie drehte sich zu Chandler um und grinste ihn voll Zuneigung an, die auch aus ihren Augen leuchtete. Chandler beugte sich über die Schneewehe und küsste sie. Seine Lippen waren warm, sein Gesicht an ihrem war kalt. Schneeflocken schmolzen, wo sich ihre Haut berührte, sodass sie eher wie Tränen als wie Schnee aussahen. Dieses Mal wollte sie sich nicht von ihm zurückziehen.

Nachdem Vivienne zum zweiten Mal mit dem Gesicht voraus in einen Schneehaufen gefallen war und Chandler Sofie gezeigt hatte, wie man einen Schneeengel macht – ohne daran zu denken, dass ihr Mantel keine Kapuze hatte und der Schnee in ihren Halsausschnitt kroch –, trugen die Eltern die weinenden Kinder ins Haus. Mabel war so umsichtig, im Flur alte Handtücher für ihre nassen Schuhe auszubreiten. Chandler half Sofie aus ihren Kleiderschichten, während Ruth Vi auszog. Die Mädchen liefen in die Küche und Ruth und Chandler blieben sich selbst überlassen. Chandler entging offenbar nicht, dass Ruth fluchtartig ihre Stiefel aufschnürte, denn er sagte: »Entschuldige bitte. Das … was draußen passiert ist.«

Ruth nickte, zog ihre feuchten Wollsocken aus und knüllte sie zusammen. Ihr fiel keine passende Antwort ein. Dieser Kuss, den sie früher oft aus Gewohnheit ausgetauscht hatten, hatte ihr gezeigt, dass sie sich immer noch zu Chandler hingezogen fühlte. Doch das konnte sie sich nur schwer eingestehen, weil sie ihre Beziehung zu Elam nicht entweihen wollte, die noch zu frisch war, als dass sie gemeinsame Gewohnheiten hätten entwickeln können. Deshalb sagte sie nichts. Sie schaute Chandler nur an, der mit seinem nassen Haar, das sich über Elams Jackenkragen lockte, vor ihr stand. Er war immer ein attraktiver Mann gewesen, und Ruth konnte sich an eine Zeit in ihrem Leben erinnern – besser gesagt, an *Jahre* ihres Lebens –, als sie nirgendwo lieber hatte sein wollen als bei ihm. Damals, als er auch nirgends lieber gewesen war als bei ihr.

Ruth war froh, als sie Sofie aus der Küche rufen hörte: »Ma-mi, Pa-pa! Ma-mi, Pa-pa!« Ruth lauschte diesem unbeschwerten Lied, dann drehte sie den Kopf und schaute Chandler in die Augen. In ihnen lag eine so tiefe Traurigkeit, so viel Bedauern, dass sie den Blick wieder abwenden musste. Sie ging in die Küche und sah ihre Töchter am Küchentisch sitzen. Ihre Wangen waren von der Kälte immer noch gerötet. Beide hatten einen Schokoladenschnurrbart von der heißen Schokolade, die Mabel gemacht hatte. Mabel selbst stand am Herd, wo sie dieser Tage immer zu stehen schien, als wäre die Küche der einzige Ort im Haus, an dem sie sich wohlfühlte.

Inzwischen stimmte Vivienne in das Lied ein: »Ma-mi, Pa-pa! Ma-mi, Pa-pa!« Die ungleichen Schwestern legten ihre dunklen und blonden Köpfe zurück, bewegten ihre Löffel schwungvoll durch die Luft und glaubten, alles in ihrer Welt wäre perfekt. In dieses Gemisch aus Liebe und Leben und Ehe und Verlust traten Chandler und Ruth. Sie standen mit erfüllten und zerrissenen Herzen hinter den Stühlen ihrer Töchter, während Mabel ihnen Tassen mit heißer Schokolade reichte, draußen die Welt weiß eingehüllt wurde und am Rand dieses idyllischen Stilllebens ein Mann – der kein Junggeselle mehr war, aber auch nicht mehr der Ehemann einer Frau – in einer Blockhütte saß und auf den nächsten Schritt wartete.

Sofie quengelte: »Warum könnt du und Papa nicht wie letzte Nacht bei uns schlafen?«

»Weil«, antwortete Ruth, »Mami auf dem Fußboden nicht so gut schlafen kann.«

»Dann kann ich zwischen euch schlafen?«

Irgendwie war es Ruth und Chandler gelungen, den Rest des Tages und die elterlichen Pflichten, die der Tag mit sich brachte – Abendessen, Kinder baden, Haare bürsten und Zähne putzen, vorlesen, Wasserbecher holen, um Sofies plötzlichen Durst zu stillen –, zu bewältigen, ohne sich anzusehen oder direkt miteinander zu sprechen. Eine Erinnerung daran, wie wenig sie sich angesehen oder miteinander gesprochen hatten, bevor Chandler weggegangen war.

Aber Sofies Frage zwang sie, sich jetzt anzusehen. Chandler nickte Ruth kurz zu, und ihr Magen zog sich zusammen, als sie begriff, dass *sie* ihre neue Familiensituation erklären sollte, wahrscheinlich da sie diejenige war, die diese Veränderung ausgelöst hatte. Sie konnten nicht ewig die perfekte Familie spielen, da die Kinder die Wahrheit wissen mussten. Und doch war es schier unerträglich, ihren Töchtern erneut einen tiefen Schmerz zuzufügen.

Deshalb saß Ruth sehr still und sehr steif auf der Bettkante und richtete den Blick auf die Bürstenspuren in den nassen Haaren ihrer Töchter und auf ihre glatten, hohen Stirne. Vis große Augen funkelten arglos ganz im Gegensatz zu Sofies zusammengekniffenen Augen, die verwirrt und argwöhnisch blickten, als habe sie schon gelernt, dass es besser war, immer auf der Hut zu sein.

Ruth räusperte sich und faltete die Hände auf ihrem Schoß.

»Euer Vater und ich, wir lieben euch sehr.« Es klang wie ein trauriges Klischee, so etwas zu sagen, bevor sie das Leben ihrer Kinder zerstörte. Aber irgendwie hielt sie es für wichtig, dieses Fundament zu betonen, bevor sie alles, das darauf aufgebaut war, niederriss, um Sofie und Vivienne begreiflich zu machen, dass dies alles nicht an ihnen lag.

Aber war das die Wahrheit?

Chandlers und Ruths Ehe hatte begonnen zu implodieren, nachdem sie sozusagen über Nacht von Neuvermählten zu Eltern hatten umschalten müssen, da Sofies Adoption schneller durchgegangen war, als selbst die Waisenhausleiterin erwartet hatte. Deshalb war verliebtes Necken durch Elternpflichten ersetzt worden, und als die Realität eingesetzt hatte, hatte Ruth festgestellt, dass die Ausübung dieser Pflichten weder fair noch sexy war. Chandler hatte auf derselben Zeile unterschrieben wie sie, und doch hatte *sie* das meiste Gewicht getragen. Als drei Jahre später Vivienne auf die Welt gekommen war, war diese Last größer geworden, aber die Verteilung der Aufgaben war unverändert geblieben. Also, nein, es war nicht die Schuld der Kinder, dass ihre Ehe gescheitert war, trotzdem hatte dieses Scheitern viel mit ihnen zu tun.

Ruth setzte erneut an. »Euer Vater und ich lieben euch sehr, und wir lieben uns auch und werden uns immer lieben …« Chandler nickte und lächelte die Mädchen an. Ruth sah, dass seine Miene genauso aufrichtig war wie ihre Worte. »Aber erinnert ihr euch, als wir dachten, euer Papa wäre …« Ruth brach ab und suchte nach einer beschönigenden Formulierung. »Nicht mehr am Leben?« Sofie nickte, aber Vi sah genauso sorglos aus wie immer, als wäre diese Phase im barmherzigen Labyrinth ihres Kleinkinderbewusstseins bereits versickert. »Da ich dachte, euer Papa würde nicht mehr zu uns zurückkommen, habe ich mich in Elam verliebt.« Ruth wischte die Hände an ihrer Jeans ab. »Wir haben geheiratet. Und jetzt werden wir hier bei ihm wohnen.«

Sofies Blick wanderte von ihrer Mutter zu ihrem Vater, und

Ruth wartete auf den Moment, in dem sie ihre Worte begreifen würde. Es war, als beschließe Sofies Verstand, eine Pause einzulegen, bis alles mehr Sinn ergab. Das war ein Selbstverteidigungsmechanismus, Sofies Rückzugsstrategie, wenn das Leben zu grausam wurde. Ruth wollte nicht, dass ihre Tochter wieder an diesen Ort ging, dass sie sich wieder in dieses schweigsame Mädchen mit den teilnahmslosen Augen verwandelte, das sie nach Chandlers scheinbarem Tod geworden war. Ruth streckte die Hände aus, um Sofie zurückzuholen, aber ihre Tochter entzog sich ihrer Mutter. Ihr Mund verwandelte sich zu einer großen, dunklen Scheibe und sie begann, laut zu schreien. Vivienne hielt sich die Ohren zu und krabbelte schnell von ihrer älteren Schwester weg, aber sie blieb auf dem Bett sitzen.

»Liebes, Liebes«, versuchte Chandler, Sofie zu beruhigen. »Alles ist gut.«

Er beugte sich vor, legte die Arme um seine ältere Tochter und wiegte sie an seiner Brust. Sofie klammerte sich an ihn und schaute Ruth an. Ruth sah die Anklage in ihrem dunklen Blick. Sie machte ihr daraus keinen Vorwurf. Wenn sie es mit den Augen ihrer jungen Tochter betrachtete, machte sie sich auch Vorwürfe. Es war schwer, wenn nicht sogar unmöglich, zu begreifen, was zwischen Elam und ihr geschehen war. Wie sollte sie es da mit Worten erklären, die eine Sechsjährige verstehen konnte?

Vivienne zog vorsichtig die Finger aus ihren Ohren und schaute Sofie an. Vi lächelte, aber Sofies Gesicht blieb schmerzverzerrt und leer. Ein unheilvoller Nachhall der reaktiven Bindungsstörung, mit der Ruth und Chandler seit ihrer Adoption kämpften.

»Mein Pa-pa«, sagte Sofie in einer Babystimme und vergrub den Kopf an Chandlers Brust.

Chandler legte den Kopf auf Sofies Haar und schaute Ruth an. Im Gegensatz zu seiner Tochter lag in seinem Blick keine Anklage, und doch fühlte Ruth diese Anklage von allen Seiten: Sie zog eine Beziehung zu einem Mann, den sie erst seit einem halben Jahr kannte, der Wiederauferstehung ihrer Familie, ihrer Ehe und ihres Zuhauses vor. Was für eine Frau – und Mutter – war sie? Aber sie wusste: Sie war eine Frau, die nicht nur darin Leben gefunden hatte, dass man mit ihr sprach und sie ansah, sondern auch darin, dass man ihr zuhörte und sie wirklich wahrnahm, als hätten ihre Worte Bedeutung, als wäre die Form ihres Gesichts die wichtigste Landkarte der Welt.

Sofie weinte sich in den Schlaf. Sie hatte sich schon früher in den Schlaf geweint, aber nie aus diesem Grund. Während der ganzen Zeit blieben Ruth und Chandler an ihrem Bett und versuchten, den Schmerz, den sie ihr zugefügt hatten, zu lindern. Jetzt saßen die Eltern der zwei kleinen Seelen, die oben unter ihren warmen Quiltdecken lagen, im Wohnzimmer auf dem Sofa. Das Feuer war niedergebrannt und nur noch ein Häufchen oranger Asche war zu sehen. Im Haus war es still geworden. Die Dunkelheit legte sich um sie beide, und doch verstärkte die scheinbare Vertrautheit der Situation nur die Tatsache, dass es zwischen ihnen keine Intimität mehr gab.

Nach einer Weile sagte Chandler: »Das war hart, nicht wahr?«

Die Erinnerung an das, was geschehen war, schnürte vor Trauer Ruths Kehle zu. Als sie wusste, dass ihre Stimme nicht versagen würde, sagte sie: »Ich hatte das alles nicht vor, als ich dich heiratete.«

Chandler seufzte. Er beugte sich auf dem Sofa vor und stützte den Kopf in seine Hände. »Natürlich nicht«, sagte er. »Wenn einer von uns geahnt hätte, wie unser Eheleben aussehen würde – den ganzen Schmerz und Kummer –, bevor wir uns das Jawort gaben, hätten wir bestimmt nicht geheiratet.« Er wandte sich ihr zu, und Ruth sah, wie ihre Schatten an der Wand miteinander verschmolzen. Aber er berührte sie nicht, und dafür war sie dankbar. »Wir hatten auch viel Freude. Findest du nicht?«

Ruth war zum Weinen zumute. Sie erinnerte sich an ihren

ersten Tanz als Ehemann und Ehefrau, an die Unterschrift unter Sofies Adoptionspapiere, an Chandlers Kuss auf ihre Stirn – mit Tränen in seinen Augen –, als sie Vi entbunden hatte. Sie hatte nie Zeit gehabt, um ihre Ehe mit Chandler zu trauern, weil sie zu sehr damit beschäftigt gewesen war, um seinen Tod zu trauern. Und jetzt trauerte sie um ihn, während er neben ihr saß. *Wie ist es möglich,* dachte sie, *eine solche Distanz zu einem Menschen zu fühlen, dessen Kind du geboren hast? Dessen Körper neben deinem im Bett lag?* Und trotz allem liebte ein großer, starker Teil von ihr diesen Mann immer noch. Selbst Ruths Körper reagierte auf seine Nähe. Sie wollte näher zu ihm rutschen, sich an ihn lehnen, nach einem so kräftezehrenden Abend bei ihm Trost suchen. Aber das war nicht möglich. Das war seit Jahren nicht möglich gewesen.

»Chandler?«, flüsterte sie. »Was ist aus uns geworden?«

Ihr Mann – der Vater ihrer Kinder – hob den Kopf und schaute sie an, da er die Trauer in ihrer Stimme hörte, als spräche sie weniger mit ihm als mit seinem Geist. »Da war dieser eine Abend in Afghanistan«, sagte er. »Ich saß in diesem Wohngebäude, von dem ich dir erzählt habe. Es war so stark zerbombt, dass man nicht mehr sagen konnte, wie viele Zimmer es gehabt hatte oder wie viele Menschen dort gewohnt hatten. Aber die Küche war noch mehr oder weniger intakt. Auf dem Herd stand ein Topf mit Reis und auf dem Kühlschrank stand eine Topfpflanze. Ich saß dort und konnte an den Stuhlbeinen die Fingerabdrücke von den Händen sehen, die sie berührt hatten. Ich legte meine Hände auf diese Fingerabdrücke, schloss die Augen und stellte mir die Kinder vor, die dort mit ihren Eltern gesessen hatten, sicher auch in vielen schwierigen Momenten – ohne zu begreifen, dass einer dieser Momente ihr letzter wäre. Und da begann ich zu weinen. Ich habe dich und die Mädchen so sehr vermisst, dass ich den Schmerz wie ein schweres Gewicht auf meiner Brust fühlte.«

Chandler nahm ihre Hand und sie erlaubte ihm, sie zu halten, da er der erste Mensch gewesen war, der sie zur Ehefrau und Mutter gemacht hatte. Trotz allem, was sie verloren hatte, würde sich daran nichts ändern. »Ich denke …« Er schwieg einen Moment. »Ich denke, ich saß jeden Tag an unserem Küchentisch und nahm mir nie die Zeit zu verstehen, dass meine Mädchen eines Tages erwachsen werden und sich alles verändert. Ich hatte das Gefühl, die Zeit ginge ewig so weiter; das Leben ginge genauso weiter wie immer, aber das war nicht der Fall. Ich erkannte das erst, als es zu spät war und ich euch alle verloren hatte.«

»Du hast nicht alle verloren«, sagte Ruth und drückte seine Finger.

Er schaute sie an und sie konnte seinen Atem auf ihrer Haut fühlen. »Nein«, sagte er. »Aber dich habe ich verloren.«

Kapitel 17

Ruth konnte wieder nicht schlafen. Das lag unter anderem daran, dass sie nicht wusste, *wo* sie schlafen sollte. Sie fühlte sich nicht wohl dabei, in Elams leeres Schlafzimmer zu gehen, während Chandler auf dem Sofa schlief. Sie wollte es aber auch nicht riskieren, Sofie zu wecken, indem sie Vivienne in ihr Kinderbett zurückbrachte, um sich zu Sofie zu legen.

Deshalb schlich sie die Treppe hinauf und klopfte an die Tür ihrer Schwiegermutter. Während sie wartete, war sie nervös, sich Mabel gegenüber genauso verwundbar zu zeigen wie vor Chandlers Rückkehr. Doch dann öffnete sich die Tür und Mabel stand mit einer Petroleumlampe in der Hand, die ihr müdes Gesicht beleuchtete, vor ihr.

Ruth wurde plötzlich von einer starken Zuneigung überwältigt und legte die Hand an die Wange der älteren Frau. »Ich liebe deine Lachfalten«, sagte sie.

Mabel hob die Hand und berührte Ruths Handrücken. »Die Falten entstanden auch durch Tränen.«

Ruth fragte nicht, ob sie eintreten dürfe, und Mabel lud sie nicht ein. Sie zog nur die Tür auf, und ihre Schwiegertochter trat über die Schwelle. Ein schwarzer gusseiserner Bettrahmen stach von den weißen Wänden ab. Ein gehäkeltes Spitzendeckchen hing über der Kante eines Tisches, der zwischen dem Bett und dem kleinen Fenster stand. Darauf befand sich ein Trockenblumenstrauß vom letzten Sommer in einem blauen Einmachglas. Während Ruth erneut die Sachen ihrer Schwiegermutter betrachtete, stellte sie fest, dass sie genauso wenig nach Wisconsin mitgebracht hatte wie Ruth selbst.

Ruth sagte: »Wir haben es den Mädchen heute Abend gesagt.«

»Das von dir und Elam?«

Ruth nickte.

»Willst du damit sagen, dass du und Chandler nicht versuchen wollt, euch zu versöhnen?«

»Wie können wir das? Von uns ist nichts mehr übrig.«

»Es ist *viel* übrig. Ihr habt einen Bund vor Gott geschlossen, und ihr habt die Mädchen.«

»Diesen Bund brach Chandler, als er nach Afghanistan ging.«

Mabel schaute Ruth direkt an. »So läuft das bei einem Bund nicht.«

Ruths Herz hämmerte. »Aber ich habe mit Elam den gleichen Bund geschlossen. Wenn wir beide erst am Anfang einer Beziehung stünden, würde ich sie aufgeben, um mich darauf zu konzentrieren, unsere Familie wiederaufzubauen, aber ich muss Elam genauso berücksichtigen wie Chandler.«

Mabel schaute sie an, bis Ruth blinzelte und den Blick abwandte. »Glaubst du das wirklich?«

Ruth antwortete nicht, und sie wusste, dass Mabel auch keine Antwort erwartete, denn eine so eindringliche Frage musste von Natur aus rhetorisch sein.

Mabels strenge Miene veränderte sich nicht, als sie sich abrupt abwandte und zum Bett ging. Ruth bemerkte den verrutschten geknüpften Bettvorleger neben dem Bett und die abgegriffene Bibel, die aufgeschlagen auf der Quiltdecke lag, und wusste, dass Mabel in der Dunkelheit ihres kleinen Zimmers lange auf war und für ihre Familie betete. Dieses Zeugnis familiärer und göttlicher Liebe sollte Ruth eigentlich anrühren. Aber sie fühlte sich manipuliert, als wäre das alles inszeniert. Gebrauchte Mabel Gott, um Ruth unter Druck zu setzen?

Die alten Bettfedern quietschten, als sich Mabel auf eine Bettseite legte. Sie klopfte auf die Stelle neben sich. Ruth starrte diese Stelle an, dann wanderte ihr Blick zu Mabels Hand. Sie trug keinen Ring, ihre Fingerknöchel waren leicht geschwollen und ihr Handrücken war von blauen Adern durchzogen. Diese Hand verriet mehr über Mabels Lebensgeschichte als ihr restlicher

Körper. Mabel würde genauso viel verlieren wie ihre Enkelinnen, wenn sich Ruth für ein Leben mit Elam entschied und das Leben aufgab, das sich Chandler und sie geschaffen hatten. Ruth beugte ihre eigenen Finger und drehte Elams *Claddagh*, während sie langsam zum Bett trat. Ruth fiel es schwer, diese Einladung anzunehmen, weil sie nie zuvor eine solche Einladung bekommen hatte. Von einer Frau, die ihre Mutter sein könnte. Ruths eigene Mutter hatte in Ruths Kindheit und Jugend, als sie eine solche Einladung am dringendsten gebraucht hätte, nie eine solche einfache Geste gezeigt.

Mabel stellte die Petroleumlampe auf den Tisch, während sich Ruth setzte. Sie drehte sich zu ihrer Schwiegertochter um. »Jede Bundesbeziehung«, sagte sie, »hat Momente, in denen es leichter wäre, das Handtuch zu werfen, als durchzuhalten. Die schwerste Zeit für uns als Ehepaar war die Zeit, als Chandler ein Baby war und Chandler senior Medizin studierte. Wir hatten kein Geld, es reichte nicht einmal für Lebensmittel. Wir mussten also von dem leben, was ich im Garten erntete und eingemacht hatte. Ich war mit Chandler junior den ganzen Tag zu Hause und da ich mennonitisch aufgewachsen war, hatte ich nie einen Führerschein gemacht. Ich war in einem der härtesten Winter in der Geschichte Pennsylvanias völlig isoliert. Wenn mein Mann nach Hause kam, wollte ich mit ihm sprechen und Zeit mit ihm verbringen, aber er wollte nur essen und schlafen. So lebten wir über ein Jahr lang, und ich kann dir sagen, dass ich am Ende dieses Jahres nicht mehr wusste, wer ich war oder was ich machen sollte, da ich mit einem Mann verheiratet war, den ich zwar liebte, den ich aber nicht besonders mochte.«

Ruth murmelte: »Wie habt ihr euch wieder gefunden?«

Mabel lächelte traurig. »Die Lösung war einfach, aber trotzdem nicht leicht«, sagte sie. »Ich habe mich gezwungen, ihm zu vergeben. Jeden Tag begann ich für Chandler zu beten, statt im Geiste aufzuzählen, wo er überall an mir schuldig wurde. Ich begann, mehr für ihn zu beten, als ich je zuvor in meinem Leben für einen Menschen gebetet hatte. Sogar mehr, als ich für unseren Sohn gebetet hatte. Ich machte ihn zur Priorität meines Gebetslebens, und das veränderte alles.« Mabel schwieg einen Moment. »Ich glaube nicht wirklich, dass sich irgendetwas bei ihm verändert hat, aber Gott hat *mein Herz* verändert. Ich begann, meine Bundesbeziehung zu meinem Mann als irdisches Bild von Gottes Bundesbeziehung zu mir zu sehen. Seine Liebe ist nicht launisch. Er liebt mich nicht nur dann, wenn ich ihm alles von mir gebe. Er liebt mich in meiner Unvollkommenheit. In meinem Egoismus. Wenn ich meinen Mann so lieben wollte, wie Jesus mich liebt, musste ich ihn ohne Vorbehalte lieben. Selbst dann, wenn er es nicht verdiente. Als ich das verstand, war das ein sehr großes Geschenk. Vorher hatte ich meinem Mann seine Freiheit, zu kommen und zu gehen, wie es ihm gefiel, während ich zu Hause blieb und unser Kind versorgte, übel genommen. Aber jetzt wurde ich dankbar, dass er so viel arbeitete, um uns zu versorgen, und wollte ihn dafür segnen.«

»Es hing also alles mit deiner veränderten Perspektive zusammen?«

Mabel nickte. »Ja. Ich konzentrierte mich auf Gottes Liebe zu mir, und durch diesen Blick wurde mein Herz größer und meine Zunge verlor an Schärfe. Ich wurde eine freundlichere, sanftere Frau und stellte die Bedürfnisse meines Mannes über meine eigenen. Chandler senior wusste nicht, was mit mir passiert war, weil ich es ihm nicht sagte, aber er konnte in jedem Bereich unseres Lebens den Unterschied spüren. Wir waren nicht mehr nur Partner, sondern wurden wieder Freunde, und irgendwann waren wir nicht mehr nur Freunde, sondern wurden wieder Liebende.« Mabel lachte, dann wurde sie ernst. »Ich weiß, dass dies die schwerste Zeit sein muss, die Chandler und du durchmacht, aber ich weiß auch, dass hinter dieser Wand zwei kleine Mädchen schlafen, für die es sich zu kämpfen lohnt, auch wenn du glaubst, für deine Ehe mit Chandler lohne es sich nicht mehr zu kämpfen.«

Ruth senkte den Blick, da das Opfer, das von ihr verlangt wurde, wie Säure in ihrer Brust brannte. »Es tut mir leid, dass wir dir das alles zumuten, Mama.«

Es war das erste Mal, dass Ruth Mabel »Mama« nannte, und beide Frauen wussten, dass diese Anrede eine Umkehr und ein Geschenk bedeutete. Mabel blinzelte die Tränen zurück. »Mir tut es auch leid«, sagte sie. »Aber ich bezweifle, dass du eine Beziehung mit Elam in Betracht gezogen hättest, wenn ich dich nicht dazu gedrängt hätte.«

Ruth beugte sich über die Quiltdecke und drückte Mabels Hand. »Du hast einen Vorschlag gemacht«, sagte sie. »Das war alles. *Ich* war diejenige, die sich entschieden hat, mich auf eine Beziehung mit ihm einzulassen.« Sie schwieg und erinnerte sich daran, wie sie mit Elam vor dem offenen Kaminfeuer geschlafen hatte und welchen unbeschreiblichen Frieden sie dabei gefühlt hatte, der genauso greifbar gewesen war wie seine starken Arme. »Das war nicht alles vergeblich«, sprach Ruth weiter. »Das muss ich glauben. Denn sonst weiß ich nicht, wie ich weitermachen soll.«

Mabel fragte: »Willst du heute Nacht hier schlafen, Ruth?«

Ruth murmelte: »Deshalb bin ich, ehrlich gesagt, zu dir gekommen.«

»Es tut mir leid, wenn du von mir mehr bekommen hast, als du wolltest.«

»Bitte entschuldige dich nicht. Du hast mir etwas gegeben, von dem ich nicht wusste, dass ich es brauche.«

Mabel blies die Lampe aus und die zwei Frauen schlüpften unter die Quiltdecken. Die ältere Frau glaubte, sie wäre am Anfang ihres Lebensendes; die jüngere Frau glaubte, sie wäre am Ende ihres Lebensanfangs. Aber beide irrten sich. Beide standen an der Schwelle zu einem *neuen* Leben, zu einem Neubeginn. Auch wenn das, was vor ihnen lag, anders war als das, was sie kannten oder sich wünschten, war es das, was jede von ihnen brauchte: die Erfüllung eines Versprechens, Zukunft und Hoffnung. Aber sie wussten nicht, wie diese Zukunft aussehen würde, und deshalb dauerte es lange, bis sie einschlafen konnten.

Als Ruth aufwachte, war die Sonne noch nicht aufgegangen, aber sobald sie die Augen aufschlug, wusste sie, dass Gottes Antwort unverändert war. Mabel schnarchte leise neben ihr, und der gleichmäßige Rhythmus drohte Ruth wieder in den Schlaf zu wiegen. Aber wenn sie ungestört mit Chandler sprechen wollte, musste sie jetzt aufstehen. In der Kleidung, in der sie geschlafen hatte, schlich sie auf Zehenspitzen die Treppe hinab. Sie ging durchs Wohnzimmer und kniete vor dem Sofa nieder, ähnlich wie sie gestern Nacht vor Mabels Fenster gekniet, auf die mondbeschienenen Felder hinausgesehen und Gott stumm um einen anderen, weniger schmerzlichen Weg gebeten hatte. Aber es gab keinen anderen Weg. Chandler schlief noch. Sein längeres Haar fiel in seine Stirn und machte ihn jünger, als er war. Ruth erlaubte sich, ihn anzusehen, nicht so wie sie ihn vorher angesehen hatte – als ihren Mann oder den Vater ihrer Kinder –, sondern als einen Mann, dessen Weg für kurze Zeit parallel zu ihrem Lebensweg verlaufen war.

Ruth flüsterte seinen Namen. Dann sagte sie ihn noch einmal etwas lauter. Dieses Mal rührte sich Chandler. Die Quiltdecke, mit der er sich zugedeckt hatte, fiel auf den Boden. Er drehte sich auf die Seite, seufzte hörbar und schlug seine schweren Lider auf. Als er Ruth entdeckte, weiteten sich seine Augen.

Ruth verließ der Mut. Sie überlegte, einen Vorwand vorzubringen, warum sie hier war. Doch dann erinnerte sie sich an ihr Gespräch mit Mabel und wusste, dass ihre Ehe mit Chandler unter anderem deshalb gescheitert war, weil keiner von ihnen begriffen hatte, dass ein Umgehen der Wahrheit gleichbedeutend mit Unwahrheit war. »Chandler«, flüsterte sie, »kann ich kurz mit dir sprechen?«

Er nickte und setzte sich auf. Er sah aus, als wäre er nicht ganz wach und sein Körper würde nur aufgrund des Gedächtnisses seiner Muskeln reagieren, die sich an die vielen Male erinnerten, wenn Ruth ihn mit einer ähnlichen Frage geweckt hatte, um dann eine Schimpftirade vom Zaun zu brechen. Aber da hörten die Ähnlichkeiten zur Vergangenheit auch schon auf. Mit einem schweren Schlucken sagte Ruth: »Ich habe dir nie gesagt, wie leid es mir tut. Ich habe nie eingesehen, dass es überhaupt etwas gab, das mir leidtun sollte. Ich war so auf alles konzentriert, was *du* falsch machtest, und sah nicht, dass mich genauso viel Schuld traf. Das tut mir leid, Chandler. Das tut mir wirklich leid.«

Ruths Tränen liefen, als sie diese Worte aussprach: schnell, heiß und ungebremst.

Chandler beugte sich auf dem Sofa vor und nahm ihre Hände. »Ruth«, sagte er. Er sprach nur ihren Namen aus, dann brach er ab, bis sie ihn anblickte. »Ich habe so viele Fehler gemacht. Bitte entschuldige dich nicht. Sonst fühle ich mich nur noch schlechter.«

»Wir haben *beide* Fehler gemacht«, beharrte sie. »Und oft haben sich unsere Fehler gegenseitig genährt: Du hast mich vernachlässigt und ich wurde deshalb bitter. Aber ich hatte schon damals eine Wahl. Ich habe nicht die richtige Entscheidung getroffen, Chandler. Ich warf dir vor, mir nicht genug zu sein, nicht für mich *da* zu sein, aber du bist nur ein Mensch, nicht Gott. Es war nie Gottes Plan, dass du meine bedürftigen Stellen ausfüllst. Es war nie sein Plan, dass du meine Risse kittest.«

Chandler wurde weicher. Er lehnte sich auf dem Sofa zurück und seufzte. »Unsere Ehe wäre ganz anders verlaufen, wenn wir am Anfang gewusst hätten, was wir jetzt wissen.«

Sie ließ seine Hand los und stand auf. »Das ist wahrscheinlich der Grund, warum es manche Menschen schaffen. Sie wachsen zusammen und leben sich nicht auseinander.« Sie brach ab. »Ich bin bald zurück. Ich muss zu Elam.«

Chandlers Augen trübten sich. »Lass dir Zeit«, sagte er. »Ich bleibe bei den Kindern.«

Selbst in diesem einfachen Satz konnte Ruth hören, was er nicht sagte: *Das ist jetzt unser Leben: Wir wechseln uns bei den Kindern ab und kümmern uns abwechselnd um sie. Das ist jetzt die Normalität. Beziehungsweise, das wird die Normalität sein.*

Er hatte keine Ahnung, dass sich ihr Leben schon wieder ändern würde.

Ruth spürte die veränderten Temperaturen, sobald sie aus dem Haus trat. Wasser tropfte von den Eiszapfen, die das Dach säumten, und zum ersten Mal, seit sie nach Wisconsin gekommen war, stieg ihr Atem nicht in einer Dampfwolke auf. Sie schloss die Tür hinter sich und hörte das unverkennbare leise Klicken. Sie warf einen Blick durch die beschlagene Fensterscheibe und sah, wie Chandlers Silhouette hinter der Ecke verschwand, da er sich vermutlich wieder aufs Sofa zurücklegte. In der Dunkelheit des Morgens brach sie zur Blockhütte auf. Die Frostschichten tauten und zwangen Ruth, durch den Matsch zu waten, der die Schlaglöcher ausfüllte, die monatelang mit Eis oder Schnee bedeckt gewesen waren.

In Elams Blockhütte brannte schon Licht, und Ruth konnte tiefe, traurige Musiknoten hören, die wie ein Trauerlied in der Morgenluft schwebten. Er fühlte sich genauso wie sie.

Als sie eintrat, hörte Elam auf zu spielen, stand aber nicht von der Klavierbank auf.

»Guten Morgen«, sagte sie.

Er fragte: »Möchtest du dich setzen?«

»Ja, gerne. Danke.«

Ruth fürchtete, Elam würde zu ihr kommen, ihr einen Stuhl herausziehen, ihre Jacke nehmen … sie irgendwie berühren. Aber das tat er nicht. Sie setzte sich an den Küchentisch und wusste nicht, was sie tun würde, wenn sie plötzlich zu nahe bei ihm wäre. Denn genauso sehr, wie sie sich wegen ihrer gemeinsamen

Lebensgeschichte zu Chandler hingezogen fühlte, zog Elam sie wegen des möglichen gemeinsamen Lebens an, das vor ihnen lag.

Elam drehte sich auf der Klavierbank um, die Arme verschränkt. Ruth wandte den Blick ab und schluckte.

Ruth liebte *beide* Männer, wenn auch auf sehr unterschiedliche Weise. Was sollte sie also tun? Sie sollte alles in ihrer Macht Stehende tun, um das Leben ihrer Mädchen so normal wie möglich zu gestalten, nachdem sie in den letzten fünf Jahren so wenig Normalität erfahren hatten. Für die beiden war Ruth bereit, alles zu riskieren. Für sie war sie bereit, alles aufzugeben. »Ich bin gekommen«, sagte Ruth, brach aber wieder ab, denn genauso wie gestern bei ihren Kindern konnte sie ein solches Gespräch nicht beginnen, ohne Elam vorher zu sagen, wie viel er ihr bedeutete. Aber als sie den Kopf hob, verriet ihr der Blick, mit dem er sie ansah, dass er schon wusste, was sie ihm sagen wollte.

»Ich bin gekommen, um dir zu sagen, dass ich versuchen werde, meiner Ehe mit Chandler noch einmal eine Chance zu geben.«

Elam ließ den Kopf hängen. »Das heißt also«, erwiderte er, »dass du unsere Ehe annullieren lässt.«

Ruth richtete sich auf und ihr Rückgrat rieb über die Rückenlehne des Stuhls. »Ja«, sagte sie. »Mir bleibt keine andere Wahl.«

Elam nickte, hob aber nicht den Blick. Sie beobachtete, wie das Morgenlicht durch die Spalten in die Blockhütte drang. »Es tut mir leid«, fügte sie hinzu. »Dass es dazu gekommen ist.«

»Es hätte nie sein sollen«, sagte er.

Ruths Kehle schnürte sich zusammen, da es sie sehr viel Selbstbeherrschung kostete, ihm nicht zu widersprechen, nicht zu erklären, dass es schon so hatte sein sollen. Die Richtigkeit ihrer Ehe zu leugnen bedeutete, ihre Liebe zu leugnen. Aber war es wirklich Liebe? Ja, bei Elam erfuhr Ruth eine Wertschätzung, die sie nie zuvor erlebt hatte, aber hätte sich das im Laufe der Zeit geändert? Würde Elam sie genauso als selbstverständlich betrachten, wie es sein Cousin getan hatte, wenn sie tagein, tagaus zusammenleben und die Fehler des anderen sehen und den bittersten Kummer erleben würden? Genauso wie es Ruth getan hatte? Sie wusste es nicht, aber sie befürchtete es.

Die Schönheit des Lebens konnte man nur sehen, wenn man aus dem gewohnten Alltag herausgerissen wurde. Chandler hatte die Trennung von seiner Familie aus diesem Alltagstrott gerissen. Ruth hatte sein Tod aus diesem Trott gerissen. Doch es hatte sie nicht näher zusammengebracht, im Gegenteil.

»Ich bereue nicht, dass es dazu gekommen ist«, sagte sie. »Mir tut nur leid, dass es enden muss.«

Elam schaute sie an. Tränen glänzten in seinem vom Wetter gegerbten Gesicht. »Darin unterscheiden wir uns«, sagte er. »Mir tut beides leid.«

Ruth konnte ihr Schluchzen nicht länger zurückhalten, als sie am Kanal entlang zurückging. Sie legte die Arme um sich, während die Wucht des Schmerzes ihren Körper erschütterte, aber sie ging weiter, als führte ein innerer Kompass sie direkt zum Bauernhaus – das sowohl ihr Leben mit Elam als auch das Leben, das jetzt mit Chandler und ihren Mädchen in diesem Haus eingezogen war, repräsentierte. Noch während Ruth ihrer Trauer Raum gab, wusste sie, dass sie ihre Tränen verbannen musste. Sie wollte den Kindern keine Angst einjagen, die ihre Mutter noch nicht einmal so heftig weinen gesehen hatten, als sie die Nachricht vom Tod ihres Vaters bekommen hatte.

Ruth erreichte das Ende des Weges und setzte sich auf die Verandastufen. Ihr Blick wanderte über das Land, über die jetzt schlammbraunen Felder, aus denen die cranberryrote Scheune hervorstach. Obwohl das Land noch immer vor Kälte erstarrt war, bot es einen schönen Anblick. Könnte sie hierbleiben, während sie versuchte, auf Kosten der Ehe, die sie gern gehabt hätte, ihre Ehe zu retten? Elam hatte gesagt, dass sie bleiben könne; dass *er* weggehen würde, da er die *Driftless Valley Farm* immer mit ihrer verhängnisvollen Beziehung in Verbindung bringen würde. Aber aus demselben Grund wollte sie auch nicht hierbleiben.

Gleichzeitig war sich Ruth nicht sicher, ob ihr und Chandler eine andere Wahl blieb. Sie hatten kein Zuhause, kein Geld, und Mabel hatte auch kein Geld, solange sie ihr bescheidenes Haus in Pennsylvania nicht verkaufte. Wohin sollten sie auch gehen?

Hinter Ruth ging die Tür auf. Sie wischte sich am Ärmel ihrer Jacke die Nase ab. Schritte näherten sich und jemand setzte sich neben sie. Ruth blickte zur Seite und entdeckte Chandler. Mitgefühl stand in seinen Augen, und die von Gott geschenkte Liebe, die sie vorher gefühlt hatte, verflog. Wenn Chandler nicht wäre, bräuchte sie kein Mitgefühl. Wenn er nicht wäre, bräuchte sie nichts aufzugeben.

»Es tut mir leid, dass es so schwer ist«, sagte er.

Ruth stählte sich und verschränkte die Arme vor sich. »Sind die Mädchen schon wach?«

»Sie sind vor einer halben Stunde aufgewacht. Mama macht ihnen das Frühstück.« Chandler reagierte auf Ruths abweisende Haltung; die Vertrautheit von vorher war auch bei ihm wie weggeblasen.

»Mabel ist eine so große Hilfe«, sagte Ruth. »Ich wüsste nicht, was ich ohne sie tun sollte.«

Chandler trug keine Schuhe, und seine Socken passten nicht zusammen. Ruth fand es seltsam, dass sie nach sechs Jahren Ehe das tiefe Bedürfnis hatte, sich um ihn zu kümmern. »Meine Mutter hat nur uns«, sagte er. »Das heißt, sie hat in Zukunft nur mich und die Mädchen.«

Ruth richtete ihren Blick auf die Straße und weigerte sich, zum Wald zu sehen, zum Weg, der zu der Blockhütte führte, in der gerade Elam saß, von ihrer Entscheidung am Boden zerstört. Sie musste ihren ganzen Mut, ihre ganze Kraft zusammennehmen, bevor sie Chandler sagen konnte, was sie getan hatte. Vermutlich lag das auch daran, dass es schwerer wäre, ihre Entscheidung zu revidieren, sobald sie diese laut ausgesprochen hatte. »Mich hat Mabel auch«, erklärte Ruth. »Elam und ich haben beschlossen, unsere Ehe annullieren zu lassen.«

Zuerst reagierte Chandler nicht. Sie konnten ihre Töchter in der Küche quietschen hören. Der Tagesbeginn für Sofie und Vivienne bestand entweder aus Spielen oder Streiten, und sehr oft führte das eine zum anderen, noch bevor sie sich den Schlaf aus den Augen gerieben hatten.

Schließlich murmelte Chandler: »Warum hast du das getan?«

Ruth antwortete: »Ich habe es für sie getan.« Sie warf einen Blick hinter sich und sie drehten sich beide zum Fenster herum, durch das sie Vivienne und Sofie sehen konnten. Die Mädchen stritten gerade um den Deckel des Erdnussbutterglases. Vi hatte offenbar die erste Runde gewonnen, da ihr Mund mit Erdnussbutter verschmiert war. Aber darauf konzentrierten sich die Eltern nicht. Vielmehr konzentrierten sie sich auf die zerzausten Haare und Prinzessinnenschlafanzüge ihrer Kinder. Es war verblüffend, wie ein so alltäglicher Anblick ein Elternherz mit Liebe durchströmen konnte. »Ich habe es für unsere Mädchen getan.«

Erneut sagte Chandler nichts. Ruth drehte den Kopf und sah, dass er immer noch ihre Kinder anstarrte, aber an seinem vernarbten Kinn zuckte ein Muskel. »Es ist kein gutes Gefühl, mit einer Frau zusammen zu sein, die überzeugt ist, gerade die Liebe ihres Lebens aufgegeben zu haben.«

Ruth dachte: *Wer sagt, dass ich mit dir zusammen sein will?* Obwohl ihr Herz gestern Nacht Heilung erfahren hatte, blieben ihre Gedanken und ihre Zunge mit ihren angewöhnten Abwehrreflexen gekoppelt, die so vorhersehbar waren wie der Sog der Gezeiten. »Es war auch kein gutes Gefühl«, sagte sie, »mit einem Mann verheiratet zu sein, der vergessen hatte, dass ich das eigentlich für *ihn* sein sollte.«

Chandler wandte sich vom Fenster ab und schaute sie wieder an. »Ich habe nie vergessen, dass du die Liebe meines Lebens bist; ich habe nur zu viel gearbeitet, um es dir zu zeigen.«

Ruth war einen Moment eingeschüchtert. Der Chandler, der sich entschieden hatte, für *Ärzte ohne Grenzen* zu arbeiten, statt bei seiner Familie zu sein, hätte nie zugegeben, dass er zu viel arbeitete oder seine Familie vernachlässigte. Doch dieses Gefühl ruinierte er im nächsten Moment, als er hinzufügte: »Warum hast du Sofie gestern Abend diesen Schlag versetzt und gesagt, dass du bei Elam bleiben wirst, wenn du es dir heute Morgen anders überlegt hast?«

»Weil ich nicht *wusste*, dass ich es mir anders überlegen würde. Das geschah erst, als Gott mein Herz verändert hat.«

»Woher soll ich wissen, dass du es dir nicht wieder anders überlegst?«

»Das werde ich nicht, Chandler. Ich habe einen Durchbruch erlebt.«

»Es klingt ganz danach.«

Die schlagartig geladene Stille erinnerte Ruth an ihre früheren Gespräche, als es so schwer geworden war, miteinander zu sprechen, ohne sich zu streiten, dass sie lieber geschwiegen hatten. Nach einer Weile fragte er: »Was bedeutet diese ›Annullierung‹ für uns? Dass wir in dieses Haus gehen und so tun, als wären wir ein normales Ehepaar?«

Ruth schaute ihn von der Seite an. »Unsere Beziehung war schon lange vorher nicht normal.«

»Das ist mir bewusst«, sagte er. »Das ist mir deutlicher bewusst, als du wahrscheinlich ahnst.«

Ruths Magen zog sich zusammen. In den Jahren ihres alles andere als »heiligen Bundes der Ehe« hatte sie sich oft gefragt, ob auch Chandler gespürt hatte, dass es bei einer Ehe eigentlich um mehr als nur ums bloße Überleben gehen sollte. »Warum hast du nie etwas gesagt?«, fragte sie. »Warum haben wir nie darüber gesprochen, wie unglücklich wir waren?«

»Ich hatte nicht den Eindruck, dass du darüber sprechen *wolltest*. Du hast mich ausgesperrt, Ruth. Jedes Mal, wenn ich dich anschaute, sah ich nur diese Wut in deinen Augen.«

Ruth wusste, dass dies stimmte. Trotzdem tat es weh, es laut zu hören. Sie hatte nie gelernt, stark zu sein, ohne wütend zu sein, und jeden Morgen, den sie aufwachte – bevor sie nasse Windeln wechselte, Frühstück kochte, die Mädchen für den Tag anzog –, hatte sie das Gefühl gehabt, den Kampf ihres Lebens auszufechten. »Wie konnten wir uns so weit auseinanderleben?«, fragte sie mit zitternder Stimme.

Chandler erwiderte: »Das kann ich dir nicht sagen.« Mit einem Räuspern drehte Chandler den Kopf und bedachte sie mit einem Blick, der sie den Kopf senken ließ. »«Hattest *du* Träume?«, fragte er. »Ich weiß, dass du Träume hattest, als ich dich kennenlernte, aber hattest du nach … den Mädchen noch Träume?«

Ruth beugte sich über ihre Knie. Ein Eiszapfen löste sich vom Dach und zerbarst auf dem Boden. Sie stieß mit ihrem Stiefel gegen die zerborstenen Stücke. »Ja«, murmelte sie. »Ich hatte Träume. Wenn ich als Mutter nicht so gebunden gewesen wäre, hätten meine Träume genauso abenteuerlich sein können wie deine.«

Nach einem Moment fragte er leise: »Wie sahen deine Träume aus?«

Sie schaute Chandler an. Ihre grünen Augen kniffen sich zusammen. Sie befürchtete, dass er ihre Träume abwerten und ihr erneut das Gefühl vermitteln würde, ihre Welt wäre klein. »Ich wollte mit dir nach Italien reisen. Nicht nach Florenz oder Rom, sondern in die kleinen Dörfer auf dem Land mit alten Häusern und Feldern mit Blumen, die ihr Gesicht zur Sonne drehen. Ich wollte ein Buch schreiben. Ich wollte töpfern und malen lernen. Es war nie mein Plan, mich in dem Kampf, alle am Leben zu erhalten, zu verlieren.«

Chandler atmete aus und fuhr mit einer Hand über sein Gesicht. Er berührte seine Narben, und sie dachte an die Narben, die sie an seinem Körper gesehen hatte.

Ruth richtete den Blick zur Scheune. »Ich bin bereit, mit dir zusammen unsere Kinder zu erziehen«, sagte sie. »Aber ich bin nicht bereit, deine Frau zu sein.«

Chandler schwieg eine Weile. »Körperlich, meinst du.«

Ihre Wangen begannen zu glühen.

»Damit kann ich leben«, sagte er. »Wir waren vorher auch nicht oft körperlich zusammen.« Ruth versuchte zu deuten, ob hinter diesen Worten ein Vorwurf lag, aber Chandler lächelte nur und hielt ihr die Hand hin. »Wenn wir schon kein Ehepaar mehr sind, können wir dann wenigstens wieder Freunde sein?«

Ruth musste fast lachen, da es ihr im Moment leichter erschien, mit Chandler geschwisterlich zusammenzuleben. Doch dann dachte sie an Mabels Geschichte, daran, dass Mabel ihren Mann Chandler senior erst wieder gemocht hatte, als sie ihn zur Priorität ihres Gebetslebens gemacht hatte. Diese Geschichte hatte Ruth motiviert, sich vor das Fenster zu knien, nachdem Mabel eingeschlafen war, und zu beten. Das versuchte sie jetzt wieder: *Gott, wenn du wirklich willst, dass ich das mache, musst du mir helfen, Chandler zu vergeben; dann musst du mir helfen, Chandler zu lieben.*

Ruth schaute Chandlers Hand an und sah den goldenen Ehering, der an seinem Finger glänzte. Es war ein anderer Ring als der, den sie ihm bei ihrer Hochzeit angesteckt hatte, denn er hatte seinen Ring in der Klinik in Kolumbien verlegt: eine Unachtsamkeit, die nicht so wehgetan hätte, wenn er Ruth nicht genauso unachtsam behandelt hätte. Aber Ruth war jetzt nicht mehr dieselbe Frau wie damals. Sie war nicht mehr so zartbesaitet, und sie war sich nicht sicher, ob das gut oder schlecht war. Aber Chandler hatte sich auch verändert. Sie waren nicht mehr das frisch vermählte Ehepaar, das sie gewesen waren, nachdem sie sich im Hof des Waisenhauses die Ehe versprochen hatten. Sie waren älter, aber in vielerlei Hinsicht nicht weiser. Gegenseitige Enttäuschungen hatten ihre Liebe getrübt. Trotzdem lag das Leben, das sie schon zusammen geteilt hatten und das vielleicht noch vor ihnen lag, wie ein gewebter, weiterhin in der Entstehung begriffener Wandteppich zwischen ihnen. Mit seinen vielen farbigen Fäden rührte er ihre Herzen an. Aus diesem Grund nahm Ruth Chandlers Hand. Sie konnte fühlen, wie die Fäden sie näher zu ihm hinzogen, noch stärker als in dem Moment, als er sie geküsst hatte. Die Anziehungskraft war immer noch da, eine Anziehungskraft, die sie früher genauso sehr miteinander verbunden hatte wie das Kind, das daraus hervorgegangen war. Elams *Claddagh*-Ring schnitt sich in ihre Hand. Ruth wusste, dass sie ihn abnehmen musste. Aber das konnte sie noch nicht. Sie hielt Chandlers Hand fester und er erhob sich und zog sie auf die Beine. So standen sie gemeinsam auf der Veranda des Bauernhauses und schauten sich in die Augen, während um sie herum der Winter schweigend dem Tauwetter wich.

Elam packte seine Kleidung in die leinene Reisetasche, die er die wenigen Male im Jahr benutzte, wenn er verreiste. Ruth hatte ihre Entscheidung getroffen, und das würde er respektieren, aber er wollte trotzdem nicht weggehen, ohne sich von Sofie und Vivienne zu verabschieden. Er war für die beiden Schwestern nur wenige Monate eine Vaterfigur gewesen, und die Mädchen bedeuteten ihm bestimmt mehr, als er ihnen bedeutete – besonders jetzt, da Chandler zurückgekommen war –, aber wenn Elam auf diesen Schmerz je ohne Bedauern zurückblicken wollte, musste er den Weg der Heilung gehen, ohne Kompromisse zu machen.

Also ging er.

Ohne es zu wissen, da der Schnee geschmolzen war, folgte Elam Ruths Spuren, die sie noch wenige Stunden zuvor hinterlassen hatte. Auch wenn er keine Tränen vergoss, war sein Herz genauso schwer, wie ihres gewesen war. Er ging am See entlang zu dem Haus, in dem er seit seiner Kindheit gelebt hatte, und irgendwo tief in seinem Herzen wusste er, dass er sich nicht nur von Ruth und ihren Kindern verabschieden würde, er würde sich auch von seinem gewohnten Leben verabschieden. Dieser Abschied schmerzte ihn wesentlich weniger als der erste.

Elam klopfte an die Tür seines eigenen Hauses. Durch die Fensterscheibe sah er, wie Chandler näher kam. Chandler öffnete mit unsicherer Miene die Tür, da ihm die sonderbare Situation bewusst war, dass beide Männer erneut die Rollen getauscht hatten.

Chandler sagte: »Ruth ist …«

Elam hob die Hand. »Ich bin gekommen, um mich von den Mädchen zu verabschieden.«

Bei seinen Worten spähte ein flachsblonder Kopf hinter Chandlers Beinen hervor. Elam ging in die Hocke, stellte seine Tasche auf die Veranda und schaute Vivienne an. Ihr Anblick verschlug ihm die Sprache, aber das war vermutlich nicht anders zu erwarten, da der Anblick ihrer Mutter die gleiche Wirkung bei ihm auslöste. »Hi, Vi«, sagte er.

Sie senkte den Blick auf ihre Hello-Kitty-Socken und flüsterte: »Hi.«

Doch in diesem Moment nutzte Everest seine Chance und stürmte aus dem Haus. Vivienne lief ihm sofort nach. Wie aus einem Munde riefen Elam und Chandler: »Du hast keine Schuhe an!« Sie blickten einander an. Elam richtete sich auf und Chandler deutete auf Elams Tasche. »Du gehst weg?«

»Ja«, antwortete Elam, beließ es aber dabei. Er war sich nicht ganz sicher, wohin er gehen würde.

»Es tut mir leid, dass wir keine Gelegenheit hatten, uns länger zu unterhalten.«

Elam schaute Chandler an. »Wir hatten zehn Jahre keine Gelegenheit, uns länger zu unterhalten.«

»Ich weiß. Das tut mir auch leid.«

In diese unsichere Atmosphäre platzte Vivienne mit dem Welpen im Schlepptau. Die beiden hinterließen dreckige Fuß- und Pfotenabdrücke auf den rissigen Verandastufen. Everest lief bellend um die Männer herum, während Vivienne die Arme um Elams rechtes Bein legte und mit zugekniffenen Augen sagte: »Drück' dich ganz feste.«

Elam war gerührt und bückte sich, um die Hand auf ihren

Kopf zu legen. Aber die Zweijährige blickte zu ihm hinauf und ihre großen grünen Augen unter dem langen Pony wurden noch größer. Sie warf einen Blick auf Chandler und lief schnell zu ihm, um sich an sein Bein zu klammern, als fiele ihr erst jetzt ein, dass sie das von Anfang an hätte tun sollen. Wie üblich hatte das Kind keine Ahnung, welche Gefühle diese arglose Geste auslöste.

Chandler erfüllte diese Geste mit riesiger Freude, da sie zeigte, dass Vi bei ihm Sicherheit und Trost suchte.

Elam bestätigte sie, was er bereits wusste, aber dieses Wissen brach ihm trotzdem das Herz.

Elams Schwester Laurie kniete auf dem Fußboden ihrer Küche und wischte Milch auf, die durch einen Spalt zwischen den Tischplatten tropfte. Die rechteckige Tischplatte war mit klebrigen weißen Handabdrücken verschiedener Größen gemustert, Spuren des selbst gemachten, mit Ahornsirup gesüßten Joghurts, den seine Nichten und Neffen zum Frühstück gegessen hatten. Elam stand an der Tür, hielt seinen Filzhut in den Händen und stellte überrascht fest, dass das Leben um ihn herum unverändert weiterlief, während sein eigenes Leben implodiert war. Laurie blickte auf und lächelte. Doch als sie sein Gesicht sah, verschwand ihr Lächeln sofort.

»Elam?«, fragte sie und ihre hohe Stimme verriet ihre Sorge. »Was ist passiert?«

Bruder und Schwester hatten in den letzten Tagen Abstand zueinander gehalten, wenn auch aus völlig unterschiedlichen Gründen: Laurie und Tim hatten Ruth und Elam Zeit geben wollen, sich als Familie aneinander zu gewöhnen, und Elam hätte es nicht ertragen können, ihnen zu erzählen, dass er, Ruth und die Mädchen keine Familie mehr waren. Aber jetzt wurde ihm klar, dass die Nachricht von Chandlers Rückkehr nicht einmal Laurie erreicht hatte. Er warf einen Blick durch die Küche zum Wohnzimmer. Drei seiner Nichten und Neffen, die noch zu jung waren für die Gemeindeschule von Driftless Valley, lagen auf einer Decke vor dem Ofen und schauten sich Bilderbücher an. Dann wanderte sein Blick wieder zu Laurie. »Können wir woanders reden?«

Laurie beugte sich schwerfällig mit ihrem schwangeren Bauch und wischte den Rest der verschütteten Milch auf. Dann trat sie ins Wohnzimmer und wedelte mit dem nassen Geschirrtuch in Richtung der kleinen Faith, die schon fast fünf war und somit die Verantwortung für ihre kleineren Geschwister trug. Laurie und Elam gingen in den Windfang hinaus, der mindestens zehn Grad kälter war als der Rest des Hauses. Das kleine Fenster klapperte im Wind. Dahinter konnte Elam den weiten grauen Himmel sehen, nur von Lauries leerer Wäscheleine durchschnitten. An einem extra aufgestellten hohen Holzpfosten mit einem Querbalken hatte Tim sechs Vogelhäuser aus Flaschenkürbissen gehängt, die er zuvor getrocknet und mit weißer Farbe angestrichen hatte. Elam fiel es in diesem Moment schwer, sich die Purpurschwalben vorzustellen, die in wenigen Monaten in diese Vogelhäuser zurückkehren und die Käfer fressen würden, die sonst dem Gartengemüse schadeten. Er hatte das Gefühl, die Jahreszeiten seien einer dauerhaften Kälte gewichen.

Laurie schwieg eine ganze Minute, was er ihr hoch anrechnete, bevor sie flüsterte: »Ist jemand gestorben?«

Elam wandte sich von dem melancholischen Anblick der leeren Wäscheleine ab. In Lauries Gesicht konnte er das Kind sehen, das sie zum Zeitpunkt des Todes ihrer Mutter gewesen war. Auch jetzt noch gehörte für Laurie der Tod zu den schlimmsten Dingen im Leben. Das erklärte vielleicht auch, warum sie ein Kind nach dem anderen bekam, als wären ihre Kinder wie Einfriedungen, mit denen sie den Treibsand der Zeit aufhalten wollte. »Nein«, sagte er. »Es ist niemand gestorben.«

»Was ist dann passiert?«

Er wandte den Blick ab und wappnete sich. »Chandler ist zurückgekommen.«

»Aber er ist doch …«

»Tot? Nein, das war jemand anderes. In dem Grab liegt ein anderer Mann.«

Laurie schwieg so lange, dass Elam sie vorsichtig ansah. Aus ihrem Gesicht war alle Farbe gewichen. Die Unfähigkeit seiner Schwester, ihre Gefühle zu verstecken und sie stattdessen aller Welt deutlich zu zeigen, hatte Elam oft frustriert, da ihm eine solche Offenheit völlig fremd war. Aber jetzt liebte er sie dafür. Ihr Schmerz zeigte ihm, dass er mit seinen Gefühlen nicht allein war.

»Oh, Elam«, murmelte sie. »Was bedeutet das für dich?«

»Das bedeutet, dass meine Frau zu ihrem ersten Mann zurückkehrt.«

»Aber … aber ihr habt doch gerade erst geheiratet. Wir haben doch gerade erst den Hof versorgt, weil ihr auf eurer Hochzeitsreise wart!«

Elam blickte beschämt auf seine Stiefel hinab. Allein das Wort *Hochzeitsreise* weckte Bilder, die jetzt durch die Tatsache befleckt waren, dass Ruths Mann während der ganzen Zeit gelebt hatte und Elam das am letzten Tag ihrer Hochzeitsreise bereits gewusst hatte. Während sie sich in dem Häuschen zwischen den Apfelbäumen und dem See aneinandergekuschelt hatten, hatte sich Elam eingeredet, an ihrem Zusammensein wäre nichts falsch, solange sie die Ehe nicht mehr vollzogen. Aber jetzt bereute er, dass sie überhaupt noch dort geblieben waren, nachdem sie die Wahrheit erfahren hatten. Wenn er gewusst hätte, dass Ruth zu Chandler zurückkehren würde, hätte er das nicht getan. Aber ihm war bewusst, dass Ruth selbst nicht geahnt hatte, wie schnell sich alles ändern würde.

Elam schaute Laurie an. »Chandler hat sich bei Ruth gemeldet, während wir auf Washington Island waren. Wir wussten, dass er noch lebt, aber sie sagte mir …« Seine Stimme versagte. »Sie hat gesagt, dass sie mit mir verheiratet bleiben wolle. Aber das war, bevor wir nach Hause kamen.«

»Was ist dann passiert?«

»Sofie konnte nicht verstehen, warum ihre Eltern nicht … nicht zusammen sind wie vorher.«

Aus dem Wohnzimmer ertönte ein Schrei. Die Kinder wurden mit jeder Minute, die Laurie fort war, um ein Dezibel lauter. Laurie hob mahnend einen Finger und marschierte aus dem Windfang in die Küche. Sie rief: »Sarah, nicht so laut!«, auch wenn ihre Stimme sanfter klang als sonst. Dann kam sie zu ihrem Bruder zurück. Mit Tränen in den Augen blickte sie zu Elam hinauf. »Oh, Elam.« Laurie berührte seinen Arm. »Nie zuvor hat dich eine Frau interessiert. Und dann hast du dich für Ruth entschieden, weil du wusstest, dass sie alles aufgeben würde, um die Menschen, die sie liebt, zu schützen.«

Elam verbrachte den größten Teil des Nachmittags am Küchentisch seiner Schwester und seines Schwagers, und sie sprachen darüber, wie er Laurie und Tim den Hof verkaufen konnte, ohne dass ihre Familie eine zu große finanzielle Belastung trug. Laurie hatte natürlich darauf beharrt, dass er mit ihnen aß, und obwohl Elam seit Tagen keinen Appetit gehabt hatte, tröstete es ihn, sich mit den Menschen, die ihn am besten kannten und am meisten liebten, an den Tisch zu setzen und eine Mahlzeit zu genießen. Als der zinsfreie Zahlungsplan geklärt war und Laurie sich vergewissert hatte, dass ihr Bruder nicht einfach spurlos vom Erdboden verschwinden würde, ging Elam in die Scheune hinaus und rief den Fahrer an.

Eine halbe Stunde später stieg Elam aus dem Wagen und blickte an der Fassade des *Tomah Motels* entlang. Wie so viele bescheidene Wahrzeichen hatte Elam dieses Gebäude sein ganzes Leben lang gesehen, aber sich nie die Zeit genommen, es genauer zu betrachten. Die Architektur war augenscheinlich aus den 60er-Jahren: ein einstöckiger Flachbau, dem irgendwie ein asymmetrischer Stil gelungen war. Im Sommer war der Außenbereich mit Blumen geschmückt, die aus der mennonitischen Gärtnerei in derselben Straße stammten. Aber jetzt waren die Fensterkästen leer und die fehlende Farbe unterstrich, dass die Außenwände seit Jahren nicht mehr frisch gestrichen worden waren. Der Putz blätterte an der unteren Hälfte des Gebäudes ab, wo sich im Winter schmutziger Schnee angesammelt hatte. Aber wenigstens war das Hotel innen sauber. Es gab einen kleinen Kühlschrank, Kabelfernsehen, WLAN und eine Kaffeemaschine. Moderne Annehmlichkeiten auf Knopfdruck, die Elam seine Blockhütte noch mehr vermissen ließen.

Elam legte sich aufs Bett, achtete aber sorgfältig darauf, seine Stiefel über die Bettkante baumeln zu lassen, um die billige Decke nicht schmutzig zu machen. Er hatte keine Ahnung, wohin er von hier aus gehen wollte. Er hatte Laurie gesagt, dass er eine Veränderung brauche, aber seine Persönlichkeit war nicht so angelegt, dass er mit Veränderungen gut umgehen konnte. Er war vierzig Jahre alt und liebte feste Abläufe, da sie ihm das Gefühl von Sicherheit vermittelten. Sie waren vorhersehbar. Jetzt war nichts mehr vorhersehbar bis auf die Tatsache, dass nichts wirklich vorhersehbar war.

Chandler, Ruth und die Mädchen saßen vor dem Feuer im Wohnzimmer. Angebrannte Maiskörner sammelten sich am Boden ihrer Schüsseln, und Popcornreste, die der Aufmerksamkeit des Welpen irgendwie entgangen waren, lagen wie seltsam geformte Kieselsteine verstreut auf dem Teppich. Chandlers Zeigefinger lag auf der Seite des ersten Buches der Serie *Unsere kleine Farm*, und Ruth lehnte mit Vivienne auf dem Schoß an einem Berg Kissen und beobachtete, wie sich sein Gesicht veränderte, je nachdem, welche Person aus der Geschichte er gerade verkörperte.

Sofie schaute Chandler auch an. Ihre nachdenklichen Augen beobachteten den Mund ihres Vaters, während er las, als könne sie sich nicht allein auf ihre Ohren verlassen. Everest hatte sich auf ihrem Schoß zusammengerollt und wedelte mit dem Schwanz, obwohl schon das Hundestadium mit den langen Gliedmaßen begann, das verriet, dass er nicht mehr lange ein Welpe wäre.

Es war das perfekte Ende eines perfekten Tages. Wenigstens war es in den Augen der Kinder ein perfekter Tag, und das war alles, was zählte. Wenigstens redete sich Ruth das ein. Chandler las das Kapitel zu Ende, zeigte den Mädchen die Zeichnung auf der Seite und klappte dann das Buch zu. Sofie stellte den Hund auf den Boden, der vom warmen Feuer fast komatös war, und ging zu ihrem Vater, um sich auf seinen Schoß zu setzen.

»Es ist schön, bei dir zu sein«, sagte sie. »Ich will immer bei dir sein.«

Chandler schaute Ruth an. Sein Mund wurde dünner und er schluckte schwer. »Ich bin auch gern bei dir, Liebes«, sagte er. »Ich will auch immer bei dir, deiner Schwester und deiner Mami sein.«

Sofie drehte sich in Chandlers Armen zu ihrer Mutter herum. Ihre Augen blickten Ruth durchbohrend an. In diesem dunklen Blick lag eine offenkundige Herausforderung. Mit ihren sechs Jahren besaß das Kind ein fast unheimliches Gespür dafür, was in der Welt vor sich ging. Vielleicht lag das daran, dass sie diese Welt am Anfang ihres Lebens so unfreundlich erlebt hatte.

Sofie fragte ihre Mutter: »Willst du auch immer bei uns sein?«

Ruth stockte der Atem. Vi bewegte sich in ihren Armen und ihre blauen Augen senkten sich, während sie schläfrig in die Flammen schaute. »Ja«, antwortete Ruth. »Ich will immer bei dir, deiner Schwester und deinem Papa bleiben.«

CB

»Gehst du mit mir spazieren?«

Ruth schaute Chandler an, der sie von der Tür aus anlächelte. Sie erinnerte sich an die vielen Male, die sie ihm dieselbe Frage gestellt hatte, als sie zusammen mit einem älteren Missionarsehepaar im *Bethel House* gewohnt hatten, die auf ihre Mädchen aufpassen konnten, wenn sie eine Stunde an die frische Luft gegangen waren.

Am Anfang ihrer Beziehung war Chandler ihr Leibwächter, ihr Beschützer gewesen, aber nach ihrer Hochzeit hatte er die Lust verloren, mit ihr zu laufen – oder auch nur spazieren zu gehen. Er hatte mehr Arbeit gehabt. Seine Aufgaben in der Waisenhausklinik waren exponentiell gewachsen, bis sie buchstäblich sehen konnte, wie seine Schultern unter der großen Last nach unten gesackt waren. Sollte es nicht eine vertragliche Vereinbarung geben, dass man die Dinge, mit denen man das Herz seines Ehepartners gewonnen hatte, auch nach der Heirat beibehalten sollte?

Deshalb spielte Ruth jetzt mit dem Gedanken, Chandler eine Absage zu erteilen, genauso wie er ihre Einladung jahrelang ausgeschlagen hatte, bis sie es aufgegeben und ihre Spaziergänge allein unternommen hatte. Doch dann erinnerte sie sich an Mabels Worte, an Mabels Vorschlag, dass sie ihrem Mann vergeben und den Mann, der er jetzt war, annehmen musste und ihm nicht grollen sollte, weil er nicht mehr der Mann war, der er früher gewesen war. Denn sie war auch nicht mehr dieselbe Frau. Deshalb nickte Ruth, klappte das schmale braune Buch zu, das sie sich aus Elams Bibliothek im Wald geholt hatte, und stand auf.

Chandlers Grinsen wurde breiter. Er nahm ihre Jacke vom Garderobenständer neben der Haustür und hielt sie ihr auf. Ruth drehte ihm den Rücken zu, schlüpfte mit den Armen in die Jacke und zog den Reißverschluss zu. »Danke«, sagte sie und erkannte an seiner angenehm überraschten Miene, dass er ihre Dankbarkeit nicht mehr gewohnt war. Am Anfang ihrer Beziehung hatte sie ihm ihre Dankbarkeit noch gezeigt, aber nach ihrer Heirat war diese langsam verflogen. *Was war zuerst da gewesen?* Chandlers Unfähigkeit, sie an die erste Stelle zu setzen, oder Ruths Unfähigkeit, ihm die gleiche Freundlichkeit zu erweisen, die sie jedem Fremden entgegenbringen würde?

Das Ehepaar ging zusammen, aber doch getrennt spazieren; ihre Nähe beziehungsweise fehlende Nähe spiegelte irgendwie wider, wie sie für den größten Teil ihres Ehelebens nebeneinanderher gegangen waren. Aber heute war kein schönes Wetter für einen Spaziergang. Aus der dichten Wolkendecke ergoss sich ein kalter Nieselregen, und das Land sah aus wie ein eilig gemaltes abstraktes Bild in verschmierten Grau- und Brauntönen. Nur der schwach glänzende See und die Kanäle strahlten eine gewisse Schönheit aus.

Obwohl sie eher langsam unterwegs waren, atmete Chandler keuchend, und Ruth fragte sich, ob bei der Bombardierung seine Lunge beschädigt worden war. Sie hatte ihn nie nach jener Nacht (besser gesagt nach jenem Morgen um 2 Uhr, als die erste Bombe eingeschlagen war) gefragt, und er hatte ihr nie davon erzählt, als wüssten sie beide, dass es am besten war, die Vergangenheit ruhen zu lassen.

Ruth warf einen Blick zu der Blockhütte im Wald, dann schaute sie kurz Chandler an, um zu sehen, ob er das bemerkt hatte. Wusste er überhaupt, dass es diese Blockhütte gab, und wenn ja, wusste er, welche Bedeutung sie hatte? Sie bezweifelte es, da die beiden Cousins seit ihrer Jugend kaum noch Kontakt zueinander gehabt hatten. Jetzt lud sie kein Laternenlicht aus den Fenstern ein; kein Holzrauch stieg aus dem Kamin auf. Es war, als hätte Ruths Entscheidung einen Vorhang vor diese zauberhafte Welt gezogen und sie für immer aus ihrem Blick verbannt. Galt das auch für Elam? Er war nicht einmal gekommen, um sich zu verabschieden.

»Es wird mit der Zeit weniger wehtun.«

Chandlers Stimme riss Ruth aus ihren Gedanken. Sie warf erneut einen Blick neben sich und erwartete fast, einen anderen Menschen an ihrer Seite zu sehen. Wer war dieser Mann, der so freundlich mit ihr sprach?

»Wie meinst du das?«

Aber noch während Ruth diese Frage aussprach, begriff sie. Chandler war *ihr Mann*. Der Vater ihrer Kinder. Der Hüter ihrer Geheimnisse. Der Mann, der – in guten und in schlechten Zeiten – sie einmal inniger gekannt hatte als jeder andere. *Natürlich* wusste er, dass sie litt. *Natürlich* wusste er, dass sie jetzt lieber mit Elam als mit ihm spazieren gehen würde. Es gefiel ihr nicht, dass ihn dieses Wissen verletzte, aber gleichzeitig gab sie ihm die Schuld dafür.

Wenn Chandler ihre Liebe hätte schützen wollen, hätte er mehr Zeit in ihre Beziehung investieren müssen. Aber das hatte er nicht. Deshalb war es Ruth, nachdem sie erfahren hatte, dass er tot war, leichtgefallen, ihr Herz neu zu verschenken. Während ihr Puls im Einklang mit Chandlers abgehackten Atemzügen schlug, fragte sie sich, ob sie sich unweigerlich irgendwann in einen anderen Mann verliebt hätte, auch wenn Chandler *nicht* gestorben wäre. Dieser Gedanke zupfte an dem zarten Vorhang, der ihre Beziehung zu Elam umhüllte, deshalb verbannte sie ihn schnell wieder.

»Ich meine damit«, sagte Chandler, »dass die Zeit alles heilt, nicht nur körperliche Wunden.« Er blieb stehen und schaute sie an. »Aber darf ich dich etwas fragen?«

»Ja«, antwortete Ruth. »Du kannst mich alles fragen.«

»Wann hast du aufgehört, mich zu lieben?«

Sie atmete scharf ein, von der Unverblümtheit seiner Worte und dem Schmerz, der daraus sprach, betroffen. Diese Wunde war frisch. »Aber ich *liebe dich noch*«, sagte sie. »Ich glaube, ich werde dich immer lieben.«

Chandler schüttelte den Kopf. Das Schlüsselwort war *noch*. Er zog seine Skimütze ab und fuhr mit der Hand durch sein ungezähmtes Haar – eine der wenigen körperlichen Ähnlichkeiten, die er mit seinem Cousin teilte. »Wann hast du aufgehört, mich von Herzen zu lieben?«

Ruth blickte starr nach vorne. Diese Frage hatte sie eigentlich *ihm* schon so lange stellen wollen.

»Es war ein Prozess, der über längere Zeit geschah«, sagte sie, »genauso wie es Zeit brauchte, mich in dich zu verlieben. Ich schätze, ich habe mich täglich immer mehr auf deine Fehler konzentriert, damit es mich nicht verletzte, wenn du mich enttäuschtest.«

»Willst du damit sagen, dass das Scheitern unserer Ehe *meine* Schuld war?«

Ja, dachte sie, *genau das will ich damit sagen.*

Doch dann erinnerte sie sich, wie überrascht Chandler von ihrem einfachen »Danke« gewesen war, als er ihr die Jacke aufgehalten hatte, und an die Erkenntnis, dass er nicht der Einzige gewesen war, der Fehler gemacht hatte. Wenn zwei Menschen am Aufbau der Liebe beteiligt waren, trugen auch beide dazu bei, sie wieder einzureißen.

Deshalb ging sie den ersten Schritt zum Wiederaufbau und sagte: »Nein, es war auch meine Schuld. Du hast jeden Tag so viel für uns getan, aber ich war dafür blind, weil ich wütend war. Ich hatte das Gefühl, du würdest die Klinik uns vorziehen.«

Chandler blieb stehen. Der Regen fiel jetzt heftiger, deshalb musste er die Augen zusammenkneifen, als er seine Frau anschaute.

»Manchmal erschien mir die Klinik wie eine andere Frau. Du kamst abends nach Hause und schautest mich und die Mädchen an, aber ich hatte das Gefühl, dass du in Gedanken schon wieder bei dem warst, was du am nächsten Tag tun musstest.«

Chandler blinzelte den Regen aus seinen Augen. »Warum hast du mir das nicht gesagt?«

Sie blickte auf den Boden und sah, wie das Wasser die Spuren irgendeines kleinen Tiers verwischte, das hier durch die matschige Erde gelaufen war. »Ich dachte, das wüsstest du«, sagte sie. »Ich wollte es dir oft sagen.«

Er fluchte leise. »Aber es sagen *wollen* zählt nicht als *sagen.*«

»Ich weiß.« Sie atmete aus. »Es tut mir leid.«

»Mir auch. Wahrscheinlich waren wir beide einfach von unserem Tag zu erschöpft, um miteinander zu reden.«

Ruth erinnerte sich sehr gut an die vielen Tage, auf die er anspielte: Wenn er nach Hause gekommen war, sie zu Abend gegessen, die Küche sauber gemacht, die Mädchen gebadet und ins Bett gebracht hatten, war keine Energie mehr übrig gewesen, die sie in ihre Beziehung hätten investieren können. Er hatte seinen Laptop genommen und sich aufs Sofa gesetzt, manchmal mit einer Tasse Tee, und sie hatte am anderen Ende des Sofas mit einer Tasse Tee und einem Buch gesessen. An manchen Abenden hatte Ruth nicht einmal gelesen, sondern ihren Mann über den Seitenrand hinweg beobachtet. Ihr Herz war so verletzt gewesen, dass sie geglaubt hatte, er könnte es weinen hören.

Genauso wie Chandler Ruth besser kannte als jeder andere Mensch, kannte sie ihn, und doch hatte sie nicht gewusst, wie sie ihn erreichen konnte. Und jetzt stellte sie fest, dass es ihm mit ihr genauso gegangen war. Hatte er an jenen Abenden dieselben Mails immer wieder gelesen? Und sie ebenfalls über den Rand seines Laptops hinweg beobachtet? Tränen brannten in ihren Augen, wenn sie an das erschöpfte junge Elternpaar dachte, das sie gewesen waren. Dabei lag das kaum ein Jahr zurück. Wenn nur einer von ihnen mit Liebe auf den anderen zugegangen wäre, hätten sie diesen Teufelskreis durchbrechen können! Ihre Beziehung hätte sich verändert.

»Warum hast du mir nicht gesagt, dass du mich vermisst?«, weinte sie. »Und warum habe ich es *dir* nicht gesagt?«

Chandler schaute Ruth an. »Ich weiß es nicht«, sagte er. »Vielleicht wollten wir uns nicht verwundbar machen? Vielleicht hat jeder befürchtet, er wäre der Einzige, der sich so fühlt? Aber eines habe ich bei alledem gelernt.« Er trat näher und nahm ihr Gesicht in seine Hände. Sie fühlte, wie die Feuchtigkeit auf ihren Wangen seine Handflächen benetzte. »Jetzt vermisse ich dich sehr.«

Kapitel 18

Elam ging den Gehweg entlang und biss in einen trockenen Muffin, den er vom Frühstück im *Tomah Motel* mitgenommen hatte. Er hatte kein bestimmtes Ziel, was ganz praktisch war, da seine Beine das einzige Transportmittel waren, das ihn dorthin bringen würde. Er hatte den Morgen in seinem Zimmer verbracht, aber festgestellt, dass es kaum etwas Deprimierenderes gab, als allein in einem Motel zu sitzen, während die Sonnenstrahlen darum kämpften, die staubigen Jalousien zu durchdringen. Außerdem hatte ihm eine Viertelstunde Fernsehen gereicht, um von der Gesellschaft als Ganzes desillusioniert zu sein. Elam war in seinen Jugendjahren zu scheu gewesen, um die moderne Welt auszuprobieren, wie es einige seiner mennonitischen Freunde getan hatten (die Walkmans, Zigaretten und moderne Kleidung in ihren Zimmer versteckt hatten), aber er hatte sich trotzdem oft gefragt, ob er etwas verpasst hatte. Jetzt wusste er, dass er nichts verpasst hatte. Wenn überhaupt, dann hatte ihn seine Zurückhaltung vor schlechten Entscheidungen bewahrt, die er später bereut hätte. Wenn er genauer darüber nachdachte, gab es eigentlich nur eine verbotene Sache, mit der er sich gerne intensiver beschäftigt hätte: die Musik.

Elam schluckte das Muffinstück, aber seine trockene Kehle hatte Mühe, es hinunterzuwürgen, und er wünschte, er hätte den abgepackten Orangensaft angenommen, der ihm zum Frühstück angeboten worden war. Aber Elam ließ sich nicht gerne verwöhnen, und die großmütterliche Aufmerksamkeit im Motel war ihm noch peinlicher gewesen, da er offenbar gerade der einzige Gast war. Er ging weiter: vorbei am Postamt, an der Eisenwarenhandlung, an der Gärtnerei, am Lebensmittelgroßhandel, an der Tankstelle und dann stand er vor der Kirche. Elam hatte nie eine andere Kirche in Tomah betreten als die seiner mennonitischen Gemeinde.

Jetzt ging er durch den Eingangsbereich, und dasselbe Sonnenlicht, das versucht hatte, die staubigen Jalousien seines Motels zu durchdringen, tanzte jetzt in einem facettenreichen Kaleidoskop durch die Buntglasfenster. Die Kirche war leer, und der granatrote Teppich wies Streifen vom Staubsaugen auf. Elam blickte unsicher auf seine Stiefel hinab, aber er behielt sie an, da es wahrscheinlich schlimmer war, in Socken durch eine Kirche zu gehen als in Stiefeln. Als er das Klavier sah, das im Altarraum stand, stockte ihm der Atem. Seine von der Feldarbeit schwieligen Hände strichen zögernd über die samtbezogenen Rückenlehnen der Kirchenbänke.

Er stieg drei Stufen hinauf und setzte sich auf die Klavierbank. Von hier aus ließ er seinen Blick durch den Gottesdienstraum wandern und betrachtete die stabilen Balken aus Walnussholz, von denen die gewölbte weiße Decke gestützt wurde. Seine Finger zitterten, als wären sie direkt mit seinem Herzen verbunden, als er den Klavierdeckel hob und die schwarz-weißen Tasten berührte.

Ein Mann so weniger Worte zu sein und doch das Bedürfnis zu haben, Töne zu erzeugen, war ein starker Widerspruch. Aber genauso wie ein Vogel fliegen, ein Fisch schwimmen, ein Autor schreiben und ein Künstler malen musste, drückte Elam die Tasten und begann zu spielen. Er ließ seine Traurigkeit in die Melodie fließen, seine Tränen in die Akkorde, die zur Decke aufstiegen. Es gab nur wenige Situationen in Elam Albrechts Leben, in denen er sich selbst völlig verlor, aber wenn er in der Musik aufging, erlebte er solche Momente. Er spielte und er weinte und er ergoss seine Gefühle über die Tasten, bis die Akkorde und die Bank und die Luft und das Sonnenlicht, das durch die Scheiben tanzte, sich mit dem Rhythmus vereinten, der in seinem Inneren schlug.

Als er die Hände von den Tasten nahm, während die Töne noch in der Kirche nachklangen, wusste er es: Wenn Ruth jetzt für ihn tabu war, würde er diese Sache hier, die bisher für ihn immer tabu gewesen war, verfolgen.

Kapitel 19

5 Monate später

Ruth stand am Ufer des Mississippi. Es war eine ungewohnte Vorstellung, dass derselbe Fluss, der den ganzen Winter hindurch ein Puzzle aus Eisschollen gewesen war, jetzt bis weit in den Süden floss, wo das Wasser dunkler wurde und sich träger bewegte und ein Leben in sich barg, das weiter im Norden nie überleben könnte. Aber es war schön, musste Ruth zugeben, auch wenn der Fluss nie den Ozean ersetzen könnte, der an Greystones grenzte. Doch Ruth fing an zu begreifen, dass sie ihren Erinnerungen nicht ganz trauen konnte, denn die Zeit glättete die rauen Kanten und weckte in ihr den Wunsch nach etwas, das nie gewesen war und nie sein konnte.

Das kalte Wasser schlug gegen ihre Knie. Die warme Junisonne wurde vom Wasser reflektiert und blendete sie unter ihrem breitkrempigen Strohhut. Ruth schloss die Augen und dachte: *Einfach nur sein.* Sie lauschte dem übermütigen Kichern ihrer Töchter, die Chandler mit grobem braunen Sand eingruben, sodass von ihm nur noch sein dunkles Haar und sein breites Grinsen zu sehen waren. Sie schaute ihn an, und ihre Augen und ihr Herz nahmen die Bedeutung dieses Moments dankbar wahr. Es war, als würde Chandler jeden Tag, wenn er aufwachte, beschließen, sie neu zu umwerben. Als sie gestern Abend am Tisch im Bauernhaus gegessen hatten und Sofie gesagt hatte, dass sie noch etwas Milch wolle, waren Chandler und Ruth gleichzeitig aufgestanden. Sofie hatte gefragt: »Papa, warum machst *du* jetzt alles?«

Chandler hatte erwidert: »Ich tue nur das, was ich schon die ganze Zeit hätte tun sollen.«

Ruth konnte immer noch nicht genau benennen, was hier geschah. Ein Teil von ihr trauerte, weil sie nicht mehr die Hauptversorgungsquelle ihrer Töchter war. Das war seltsam, da sie ja eigentlich so lange getrauert hatte, weil sie sich wie eine alleinerziehende Mutter gefühlt hatte. *Vielleicht trauern wir nur um das, was wir nicht haben können.*

Chandlers Stimme riss sie aus ihren Gedanken. »Ruuuth! Hilf mir!« Wie jedes Mal, wenn die Mädchen ihn mit Sand bedeckt hatten, tat er, als könnte er seine Arme nicht befreien.

Ruth ging hinüber und beugte sich nach unten. »Was macht ihr da?«

Sie versuchte, streng zu klingen, versagte dabei aber kläglich.

Chandlers Hand fuhr plötzlich hoch, packte ihr Handgelenk und zog sie in den Sand hinab, sodass sie auf ihm landete. Sie wohnten eng zusammen, waren sich aber seit jenem verschneiten Tag, an dem er sie geküsst hatte, nicht mehr körperlich nahe gekommen. Chandlers warme, sandige Arme legten sich um ihre Taille, und die Kinder kreischten vergnügt und klatschten nassen Sand auf ihren Rücken. Sie hatte vergessen, wie das Leben gewesen war, bevor Chandler und sie sich auseinandergelebt hatten. Genauso wie die Zeit die scharfen Kanten der schlechten Erinnerungen glättete, nivellierte sie offenbar auch die Höhepunkte der guten Zeiten – vielleicht, weil die Erinnerungen sonst zu schmerzhaft wären. In diesem Moment wusste Ruth wieder: Das Leben mit Chandler war auch gut gewesen. Die Sonne, die Wärme, das Wasser, das Kichern der Kinder, während sie ihre Eltern unter Sand begruben, das alles erinnerte Ruth daran.

Sie waren gesund; sie waren zusammen; es ging ihnen gut.

Doch dann fühlte sie es wieder in ihrem Bauch: dieses geheimnisvolle, unsichtbare Strampeln, das mit jeder Woche spürbarer wurde. Es war eindeutig, woher dieses Strampeln kam. Sie blickte in Chandlers Augen hinab, die verschmitzt zusammengezogen waren, während Sandkörner in den schwarz-weißen Stoppeln seines Bartes klebten. Vor den Bombeneinschlägen war sein Bart schwarz gewesen.

Sie setzte sich auf. Ihr Herz hämmerte und ihr Mund war ganz trocken.

Chandler befreite sich aus dem Sand und setzte sich neben sie. »Stimmt etwas nicht?«

Ruth wandte sich ihren Töchtern zu und sah die ungetrübte Freude in ihren Gesichtern. Ihre Kinder waren die größten Geschenke ihres Lebens. Sie würde alles für sie tun, das hatte sie bewiesen, als sie bei ihrem Vater geblieben war.

Aber was sollte sie jetzt tun, da das Kind, das in ihrem Bauch heranwuchs, nicht seines war?

Chandler legte seine warme Hand auf ihren Rücken und fragte noch einmal: »Bist du dir sicher, dass alles in Ordnung ist?« Ruth bildete sich ein, sie könnte fühlen, wie sich das Metall seines Eherings in ihre Haut einbrannte. Sie drehte sich zu ihm herum und schaute ihm in die Augen: »Ja«, sagte sie. »Mit mir ist alles in Ordnung.«

Sie zelteten in dieser Nacht auf einer kleinen Insel, die vom Mississippi umspült wurde: nur die beiden Mädchen und ihre Eltern mit einem Lagerfeuer unter dem Sternenhimmel. So hatte Sofie es sich gewünscht, als Ruth und Chandler sie gefragt hatten, wie sie gerne den Beginn des Sommers verbringen würde.

Als wären sie eine normale Familie, die jeden Sommer in den Urlaub fuhr.

Erschöpft von diesem Tag mit viel Sonne und Wasser, schliefen die Mädchen im Zelt, und Chandler und Ruth saßen vor dem Lagerfeuer und schauten zu, wie das Licht des Halbmondes durch die Kiefern fiel.

Chandler sagte: »Ich habe etwas für dich.«

Ruth schaute ihn skeptisch von der Seite an, sagte aber nichts.

Er stand auf und verschwand im Zelt. Es war ein 5-Mann-Zelt und sie war plötzlich für das geräumige Innere dankbar. Wenn nötig, könnte sie auf ihre eigene Seite gehen und er könnte auf seiner bleiben. Als sich Ruth umdrehte, sah sie, wie Chandler gerade in gebeugter Haltung aus dem Zelt trat.

»Entschuldige, dass es nicht eingepackt ist«, sagte er und reichte ihr ein Kästchen. Ein mittelgroßes Holzkästchen mit vergoldetem Verschluss. Sie öffnete den Verschluss und entdeckte im Inneren sechs versiegelte Tintengläser und eine Feder mit silberner Spitze. In dem Kästchen lagen auch sechs Notizbücher mit Ledereinband. »Wofür ist das?«, fragte sie.

»Ein Tintenglas und ein Buch für jedes Jahr, in dem ich dir hätte Zeit geben sollen, um deine Geschichte zu schreiben.«

Ruths Kehle schnürte sich zusammen. Sie schluckte ihre Tränen hinunter und murmelte: »Danke.«

Chandler strich über ihren Rücken und zog dann seine Hand zurück, als spüre er, dass sie jeden Moment Reißaus nehmen könnte. »Es tut mir leid, dass ich so etwas nicht schon früher gemacht habe. Du hättest etwas Besseres verdient«, sagte er.

Sie schaute ihn an. »Du auch.«

Beide schwiegen eine Weile. Ruth fuhr mit den Fingerspitzen die Gläser nach, hielt die Tinte gegen das Licht des Lagerfeuers und sah das Türkis und Granatrot wie Edelsteine glänzen.

Ruth drehte den Kopf und erinnerte sich plötzlich, was für ein Tag war. »Ich bin jetzt 31?«

Chandler lachte leise, da er die schlafenden Kinder im Zelt nicht wecken wollte. »Ja«, sagte er. »Du bist 31. Alles Gute zum Geburtstag, Ruth.«

»Als wir uns kennenlernten, war ich 23. Eigentlich noch ein Kind, auch wenn mir das damals nicht bewusst war.«

»Trotz allem«, sagte Chandler, »bin ich sehr froh, dass ich mit dir erwachsen werden durfte.«

Ruth berührte seine Hand. »Trotz allem haben wir uns ein gemeinsames Leben aufgebaut.«

Sie konnte nicht sagen: *Das würde ich mit keinem anderen Mann als mit dir wollen.* Auch wenn sie wusste, dass sich Chandler danach sehnte, diese Worte von ihr zu hören. Aber Ruth war dankbar, dass Chandler noch lebte und ihre Mädchen ihren Papa zurückhatten. Und mit Gottes Hilfe würden sie und Chandler weiter zusammenwachsen, während sie zusahen, wie ihre geliebten Töchter sich von Mädchen zu Frauen entwickelten, die eines Tages heiraten und selbst Kinder bekommen würden. Doch da war diese Bewegung in Ruths Bauch – eine sanfte Erinnerung, dass sich nicht alles in ihrem Leben wieder perfekt zusammenfügen würde.

»Chandler«, begann sie. »Ich muss dir etwas sagen.«

Mit vierzig Jahren drückte Elam Albrecht wieder die Schulbank.

Er saß in einer kleinen Musikschule in Madison, die Kurse für Studenten anbot, die nicht die traditionelle Schullaufbahn absolviert hatten. Dennoch war Elam wahrscheinlich der Student an dieser Schule, der am wenigsten hierher zu passen schien. Als er den schalldichten Raum betrat und die Hände auf die Klaviertasten legte, erfasste ihn eine leidenschaftliche Konzentration und Fokussierung. Zum ersten Mal seit Monaten dachte er wieder an etwas anderes als an Ruth.

Da Elam noch ein Junge gewesen war, als er das letzte Mal Klavierstunden erhalten hatte, war ihm nie bewusst gewesen, wie anstrengend Klavierspielen sein konnte. Er verbrachte so viele Stunden im schalldichten Raum Nr. 2375, dass die anderen Studenten diesen Raum bereits als Elams persönlichen Raum betrachteten und ihn als den stillen, netten »amischen« Mann bezeichneten, der erst vor Kurzem den Führerschein gemacht hatte und geknöpfte Hemden, Blue Jeans und Stiefel trug. Sein silbernes Haar war länger gewachsen und er konnte es jetzt fast wie ein lebendiges Wesen fühlen, während er die Tasten anschlug. Er erlebte ein Zusammenspiel von Körper, Geist und Seele, das er vorher nur bei seinen innigsten Momenten mit Ruth erlebt hatte. Dieses tägliche Üben weckte in ihm euphorische Gefühle und löste zugleich eine benommene Erschöpfung aus.

Nah dem Üben wischte er die Tasten und die Oberseite des Klaviers mit einem kleinen weißen Handtuch ab, als wische er die benutzten Geräte und Gewichte im Fitnessstudio ab. Dann verließ er mit seinem Rucksack über der Schulter den schalldichten Raum und hörte plötzlich überlaut seine Stiefel auf dem polierten Boden klappern. Er schritt an der Büste des Schulgründers vorbei und verließ das Gebäude. Die laue Juniluft strich lindernd über seine erhitzte Haut. Der Campus war schon dunkel und verlassen – so fühlte sich Elam hier am wohlsten. Die Straßenlaternen, weiß und rund wie Perlen einer Kette, warfen einen schillernden Schein auf den Gehweg. Elam betrat das Apartmentgebäude am Rand des Campus und nickte dem Wachmann zu, während er zum Briefkasten ging, um seine Post zu holen. Er sah die Werbepost und Rechnungen durch und warf alles außer den Rechnungen in den Müll. Dann entdeckte er den Brief.

Seine Handflächen wurden feucht, als er seine alte Adresse in der oberen linken Ecke las.

Er hatte Ruths Handschrift nur wenige Male kurz gesehen, aber auch ohne ihren Namen zu lesen, wusste er instinktiv, dass der Brief von ihr stammte.

Nachdem er monatelang überhaupt keine persönliche Post bekommen hatte, mit Ausnahme der Annullierungspapiere, die er hatte ausfüllen und unterschreiben und dann an die staatliche Stelle zurückschicken müssen, wollte Elam nicht vor den Augen des Wachmanns lesen, was Ruth geschrieben hatte. Schweiß brach auf seiner Stirn aus, als er den Messingknopf für das vierte Stockwerk drückte, in dem er wohnte. Seine Handfläche wurde an den Stellen, an denen er das Papier berührte, feucht, also hob er den Brief an seine Brust und strich ihn glatt. Er sperrte seine Wohnungstür auf, schaltete das Licht an und trat in die Küche, den einzigen Raum in der bescheidenen Wohnung, in dem er sich zu Hause fühlte. Er nahm ein Steakmesser aus dem Messerblock, um den Umschlag aufzuschlitzen, und zog das Papier heraus.

Nur ein einziges Blatt Papier nach so langer Zeit.

Elam musste seine Enttäuschung hinunterschlucken, doch dann wurde ihm bewusst, wie lächerlich es war, enttäuscht zu sein, weil ihm Ruth nur einen kurzen Brief geschrieben hatte. Immerhin war sie mit einem anderen Mann verheiratet.

Lieber Elam,
ich hoffe, es geht dir gut, aber ich nehme an, dass die letzten fünf Monate für dich genauso schwer waren wie für mich. Ich habe immer noch den Eindruck, dass ich die richtige Entscheidung getroffen habe – um der Mädchen willen, wenn auch nicht um meinetwillen –, und ich bin im Großen und Ganzen dankbar.
Ich weiß, dass wir vereinbart haben, keinen Kontakt zu haben, aber ich glaube, es ist nötig, eine Ausnahme von dieser Regel zu machen. Ich schreibe dir, Elam, weil … nun, weil ich schwanger bin. Ich war bei der Frauenärztin, und sie sagt, das Kind dürfte Anfang des Herbstes auf die Welt kommen. Im September. Im gleichen Monat, in dem wir uns kennengelernt haben.
Ich war mir nicht sicher, ob ich dir schreiben soll; ich war mir nicht sicher, ob diese Nachricht mehr verletzt als heilt, aber du sollst wissen, dass du und ich trotz allem immer miteinander verbunden bleiben. Ich habe, ehrlich gesagt, keine Ahnung, wie es jetzt weitergehen soll. Ich würde dich gern wiedersehen, wenn das möglich ist, aber ich verstehe auch, wenn du es nicht willst. Aber du sollst wissen, dass ich die kurze Zeit, die wir zusammen hatten, immer in meinem Herzen bewahren werde, und dass ich unser Kind immer lieben werde, das aus unserer Liebe füreinander entstanden ist.
Ruth

Elam faltete den Brief sorgfältig wieder zusammen und steckte ihn in den Umschlag zurück, als könnte er dadurch die Informationen einsperren. Er glitt langsam nach unten, saß auf dem kalten Kachelboden seines klimatisierten Apartments und schlug sich die Hände vors Gesicht. Er hatte genauso wenig Ahnung wie Ruth, wie es jetzt weitergehen sollte. In ihrem Bauch wuchs seine Tochter oder sein Sohn heran. Trotzdem konnte er nicht am Leben dieses Kindes teilhaben, ohne das Leben von Ruths anderen Kindern empfindlich zu beeinträchtigen.

Als Elam ihr schrieb, dass er sich auch gern mit ihr treffen würde, spürte er einen starken körperlichen Schmerz, der ihm fast den Atem raubte. Als er mit dem Brief fertig war – eine einzige Seite, ein Manifest des Verlustes –, schien der Vollmond durch sein Fenster. Mit dem neuen Umschlag in der Hand trat er ans Fenster und drückte seine andere Hand auf die Glasscheibe. Sein Blick fiel auf seinen verstümmelten Finger und er begriff, dass er immer seine Musik haben und darin sein Leben finden würde, auch wenn es anders verlaufen war, als er es sich früher vorgestellt, ja erhofft hatte.

Ruth und Elam trafen sich in einem Nationalpark zwischen Tomah und Madison. Ruth parkte neben dem unscheinbaren grauen Auto, das ihr Elam als sein eigenes beschrieben hatte. Sie stieg aus und hielt das Päckchen vor ihren Bauch. Sie spürte Elams Blicke, als sie aufeinander zugingen, seine verzweifelte Suche nach irgendwelchen Veränderungen in ihrer Anatomie, die ihre Behauptung beweisen würden.

Elam war sich nicht sicher, wie er sie begrüßen sollte, da die Frau seines Cousins auch einmal seine Frau gewesen war. Ruths Zögern, ihm in die Augen zu sehen, verriet, dass es ihr genauso ging.

»Hattest du … eine gute Fahrt?«, fragte er und ärgerte sich, dass er sie mit einer so banalen Frage begrüßte, aber ihm fiel nichts Besseres ein.

Sie nickte leicht. »Du siehst müde aus.«

Er bemühte sich um ein Lächeln. »Aber du siehst wunderbar aus.« Das war die Wahrheit. Ruths Haut glänzte rosig, ihr rotgoldenes Haar war dicht, und ihre Zähne und Augen zeigten ein gesundes Weiß.

»Danke«, sagte sie. »Ich will dir das hier geben.«

Erst jetzt bemerkte Elam das Päckchen, das sie in der Hand hielt. Es war in braunes Papier gewickelt und mit einem Faden zusammengeschnürt. Eine kleine Rose vom Strauch neben seinem alten Haus steckte daran.

»Ich schreibe an einem Roman«, sagte sie. »Es ist das erste Mal seit Jahren, dass ich mehr schreibe als nur ein paar Tagebucheinträge.«

Elam nahm das Päckchen entgegen, das sie ihm hinhielt. »Das ist für mich?«, fragte er.

Ruth senkte den Blick. »Das ist das Cover meines Romans. Schau nicht zu genau hin. Es ist erst ein Rohentwurf.«

Die Sonne ging langsam hinter dem Damm unter, glänzte auf dem flachen Wasser und beleuchtete die Spitzen der Rohrkolben, die den See säumten. Elam blickte zum Himmel hinauf und dann zum Pavillon am See. Er deutete zu dem Pavillon und sie gingen hinüber und setzten sich auf eine der Picknickbänke. Nebeneinander, aber nicht so nahe, dass sich ihre Schultern berührt hätten.

Ruth warf einen Blick auf das Päckchen in seinen Händen. »Und?«, fragte sie. »Willst du es nicht aufmachen?«

»Ich soll es jetzt gleich aufmachen?«

Sie nickte.

Elam schälte vorsichtig das braune Papier zurück und sah eine kleine Leinwand, die über einen Holzrahmen gespannt war. Er drehte das Bild um und sah das leuchtende Rot eines gefluteten Cranberryfeldes, das vom strahlenden Blau des Himmels über Wisconsin abstach. Und die Silhouetten eines Mannes und einer Frau, die voreinander standen, während die Sonne zwischen ihnen hindurchschien. Aber sie berührten sich nicht. Ganz ähnlich wie er und Ruth jetzt.

Er räusperte sich. »Es ist … wunderschön.«

»Ich will den Roman unserer Tochter widmen. Ich fing schon an, ihn zu schreiben, bevor ich wusste, dass ich schwanger bin, und danach … fühlte es sich einfach richtig an, den Roman als eine Geschichte für sie zu schreiben.«

Er schaute sie mit verletzlichen Augen an. »Du glaubst, es ist ein Mädchen?«

Ruth erlaubte sich, seine Hand zu nehmen. »Die Ultraschalluntersuchung zeigt, dass es ein Mädchen ist.«

Elam schluckte ein Schluchzen hinunter, bevor er antwortete: »Ich liebe sie jetzt schon.«

»Ich weiß«, murmelte sie. »Ich auch. Sie wird immer ein Teil von uns sein.«

»Weiß es Chandler?«

»Ja. Mir war klar, dass er nicht lange raten müsste, um herauszufinden, dass es nicht sein Kind ist, da wir nicht …« Ruth wandte den Blick ab. »Da wir nicht alle Aspekte des Ehelebens wieder aufgegriffen haben.«

Elams Gesicht glühte. Seit Monaten versuchte er, die Bilder von Ruth mit Chandler zu verdrängen, aber sie waren trotzdem da. »Kann er … die Schwangerschaft akzeptieren?«

»Zuerst konnte er das nicht«, sagte Ruth. »Aber er hat begriffen, dass wir akzeptieren müssen, was geschehen ist, wenn wir in die Zukunft blicken wollen.«

Elam hob das Bild hoch und drehte es in seinen Händen. Er betrachtete den Mann und die Frau und das durchscheinende, spiralförmige Sonnenlicht zwischen ihren Körpern. »Vielleicht ist es besser, wenn die Mädchen glauben, es wäre Chandlers Kind. Und das Kind selbst auch.«

»Oh, Elam«, sagte Ruth und ihre Stimme wurde ganz heiser. »Wir finden einen Weg. Ich würde nie erwarten, dass du deine Rechte als Vater aufgibst.«

Elam konnte sie nicht ansehen, er konnte diese Erhebung, die unter Ruths Bluse hervortrat, nicht ansehen, da sich darin das Baby befand, das er nie als sein Kind beanspruchen könnte. »Ich glaube, so ist es am besten«, sagte er. »Unser Kind soll so aufwachsen, dass es dazugehört, und nicht immer denken, etwas an ihm wäre anders.« Er starrte das Bild an und wischte sich die Tränen aus den Augen. »Du siehst selbst, wie sehr Sofie kämpft, weil sie weiß, dass sie anders ist. Ich weiß auch, wie es ist, als Kind anders zu sein. Das würde ich niemandem wünschen, und schon gar nicht meinem eigenen Kind.«

Ruth rutschte auf der Bank näher zu ihm. »Elam«, sagte sie. »Selbst wenn ich deinen Wünschen zustimmen sollte – und ich sage nicht, dass ich das tue –, wird unser Kind immer dein Kind sein.«

»Das weiß ich«, sagte er und legte einen Arm um Ruth. Sie rutschte auf der Bank näher zu ihm, bis sich ihre Hüften berührten, aber trotzdem blickten sie sich nicht an, sondern beobachteten, wie die Sonne über dem Wasser unterging. »Danke«, sagte er. »Danke, dass du meinen Traum wahr machst.«

Ruth hob den Blick und schaute ihn schniefend an. Tränen liefen aus ihren Augen. »Welchen Traum?«

»Dass ich … dass ich eine Familie haben könnte.« Elam legte vorsichtig eine Hand auf Ruths Bauch. Das Leben zu fühlen, dass darin heranwuchs, trieb ihm Tränen in die Augen. Er ließ seine Hand lange dort liegen. »Du hast meinen Traum wahr gemacht.«

Ruth lehnte den Kopf an Elams Schulter, legte ihre Hand auf seine und sagte ihm damit, was sie mit Worten nie würde ausdrücken können. »Das freut mich«, murmelte sie, und Schilfgras und Rohrkolben wiegten sich im Wind.

30. September 2019

Liebe Ruth,
danke für den Brief und das Bild von unserer Tochter Aria. Meine Gefühle, als ich dieses perfekte, winzige Gesicht zum ersten Mal sah, lassen sich nicht in Worte fassen. Es ist, als wäre dieses Bild ein Stück meiner Seele, das mir immer gefehlt hat, ohne dass ich es wusste. Ich werde es immer bei mir tragen und ich werde darin Frieden finden, dass ich tatsächlich eine Familie habe. Ich bin dir dankbar, dass du Chandler erlaubst, ihr Vater zu sein.
Ich hoffe, du hast dich gut erholt. (Das hätte ich beinahe durchgestrichen, nachdem ich es geschrieben hatte, denn es gibt bestimmt bessere Themen, über die ich schreiben könnte, als deine Gesundheit. Aber ich weiß nicht, wie ich solche Dinge schreiben soll, ohne dir oder Chandler zu nahe zu treten. Deshalb lasse ich es. Ich konzentriere meinen Brief auf deine Gesundheit und auf die Schönheit unseres Kindes und mein tiefes Bedauern, dass ich es nicht zusammen mit dir aufziehen kann, obwohl sich alles in mir danach sehnt, das zu tun.)
Ich werde ein Lied zu Arias Ehren komponieren, eine Melodie, die genauso zart ist wie sie. Immer wenn ich sie spiele, werde ich an sie denken, und ich werde an dich denken, ihre schöne Mutter, die mein Leben für immer verändert hat.
Herzliche Grüße,
Elam

Kapitel 20

22 Jahre später

Aria Cathleen Neufelds Hochzeit fand zu Beginn der Cranberrysaison auf der *Driftless Valley Farm* statt, was Elam für sehr passend hielt, da die Vereinigung, aus der Arias Leben hervorgegangen war, auch zu Beginn der Erntezeit ihren Anfang genommen hatte. Trotzdem war es seltsam, in einem Mietwagen auf der Schotterstraße zum Hof zu fahren, auf der Ruth vor über zwanzig Jahren das erste Mal gekommen war: mit zwei kleinen Mädchen auf dem Rücksitz und einem großen weißen Hund, Zeus, dessen Atem die Fensterscheibe beschlagen hatte. Elam war seit Mabels Beerdigung, die neben ihrem Mann zur letzten Ruhe gelegt worden war, nicht mehr auf dem Hof gewesen. Aber heute war ein fröhlicherer Anlass, da Hochzeiten immer ein fröhlicher Anlass waren. Trotzdem hatte Elam vor diesem Tag gegraut, seit er erfahren hatte, dass er eine Tochter hatte. Er wusste, dass er heute nur ein weiterer Verwandter war, der im Publikum saß, und nicht der Vater der Braut, der seine Tochter zum Altar führte. Die Tochter, die er – genauso wie ihre Mutter – nur aus der Ferne lieben und bewundern durfte.

Zwei junge mennonitische Jungen mit identischen Strohhüten und einem breiten Lächeln wiesen Elam an, auf der linken Seite der Wiese zu parken. Der Hof war größer geworden, seit Elam ihn verkauft hatte, aber er wusste nicht, um wie viele Hektar. Es interessierte ihn auch nicht wirklich, da dieser Aspekt seines Lebens für ihn längst in weiter Ferne lag, seit er als Klavierlehrer an der *Eastern Mennonite University* in Virginia unterrichtete. Für den Erfolg des Hofs war Tim ganz allein verantwortlich. Chandler half, soweit er konnte, bei der Ernte, aber die meiste Zeit hatte er in den letzten Jahrzehnten damit verbracht, die mennonitischen und amischen Gemeinden in der Driftless-Region zu besuchen und den Menschen, je nachdem was gerade gebraucht wurde, als Landarzt, Kinderarzt, Geburtshelfer oder Gesundheitsberater zu helfen.

Elam stieg aus dem Mietwagen und schloss die Tür. Als er den Autoschlüssel in seine Tasche steckte, ließ er die Hand in der Tasche, um zu verbergen, wie sehr seine Finger zitterten. Die Hochzeit war eigentlich am See geplant gewesen, aber ein Kälteeinbruch in den letzten Tagen zwang die Hochzeitsgesellschaft, die Feier in die Scheune zu verlegen. Es war dieselbe Scheune, in der Ruth und Elam geheiratet hatten. Das hatte für Ruth sicher auch eine tiefe Bedeutung.

Laurie entdeckte ihren Bruder, als dieser auf dem Weg zur Scheune war, und lief ihm mit einem begeisterten Kreischen über die Wiese entgegen. »Elam!«, rief sie. »Ich wusste nicht, ob du es schaffen würdest!«

Lachend beugte sich Elam nach unten und umarmte Laurie. Er murmelte: »Das lasse ich mir bestimmt nicht entgehen.«

Etwas in seiner Stimme veranlasste sie, den Kopf zurückzuziehen und ihn fragend anzusehen. »Wie geht es dir?«

Laurie wusste, dass dieser Tag für Elam schwer sein würde, da sie zu den wenigen Menschen auf der Welt gehörte, die wussten, dass Aria seine Tochter war. Wie immer konnte Elam vor seiner Schwester nichts verheimlichen.

»Mir geht es gut«, sagte Elam und lächelte sie beruhigend an. Die Jahre hatten Laurie kaum verändert. Vielleicht sah sie ein wenig müder um die Augen aus, aber Elam vermutete, dass bei ihm ähnliche Veränderungen zu beobachten waren.

Die Geschwister umarmten sich wieder und dann drückte Laurie seine Hand.

»Komm«, sagte sie. »Ich habe dir einen Platz frei gehalten.«

Elam hätte sich lieber weiter hinten einen Platz gesucht, aber er wollte nicht noch mehr Aufmerksamkeit auf sich ziehen, indem er sich weigerte, bei seiner Familie zu sitzen. Also studierte er das Programm, bis er die Namen der Trauzeugen auswendig konnte, doch dann kam Ruth in die Scheune, am Arm von David, Tims und Lauries Sohn. Elam hatte nicht damit gerechnet, dass sich so starke Gefühle in ihm regen würden, wenn er Ruth durch diesen Gang gehen sah, durch den sie früher mit ihm gegangen war. Er hatte gedacht, die Jahre hätten den Schmerz abgemildert. Aber das stimmte nicht. Der Verlust war genauso schmerzhaft wie an jenem letzten Tag im Park, als Elam seiner Frau nachgesehen hatte, während sie zu ihrem Auto zurückgegangen war. Elam senkte den Blick und verkrampfte die Hand um das Programmblatt, bis Laurie ihn in die Seite stieß. Sofie und Vi schritten jetzt durch den Mittelgang und hielten Sträuße aus Cranberrys und Schleierkraut in den Händen.

Beide waren inzwischen verheiratete Frauen, und Sofie erwartete ihr erstes Kind, aber für Elam blieben sie immer jene kleinen Mädchen in Schlafoveralls, die kichernd oben an der Treppe gestanden und auf ihn und Ruth hinabgeblickt hatten. Schmerzhaft stellte er fest, dass sein Herz noch viel mehr ertragen müsste, bevor dieser Tag vorüber war. Er wappnete sich wie ein Mann, dem ohne Narkose ein Arm eingerenkt wurde.

Aber es gab keine Möglichkeit, sich auf diese starken Gefühle vorzubereiten.

Im Hintergrund wechselte das Streichquartett zum Kanon in D-Dur, und Aria schritt an Chandlers Arm durch den Mittelgang. Aria war genauso, wie Elam sie sich gewünscht hatte. Sie strahlte Selbstvertrauen und Stärke aus, als hätte sie immer ihren Platz im Leben gekannt. *Sie ist wunderschön,* dachte Elam. Aria war wirklich wunderschön, auch wenn er sie mit den nicht ganz objektiven Augen eines Vaters sah. Sie hatte viel Ähnlichkeit mit Ruth. Eine jüngere Version von Ruth. Die Version, die Elam nie kennengelernt hatte, da Ruth bereits einige harte Schläge hatte einstecken müssen, als sich ihre und Elams Wege für so kurze Zeit gekreuzt hatten.

Aber Aria hatte auch dieses Strahlen, das nur aus dem naiven, herzerwärmenden Glauben herrühren konnte, dass die Liebe alles überwinden könne. Ihr junges Leben hatte noch keine einschneidenden Schmerzen ertragen müssen, und obwohl es Elam quälte, kein Teil ihres Lebens zu sein, freute er sich, dass sie ihre 22 Jahre in dem Glauben verbracht hatte, sie wäre aufgrund der Rückkehr ihres Vaters gezeugt worden und nicht aufgrund seiner Abwesenheit.

Aria Neufeld war nicht anders als die anderen. Sie gehörte dazu. Vielleicht verstand Ruth jetzt, nach so langer Zeit, dass es die richtige Entscheidung von Elam gewesen war, sich aus ihrem Leben fernzuhalten. Vielleicht hatte sie ihm deshalb eine handgeschriebene Nachricht zusammen mit der Hochzeitseinladung geschickt: *Komm. Ich will, dass du dabei bist.*

Der Hochzeitsempfang fand in einem Hotelsaal in La Crosse statt. Elam aß das köstliche Menü, trank aus einer Sektflöte perlenden Cranberrysaft und versuchte, seine Tochter nicht ständig mit den Augen zu verfolgen, während sie sich in ihrem Brautkleid durch den Raum bewegte, als würde er sie nach diesem Tag nie mehr wiedersehen. Er hatte so wenig an Arias Leben teilgenommen, dass er nicht das Gefühl hatte, das Recht zu haben, sie anzusprechen. Außerdem war Ruth auch da, in ihrem perlenbesetzten goldenen Kleid, und sah genauso schön aus wie ihre Tochter, während sie den Gästen für ihr Kommen dankte. Sie zu beobachten, gestattete er sich auch nicht. Er war so darauf konzentriert, die beiden *nicht* ständig mit Blicken zu verfolgen, dass er vor Schreck beinahe seine Sektflöte umstieß, als er aufblickte und sah, dass Aria neben seinem Stuhl stand.

»Cousin Elam«, sagte Aria und beugte sich nach unten, um ihn auf die Wange zu küssen. »Ich bin so froh, dass du kommen konntest.«

Die Unschuld in diesen Worten schmerzte und heilte ihn gleichzeitig.

Elam umarmte Aria unsicher und gab ihrem Mann, Matthew, den er nur auf dem Foto auf der Hochzeitseinladung gesehen hatte, die Hand. Sein Händedruck war ein wenig fester als nötig – das war das einzige Recht, das er sich herausnahm.

Doch dann wurde es Zeit für den ersten Tanz, und Mathew führte Aria auf die kleine Tanzfläche: Ihre Schleppe war hinten festgesteckt und ihren Schleier hatte sie abgenommen, deshalb konnte Elam sehen, dass ihr Haar dieselbe Farbe hatte wie das ihrer Mutter. Es folgte der Vater-Tochter-Tanz. Elam blieb an seinem Tisch neben den Trennwänden sitzen, die ihn vor den Blicken der anderen Gäste ein wenig verbargen.

Aber Ruth sah ihn trotzdem. Sie kam zu ihm und beugte sich zu ihm herunter. »Kannst du für sie spielen?« Sie deutete mit der Hand, an der ihr Ehering glänzte. »In der Ecke steht ein Klavier.«

Elam tat, als müsse er sich umsehen, obwohl er das Klavier schon vorher bemerkt hatte.

»Bitte, Elam«, sagte sie und legte ihm eine Hand auf die Schulter. »Tu es für mich.«

Einen Moment lang saß Elam wie erstarrt da: Ruths Hand lag auf seiner Schulter und sein Herz hämmerte in seinen Ohren. Elam konnte sie nicht ansehen. Er nickte nur und stand auf. Dann knöpfte er sein Jackett zu und ging durch den Saal zum Klavier. Er setzte sich auf die Bank, hob den Deckel und ließ prüfend die Finger über die Tasten gleiten. Das Klavier war gestimmt. Chandler führte Aria – seine Tochter, Elams Tochter – auf die Tanzfläche, und Elam schlug den Moll-Akkord jener herzzerreißenden Melodie an, die er nach Arias Geburt komponiert hatte: »Loslassen bedeutet nicht Lebewohl«. Während des Refrains erlaubte sich Elam, Ruth anzusehen. Sie beobachtete ihn und in ihren smaragdgrünen Augen glänzten Tränen.

»*Danke*«, sagte sie stumm und er nickte.

Er würde alles für sie tun, und das würde immer so bleiben.

Teil 3

Kapitel 21

19. März 2019

Lieber Chandler,
ich weiß nicht, warum ich dir immer noch Briefe schreibe, obwohl ich weiß, dass du sie nie lesen wirst. Vielleicht muss ich sie aus dem gleichen Grund schreiben, aus dem ich dieses Buch schreiben musste: Um die letzten sechs Jahre zu verstehen und mir bewusst zu werden, dass ich nur eines ändern würde, wenn ich die Zeit zurückdrehen könnte: Ich würde dich besser lieben.
Angesichts dessen, was ich jetzt weiß, nach allem, was ich durchgemacht habe, hätte ich dich trotzdem geheiratet. Sechs Jahre lang waren wir beide, du und ich, zwei Seelen, die zusammen einen sich ständig verändernden Weg gingen. Auf diesem Weg mussten wir unser Bestes geben – in den Tälern und auf den Höhen. Manchmal taten wir das, ohne zu erwarten, dass wir dafür auch das Beste zurückbekommen; manchmal gaben wir nicht unser Bestes, aber meistens liebten wir uns trotzdem.
Ich schreibe das, damit ich es nie vergesse. Damit ich nie vergesse, dass mein Leben hier nicht zu Ende sein muss, auch wenn du nicht mehr da bist.
Leb wohl, Liebster. Ruhe in Frieden. Ich verspreche dir, dass ich die Erinnerung an dich in den Herzen unserer Töchter lebendig halten werde, aber nun wird es Zeit, dass ich mein Herz zurückfordere.
Ruth

Ruth faltete den Brief an Chandler zusammen und legte ihn auf das Manuskript. Sie band ein Stück Faden um den Stapel und hielt sich das Bündel Papier an die Brust. *Das Buch Ruth* – aus Trauer gezeugt, mit Liebe geboren, in Frieden losgelassen – war für sie genauso kostbar wie ein Kind, genauso kostbar, wie ihr Aria gewesen wäre, wenn es sie tatsächlich gegeben hätte. Ruth ließ ihren Blick durch die Blockhütte wandern, über den Tisch und den Stuhl, wo sie in den letzten sechs Monaten ihren ersten Roman geschrieben hatte.

Sechs Monate. Wie hatte die Zeit so schnell vergehen können? Nachdem Elam Ruth seine Blockhütte als ihr Kunststudio angeboten hatte, hatte sie gewusst, dass sie nicht von hier weggehen konnte. Aber da Elam Ruths Ruf schützen wollte, konnte er auch nicht bei ihr im Haus wohnen. Er kam jeden Abend in die Blockhütte, um hier zu schlafen, aber tagsüber betrat er sie nie, um Ruth Gelegenheit zu geben, sie für sich zu haben, wie er ihr versprochen hatte.

In der Zwischenzeit wateten sie vorsichtig in den seichten Stellen ihrer Beziehung in der Hoffnung, dass sie in Zukunft ihre Tiefen erforschen könnten. Sie gingen spazieren, wenn die Mädchen im Bett waren. Sie blieben abends lange auf, saßen gemütlich vor dem Feuer und unterhielten sich. Oft musste Elam Ruth wecken und sie ins Bett schicken. Sie hatten die Mädchen mit Schnee und mit *Unsere kleine Farm* vertraut gemacht. Elam fühlte sich bei ihnen so wohl, dass er nie stotterte, wenn er ihnen vorlas. Ruth hatte die Vermarktung der Produkte der *Driftless Valley Farm* übernommen und Sofie an der Gemeindeschule angemeldet, wo Amy Brunk, Elams langjährige Verehrerin, das kleine Mädchen mit so viel Freundlichkeit behandelte, dass Ruth fast Schuldgefühle hatte, weil Elams Herz für sie und nicht für Amy schlug. Aber nicht einmal diese Schuldgefühle konnten das, was sie neu aufgebaut hatten, einreißen.

Sofie und Vi blühten auf. Sie hatten nie zuvor an einem Ort gelebt, an dem ihre Oma und ihre anderen Verwandten so nahe wohnten, dass sie sie zu Fuß besuchen konnten. Sie hatten nie in einem Haus gewohnt, in dem ihre Oma ihnen erlaubte, Friseur zu spielen und Omas Haare zu bürsten, so lange sie wollten. Oder ihrer Oma beim Plätzchenbacken zu helfen und dabei zugleich von dem Gebäck zu kosten, solange sie sich dadurch nicht den Appetit fürs Abendessen verdarben. Die Mädchen wurden täglich mit so viel Liebe durch ihre Familie überschüttet, dass der Schmerz, weil sie die Liebe ihres Vaters verloren hatten, dadurch abgemildert wurde. Immer wenn Sofies Schmerz erwachte – oft nachts, wenn ihr Unbewusstsein ihre Träume diktierte –, stand Ruth auf, hielt sie in den Armen, wiegte sie auf ihrem Bett und sang »Edelweiß«, bis sich Sofies Körper entspannte und die Tränen auf Ruths Gesicht getrocknet waren.

Aber das Wichtigste, was in den letzten sechs Monaten geschehen war, war Heilung. Ruths zerbrochene Seele fügte sich jeden Tag ein Stückchen mehr zusammen. Mit der Zeit konnte sie sehen, dass Gottes Hand sie nie verlassen hatte, auch nicht, als sie sich – völlig am Boden zerstört – von Gott verlassen gefühlt hatte. Wenn sie damals gewusst hätte, was sie jetzt wusste, wäre ihre Ehe mit Chandler anders verlaufen. Wenn sie begriffen hätte, dass er – verletzt, wie er selbst war – nicht für ihr Wohlbefinden verantwortlich sein konnte, hätte sie keine Erwartungen an ihn gestellt. Gott war der Einzige, der sie heilen konnte, der Einzige, der die Scherben ihres Herzens wieder zusammenfügen konnte. Nie wieder würde Ruth erwarten, dass ihr ein Mann Identität und Wert gab. Falls sie je wieder heiraten sollte, würde sie keine so unrealistischen Erwartungen an ihren Mann stellen. Und auch er durfte ihr gegenüber nicht solche unrealistischen Erwartungen hegen. Ruth betete, dass aufgrund dieser Einsicht eine mögliche neue Ehe völlig anders aussehen würde.

Sie trug ihr Manuskript zum Feuer. Dort ging sie in die Hocke und starrte in die Flammen. Wenn diese Geschichte nur wahr wäre! Wenn Chandlers Vaters ihn nur an jenem Abend gedrängt hätte, in den Schutzraum des Krankenhauses zu gehen und zu schlafen! Wenn er nur dort gewesen wäre, statt beim Einschlag der ersten Bombe sein Leben zu lassen! Wenn er nur zu ihr und den Mädchen zurückgekommen wäre und Ruth und Chandler eine zweite Chance bekommen hätten, einander besser zu verstehen und mehr zu lieben! Aber das alles war nie geschehen, sondern nur ihrer Fantasie entsprungen.

Chandler war gestorben und Ruth hatte sich wie besessen an Details geklammert, die sie nicht mehr ändern konnte. Doch dann hatte sie begriffen, dass sie nur etwas ändern konnte – dass sie nur einen Abschluss finden konnte –, wenn sie ihrer Geschichte ein anderes Ende gab. Beim Schreiben des Romans war Heilung geschehen. Sie hatte ihren Gedanken erlaubt, von einer Beziehung mit Elam Albrecht zu träumen. Sie hatte sich ausgemalt, wie er um sie kämpfen würde, wenn er damit konfrontiert würde, sie zu verlieren. Das zeigte ihr, dass Gott schon sehr viel Heilung geschenkt hatte.

Jetzt, da die Geschichte geboren war, war es für Ruth das Schwerste, diese Geschichte nicht behalten zu können. Aber die Erschaffung der Geschichte konnte ihr niemand nehmen: Alle diese Stunden, in denen sie geweint, geschrieben, gemalt und gezeichnet hatte, damit ihr gebrochenes Herz wieder heil werden konnte. Jetzt, da ihre Geschichte geboren war, jetzt, da sie in ihren liebenden Händen lag, betrachtete sie ihr Werk staunend und wusste doch, dass es so war wie das Lied, das Elam in ihrem Roman für ihre gemeinsame Tochter komponiert hatte: »Loslassen bedeutet nicht Lebewohl«. Die Vergangenheit loszulassen, bedeutete nicht, dass Ruth vergessen würde, was Chandler und sie miteinander verbunden hatte. Die letzten, umgeschriebenen Kapitel ihrer Liebesgeschichte waren die wichtigsten Teile – nicht das Festhalten an dem Buch, das Ruth geschrieben hatte. Deshalb legte sie das tränengetränkte Manuskript auf die brennenden Holzscheite und schaute zu, wie die Hitze des Feuers die Seiten erfasste, so als betrachte es die Buchstaben und Skizzen, die Ruth darin festgehalten hatte – bevor die Flammen in einem hell auflodernden Licht das ganze Buch verzehrten.

Sechs Monate Arbeit waren in Sekunden verschwunden. Sechs Jahre Ehe waren genauso schnell fort.

Die ganze Schöpfung war Zeuge von Geburt, Tod und Auferstehung. Eines Tages würde sie Chandler wiedersehen; eines Tages würde Sofie nicht mehr im Schlaf nach einem Papa weinen, der nie wiederkommen und sie trösten würde; eines Tages würde Ruth sich nicht länger nur als Witwe sehen, und vielleicht – falls ihr Roman prophetische Züge hatte – wäre sie eines Tages wieder die Braut eines Mannes.

Ruth wartete, bis von dem Feuer nur ein Häufchen Asche übrig blieb. Dann verließ sie die Blockhütte und ging draußen am See spazieren. Ein Blaureiher breitete seine Flügel aus und kleine Wellen kräuselten die glatte, vom Mondlicht beschienene Oberfläche des Sees. Dann erhob er sich majestätisch in die Lüfte. Das Bauernhaus, das auf einer leichten Anhöhe stand, strahlte ihr mit seinem warmen Licht entgegen. Ruth hörte, wie sich die Fliegengittertür öffnete. Zeus tapste die Stufen herab und lief freudig auf sie zu. Sein großer weißer Körper leuchtete in der Dunkelheit. Er kam angelaufen und drückte seine feuchte Schnauze an ihre Beine, dankbar, dass sie zurück war. Während sie den Hund hinter den Ohren kraulte, konnte sie ihn auf der Veranda sehen: Elam, der in mehr als nur einer Hinsicht auf ihre Rückkehr wartete. Schweigend und beständig stand er an der Tür und seine breiten Schultern schienen den Türrahmen zu stützen.

Ruth ging auf das Haus, auf ihn zu und dachte: *Meine Geschichte beginnt gerade erst.*

Anmerkungen der Autorin

Vor fünf Jahren ging ich mit meiner einjährigen Tochter in Wisconsin spazieren. Die Temperaturen lagen an diesem Tag unter dem Gefrierpunkt und fühlten sich im kalten Wind noch eisiger an. Ich erinnere mich, dass ich sie im Kinderwagen so warm eingepackt habe, dass sie sich kaum bewegen konnte. Ihre braunen Augen blinzelten mich zwischen der rosa Mütze und der Vliesdecke, die ich bis zu ihrem Kinn hochgezogen hatte, an. Hinter mir lag das weiße Bauernhaus, das dem Onkel und der Tante meines Mannes gehört und in dem wir gerade wohnten. Sein Hof war mit riesigen Obstbäumen bestanden, die ihre kahlen Zweige in den Himmel streckten. Der lavendelfarbene Himmel bildete einen faszinierenden Hintergrund für die leuchtend roten Milchviehställe, und die Schotterstraße unter den Rädern des Kinderwagens war von einer dicken Eisschicht überzogen.

Als wir im Haus zurück waren, legte ich meine Tochter schlafen und stellte mir eine Frau vor, die fast alles verloren hat und nach Wisconsin kommt. Da wusste ich, dass ich eine moderne Version des Buches Ruth schreiben wollte, die in einer mennonitischen Gemeinschaft angesiedelt ist. Damals ahnte ich noch nicht, dass mein Mann und ich zwei Jahre später unser Haus in Tennessee verkaufen und mit inzwischen zwei kleinen Mädchen in ein Haus mit Solarstrom umziehen würden, nur zehn Kilometer von der Farm in Wisconsin entfernt, in der ich zum ersten Mal die Idee zu diesem Buch hatte.

Einige Monate nach unserem Umzug zeigte mir der Onkel meines Mannes einen Zeitungsartikel über einen Cranberrybauern aus der Gegend, der nur mit altmodischen Geräten arbeitete. Wie ich erfuhr, ist Wisconsin der führende Cranberryproduzent der USA. Ich konnte mir meine moderne Ruth in einem gefluteten Cranberryfeld vorstellen, wo sie Beeren erntete, genauso wie die biblische Ruth auf den Feldern Getreide erntete.

Ich werde die Zeit, die wir in Wisconsin verbrachten, immer in meinem Herzen bewahren. Manchmal kann ich immer noch das Quietschen der Windmühle hören, die im Hof vor unserem Haus stand, oder das Geräusch der Fenster, die am ersten warmen Frühlingstag aufgestoßen wurden. Aber am Ende unseres zweiten Winters bat ich meinen Mann, ob wir wieder nach Tennessee zurückziehen können. Wir waren nach Wisconsin gezogen, weil wir es zwei Jahre lang »ausprobieren« wollten, und ich wollte wieder fort, noch bevor diese zwei Jahre vorbei waren.

Mein Mann hatte viel Energie in unser kleines Haus gesteckt: Er hatte das Bauernhaus aus den 1920er-Jahren renoviert, Hühner gezüchtet und geschlachtet, neue Bretter am alten Kuhstall angebracht, dreihundert Kiefern und lange Reihen Himbeeren und Brombeeren gepflanzt, Wildblumen gesät und Hochbeete angelegt. Er lebte in Wisconsin seinen Traum – hier hatte er seit seiner Jugend viel Zeit verbracht und war manchmal wochenlang auf die Jagd gegangen – und jetzt bat ich ihn, das alles aufzugeben. Da mein Mann wusste, wie sehr ich unsere Familien in Tennessee vermisste, bot er unsere Farm zum Verkauf an, und zu unserer großen Überraschung war sie zwei Wochen später verkauft.

Wir zogen nach Tennessee zurück und die schwerste Zeit unserer Ehe brach an. Mein Mann hatte immer von einer Farm in Wisconsin geträumt, und jetzt hatte er diesen Traum geopfert, um mich wieder nach Hause zu bringen. Er drückte seine negativen Gefühle nie mit Worten aus, aber die Anspannung zwischen uns war fast greifbar. Ungefähr zur Weihnachtszeit sprach ich mit einer älteren Frau über unsere Situation. Ihr Rat war einfach und hat alles verändert: Sie sagte, dass ich meinen Mann zur obersten Priorität meines Gebetslebens machen müsse. Bis zu diesem Zeitpunkt hatte mich meine Frustration davon abgehalten, wirklich für ihn zu beten, aber jetzt fing ich ernsthaft damit an. Am frühen Morgen, bevor die Mädchen aufwachten, spazierte ich um unser

Grundstück herum und betete für unsere Ehe. Ich betete, dass ich verstehen könnte, wie sehr mein Mann trauerte, weil er seine Träume aufgegeben hatte. Und wissen Sie was? Ich begann, seine Sicht zu verstehen. Ich begann wertzuschätzen, was er geopfert hatte, als er um meinetwillen wieder zurück nach Tennessee zog.

Seit dieser schwierigen Zeit ist über ein Jahr vergangen, und ich liebe und respektiere meinen Mann mehr denn je. Wenn man gemeinsam schwere Zeiten durchsteht, bekommt das Eheversprechen eine völlig neue Bedeutung. Außerdem weiß ich jetzt, dass mein Mann nie für mein Glück und für mein Wohlbefinden verantwortlich sein kann – genauso wenig wie ich für seines. Jeder von uns muss sich zunächst um eine enge Beziehung zu Jesus bemühen, um eine dauerhafte, innige Gemeinschaft mit dem Ehepartner erleben zu können. Diese Beziehung zu Jesus, die jeder von uns individuell gestaltet, hat uns einander mehr nähergebracht als alles andere. Mein Mann und ich haben uns vor einiger Zeit über diese Erfahrung unterhalten, als wir in unserem Minivan mit unseren nun drei kleinen Mädchen auf dem Rücksitz saßen. Er sagte: »Als ich meine Träume und die Wünsche meines Herzens Jesus übergab, habe ich erfahren, dass *er* zum Traum und zum Wunsch meines Herzens wurde.«

Meine lieben Freundinnen und Freunde, es ist mein Traum und der Wunsch meines Herzens, dass dieser Roman Ehen neue Hoffnung bringt, besonders in anstrengenden, herausfordernden Zeiten und Bereichen, die unser Leben belasten – Kindererziehung, Arbeit, Gesundheit, Verpflichtungen im christlichen Dienst, was auch immer. Viele Gefühle, die Ruth in dieser Geschichte durchlebt, habe ich stellenweise selbst erfahren. Bitte glauben Sie mir, dass ich diese Szenen nicht richtend, sondern mit viel Mitgefühl geschrieben habe. Ich möchte Ihnen sagen, dass es da draußen viele Menschen gibt, die Ihre Hand drücken und Ihnen leise sagen wollen: »Ich habe das auch erlebt.« Bitte geben Sie also die Hoffnung nicht auf. Ihre Liebesgeschichte ist nicht vorbei. Sie fängt gerade erst an!